La folle enquête de Stieg Larsson

Sur la trace des assassins d'Olof Palme

Jan Stocklassa

La folle enquête de Stieg Larsson

Sur la trace des assassins d'Olof Palme

Traduit du suédois
par Julien Lapeyre de Cabanes

Flammarion

Titre original : *Stieg Larssons arkiv. Nyckeln till Palmemordet*
Éditeur original : Bokfabriken

ISBN : 978-2-0814-4544-4

À Berra et Marianne, où que vous soyez !

En Suède, j'avais les boules. Tu sais… c'est désert, tout le monde est bourré. Tout fonctionne comme sur des roulettes. Si tu t'arrêtes au feu et que tu coupes pas le moteur, il y a un type qui vient te dire de le faire. Tu ouvres une armoire à pharmacie et tu vois écrit : « En cas de suicide, appeler… » Tu regardes la télé, c'est le film d'une opération des tympans. Ces trucs-là me foutent la trouille.

Lou Reed, dans le film *Brooklyn Boogie*

Introduction

Tout est censé être très simple. Pluton est une planète. Le lait est bon pour la santé. Le diesel est plus propre que l'essence. Si l'on nage juste après avoir mangé, on peut avoir des crampes et se noyer. L'assassinat du Premier ministre suédois Olof Palme ne sera jamais résolu. Or toutes les bonnes vieilles vérités ont une fin, et pour l'une d'elles, ce jour est venu. Voici la nouvelle vérité : nous allons savoir qui a assassiné Olof Palme.

Pour ma part, tout a commencé en 2008, de la façon la plus suédoise qui soit – si l'on en juge par tous les romans policiers écrits dans ce pays : l'assassinat d'une femme au bord d'un lac de la région du Småland, qui me donna l'idée d'écrire un livre sur les lieux où sont perpétrés les crimes. Un an plus tard, je réalisai qu'essayer d'expliquer la mort des gens était également un mal très suédois. La police avait de nouveaux moyens techniques à sa disposition, et l'assassin de cette femme s'avéra être… un élan. Mais j'avais déjà abandonné mon idée initiale, entièrement absorbé par l'aventure que raconte ce livre.

Cinq ans plus tard en effet, je découvrais les archives oubliées de Stieg Larsson, mettant le pied dans un monde peuplé d'hommes et d'événements tels que ses romans en sont tissés. De personnages aussi extrêmes que Lisbeth Salander et Alexander Zalachenko. Presque réels. De meurtriers et de leurs victimes. D'espions espionnant d'autres espions. De femmes et d'enfants assassinés. D'ordinateurs piratés, d'écoutes clandestines, d'opérations secrètes. Et la mort. Le mal, la mort brutale.

Même si les trois romans de Stieg Larsson se sont vendus à plus de 80 millions d'exemplaires à travers le monde, son activité première n'était pas d'écrire des romans policiers. Il avait voué toute sa vie d'homme adulte à combattre l'extrême droite montante. Dès le début des années 1990, il avertissait du danger que représentait le nouveau parti des Démocrates Suédois. Le même parti qui a bouleversé le paysage politique suédois et qui, vingt-cinq ans plus tard, fait basculer la majorité au Parlement.

L'autre grand projet de Stieg était d'enquêter sur l'assassinat d'Olof Palme. Cela apparaît dans ses archives, essentiellement consacrées à l'extrême droite, mais où ses recherches glissent naturellement vers l'enquête sur le meurtre de Palme, l'engageant à échafauder des thèses concrètes, parfois à conseiller la police.

J'ai travaillé à partir des idées et des hypothèses de Stieg, creusant toujours plus loin pour trouver les morceaux qui compléteraient le puzzle. Le tableau qui se dessine ne se contente pas d'expliquer une partie des circonstances étranges qui entourèrent le crime. Il éclaire aussi les mobiles qui le déclenchèrent. Je crois désormais avoir une idée très précise de ce qu'il s'est passé en Suède avant le soir mortel du 28 février 1986, et de l'identité de ceux qui étaient sur les lieux du crime ce soir-là. Une solution potentielle est donnée ici : à chacun ensuite de se faire son idée à partir des faits que j'expose et des conclusions que j'en tire.

Ce que vous tenez entre les mains est un roman documentaire. Écrit comme un récit à suspense, mais pensé comme un document qui rétablit la vérité. Trente pages au moins de ce livre sont directement de la main de Stieg – articles, lettres, mémorandums. Beaucoup de dialogues ont été retranscrits mot pour mot, d'autres romancés à partir des documents trouvés dans les archives de Stieg et de plus d'une centaine d'entretiens. Je précise dans la postface comment j'ai trouvé le matériau sur lequel ce livre se fonde, et comment je m'en suis servi. Si l'on veut se plonger plus avant dans les détails de l'enquête, je recommande aux Suédois le rapport de mille pages de la Commission d'enquête sur le meurtre, et les livres de Gunnar Wall ou de Lars Borgnäs, deux des plus grands experts de l'affaire Palme, entre autres milliers de pages écrites à ce sujet. Mais à mes compatriotes et à tous les autres, je dis : attention !

L'enquête sur l'assassinat d'Olof Palme est un méchant virus qui ne tardera pas à vous contaminer.

Il y a une certaine ironie à ce que ce soit précisément la Suède qui n'ait jamais su résoudre le meurtre d'un de ses hommes d'État. Ce pays où tout est mesurable, où tout est transparent, souffre depuis des décennies d'une plaie ouverte que rien ne semble pouvoir guérir. Cela va changer.

L'assassinat d'Olof Palme va être résolu. Krister Peterson, le nouveau procureur chargé de l'enquête préliminaire, assure que non, le Premier ministre n'a pas été assassiné par… Christer Pettersson, toxicomane marginal longtemps suspecté. Et je le crois. Autant que je suis convaincu que les recherches de Stieg Larsson contribueront à faire éclater la vérité. Avec ce livre, j'espère.

Lorsque vous le lirez, la police aura en sa possession les éléments que j'y donne, et avec eux la possibilité de trouver la preuve nécessaire à l'arrestation d'une personne. D'une personne au moins.

D'ici un à deux ans, je souhaite que la nouvelle vérité soit : nous savons qui a tué Olof Palme.

Jan Stocklassa, septembre 2018

Prologue

Stockholm, 20 mars 2013

Les essuie-glaces luttaient contre l'épaisseur de la neige. J'étais garé depuis à peine plus d'un quart d'heure, mais la tempête avait déjà englouti ma Volvo bordeaux sous une lisse couche de neige. Les bruits de l'extérieur me parvenaient assourdis, et la neige qui tourbillonnait me faisait perdre tout sens de l'orientation, bien que je sache que j'étais sur le parking devant le bâtiment en tôle ondulée de l'entrepôt.

Le bruit sourd d'un moteur me fit sortir la main pour essuyer la vitre, dégageant la buée qui s'écoula en un petit ruisselet le long de mon poignet jusque dans la manche de mon manteau. Une fourgonnette argentée s'était garée à ma gauche. Sa portière s'ouvrit avant que j'aie le temps de couper le moteur. L'homme avait le visage enveloppé dans une écharpe, la capuche de sa parka était rabattue. Il me fit signe par-dessus le capot de le retrouver devant la porte d'entrée. Lorsque j'arrivai à sa hauteur, il était déjà en train de taper un code. Ce ne devait pas être le bon, puisqu'il sortit son portable pour appeler quelqu'un. Les quelques minutes que nous attendîmes furent aussi longues qu'une campagne électorale suédoise. Les archives dormaient là depuis dix ans et ne semblaient pas prêtes à abandonner si aisément leur existence léthargique. Enfin la porte coulissante s'ouvrit et, après un sas ventilé, nous laissa pénétrer dans un couloir chaud et sec, éclairé par des néons aveuglants, bordé d'une rangée de volets roulants en fer-blanc. Après le froid glacial, c'était presque chaleureux.

Une fois qu'il eut enlevé son bonnet, son écharpe et sa capuche, je reconnus que c'était bien Daniel Poohl, du journal *Expo*, qui m'avait fait entrer. On se serra la main avant d'emprunter le long couloir, puis de monter les escaliers jusqu'au premier étage pour déboucher dans un corridor identique. Daniel s'arrêta devant un des volets roulants. Hormis une petite plaque sur laquelle était gravé un numéro, rien n'indiquait que nous étions arrivés à destination. Rien ne laissait présager que le débarras qui s'ouvrait à nous pouvait abriter un trésor. Un trésor dont j'espérais qu'il puisse nous amener à faire des découvertes inestimables.

Le volet remonta en grinçant, la pièce à l'intérieur était pleine à craquer. Des colonnes de cartons du sol au plafond. Empilés les uns sur les autres en deux rangées jusqu'à la porte. Un regard sur le dessus d'un des cartons m'apprit que j'avais trouvé ce que je cherchais depuis si longtemps. On lisait, écrit au marqueur : ARCHIVES STIEG.

Nous en descendîmes un de la pile. Daniel ouvrit le couvercle, j'attrapai une liasse de pochettes marron, d'un modèle désuet. Chacune d'entre elles était identifiée du côté face par une écriture manuscrite parfaitement lisible. Celle que je tenais portait l'inscription *WACL, 1933, Resistance International, Piste sud-africaine, Christer Pettersson.* J'en avais des picotements dans les doigts, comme si les pochettes étaient électriques. Les titres ne laissaient aucun doute : ces documents que j'avais entre les mains concernaient l'assassinat du Premier ministre suédois Olof Palme.

Il y avait là un matériau immense, plus que je ne pouvais en espérer, et je commençais à me demander comment faire pour transporter tout ça.

Daniel me ramena à la réalité. Bien qu'il n'ait que 31 ans, il était à la fois le rédacteur en chef et le directeur commercial d'*Expo*, et avait déjà derrière lui une vie consacrée à lutter contre le racisme et l'intolérance. Ces archives étant sous sa responsabilité, il me fit bien comprendre qu'aucun document ne quitterait le bâtiment sans son autorisation, et que je ne devais raconter à personne où elles étaient entreposées.

Il m'autorisait à les consulter sur place ; or il n'y avait désormais pas d'autre endroit au monde où j'eusse davantage désiré être que dans les couloirs sans fenêtre de ce garde-meuble en tôle ondulée, assis sur un carton de déménagement tandis que la tempête de neige faisait rage au-dehors. Mon temps était limité et il me fallait pouvoir jeter un coup d'œil à un peu plus qu'un petit bout des archives si je voulais tirer quelques conclusions sur les idées de Stieg.

La route avait été longue et sinueuse. Consacrer tout mon temps libre au meurtre toujours irrésolu d'Olof Palme m'avait arraché à ma propre misère personnelle. Et voilà que cela m'amenait jusqu'aux archives oubliées d'un des écrivains les plus célèbres du monde. Il n'y avait plus qu'à remonter les différents fils. Stieg semblait soutenir une théorie qui impliquait les services secrets sud-africains, appuyés par des membres de l'extrême droite suédoise. Pour ma part, je croyais à la thèse de l'assassin amateur. Nous n'étions pas d'accord.

Pourtant, je me rendais compte que c'était une occasion à ne pas laisser passer. Le matériau que contenaient ces archives était beaucoup trop important pour ne pas être repris. Mais je ne savais pas encore où cela me mènerait, ni que mes recherches allaient me mettre en danger, moi et d'autres, lorsqu'elles me feraient croiser la route d'extrémistes, d'agents secrets, de boucs émissaires et de meurtriers.

*

Stieg avait envoyé une lettre de sept pages à Gerry Gable, rédacteur en chef de *Searchlight*, premier magazine britannique engagé contre le racisme, et modèle de l'*Expo* suédois. La lettre avait été écrite moins de trois semaines après l'assassinat d'Olof Palme.

Stockholm, le 20 mars 1986

Cher Gerry, chers amis,

L'assassinat du Premier ministre suédois Olof Palme est, pour être tout à fait franc, l'un des meurtres les plus incroyables et les plus déroutants sur lesquels j'ai eu la triste mission d'enquêter.

Déroutant en cela que cette affaire bascule subitement, change de cap, accouche sans cesse de nouvelles découvertes, pour ensuite faire demi-tour à l'aube de la prochaine échéance. Incroyable par la magnitude du séisme politique qu'elle a déclenché : c'est la première fois dans l'Histoire, je crois, qu'un chef d'État est assassiné sans qu'on ait la moindre idée de l'identité de son assassin. Inquiétant – tous les meurtres le sont – car la victime n'est autre que le Premier ministre, un homme authentiquement aimé et respecté en Suède, que l'on soit social-démocrate ou (c'est mon cas) qu'on ne le soit pas.

Quand le téléphone a sonné chez moi le samedi 1er mars au matin, et que mon rédacteur en chef m'a informé du meurtre et ordonné de me rendre au bureau immédiatement, j'étais en plein chaos. Imagine dans quel état tu te trouverais si tu devais écrire sur l'assassinat de Mme Thatcher et que le meurtrier avait disparu sans laisser de traces.

Et puis, le choc général. Ce samedi matin-là, aux premières heures, tandis que la nouvelle se répandait à travers la Suède endormie, j'ai vu des gens sortir dans la rue, spontanément, la mine pâle et austère. Au bureau j'ai vu des reporters criminels chevronnés – hommes et femmes qui ont déjà tout vu deux fois – s'arrêter brusquement d'écrire, pencher la tête et éclater en sanglots.

Moi aussi j'ai fondu en larmes ce matin-là. Ça m'a pris au moment où j'ai ressenti une impression désespérée de déjà-vu, comprenant que c'était la deuxième fois en moins de trois ans que je perdais un Premier ministre, le précédent étant Maurice Bishop, de la Grenade – un homme que j'aimais, que je respectais et en qui j'avais plus confiance qu'en bien d'autres. Pas de nouveau, non.

Et puis, une fois le chagrin mis de côté, et M. Palme au cimetière, arrive l'instant où les reporters se rendent compte que toute cette affaire n'est rien d'autre qu'un

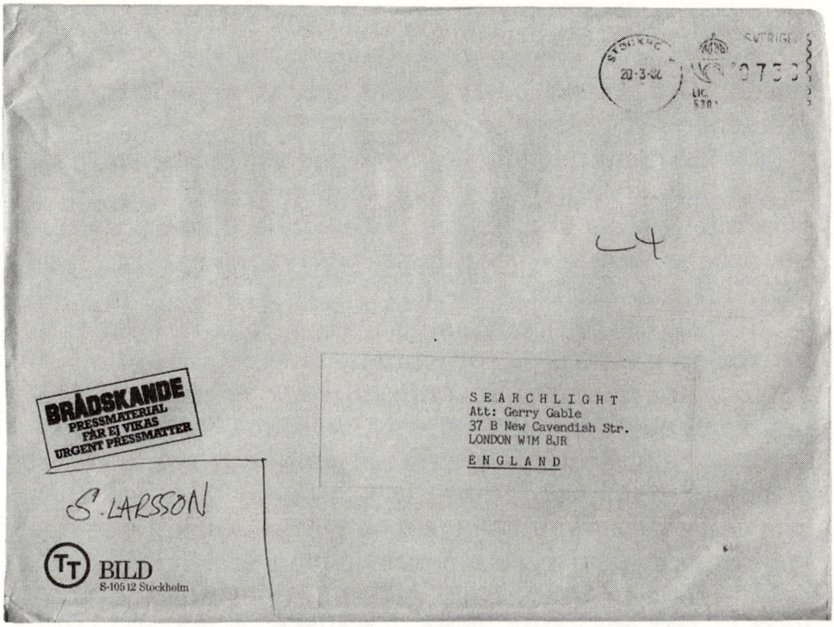

L'enveloppe de la lettre de Stieg Larsson envoyée à Gerry Gable le 20 mars 1986 (Archives Stieg Larsson)

formidable manuel d'enquête de détective qui leur tombe entre les mains. Quelle story !

Parfois elle avance au rythme effréné d'un roman de Robert Ludlum. D'autres jours elle ressemble plus à un crime d'Agatha Christie, pour se transformer ensuite en polar d'Ed McBain assaisonné de comédie à la Donald Westlake. La position de la victime, l'incidence politique, le meurtrier au visage invisible, les spéculations, les pistes qui ne mènent nulle part, les rumeurs, et les tarés, et les types qui-savaient-tout-depuis-le-début, les coups de fil, les témoignages anonymes, ceux qui t'émeuvent, et cette impression que tout va s'effondrer d'un instant à l'autre – tout ça pour ne mener à rien qu'à encore plus de confusion.

On commence déjà à écrire des livres là-dessus.

En général, les assassins d'un chef d'État sont arrêtés ou tués dans les premières secondes ou minutes qui suivent les faits. Et l'enquête, d'habitude, est vite bouclée. Ce n'est pas le cas ici : nous avons un Premier ministre qui fait une petite promenade nocturne avec sa femme, sans aucun garde du corps à l'horizon. Et nous avons un assassin qui se volatilise, purement et simplement.

Et je me demande sincèrement par où commencer une enquête dans laquelle il y a littéralement des milliers de suspects, et pas la moindre piste solide. Excuse tout ce bavardage initial. Ce n'était pas mon intention de m'étendre là-dessus.

En bref, ça fait longtemps que je voulais t'écrire à propos du meurtre d'Olof Palme. J'ai commencé huit ou neuf brouillons sans en finir un seul. Pourquoi ? Tout simplement parce qu'à chaque fois que j'étais sur le point d'y parvenir, quelqu'un arrivait avec de nouveaux éléments perturbants qui tiraient toute l'histoire dans une autre direction. Et j'étais obligé de jeter tout ce que j'avais écrit, pour recommencer depuis le début.

Cette lettre n'est pas un article, plutôt une tentative de te briefer sur ce qui, dans ce meurtre, relève des faits, et ce qui relève de la fiction. Après avoir vécu vingt-quatre heures sur vingt-quatre avec cette affaire pendant les trois dernières semaines, j'ai encore beaucoup de mal à prendre de la distance avec le sujet, et puisqu'il semble ce soir que toutes les investigations soient dans l'impasse, ce briefing sera ma manière à moi de résumer l'affaire en faisant le tri dans mes pensées. Si tu devais écrire quelque chose là-dessus dans le prochain numéro, ce résumé pourra t'être de quelque utilité. Je vais essayer de ne mentionner que les éléments les plus pertinents.

Et d'abord, que s'est-il passé, que savons-nous du meurtre ?

Quelques minutes avant vingt-trois heures, le soir du 28 février, Palme quitte le cinéma Grand en compagnie de sa femme et de son fils aîné. La décision d'aller au cinéma avait été prise quelque part durant cette même journée de vendredi ; Palme en avait fait mention à un journaliste à quatorze heures, mais leur plan n'était pas connu publiquement.

Le Premier ministre, comme de coutume, avait signifié à ses gardes du corps de la police de sécurité qu'il n'aurait pas besoin d'eux pendant toute la soirée. C'était habituel, et tous savaient que Palme aimait se promener seul à n'importe quelle heure du soir lorsqu'il n'était pas en service ou dès qu'il n'y avait aucune raison de prendre des mesures de sécurité particulières. Ce qu'on ignore absolument, c'est si la police était ou non au courant de ses dispositions ce soir-là. Devant le cinéma, Palme et sa femme disent au revoir à leur fils et décident de rentrer à pied chez eux – c'était une nuit claire, d'un froid ordinaire pour la Suède. Quelques minutes après qu'ils se sont séparés, le fils note qu'il se passe quelque chose derrière lui, et repère un homme qui suit ses parents ; il décrira par la suite ses habits d'une façon qui concorde avec la description de ceux du tireur, mais sans qu'il ait pu distinguer son visage.

Un autre témoin a croisé le Premier ministre deux minutes plus tard et s'arrête sur son passage. Il a noté qu'un homme suivait le couple, ajoutant aussi que deux autres hommes semblaient marcher en avant du Premier ministre. Il a eu l'impression qu'ils faisaient tous partie du même groupe, concluant de là que les trois hommes devaient faire partie de l'escorte du ministre.

Celui-ci descend l'avenue Sveavägen avec sa femme, ils traversent pour jeter un œil à une vitrine et continuent leur chemin. Au coin de Sveavägen et de Tunnelgatan, l'assassin s'approche du Premier ministre et lui tire une balle de calibre Magnum 357 dans le dos.

Selon la théorie des policiers, tout indique que le meurtre a été exécuté par un professionnel. Les journalistes semblent s'y tenir, non sans soulever quelques doutes.

L'assassin n'a tiré qu'une seule fois, mais le pistolet qu'il utilise est l'une des plus puissantes armes de poing qui existent au monde. Tous ceux qui s'y connaissent en la matière savent quels effets dévastateurs peut provoquer une seule cartouche. On a montré que la balle est entrée au milieu du dos du ministre, qu'elle a sectionné la moelle épinière, ravagé les poumons, perforé la trachée et l'œsophage, avant de ressortir en laissant un trou assez gros pour y loger un chapeau. La mort est intervenue instantanément, ou en l'espace de quelques secondes. La balle, bien que n'étant pas explosive, était gainée de façon à pouvoir percer un éventuel gilet pare-balles.

L'assassin tire un autre coup de feu sur Lisbeth, la femme d'Olof Palme, sans manifestement l'intention de tuer. Le coup l'aurait touchée à l'épaule si elle ne s'était pas retournée aussi rapidement. En fait de quoi la balle lui a éraflé la première épaule, glissé sur son manteau et frôlé la seconde, ne causant que des brûlures superficielles. Se basant là-dessus, certains spéculent sur le professionnalisme de l'assassin, avançant que le coup était destiné à tuer, mais que le tireur, un amateur, a fait preuve de nervosité. D'autres en revanche y voient une preuve que l'assassin était un expert, la seconde balle n'ayant été selon eux destinée qu'à effrayer Lisbeth Palme et à l'empêcher de le poursuivre.

Après son crime, l'auteur des faits s'enfuit suivant ce qui semble être une « voie de fuite soigneusement planifiée », en grimpant les escaliers au bout de la rue Tunnelgatan, ce qui rend toute poursuite en voiture impossible.

Jusqu'ici je n'ai fait que résumer les faits concrets tels que les rapporte la version policière officielle.

C'est maintenant que les problèmes commencent.

Plusieurs témoins ont livré de vagues signalements de l'assassin, souvent contradictoires. La description la plus fréquente, donc probablement la plus exacte, est la suivante : un homme blanc, entre 30 et 40 ans, de taille moyenne, fort d'épaules. Il portait un bonnet gris un peu comme Andy Capp, avec des rabats qu'on peut baisser sur les oreilles, un manteau trois-quarts de couleur sombre, un pantalon sombre. Plusieurs témoins indiquent qu'il portait une petite pochette liée autour du poignet, du type de celles qu'on utilise pour mettre des billets ou ses papiers.

On a retenu principalement les témoins suivants :

Lars, un homme de 25 ans, a croisé l'assassin au bout de Tunnelgatan, sans être vu de lui, car il marchait de l'autre côté d'une baraque de chantier qui les séparait. Lars a d'abord hésité pendant quelques précieuses secondes – moins d'une minute – puis il s'est décidé à le prendre en chasse à pied. À ce moment-là, il ignorait que la victime était le Premier ministre. Il a grimpé aux trousses du meurtrier les 86 marches de l'escalier, mais

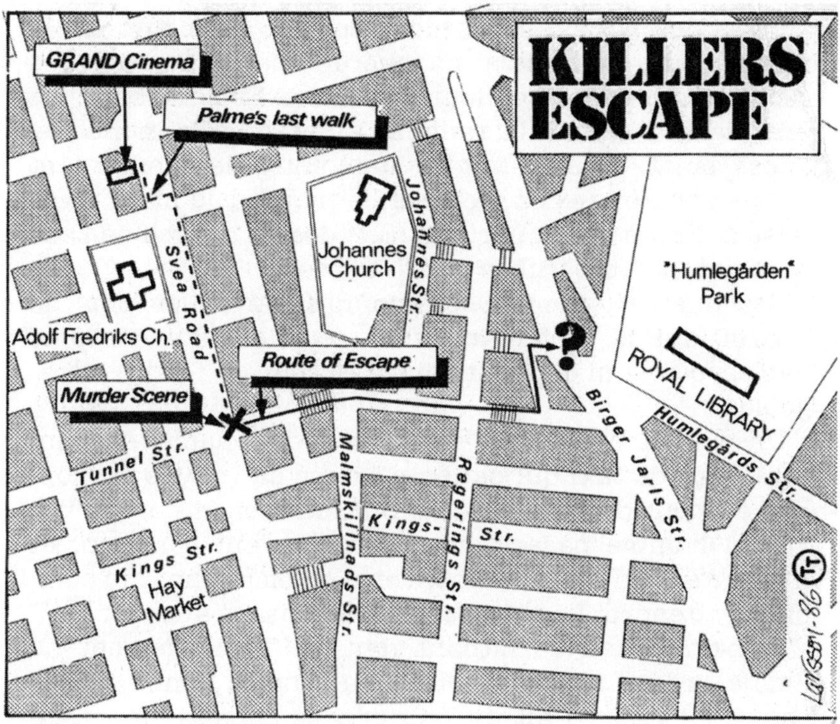

Carte décrivant la fuite du tueur, dessinée par Stieg Larsson le 2 mars 1986 (TT/Archives Stieg Larsson)

en arrivant en haut, celui-là avait disparu sans laisser de traces. D'instinct, Lars a continué le long de la rue David Bagares, où un quart d'heure plus tard il a croisé…

Un couple qui venait dans le sens opposé. Il leur a demandé s'ils avaient vu un homme passer en courant, et le couple a confirmé qu'ils avaient bien vu un homme descendre la rue, trente secondes plus tôt. Lars était d'autant plus irrité, dira-t-il plus tard, d'avoir perdu la trace du meurtrier, que celui-ci n'avait pas une grande avance sur lui.

Un quatrième témoin, anonyme, mais qu'on appelle « Sara », s'est manifesté le lendemain matin, apportant de nouveaux indices. Sara, 22 ans, peintre spécialisée dans le portrait, remontait l'allée Smala gränd, à un jet de pierre de la rue David Bagares, au moment du meurtre. À mi-chemin de l'allée, elle a croisé un homme dont la description concorde avec celle du meurtrier. Il semblait pressé mais a marqué une pause de quelques secondes à l'endroit de leur rencontre. En rentrant chez elle, Sara a allumé la radio et a entendu l'annonce de l'assassinat. Elle a fait le lien entre le meurtre et l'homme qu'elle avait croisé et, le crayon à la main, s'est mise à dessiner son portrait. Son dessin a servi de base au portrait-robot utilisé par la police.

Ces quatre témoins, sélectionnés parmi les plus de 10 000 qui se sont manifestés, semblent être les plus fiables, ceux qui ont contribué à établir des faits irréfragables.

Un cinquième témoin – celui-là moins fiable – est un chauffeur de taxi qui patientait dans sa voiture stationnée au bout de l'impasse de Snickarbacken, lorsqu'il a vu un homme passer en courant devant son taxi, et monter à bord d'une Passat verte ou bleu foncé qui semblait l'attendre. La voiture aurait démarré aussitôt.

Snickarbacken se situant dans le prolongement de Smala gränd, il est possible que l'indice donné par le chauffeur de taxi ait un lien avec le chemin emprunté par le meurtrier, cependant les points d'interrogation demeurent. Le chauffeur de taxi a déclaré avoir vu passer l'homme environ dix-quinze minutes après le moment du meurtre, or il ne faut que trois à quatre minutes pour effectuer ce même trajet en courant. Le chauffeur se trompe également dans le nom qu'il attribue à la rue menant à Snickarbacken ; non pas Smala gränd, mais celui d'une rue sans aucun rapport.

Malgré cela, l'enchaînement des faits laisse supposer que l'assassin est effectivement passé devant le chauffeur de taxi, la police avançant que celui-ci a pu s'assoupir, ce qui explique son erreur concernant l'heure des faits. (Son témoignage a abouti à l'émission d'un avis de recherche national contre une Passat verte ou bleu foncé, légitimé notamment par le fait que le chauffeur avait eu le temps de relever certains chiffres de la plaque d'immatriculation, mais pas tous.)

Cet enchaînement de faits a conduit la police à émettre l'hypothèse que le meurtre était une exécution soigneusement planifiée, menée par un groupe d'individus.

Cependant la police n'a pas suggéré quel type de groupe ou d'individus pouvait être impliqué.

Une première question critique se pose :

Que se serait-il passé si le Premier ministre n'était pas rentré chez lui à pied, mais qu'il avait suivi son fils dans le métro et n'était ainsi jamais passé à l'endroit idéal de son propre assassinat ?

Si le crime était si bien planifié, alors soit l'assassin a été forcé d'ajuster ses plans, soit il disposait de plusieurs issues de fuite et/ou de plusieurs complices. Comme on l'a vu, les déclarations de certains témoins corroborent cette dernière version. (Note bien que la police autant que les journalistes ont fermement écarté ces témoignages-là, les faisant passer pour douteux.)

Un homme qui passait dans la rue Tunnelgatan à l'heure du meurtre, mais dans la direction opposée, de l'autre côté de Sveavägen, a croisé deux hommes d'âge moyen qui couraient vers les lieux du crime.

Deux témoins supplémentaires confirment cet indice, ayant observé deux hommes qui tournaient dans Drottninggatan avant de se séparer.

Un quatrième témoin raconte avoir vu un homme courir le long de Drottninggatan une ou deux minutes plus tard. L'homme s'est arrêté subitement, a fait signe à une voiture qui attendait pour le récupérer, avant de « partir en trombe ».

Ici l'enquête piétine. On trouve bien sûr une quantité de déclarations et de rapports, mais rien qui n'ait un lien direct avec le meurtre.

Cul-de-sac. Point final.

La plupart des faits ont été établis dans l'espace des deux premiers jours (parfois des premières minutes) qui ont suivi le meurtre. Ensuite, ça a été la foire aux aveux : un tas de zozos du type c'est-moi-l'assassin, un grand nombre de témoignages allant de peu fiables à carrément fantaisistes, et – bien entendu – des appels anonymes.

Dans le cas d'un attentat terroriste, du moins « de gauche », les organisations responsables ont en général l'habitude de revendiquer le crime au bout de quelques heures seulement. Pas un ne l'a fait.

Parmi les groupes qui ont cherché à tirer gloire du crime en se l'attribuant, on trouve le Commando Christian Klar, Holger Meins, les Oustachis, et divers gangs d'extrême droite voire néonazis. Aucun d'entre eux n'est crédible.

Après l'assassinat, pendant quelques jours, la Suède a ressemblé à un pays occupé : les aéroports étaient fermés, les contrôles aux frontières renforcés, les ports et les bateaux fouillés. (Évidemment, ces mesures n'ont servi à rien, un meurtre soigneusement planifié impliquant nécessairement une fuite tout aussi bien préparée.)

Trois jours après le crime, on a arrêté et interrogé un policier suspecté d'y être mêlé ; un énergumène d'extrême droite connu pour se balader armé, et avec un alibi bancal. On l'a relâché au bout de deux jours, la police affirmant qu'il n'avait rien à voir avec le meurtre.

Ensuite, une bonne dizaine de jours après les faits, un autre homme a été arrêté, accusé d'avoir participé au meurtre.

Le garçon s'appelle Victor Gunnarsson, 32 ans, et il s'avère être un membre de l'EAP, l'Europeiska Arbetetpartiet. Son histoire a très vite semblé prometteuse, étant donné qu'un jour plus tard, la police déclarait avoir trouvé l'assassin. (On avait changé la formule de « participation » en celle d'« assassin ».) Victor avait un sacré dossier contre lui.

— C'est un taré d'extrême droite avec une fixette particulièrement documentée sur le Premier ministre, dont il a dit plusieurs fois qu'« il fallait le buter ». Il est également connu pour avoir suivi Palme lors de meetings électoraux et de diverses manifestations.

— Il était dans les parages à l'heure du meurtre. Des sources affirment qu'il était dans le même cinéma que le Premier ministre.

— Il ne sait pas expliquer où il se trouvait, et il semblerait qu'il ait menti à la police sur certains points décisifs.

— Il a un bonnet gris et un manteau qui ressemblent à ceux de l'assassin.

— En tant qu'employé de plusieurs agences de sécurité privée, il a reçu une formation de tir et sait se servir d'un revolver.

— Un témoin l'a identifié alors qu'il essayait d'arrêter une voiture avant de monter à bord, immédiatement après les faits, dans une rue qui mène à Tunnelgatan.

— Il a été repéré en train d'entrer dans un cinéma environ dix-douze minutes après le coup de feu, mais une demi-heure après le début du film.

— Il est connu pour avoir collaboré avec un groupe, jusqu'ici non identifié, d'extrême droite, religieux et antisémite, basé en Californie où il a résidé périodiquement.

En vingt-quatre heures tout le pays s'est intéressé à l'EAP, moi-même j'ai écrit plusieurs articles sur eux, et on avait l'impression que l'affaire allait être bouclée.

Mais soudain, quelques heures après son incarcération préventive, Gunnarsson était libre. Pourquoi ? Eh bien, parce que le témoin qui disait l'avoir vu essayer de monter à bord d'une voiture n'était plus sûr à cent pour cent que c'était lui.

Ce qui nous amène au fait du jour : aujourd'hui, la police a annulé sa conférence de presse quotidienne, au motif qu'ils n'avaient aucun nouvel élément à rapporter. Une impasse.

Réfléchissons : il est fort possible que Gunnarsson soit arrêté de nouveau ; les procureurs disent qu'ils n'ont rien contre lui, quoiqu'il reste digne d'intérêt.

C'est tout ce qu'on peut dire jusque-là. Bien sûr, je pourrais continuer mes spéculations sur encore deux cents pages – on écrit déjà des livres sur le sujet (peut-être devrais-je moi en écrire un) – mais elles manqueraient de matière.

Nous avons un Premier ministre qui est mort et un meurtrier qui s'est volatilisé.

Entre autres hypothèses, existe celle que des intérêts sud-africains seraient mêlés au meurtre. La commission Palme, où Palme lui-même jouait un grand rôle, venait de lancer une campagne contre les marchands d'armes qui faisaient des affaires avec le régime de l'apartheid.

On trouve aussi l'hypothèse du PKK kurde, qui a ordonné au moins trois meurtres politiques en Suède lors des deux dernières années. Jusque-là les meurtres visaient des « traîtres » au sein de leur propre organisation, mais une idée en vogue (et pas mal raciste) voit en eux les coupables. Pourquoi ? Parce que leur bureau de Stockholm se situe rue David Bagares, là où le meurtrier a mystérieusement disparu. (Ce contre quoi s'élève la question rhétorique de savoir si un assassin serait assez stupide pour courir se réfugier dans le quartier général de sa propre organisation, à deux minutes des lieux du crime.)

Quoi qu'il en soit : voilà la toile de fond. S'il y a du neuf, je peux toujours t'appeler pour te faire un rapport, et tu peux déjà te servir de ces informations comme matériau de base pour l'enquête.

Je joins une photo de Gunnarsson, mais sois prévenu : son avocat a l'intention de surveiller les journaux étrangers qui publieraient sa photo (je fais partie des journalistes qui ont réussi à obtenir cette photo, qui aurait dû être en Une de tous les journaux d'Europe s'il n'avait pas été relâché).

Bon courage,
Stieg

Première Partie

STIEG

Jour de mort

Stockholm, 28 février 1986

Ce jour-là, le Premier ministre suédois allait mourir et Stieg arrivait comme à son habitude en retard au travail, une cigarette à la main. Il décida de prendre les escaliers pour gagner au moins trente secondes par rapport au nouvel ascenseur, inexplicablement lent. Il n'avait rien contre les escaliers, même quand il fallait les monter jusqu'au dernier étage. La cigarette allumée dans sa main droite limitait sa capacité à respirer correctement, mais il avait tout juste 31 ans et beaucoup d'énergie à revendre. Dans la main gauche il portait sa vieille mallette usée jusqu'à la corde, vide à l'exception de quelques papiers ; il montait les marches deux par deux, entraîné par un mélange de caféine et de nicotine.

TT était la plus grande agence de presse en Suède, et cela faisait un peu plus d'un an qu'elle avait emménagé dans des locaux qu'on avait fraîchement aménagés dans l'ancienne brasserie de St Erik, sur la place de Kungsholm. La technique et l'équipe de l'agence étaient d'un aussi bon niveau que celles de la Radio suédoise ou du journal *Dagens Nyheter*. La rédaction occupait les six étages du bâtiment, et comme n'importe quel visiteur, Stieg était obligé de traverser ce paysage de bureaux ouverts pour rejoindre le sien. L'atmosphère légèrement industrielle qui s'en dégageait s'accordait bien avec son caractère. Immédiatement à côté de l'entrée, on trouvait une rangée de fax de marque Toshiba. Tout le monde savait qu'il y en avait inutilement trop, mais dans les années 1980 période yuppie, il fallait savoir montrer qu'on en voulait plus, même dans une agence de presse. À gauche, la rédaction où les hauts responsables de TT et une série de chefs intermédiaires avaient leurs bureaux. Stieg eut beau se faire invisible, son chef, Kenneth Ahlborne, lui lança un « bonjour ! » un peu trop sonore pour qu'il puisse faire semblant de ne pas l'avoir entendu.

« Tu l'auras aujourd'hui, promis ! »

C'était la troisième fois que Stieg demandait un délai supplémentaire, et si un autre chef eût déjà haussé plus brutalement le ton, la bienveillance de Kenneth avait aussi ses limites : Stieg devait livrer son article aujourd'hui.

En haut des escaliers, en venant des bureaux de la rédaction, on trouvait une salle d'archives de presse parmi les plus importantes de Suède, de longues rangées d'étagères que de grandes roues latérales permettaient de déplacer le long de rails – autre installation impressionnante, plus physique que celle des fax. Stieg longea les étagères, tourna après la dernière et ouvrit la porte de son bureau. La petite pièce, vitrée du côté des archives mais sans fenêtre, pouvait au mieux être qualifiée de fonctionnelle. Il partageait son bureau avec Ulla, responsable des archives, et un autre employé qu'on avait mis là faute de place dans un autre bureau. Cette position marginale n'était pourtant pas une relégation, au contraire. Tous ceux qui voulaient entrer en contact avec lui savaient où le trouver, et en fin de compte le vieux fauteuil défoncé qu'il avait ramené de chez lui accueillait plus de visiteurs que les longs sofas flashy de la rédaction à l'étage du dessous.

C'était un jour spécial. C'était le dernier vendredi du mois et tout le monde était convoqué à la réunion mensuelle, la dernière trouvaille du directeur, destinée à récolter « plus de feedback » de la part des membres de l'agence, selon l'expression consacrée. Dans le travail proprement dit, le flux d'informations descendait de haut en bas, ce qui ne déplaisait pas à Stieg. Son supérieur immédiat occupait une bonne position, c'était lui qui avait réussi à placer Stieg loin du centre de commandement, afin qu'il puisse se consacrer librement à ce qui le faisait vivre : combattre l'extrême droite.

En dehors de son travail ordinaire d'illustrateur, Stieg avait parfois la possibilité d'écrire de longs reportages sur les questions pour lesquelles il s'engageait à fond, et il mettait à profit chaque heure de liberté pour se consacrer à ce qui lui importait vraiment : cartographier l'extrême droite suédoise et ses connexions à l'étranger. Il ne se souvenait plus exactement de quand il avait commencé à s'y atteler, mais cela faisait une dizaine d'années que son combat contre l'intolérance et l'injustice constituait une part intégrante de son existence. Le fait d'avoir grandi avec un grand-père maternel qui haïssait tout ce qui avait affaire avec le nazisme et l'extrême droite était sûrement l'explication principale de cet engagement, plus radical cependant que celui du grand-père. Il y dédiait sa vie.

Il était en retard à la réunion, où son seul but était de montrer qu'il participait à la vie de l'agence, avant de pouvoir retourner à son travail sans être dérangé, retrouver son calme et sa tranquillité. Il était dix heures du matin, trop tôt pour lui, et son collègue le plus proche ne fut pas peu étonné de le voir entrer de si bonne heure dans la salle de réunion. La porte se referma derrière lui, il s'écroula à bout de souffle sur sa chaise à l'instant même où le directeur dépliait un large sourire pour leur souhaiter à tous la bienvenue.

La réunion fut sans surprise. La direction croyait ferme en la devise que la répétition est mère de la science, et Stieg quant à lui était sûr d'avoir déjà vu au moins trois fois les images du programme de travail de l'année 1986, dans un ordre différent peut-être. Le vrombissement du projecteur avait quelque chose d'assoupissant.

La seule surprise fut que l'un des rédacteurs se leva à la fin de la réunion pour rappeler à tous les journalistes de la rédaction qu'ils étaient invités le soir même au restaurant Tennstopet. Ce qui sous-entendait que tous ceux ne portant pas le titre de « reporter », « journaliste » ou « rédacteur » n'y étaient pas conviés.

Pour Stieg c'était aussi un vendredi un peu inhabituel, parce que Eva et lui avaient décidé de dîner et de passer la soirée ensemble. Pas au restaurant, non, mais en cuisinant à la maison, ou en commandant une pizza, ce qui signifiait qu'il devait garder l'œil sur sa montre et ne pas quitter le bureau plus tard que dix-neuf heures. Disons vingt heures. La station de métro Rådhuset n'était qu'à un quart d'heure à pied, de là il serait chez eux à Rinkeby en moins d'une demi-heure. À part ça, rien ne devait bousculer sa journée. Il devait finir un schéma qui montrait comment l'industrie suédoise était contrôlée par la famille Wallenberg, l'une des plus puissantes constellations de la finance mondiale. Si les crises économiques de la dernière décennie avaient pu ébranler leur empire, leurs ramifications ne s'en étendaient pas moins à toute la société suédoise, à travers des fondations, entreprises et fédérations qui sur le papier n'avaient aucun lien avec la famille, mais dont les hommes clefs lui étaient étroitement liés.

Après avoir longtemps réfléchi, Stieg déplia une carte du centre de Stockholm. Trois adresses situées à moins d'un kilomètre de distance chacune étaient entourées : la Maison de l'industrie à Östermalm, le palais Burmanska et notamment l'Association des entrepreneurs suédois à Blasieholmen, et un bâtiment anonyme situé au 6, Birger Jarlsgatan, où de nombreuses organisations, entreprises et sociétés avaient leur siège. Sur cette carte il déplia le plan d'un réseau où des flèches à double sens tissaient une série de liens qui auraient évoqué une vertigineuse conspiration si Stieg n'avait pas pris soin de la rendre lisible au moyen d'annotations et de diverses nuances de gris. Une impression en couleurs était hors de propos. C'était techniquement possible depuis plusieurs années déjà, mais on ne comptait que quelques journaux du soir qui s'en servaient, et ils ne figuraient pas parmi les principaux clients de l'agence TT.

Stieg alluma une nouvelle cigarette et posa sa tasse de café devant les rames de papier et les poids qui empêchaient ceux-ci de s'envoler. Quand la cendre devenait trop lourde au bout de la cigarette, elle tombait souvent sur le papier et il l'éloignait en soufflant dessus, puis la ramassait avec les mains et la vidait dans l'une des tasses vides. La plupart des collègues prenaient leur déjeuner assez tôt ; Stieg pour sa part travaillait jusqu'à ce que ses pensées se troublent et qu'il soit contraint de s'injecter du sucre. Soit une moitié de petit pain rond emballé dans du plastique, avec du fromage en tranches et un cornichon de la cafétéria.

Lorsque Stieg regarda sa montre, il était déjà dix-sept heures trente. Il devait se dépêcher de finir son schéma. Demander un délai supplémentaire n'eût été d'aucune aide, il aurait seulement couru le risque d'être éjecté du prochain article de fond, seule chance qu'il avait de pouvoir aborder les questions essentielles en touchant un large public.

Stieg essaya d'ajouter dans un coin de la carte un texte portant la vieille devise de Marcus Wallenberg : *« Esse, non videri »*. « Être sans être vu », cela collait parfaitement au message que délivrait cette image d'un réseau secret ; mais sans traduction, personne ne comprendrait, et une phrase de plus risquait de rendre le tout illisible. Il décida de ne plus bouger tant qu'il n'aurait pas fini : deux, trois heures maximum devraient suffire. Il aurait alors juste le temps d'arriver chez lui avant qu'Eva ne commence à croire que leur dîner tombait à l'eau.

Il y avait sans doute quelque chose de magique dans ces couches superposées de lignes et de symboles qui faisaient filer le temps. Soudain il était vingt heures passées, il fallait réagir sans attendre. Il décrocha son téléphone Ericsson modèle Dialog légèrement égratigné, et tandis que le clavier lumineux émettait ses bips familiers, il se demandait comment il allait bien pouvoir expliquer à Eva qu'il ne rentrerait pas avant minuit, et qu'il manquerait leur dîner.

Ce ne fut pas si difficile : Eva acceptait toujours ses explications, c'était sa mauvaise conscience à lui qui compliquait les choses. Il lui fallut dix minutes après avoir raccroché pour se remettre au travail. Une chose était désormais sûre : il devait finir dans la soirée.

La radio était allumée. On retransmettait la pièce de théâtre d'un groupe qui s'appelait Societas Avantus Gardiae. Si Stieg avait tendu l'oreille, il aurait entendu le présentateur exhorter les auditeurs à deviner quel homme d'État allait être tué ce soir, insistant sur le fait que ce n'était *pas* Gustav III, bien que la pièce racontât les préparatifs de son assassinat. Stieg avait besoin de quelque chose de plus léger pour ne pas être distrait : il changea de station pour en trouver une autre qui diffusait de la pop en continu.

Quand il étendit la main vers l'interrupteur placé sur le lourd pied en fonte de sa lampe de bureau, afin d'éteindre la lumière, il était vingt-trois heures vingt. Presque au même instant, un coup de feu retentissait sur Sveavägen, le Premier ministre suédois était mort. Stieg heureusement n'en savait rien ; il ne pensait qu'à une seule chose : ne pas rater le prochain métro pour Rinkeby.

La haine

C'était en germe depuis plus de vingt ans. Bien qu'il fût l'un des hommes politiques les plus influents de l'histoire de la Suède, son parcours avait été complexe, semé d'embûches, et il s'était fait d'innombrables ennemis.

Olof Palme avait succédé, comme Premier ministre et à la tête du Parti social-démocrate, à Tage Erlander, qui avait occupé le poste pendant vingt-trois ans, un record mondial. Lors de la dernière élection d'Erlander, le Parti social-démocrate avait recueilli plus de 50 % des voix. Il était impossible pour Olof Palme de devenir plus populaire que son prédécesseur. Issu de la bonne bourgeoisie, Palme était regardé avec défiance par les ouvriers et les petits employés de son propre parti. C'était aussi lui qui en 1976 fit perdre aux sociaux-démocrates leur première élection en quarante ans.

Cette défaite électorale lui donna néanmoins la possibilité de se consacrer davantage à son engagement principal, la politique étrangère. Olof Palme était un ami du tiers-monde, il luttait pour rendre justice aux plus faibles. Il aimait raconter que sa première action politique avait été, avec quelques amis, de donner son sang pour collecter de l'argent afin de lutter contre l'apartheid en Afrique du Sud.

La politique étrangère de Palme le mit souvent aux prises avec les grandes puissances. Il provoqua la colère de l'Union soviétique lorsqu'en avril 1975 il qualifia la Tchécoslovaquie, son État satellite, de « créature de la dictature », et aussi lorsqu'il critiqua l'invasion soviétique de décembre 1979 en Afghanistan.

Il provoqua également les États-Unis, qui rompirent deux fois leurs relations diplomatiques avec la Suède à cause de Palme : la première fois en février 1968 après qu'il eut défilé aux côtés de l'ambassadeur de Moscou au Nord-Vietnam lors d'une manifestation contre la guerre du Vietnam à Stockholm ; la seconde lorsque, critiquant le bombardement d'Hanoi de Noël 1972, il compara l'entreprise américaine aux pires crimes du XXe siècle.

Beaucoup voyaient dans la politique de Palme, et donc de la Suède, une troisième voie, et il avait sa propre idée pour mettre un terme à la guerre froide. À travers la « Commission Palme », telle qu'on la nommait et dont il était le président, il s'efforçait, avec d'autres leaders politiques, de poser les conditions d'un désarmement qui rendrait le monde plus sûr. Un tel projet intéressait moyennement les États-Unis, ce qui le condamnait d'avance, mais l'intérêt manifesté par l'Union soviétique fit grandir la défiance à l'égard de Palme en Suède comme à l'étranger. On l'accusait de travailler pour les Russes.

Entre 1980 et 1982, Palme fut l'émissaire de paix envoyé par l'ONU dans la guerre entre l'Iran et l'Irak. Il échoua dans cette mission impossible, et lorsqu'on découvrit qu'il s'était activement engagé à aider des fabricants d'armes suédois, principalement Bofors, à signer des contrats en Inde, beaucoup ne virent plus en lui qu'un hypocrite. D'abord il prenait l'initiative d'un désarmement et s'engageait pour la paix, puis l'instant d'après soutenait l'exportation d'armes suédoises pour sauver des emplois.

En Suède, les critiques pensaient que le pays n'avait ni le temps ni les ressources nécessaires pour jouer sur la conscience du monde, et qu'il était du devoir du Premier ministre, en revanche, de s'occuper de politique intérieure, où la position de Palme se trouvait également fragilisée. Par ses discours et son habile jeu de pouvoir, il s'était fait autant d'ennemis à gauche qu'à droite.

Contre sa volonté, il dut assumer la réalisation du vieux projet social-démocrate de transformation du salariat, qui impliquait qu'une partie des bénéfices d'une entreprise soient reversés sous forme d'actions à ses employés. Les critiques utilisèrent le terme de « socialisme soviétique » et plusieurs entreprises quittèrent le pays.

Mais ce n'était pas sa politique qui irritait en premier lieu ses détracteurs. Son origine sociale bourgeoise lui attirait la défiance de nombreux collègues de son propre parti, tandis que les bourgeois lui reprochaient d'avoir trahi sa classe. Son charisme et son aura avaient aussi quelque chose d'agaçant. Lors des débats, Palme se montrait impatient, et on trouvait arrogante sa façon de démonter systématiquement ses adversaires dès qu'ils lui étaient inférieurs. Avec un QI de 156, il faisait partie de cette petite fraction de la population qu'on pourrait qualifier de « génies ». C'était moins que l'acteur Dolph Lundgren, 160 de QI, mais plus que tous les autres politiques de Suède, et Palme ne cachait pas qu'il avait conscience d'être plus intelligent que ses adversaires.

Il était très recherché dans le monde de la culture, les invitations VIP aux premières étaient monnaie courante, mais lorsque Ingmar Bergman, réalisateur mondialement célèbre, fut accusé de fraude fiscale en 1976, et arrêté de manière passablement humiliante en plein théâtre de Stockholm, sa popularité décrut et les invitations se firent plus rares.

Dans les médias également, Palme s'était fait de puissants ennemis. La majorité des journaux suédois étant indépendants, il avait réussi à s'attirer l'inimitié du journaliste le plus influent de Suède : Jan Guillou. Lorsque celui-ci révéla que le Parti social-démocrate, avec Palme à sa tête, utilisait les services secrets de l'armée, l'IB, comme ses espions personnels, notamment en mettant sur écoute des sympathisants communistes, on crut vivre un Watergate à la suédoise. Sauf que Palme tira mieux son épingle du jeu que Nixon. Il parvint à se maintenir, tandis que Jan Guillou et son collègue Peter Bratt furent condamnés chacun à un an de prison pour espionnage.

Mais Guillou n'était pas un ennemi facile, et quelques années plus tard, il s'en prit de nouveau à Palme lors du scandale Geijer, par lequel on découvrit que des hommes politiques suédois, notamment le ministre de la Justice Lennart Geijer, avaient eu des relations sexuelles avec des prostituées. Palme ne s'en tira que d'un cheveu, grâce à son homme de main, le commissaire Hans Holmér, et à son secrétaire Ebbe Carlsson, qui rédigèrent pour lui un démenti partiellement mensonger.

L'ultime tentative de Guillou de faire tomber Palme fut ce qu'on appela l'affaire Harvard, dont on ne sut jamais le fin mot mais qui touchait directement la famille du ministre. Dans une interview en direct à la radio, Guillou demanda à Palme s'il n'avait pas obtenu pour son fils Joachim une bourse d'études à l'université américaine de Harvard, en remerciement d'un discours tenu par son père dans ladite université. Olof Palme, d'ordinaire jamais pris en défaut, hésita ce soir-là trop longtemps pour que sa réponse, finalement négative, pût être considérée comme digne de foi. Une nouvelle affaire était en cours.

Lorsque la haine de Palme fut bien installée dans différentes couches de la société, elle devint inarrêtable. Des campagnes contre lui commencèrent. Des journaux publièrent des caricatures d'Olof Palme affublé d'un nez crochu, les dents sales et des cernes sous les yeux. Il y en avait pourtant pour le trouver séduisant : l'actrice américaine Shirley MacLaine affirma avoir eu une liaison avec lui. Il n'en fallut pas plus pour que des rumeurs sur les relations extraconjugales du ministre se répandent comme une traînée de poudre.

De nombreux quotidiens suédois publièrent des annonces attaquant directement Olof Palme et sa politique. On se mit à utiliser le néologisme « palméisme » dans un sens négatif, sans savoir exactement de quelle idéologie il était censé être le nom. Ce qui était clair, c'est que derrière les gros titres se trouvaient des portefeuilles capables de payer les millions que coûtaient ces annonces dont les porte-parole publics étaient l'acteur Gio Petré et le médecin Alf Enerström, jusque-là inconnu. Pendant ce temps-là, la revue *Contra*, ouvertement à droite, vendait des cibles à fléchettes à l'effigie d'Olof Palme.

En décembre 1985, les élections parlementaires amenèrent un nouveau gouvernement social-démocrate. Lors d'un meeting du parti des « Modérés », Moderaterna, on lança au public une poupée représentant Olof Palme, livrée aux injures et aux crachats de la foule.

Le 3 novembre 1985, le journal *Svenska Dagbladet* publia un article polémique signé du commandant de marine Hans von Hofsten où lui et d'autres militaires contestaient publiquement la politique du Premier ministre à l'égard de l'Union soviétique.

Olof Palme était sous pression. Une rumeur annonçait sa démission prochaine et sa retraite dans un poste aux Nations unies. Il était fatigué, et c'était de bonne guerre. L'homme politique le plus brillant et le plus influent de Suède se voyait contesté de toutes parts. La route semblait bloquée de tous côtés. On était le 28 février 1986.

La carte du meurtre

Stockholm, 1er mars 1986

« Palme a été assassiné. »

Les mots le secouèrent comme un réveil en sursaut. Eva s'était levée un peu avant lui et avait allumé la radio, étonnée d'entendre que les trois stations retransmettaient toutes de la musique funèbre. Celle-ci s'interrompit soudain pour laisser place à un flash spécial.

Ils ne prirent aucun petit déjeuner. Seulement un café noir dans la cuisine spartiate. Kenneth de TT appela Stieg, et celui-ci lui demanda s'il en savait plus que ce que les informations disaient, mais tout ce qu'il obtint de son chef fut l'ordre de venir au bureau. Immédiatement. Eva décida de le suivre en ville. Elle était déboussolée, il lui paraissait impensable de rester seule à la maison.

La station de Rinkeby était aussi déserte que chaque samedi. Ils firent les cent pas sur le quai en attendant le métro pendant ce qui leur sembla une éternité. Une demi-heure plus tard ils étaient à T-centralen. Stieg ne descendit pas à Rådhuset comme il en avait l'habitude. Il voulait passer encore un peu de temps avec Eva avant que l'enfer au bureau ne se déchaînât. Ils sortirent dans la rue Vasagatan et tournèrent à droite dans Tunnelgatan. Après avoir marché cinq minutes dans l'anonymat de la petite rue, ils aperçurent une voiture de police et un groupe de gens au coin de l'avenue, devant Skandiahuset. Alors ils réalisèrent : le Premier ministre de Suède avait été assassiné en pleine rue, au cœur de Stockholm.

En s'approchant du lieu du crime, le silence les frappa. Une centaine de personnes s'étaient rassemblées autour du périmètre de sécurité. Nul grand geste, aucun mot à voix haute, ceux qui pleuraient le faisaient en silence. La manière suédoise d'exprimer son chagrin. Des gens s'approchaient, certains avec une rose à la main, d'autres s'en allaient, mais tout cela sans un bruit.

Eva et Stieg avancèrent jusqu'à la bande de plastique qui délimitait la scène du crime, et ils comprirent qu'ils étaient tout près de l'endroit exact où Palme avait été tué. Du sang avait coulé sur le trottoir gelé, la glace était teinte d'un rouge sombre. La flaque de sang était plus grande que ce qu'ils imaginaient qu'un être humain pouvait en contenir. On avait déposé des fleurs, des roses surtout, autour du périmètre interdit, certains les avaient jetées au milieu. Il faisait froid, pourtant ils restèrent là une bonne heure, immobiles. Seule la radio dans la voiture de police brisait sporadiquement le silence.

De là où ils étaient, on pouvait voir toute l'avenue Sveavägen dans les deux sens. Une cinquantaine de mètres plus loin, dans Tunnelgatan, des baraques de chantier bloquaient en partie la vue vers le tunnel. Derrière elles s'élevait la butte de Brunkeberg.

Il n'était que neuf heures du matin, la journée serait longue pour toute la Suède. Beaucoup d'autres gens allaient venir, beaucoup déposeraient des roses. Peut-être l'assassin lui-même serait parmi eux, si l'on en croit le vieil adage qui veut que le meurtrier revienne toujours sur les lieux de son crime.

*

Dans l'ascenseur qui le portait à l'agence, Stieg tentait mentalement de passer du désarroi du deuil aux résolutions énergiques. Il se disait qu'il n'y avait aucun mal à ce qu'il ne fût pas venu directement au bureau, car il faudrait encore quelques heures à la rédaction pour se faire une idée précise du meurtre, avant de lui en demander une ou plusieurs illustrations. La journée allait être très longue, il serait vraisemblablement obligé de travailler jusqu'au lendemain matin.

Sur les lieux du meurtre, l'atmosphère avait été digne, silencieuse, en contraste extrême avec l'agitation qui l'accueillit lorsqu'il poussa les portes de la rédaction. On avait l'impression que tous les employés avaient été rameutés, que TT était en charge exclusive de tout ce qui touchait au meurtre. Tout le monde s'occupait de rassembler les rares éléments dont on disposait. Dans quelques heures les premiers articles devaient être lancés, mais le travail de collecte d'informations continuerait, surtout si la police mettait la main sur un suspect. Chaque heure qui passait réduisait les chances de voir l'affaire se régler rapidement, tous les policiers le savaient. Les journalistes aussi.

Une heure à peine après son arrivée, Stieg était déjà chargé d'une mission qui lui prendrait toute la journée et peut-être un bout de la nuit, selon ce qu'on découvrirait. Il devait réaliser une carte de la zone autour du cinéma Grand et des lieux du crime, sur laquelle on reporterait ensuite tous les éléments connus jusqu'ici. Cela le soulageait de s'être rendu sur place avec Eva, sans l'aider pourtant à déterminer quelles informations faire figurer sur la carte. Le risque était qu'il faille insérer beaucoup de texte autour du cinéma Grand et du lieu de l'assassinat, mais rien autour. Une version anglaise était nécessaire, on pourrait y ajouter plus de texte que dans la version suédoise. La pression des médias étrangers était d'ores et déjà énorme, et TT était l'une de leurs sources principales en Suède.

Stieg prit une carte de Stockholm pour marquer en pointillé le chemin parcouru par Palme, en notant les lieux qu'il savait importants. Avant de se mettre à dessiner, il débarrassa la table des tasses vides et autres paperasses inutiles, puis se servit un café bien chaud pour remplacer celui qui avait déjà eu le temps de refroidir. Il mit devant lui une carte de Stockholm grand format, qu'il recouvrit d'un transparent A3. Il inclina la table de façon que la carte vienne se positionner à une dizaine de centimètres du bord inférieur. De la main gauche il prit une règle en T pour contrôler que le bord était bien parallèle. À main droite, un jeu de décalcomanies comprenant lignes, symboles et lettres. Il commença par tracer le contour du quartier et des rues. Quand le fond fut prêt, il continua en utilisant des couches adhésives pixelisées qu'on pouvait coller des deux côtés. Il en découpait la forme exacte avec un scalpel, dont il utilisait le côté lisse pour aplanir les petites bulles qui restaient sous le plastique. Stieg n'était pas un fanatique de l'aspect mécanique des pixels, mais c'était la dernière mode, il fallait faire avec.

Tout au long de la journée les informations affluèrent. Ses collègues et lui firent le tri entre celles qui provenaient de la police, des médias et de l'opinion. Lorsque Stieg eut achevé à la fois la version anglaise et la version suédoise de sa carte, il y avait déjà quelques heures que nous étions le 2 mars.

Sherlock Holmér

Stockholm, 1er mars 1986

L'enquête policière sur l'assassinat d'Olof Palme ne pouvait pas prendre un départ plus calamiteux. Le tireur s'était échappé sans difficultés, malgré plusieurs patrouilles de police alentour, et bien que la première voiture fût arrivée sur les lieux quelques minutes à peine après le crime.

La zone à laquelle il était interdit d'accéder était bien trop petite, si bien que les balles furent retrouvées par des passants, hors du périmètre de sécurité, dans les jours qui suivirent le meurtre. Des preuves ultérieures purent aussi bien disparaître.

Une sorte de paralysie s'était emparée des responsables de la centrale policière, l'alerte nationale ne fut donnée qu'à 2 h 05, deux heures et demie après les faits. L'avis de recherche signalait alors deux meurtriers. La nuit s'était déroulée dans un chaos tel qu'il apparut nécessaire de confier l'enquête à un homme à poigne. Il y avait trois possibilités :

Les attentats terroristes ou en lien avec des puissances étrangères relevaient des services de la Police de sécurité, la SÄPO. Sven-Åke Hjälroth, son directeur, avait été nommé pour en apaiser la gestion après une période troublée. Comme il avait commencé sa carrière à la Poste, on lui avait trouvé le surnom peu flatteur de « Postillon ».

L'autre solution était la Police criminelle du royaume, *Rikskriminalpolisen*, dont la mission était entre autres de résoudre les affaires d'État, au nombre desquelles on pouvait compter l'assassinat du Premier ministre. La Commission nationale d'enquête sur les homicides était sous l'autorité de la Criminelle, et l'on y trouvait le personnel le plus compétent de Suède pour résoudre les meurtres complexes. Son chef, le rugueux Tommy Lindström, était depuis peu un bon client des médias, qui lui avaient trouvé le nom de « Tommy Turbo » après qu'il eut été arrêté par la police à 174 km/h au volant de sa Saab, et celui de « Super Cop », en raison de sa tendance à intervenir directement dans les enquêtes, et ce malgré son absence de formation policière.

La troisième possibilité était de confier l'enquête à la police locale, c'est-à-dire ici à la Préfecture de police de la région de Stockholm, chargée de la criminalité ordinaire, entre autres des meurtres sur la voie publique. Hans Holmér était le préfet de police de Stockholm, mais il n'avait ni formation policière ni expérience en matière d'enquête criminelle.

L'échec de la SÄPO dans sa mission de protéger le Premier ministre avait été fatal. Leur confier l'enquête aurait impliqué de les faire enquêter sur leurs propres responsabilités, ce qui aurait fait peser une pression médiatique trop grande. Ne restaient que la Criminelle et la Préfecture de police de Stockholm.

Tommy Lindström n'avait pas peur de se salir les mains et il aimait occuper le centre de l'attention, mais dans le cas du meurtre du Premier ministre, il changea de tactique. Après avoir entendu la nouvelle tôt le matin, il retourna se mettre au lit, puis resta chez lui pour fêter son anniversaire. Il prit du gâteau, découvrit la crosse de hockey que ses fils lui avaient offerte, et prit son temps. Lorsqu'il arriva à son bureau à dix heures trente, l'enquête avait déjà été confiée à quelqu'un d'autre.

À 7 h 35, quand Hans Holmér apprit la nouvelle, il se trouvait selon ses dires à l'Hotel Scandic de Borlänge avec sa petite amie Åsa. Il abandonna alors son idée de participer à une course de ski de fond, et rentra en voiture à Stockholm. À son arrivée, il était nommé responsable de l'enquête. Personne ne sait exactement comment la décision fut prise, mais il est clair qu'elle ne put l'être sans l'approbation des autorités politiques du pays.

Hans Holmér répondait aux nombreux critères que devait remplir celui qui allait être chargé de l'enquête policière la plus importante de l'histoire suédoise. Il était ferme face au danger, décidé, et possédait une longue expérience dans la police, en tant que préfet de police et ex-directeur de la SÄPO. Son réseau politique était étendu, notamment au sein du Parti social-démocrate au pouvoir. Lui et son ami Ebbe Carlsson avaient déjà aidé Olof Palme à se tirer des plus mauvais coups. L'affaire IB et l'affaire Geijer étaient le genre de scandale qui aurait pu contraindre un Premier ministre à la démission, et chaque fois la loyauté et la fermeté de Hans Holmér avaient été exemplaires. Dans les deux cas, Ebbe Carlsson et lui avaient soutenu Palme, démontrant qu'ils savaient résoudre une crise grave. Désormais, l'employeur historique de Holmér était mort et il était du devoir de ce dernier de trouver le ou les responsables du crime.

*

À 10 h 50 le samedi 1er mars, Hans Holmér entrait à la Préfecture de police de Stockholm pour prendre les rênes de l'enquête. Il avait accepté la proposition du ministère de la Justice d'envoyer un observateur, et le secrétaire d'État Harald Fälth avait déjà formé un comité pour assister l'enquête. La présence d'un représentant du gouvernement dans une enquête entrait en soi en contradiction avec la Constitution suédoise, mais les circonstances extraordinaires nécessitaient des mesures extraordinaires.

L'opinion et les médias attendaient des informations. Holmér devait livrer celles dont il disposait lors d'une série de conférences de presse. Ses collègues lui avaient transmis le contenu de l'alerte, mais il décida rapidement d'éliminer l'un des deux suspects qu'elle mentionnait, afin que la déclaration officielle n'en comportât plus qu'un seul. Pourquoi il prit cette décision, Holmér seul le sait.

Il était déjà midi lorsqu'il entra dans la salle de presse de la Préfecture de police pour entamer la première de ses conférences, avec un sang-froid qui lui valurent d'être élu « Suédois de l'année » avant la fin de celle-ci.

*

La pression était énorme. Holmér avait la responsabilité d'une enquête criminelle sur laquelle le monde entier avait les yeux rivés, et beaucoup s'attendaient à ce qu'il confiât la conduite des opérations à ses enquêteurs les plus chevronnés, or à la surprise générale il s'attribua lui-même ce rôle. S'il n'avait aucune expérience personnelle en la matière, le groupe d'enquêteurs dans son ensemble, déjà fort de plus de deux cents hommes, n'en manquait certes pas.

Les premiers jours, l'insécurité était grande. L'assassinat d'Olof Palme pouvait très bien n'être que le premier d'une suite d'événements. C'était peut-être le début d'un coup d'État. Holmér s'assura d'abord de sa propre sécurité. Au lieu d'avoir recours à la protection de la SÄPO, si compromise, il s'attribua quatre gardes du corps personnels en qui il avait une confiance absolue. Plusieurs d'entre eux venaient de la fameuse « Ligue de base-ball », un groupe de policiers qui dans les années 1980, habillés en civil et coiffés de casquettes de base-ball, avaient nettoyé le centre de Stockholm de ses bandes de hooligans.

Holmér devait aussi s'assurer qu'il avait la confiance du gouvernement. Une entrevue avec le nouveau Premier ministre, Ingvar Carlsson, était nécessaire. Elle eut lieu deux jours après le meurtre.

Hans Holmér rencontra Ingvar Carlsson dans un salon privé de la Maison du peuple, *Folket Hus*, de Stockholm, le 2 mars à dix-huit heures. Ebbe Carlsson y participait aussi, ce qui était peu conventionnel, du fait que l'emploi officiel de ce dernier était « directeur d'une maison d'édition ». Mais Carlsson et Holmér savaient tous deux qu'Ebbe, en tant qu'ami d'Olof Palme, s'était souvent trouvé là où il n'aurait pas dû se trouver, et que, pas moins souvent, il était parvenu à démêler des situations que personne d'autre ne savait redresser. On aurait peut-être encore besoin de ses services dans cette nouvelle affaire.

En outre, Holmér, qui était en instance de divorce, habitait momentanément chez Ebbe à Tantolunden, et il lui avait semblé naturel de le mettre sur le coup. Holmér expliqua au nouveau Premier ministre les grandes lignes de l'enquête en cours, et celui-ci le confirma dans son rôle.

Néanmoins, sa position restait fragile. Quelqu'un de plus formaliste pouvait très bien avancer que cet assassinat était un attentat terroriste, auquel cas l'enquête devait échoir à la SÄPO, ou bien une affaire d'État, et dans ce cas c'était à la Criminelle de s'en charger – mais les événements plaidèrent en faveur de Holmér. Des informations affluèrent en masse lors des premiers jours, pointant toutes sortes de pistes, de la conspiration étrangère à l'acte d'un fou isolé. La première information dont s'empara la presse concernait un Autrichien déséquilibré, suspect qui tombait définitivement sous la responsabilité de Holmér. Dans les médias, la police donnait l'impression d'aborder l'assassinat de Palme comme un banal crime de rue.

Le 2 mars, Hans Holmér tenait sa deuxième conférence de presse, retransmise en direct pendant le bulletin du soir de la télévision suédoise, sans que personne ne protestât du fait qu'il se fût lui-même nommé chef de l'enquête. Il en faudrait désormais beaucoup pour lui faire quitter le costume.

Par ce qui semblait être un pur hasard, la veille du meurtre, Ebbe Carlsson avait eu un entretien avec un membre de la SÄPO. Celui-ci lui révéla qu'ils avaient enregistré une conversation téléphonique, à partir de laquelle ils avaient conclu que le mouvement séparatiste kurde du PKK préparait un attentat en Suède. La SÄPO ne savait pas qui devait être assassiné, mais lorsqu'il entendit l'annonce de la mort de Palme, Ebbe fit aussitôt le lien. Hans Holmér habitait chez Ebbe, et il avait de bons contacts avec la SÄPO depuis qu'il en avait été le directeur. Il ne laissa pas passer l'information, et une enquête sur le PKK fut ouverte immédiatement après le meurtre.

*

Ils travaillèrent intensivement durant tout le week-end, et le lundi, plusieurs centaines d'interrogatoires avaient déjà été menés. Le commissaire Inge Reneborg et l'inspecteur Christer Sjöblom rencontrèrent Lisbeth Palme chez elle le samedi 1er mars après-midi. Elle était incapable de décrire le visage de l'assassin. Il semblait en outre qu'elle confondît le meurtrier avec l'un des témoins, car les vêtements et la corpulence qu'elle lui attribuait ne concordaient pas avec les descriptions habituelles des témoins. Comme si cela ne suffisait pas, l'un des témoins, qu'on appela « Skandiaman » parce qu'il travaillait dans l'immeuble de la firme Skandia devant lequel avaient eu lieu les faits, avait débarqué immédiatement après les coups de feu – comme un éléphant dans une boutique de porcelaine – et sans doute été confondu avec le tueur par des témoins ultérieurs.

Le lundi, Holmér prit contact avec ses collègues allemands du laboratoire de police technique BKA de Wiesbaden, leader européen en matière de conception de portraits-robots dans les affaires où le suspect est inconnu. On tomba d'accord pour que les experts allemands viennent à Stockholm le 5 mars afin de réaliser un portrait-robot à partir des descriptions des principaux témoins. D'ici là les enquêteurs s'occuperaient de faire le tri parmi les témoignages, et de sélectionner les plus convaincants d'entre eux.

*

Peu de temps après le meurtre, Sara, 22 ans, sortait par la porte de service de la boîte de nuit la plus réputée de Stockholm, l'Alexandra's, pour fumer une cigarette. Lorsqu'elle ouvrit la porte donnant sur Smala grän, celle-ci heurta presque un homme qui avait l'air nerveux. Son regard croisa celui de Sara, puis il remonta prestement son col pour cacher son visage. L'endroit était relativement bien éclairé, et Sara eut suffisamment de temps pour observer l'homme et mémoriser les traits de son visage. Quand elle entendit l'annonce de la mort du Premier ministre le lendemain matin, elle contacta la police pour délivrer l'un des premiers témoignages.

Les collègues allemands du BKA, le commissaire principal Joachim Heun et le secrétaire de division Stefan Wagner, avaient apporté le matériel technologique de pointe qui allait leur permettre de réaliser des portraits-robots sur place, à la Préfecture de police de Stockholm. La pièce principale de leur système était un Minolta Montage Synthesizer, l'appareil le plus moderne au monde en matière de conception d'image, combinant vidéo et technique optique.

Presque aussi lourd qu'un téléviseur de l'époque, il pesait vingt-cinq kilos. Le fonctionnement de base en était relativement simple : une série de lampes éclairent des morceaux de visage préalablement photographiés, interchangeables et disponibles en grande quantité dans quatre fichiers ovales classés par type. La reconstruction d'un visage entier sollicite quatre parties distinctes : le menton et la bouche, les joues et le nez, les yeux et le front, les cheveux. Les parties sont fichées dans quatre fentes correspondantes sur le flanc de l'appareil. La création d'une image uniforme requiert un opérateur expérimenté qui décidera quelle surface de chaque partie du visage devra être éclairée, et comment la placer, à l'aide de manettes permettant d'actionner différentes lampes et lentilles optiques. Des filtres supplémentaires permettent en outre de superposer à l'image des sourcils, des lunettes et autres signes distinctifs.

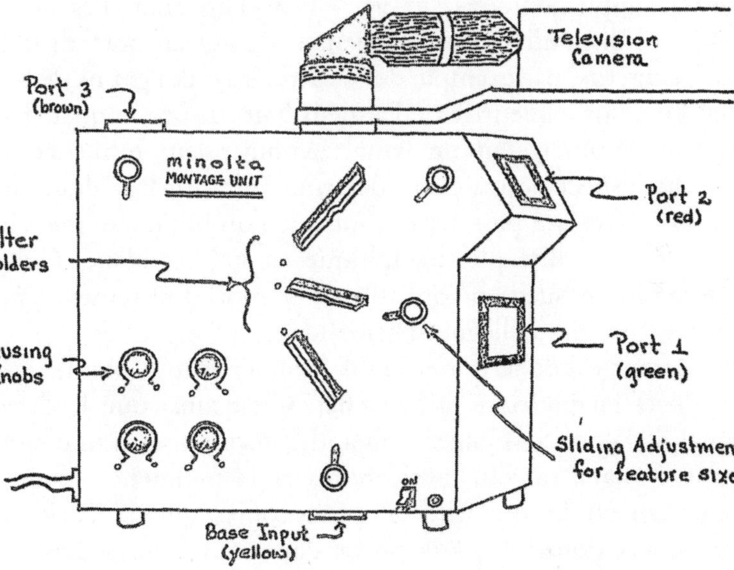

Croquis explicatif du Minolta Montage Synthesizer
(Tiré de « Mug File Project Report Number UHMUG-4 :
The Minolta Montage Synthesizer as a Facial Image Generating Device »,
de Duncan, F. H., Laughery, K. R., University of Houston, Houston)

À partir du portrait tracé à gros traits par un témoin – par exemple : un visage rond avec une grosse bouche, un menton fuyant et des cheveux dressés en pointes – on pouvait recréer, comme par magie et avec la qualité d'une photographie, un visage qu'une caméra projetait ensuite sur un écran de télévision. Le témoin pouvait alors commenter les différences entre l'image projetée et celle gravée dans sa propre mémoire. L'opérateur ajustait ensuite la distance entre les différentes parties du visage, ou bien il troquait certains morceaux pour d'autres, et en quelques minutes, un nouveau portrait était proposé au témoin. Le processus pouvait se répéter autant de fois que nécessaire, mais en général, il fallait une bonne heure avant que le témoin n'approuve le portrait final. Lorsque le témoin et l'opérateur considéraient le travail achevé, on photographiait l'image avec un appareil photo classique.

Le synthétiseur photo que les Allemands amenaient à Stockholm étant l'un des tout derniers modèles, il avait encore été amélioré et comptait notamment un cinquième fichier, une fente et deux manettes supplémentaires sur le côté de l'appareil. Les nouvelles diapositives disponibles permettaient d'ajouter au portrait d'autres signes distinctifs, par exemple des cicatrices ou des grains de beauté.

L'enquête sur le meurtre de Palme n'était pas une enquête banale, et aucun témoin n'était un banal témoin : leur influence sur la traque du suspect pouvait être déterminante. Au lieu d'une heure, ce furent quatre qui passèrent avant que l'on obtienne une « image fantôme » de qualité photographique en noir et blanc. C'était la première fois en Suède qu'on utilisait ce mot, directement importé du vocabulaire des collègues allemands.

Le portrait-robot terminé, Hans Holmér prit la première copie et l'apporta en personne à son chef. C'est ainsi que le directeur national de la police, Holger Romander, reçut en cadeau d'anniversaire, le 6 mars, un étui à cigarettes et la première « image fantôme ». On en fit quantité de photocopies qu'on distribua aux policiers, aux douaniers, à la presse dans tout le pays. Les techniciens allemands en profitèrent pour réaliser d'autres portraits-robots avec des témoins de moindre valeur, mais ce fut la photo qu'on publia pour la première fois qui devait passer à la postérité comme la seule et unique « Image Fantôme ».

On ne proposa jamais à Lisbeth Palme de participer à la reconstruction du portrait-robot, vu que lors de son premier interrogatoire elle n'avait pas su décrire le meurtrier, semblant avoir confondu celui-ci avec un autre homme qui quittait les lieux.

La publication de l'« image fantôme » entraîna une explosion des coups de téléphone. Dans toute la Suède, des gens affirmaient avoir vu le meurtrier. La police reçut plus de 8 000 appels de ce genre. Certaines critiques laissèrent entendre que, d'une part, cette stratégie obligeait la police à s'éparpiller, pour ensuite s'égarer sur de fausses pistes, et que, d'autre part, cela dissuadait les gens de signaler des individus pourtant suspects mais qui ne ressemblaient pas au portrait qu'on s'était fait de l'assassin.

Plus tard, on allait au contraire tout faire pour discréditer l'« image fantôme » et le témoignage de Sara, dès lors qu'ils n'étaient plus en accord avec la thèse des enquêteurs.

Victor

Stockholm, 9 mars 1986

Stieg avait la fièvre, il travaillait trop. Les dix derniers jours avaient été un enfer de travail et – pendant les trajets de chez lui au bureau – un bourdonnement ininterrompu de pensées. Ses moments de discussion avec Eva, ses quelques heures de sommeil inquiet l'aidaient à peine à s'arracher à des pensées de plus en plus obsédantes. Tout tournait autour de l'assassinat du Premier ministre.

Ce jour-là, comme tous les autres, devait commencer par la réunion matinale de la rédaction, à neuf heures. Stieg arriva en retard d'un quart d'heure, il se cacha dans le fond de la salle comme il en avait l'habitude, mais il sentit immédiatement que quelque chose était changé. Bien que la discussion portât sur les sujets habituels, la salle bouillonnait d'énergie, dans une sorte d'exaltation qu'il n'avait plus vue depuis l'échouage du sous-marin soviétique *U-137* à Karlskrona, dans les eaux suédoises, cinq ans auparavant. Quand la réunion s'acheva quelques minutes plus tard, Stieg, une tasse de café à la main, essaya d'arrêter ceux qui en sortaient pour avoir des explications, mais tous lui filèrent sous le nez en secouant la tête, comme pour lui faire signe d'interroger la personne suivante. Lorsque le flot de collègues qui quittaient la salle se fut un peu calmé, il réussit à attraper par la manche l'une des rédactrices et lui demanda ce qu'il se passait.

« T'es pas au courant ? La police a arrêté un suspect hier. »

Elle dégagea la main de Stieg de son épaule, le laissant à son étonnement. Deux minutes plus tard il était à son bureau et téléphonait aux meilleurs informateurs qu'il connaissait parmi la police. Les deux inspecteurs criminels qu'il contacta n'avaient entendu parler de rien, mais avec le troisième, un contact qu'il s'était récemment fait à la SÄPO, il eut plus de chance.

« Qu'est-ce que tu peux me dire sur le gars qu'ils ont pris ? » fut naturellement la première question de Stieg. La réponse se fit attendre.

« On ne sait même pas comment il s'appelle, et t'iras pas loin avec ce que je vais te dire. Mais il est à droite toute. Anticommuniste. Pas nazi, mais bien d'extrême droite. Actif dans un tas d'organisations, suédoises et étrangères. Religieux. C'est tout ce que j'ai pour l'instant. »

Stieg s'en contentait. S'il s'agissait d'un extrémiste de droite, ou d'un anticommuniste, comme ils aimaient s'appeler, cela ferait avancer ses propres dossiers, qui se trouvaient justement devant lui sur son bureau en deux piles de cinquante centimètres chacune. Il avait voulu s'acheter un meuble de bureau avec des trieurs, mais après avoir compris qu'il serait plein au bout d'un mois, il s'était dit qu'il valait mieux attendre d'avoir l'argent pour s'offrir une armoire entière.

Si du plus loin qu'il pouvait s'en souvenir, combattre l'extrême droite était une part intégrante de la vie de Stieg, cela ne faisait que quelques années seulement qu'il avait donné forme à cet engagement. Les récits du grand-père Severin sur la Seconde Guerre mondiale et les années qui suivirent avaient sans nul doute été l'étincelle qui avait allumé la flamme. En tant que communiste, celui-ci avait été suspecté et attaqué par les sympathisants des nazis, et ce malgré la neutralité de la Suède. Stieg n'était qu'un enfant lorsqu'il commença à prendre conscience des injustices, et il n'avait que neuf ans lorsque son grand-père mourut d'une crise cardiaque. C'était peut-être l'envie de se venger de ceux qui avaient maltraité son grand-père, et de sa mort précoce, à cinquante-six ans, qui avait donné à Stieg la force de lutter. Il allait dédier sa vie à combattre l'injustice et l'intolérance, surtout lorsqu'elles prenaient une forme fasciste, raciste ou sexiste.

Ces dernières années, il avait commencé à ficher les organisations, réseaux et individus soupçonnés d'appartenir idéologiquement à l'extrême droite, alimentant sa propre fascination. Comment, dans les années 1980, des hommes qui semblaient normalement constitués pouvaient-ils fréquenter des lieux où l'on proférait des messages fascistes et racistes ? Hommes qu'on voyait réapparaître dans des partis politiques propres sur eux, comme les Modérés ou le « Parti du peuple », Folkpartiet, effaçant ainsi plus ou moins les frontières qui existaient entre la bourgeoisie et l'extrême droite, voire de vrais nazis. Rien d'étonnant donc à ce que le cœur de Stieg se mît à battre plus fort lorsqu'il apprit que la police avait attrapé un extrémiste de droite.

Il avait dans ses dossiers un tas de personnes qui correspondaient à la description du prévenu. Ne lui restait qu'à les passer en revue pour trouver les suspects qui lui semblaient les plus pertinents.

Il passa un moment à examiner ses dossiers, griffonna quelques notes sur son bloc, puis il décida de faire un tour parmi ses collègues de l'agence pour savoir s'ils avaient du nouveau, ou quelque chose qui contredisait ses propres infos. Cela lui prit une bonne heure, tant ce qu'on lui disait allait dans des directions opposées. Mais il ne mit pas longtemps à comprendre qu'il en savait plus long que les autres. La police semblait réussir à mieux contrôler la situation que le jour du meurtre. Stieg raconta ce qu'il savait à ses collègues, leur ordonnant expressément de ne rien écrire là-dessus. Ce serait lui faire perdre sa source à coup sûr.

Un pas décisif dans son travail contre l'extrême droite avait été franchi par Stieg lorsqu'il avait pris contact avec Gerry Gable de *Searchlight*. Ils s'étaient compris dès leur première entrevue, et depuis ce jour-là, Stieg signait dans leur journal par « *Our Swedish correspondent* », ce qui répondait à son besoin de rester anonyme, tout en lui donnant la satisfaction d'être publié.

Pour quelqu'un de l'extérieur, l'aile droite de la vie politique suédoise pouvait ressembler soit à une excroissance hors du néant total, soit à un transfert d'idées venues du centre. En réalité il existait un groupe relativement restreint, mais très soudé, de gens qui étaient souvent membres de plusieurs organisations différentes, et une filiation ininterrompue avec les mouvements nazis de l'entre-deux-guerres. S'ils n'avaient pas beaucoup fait parler d'eux depuis la guerre, ils étaient pourtant loin d'avoir disparu. Les officiers de la Gestapo avaient cherché des points de chute. L'Amérique du Sud était en vogue, mais aussi l'Allemagne de l'Est, car elle continuait d'être l'adversaire des deux véritables ennemis de Hitler, les États-Unis et la Grande-Bretagne, et aussi parce que l'antisémitisme revivait de l'autre côté du rideau de fer. Une poignée de nazis endurcis avaient trouvé refuge en Suède, où l'on comptait des nids de sympathisants et d'activistes clandestins. Les recherches de Stieg des dernières années avaient montré ce dont d'autres avaient averti : il existait des connexions directes et indirectes entre l'extrême droite suédoise, des membres du Parlement et de hauts responsables du secteur économique et industriel.

Stieg décida qu'il était temps de s'accorder sa première soirée de liberté depuis le meurtre. Il écrivit seulement une courte lettre à Gerry et à ses collègues pour leur annoncer l'arrestation d'un suspect, promettant d'en écrire davantage dès qu'il aurait plus d'infos et de temps. Difficile d'imaginer que la police livrerait de nouveaux éléments ce soir-là. Le lendemain, en revanche, allait être agité. Ses collègues journalistes ne désarmeraient pas tant qu'ils n'auraient pas obtenu un nom. La police tiendrait bon, mais les informations filtreraient peu à peu, tous le savaient. Le lendemain, l'histoire de la Suède allait peut-être basculer.

*

Comme Stieg s'y attendait, la police continua à lâcher des informations. Le problème était de trier entre ce qui était vrai et ce qui n'était que les spéculations d'un policier en particulier. À en croire la rumeur, le journal *Dagens Nyheter* s'était arrogé une sorte de monopole auprès de Holmér et de ses hommes, tandis que les autres médias, TT y compris, devaient se contenter d'informations de seconde main.

Stieg finit par obtenir confirmation de l'identité du prévenu. Les médias continuaient de le nommer « l'homme de 33 ans », or il s'appelait Victor Gunnarsson et remplissait tous les critères du type marginalisé attiré par les idées et organisations obscures. Dans le cas de Gunnarsson, l'une de ces organisations semblait être le « Parti des travailleurs européens », Europeiska Arbetarpartiet, ou

EAP. Gunnarsson faisait preuve d'une admiration sans bornes pour les États-Unis et on l'avait souvent entendu en ville déblatérer en anglo-américain ou en suédois avec l'accent américain, peut-être pour compenser le fait qu'il venait d'un village minuscule, Jämjö, perdu dans la région de Blekinge.

Lorsque le lien avec l'EAP fut révélé, Stieg se souvint avoir lui-même mené, quelques années plus tôt, une enquête sur cette étrange organisation dont le nom sonnait à gauche, mais dont la politique versait à droite. Il se rappelait avoir vu dans leur organigramme une personne qui ressemblait à Gunnarsson et qui se faisait passer pour un observateur, mais semblait plutôt à inclure dans les proches du groupe dirigeant. Stieg avait déjà eu l'occasion d'observer le même genre d'individus, et il en concluait à peu près certainement que Gunnarsson était l'un des hommes clefs de l'organisation. Juste au moment où Stieg s'enthousiasmait à l'idée que l'affaire pût avoir un lien avec ses propres recherches, la police relâcha le suspect. Il résolut d'attendre avant de la contacter pour savoir quelles étaient les relations entre l'EAP et Gunnarsson.

C'était le bon moment pour écrire plus longuement à Gerry, qui avait répondu à sa première lettre en réclamant plus d'informations. Trois semaines avaient bientôt passé depuis le meurtre, et il y avait plus de choses à en dire que Stieg ne pensait. Sa première phrase lui plaisait, on aurait dit l'introduction d'un roman : « L'assassinat du Premier ministre suédois Olof Palme est, pour être tout à fait franc, l'un des meurtres les plus incroyables et les plus déroutants sur lesquels j'ai eu la triste mission d'enquêter. »

La lettre fut plus longue que prévu, sept pages écrites serré au total. Dans le meilleur des cas Gerry lui demanderait d'écrire un article, et sinon, l'équipe de *Searchlight* aurait déjà quelques informations qui pourraient s'avérer précieuses par la suite. Surtout si le meurtre n'était toujours pas résolu d'ici, disons, six mois.

La plainte du procureur

Stockholm, avril 1986

Un mois après l'assassinat, Holmér avait consolidé sa position. Ce serait lui qui résoudrait l'affaire. En plus du rôle d'enquêteur principal, il endossait celui de plus haut responsable policier. D'après la loi suédoise, l'enquête préliminaire devait être confiée à un procureur, mais Holmér avait clairement fait comprendre que celui-ci devrait patienter avant que la police estime avoir réuni le matériel nécessaire à son travail. Le procureur K.G. Svensson commença à montrer des signes de frustration, et le conflit s'envenima lorsque la police demanda l'incarcération de Victor Gunnarsson : la décision appartenait au procureur, et il décida de le remettre en liberté. Holmér était furieux : il coupa toute communication.

Le procureur général Magnus Sjöberg reçut bientôt un coup de téléphone du ministère de la Justice. C'était le secrétaire d'État Harald Fälth qui voulait réunir les procureurs au ministère. Le soir du 28 avril, K.G. Svensson et Magnus Sjöberg se rendaient à Rosenbad, le siège du gouvernement suédois.

À leur arrivée les attendait Hans Holmér. Le secrétaire d'État Fälth, le ministre de la Justice Sten Wickbom et lui avaient eu une entrevue préalable. Le résultat inattendu de la réunion qui suivit fut un compromis où le procureur général, pour accéder aux souhaits du ministère, revint sur la décision du procureur. K.G. Svensson ne garda que la responsabilité de l'enquête sur Victor Gunnarsson. Ses jours en tant que chargé de l'enquête préliminaire étaient comptés. Holmér venait de démontrer qu'il bénéficiait de la protection du gouvernement, et même, si besoin, de celle du Premier ministre Ingvar Carlsson.

L'affaire autour de Gunnarsson avait plutôt ressemblé à un combat de coqs, et jouait à vrai dire dans la tête de Holmér un rôle secondaire : ses regards étaient tournés vers le PKK. Un groupe difficile à surveiller pour la police suédoise, bien que la SÄPO ait l'œil sur eux depuis plusieurs années. L'organisation était fermée, difficile à infiltrer en raison du choix extrêmement restreint d'indicateurs à y placer : pas évident de trouver un Kurde qui puisse à la fois convaincre le PKK et vendre ses compatriotes à la police suédoise. D'autant plus que plusieurs anciens membres de l'organisation, accusés d'avoir trahi, avaient été assassinés un peu partout en Europe. Les écoutes téléphoniques et les filatures continuaient, la police attendait de mettre la main sur quelque renégat prêt à leur transmettre des informations essentielles. Jusqu'ici, Holmér avait réussi à tenir secrète sa piste du PKK, mais il savait que ce n'était qu'une question de temps avant qu'elle ne fuite. Avec trois cents personnes engagées dans l'enquête, faire garder le silence n'était pas une mince affaire.

Certains enquêteurs secondaires étaient chargés de s'occuper d'autres pistes, mais il apparaissait clairement que leurs résultats n'intéressaient pas leur hiérarchie. On abandonnait des dossiers sans les avoir creusés. La proposition de s'attaquer à certaines pistes était écartée sans motif par la direction. La frustration grandissait, et pourtant, tradition policière oblige, elle restait confinée en interne : rien ne franchissait les portes blindées qu'on venait d'installer, ni vers la « Chambre Palme » comme on appela les archives de l'enquête, ni en direction de l'opinion.

L'équipe de Holmér s'étonnait que les rares personnes chargées d'enquêter sur Victor Gunnarsson n'eussent pas encore abandonné une piste qui n'avait rien à voir avec le PKK. Ce fut Tommy Lindström, le chef de la Criminelle, qui se chargea personnellement de régler le problème. Lors d'une perquisition chez Gunnarsson, il trouva une clef dont il montra bientôt qu'elle ouvrait un bâtiment où une autre organisation kurde avait ses quartiers. Il s'agissait d'un appartement qui avait aussi le mérite de se situer sur la route probablement empruntée par le meurtrier dans sa fuite. Lindström pensait avoir démontré qu'il existait un lien entre Victor Gunnarsson et le PKK kurde, piste principale que la police avait longtemps tenue secrète.

Au printemps 1986, la voie était libre pour Holmér : il allait prouver la culpabilité du PKK dans l'assassinat d'Olof Palme.

Severin

Norsjö, décembre 1962

Grand-père Severin était Rouge. Dans sa maison, tout, même le fauteuil à bascule, était peint en rouge. Lorsque les parents de Stieg le laissaient à Severin et à Tekla, sa grand-mère, sa vie prenait un tour plus agréable, malgré l'extrême modestie des conditions de vie dans leur petite maison. La liberté était presque totale à Mångliden, non loin du bourg de Norsjö, dans le Norrland intérieur, à quatre-vingts kilomètres de Skellefteå. Le village n'avait qu'une vingtaine d'habitants, et un chemin de graviers le long duquel se répartissaient les maisons. À l'âge de 3 ans, Stieg était déjà libre de se déplacer dans le village comme il voulait.

Peu de temps après avoir emménagé chez eux, Stieg commença à appeler Tekla maman et Severin papa, tout simplement parce que dans son souvenir, c'était chez eux qu'il avait toujours habité. Quand ses parents Vivianne et Erland venaient lui rendre visite, il les appelait le plus souvent par leurs prénoms, même s'il n'ignorait pas qui ils étaient pour lui.

Stieg passait beaucoup de temps avec Severin dans son atelier, assis sur une chaise en face du banc sur lequel son grand-père réparait une tondeuse ou lubrifiait un carburateur. Il arrivait aussi souvent que Severin, bien campé sur son banc, parlât de politique avec des invités en partageant une bière. Stieg écoutait tout ce que son idole racontait, et mémorisait tout.

Severin détestait le nazisme et par-dessus tout les nazis qui, après la fin de la Seconde Guerre mondiale, avaient en apparence retourné leur veste, mais qui au fond d'eux-mêmes restaient fidèles à cette ignoble idéologie. Ils étaient nombreux et occupaient des positions plus élevées que l'on pouvait imaginer. Stieg écoutait : il apprenait des choses qui lui serviraient toute sa vie. Dans la campagne du Norrland, on trouvait peu d'enfants qui s'intéressaient à la politique, et Stieg fut bientôt considéré comme très précoce pour son âge.

Ces années d'enfance passées au côté de Severin déterminaient déjà chez Stieg l'idéal auquel il consacrerait sa vie. Malheureusement, elles touchaient bientôt à leur fin.

Quand Stieg eut 9 ans, sa vie changea radicalement. Severin avait déjà fait un infarctus à l'automne de l'année précédente. Il s'était senti mal, la douleur le lançait dans tout le bras – il avait dit à Tekla et à Stieg qu'il se sentait comme s'il avait mangé quelque chose d'empoisonné qui lui engourdissait le bras. Le médecin de Norsjö l'avait ensuite sérieusement mis en garde, mais Severin n'avait pas suivi ses prescriptions.

Une année passa, dissipant la crainte d'un nouvel infarctus. C'était le jour de la Sainte-Lucie, et Severin avait trimé dur pour gagner un peu d'argent supplémentaire avant Noël afin de pouvoir offrir à Stieg une nouvelle luge. Il était assez grand désormais pour partir seul à la découverte du grand monde autour de Bjursele, et peut-être pousser jusqu'à Norsjö.

Au déjeuner, Severin se sentit mal. Il dut s'aliter sur le banc dans l'atelier. Après une demi-heure sans amélioration notable, alors que ses bras se paralysaient de plus en plus, mettant définitivement hors de cause l'air qu'on respirait dans l'atelier, Severin décida de rentrer à la maison. Il réussit à enfiler son manteau, mais pas à en fermer les boutons. Bien qu'il n'y eût que quelques centaines de mètres entre l'atelier et la maison, l'effort lui parut presque surhumain. La luge glissait bien sur la neige durcie, il n'y avait pas de vent, la température descendait à peine en dessous de zéro. Le soleil brillait à l'horizon derrière un bout de nuage. Mais Severin ne prêtait aucune attention à ce temps inhabituellement beau pour la saison, concentré qu'il était à mettre un pied devant l'autre. Le monde se mit à tourner subitement, et sans s'en rendre compte, il s'écroula la face contre la neige. Ce fut la dernière chose qu'il sentit avant de perdre connaissance.

Dans un sens, c'était mieux qu'il se soit écroulé avant d'arriver chez eux, car Tekla et lui n'avaient pas le téléphone, et elle n'aurait peut-être pas su s'il valait mieux courir chez les voisins pour appeler le médecin ou rester avec lui sur place. Or les enfants des voisins jouaient à la bataille de boules de neige juste à côté, et ce furent eux qui virent Severin s'évanouir. Ils appelèrent les adultes, qui comprirent aussitôt. Un voisin courut à son garage pour démarrer sa Volvo PV. Stieg et Tekla avaient eu le temps d'entendre ce qu'il se passait, et ils étaient accourus.

Severin était revenu à lui, mais il demeurait extrêmement pâle. Les voisins réussirent à soulever le grand gaillard et à l'installer dans la voiture. Stieg vit que Tekla tremblait de peur, mais elle parvint à se glisser par la porte avant et à s'asseoir à l'arrière pour être auprès de Severin et le serrer contre elle, dans l'espoir que cela calme un peu son cœur. Stieg monta avec elle dans la voiture, espérant que personne ne lui interdise de venir avec eux. Le voisin conduisit prudemment, quoique le plus vite qu'il pouvait. Les hautes parois de neige absorbaient presque toute la lumière, et chaque fois que le soleil bas se découvrait et scintillait sur la neige, on pouvait croire que Severin était déjà mort : il ne bougeait pas, son visage était gris comme la cendre.

Lorsqu'ils arrivèrent à l'hôpital de Norsjö, Severin avait de nouveau perdu connaissance. Ils l'installèrent dans une chaise roulante, laissant Tekla et Stieg dans la salle d'attente avec une infirmière. Personne à Mågglígen ne sut ce que le médecin fit ce jour-là, mais deux heures plus tard, il revint et leur dit :

« Ce n'est pas passé loin cette fois, madame Boström. Une heure de plus et son cœur aurait lâché. Severin va rester ici avec nous quelques jours en observation. »

Tekla pleura de soulagement, mais aussi de peur. Une heure plus tard, Stieg et elle purent rendre visite à Severin. Ils le trouvèrent allongé sur un simple lit d'hôpital. Son souffle était lourd, et Stieg avait peine à imaginer que c'était le même homme qui la veille encore bondissait dans la cuisine et s'amusait à lui courir après dans la petite maison rouge. Il gisait à présent comme un lapereau. Il avait le regard droit, mais vide, et semblait à peine comprendre qui se trouvait en face de lui. Tekla prit sa main inerte et, malgré toute sa peur, lui dit ces consolantes paroles : « Tout va bien se passer. »

Quatre jours plus tard, on jugea que Severin était suffisamment remis pour pouvoir rentrer chez lui. Les instructions étaient claires : repos. Courtes promenades. Prendre les médicaments, travail physique strictement interdit. Une chance que ce fût bientôt Noël : Severin allait avoir presque trois semaines de repos avant de pouvoir reprendre doucement le travail.

Le troisième infarctus eut lieu un matin quatre jours avant Noël. Severin était allongé sur le canapé de la cuisine pendant que Tekla mettait de l'ordre dans la maison. Ils avaient légèrement éloigné le canapé de la fenêtre, afin de ne pas incommoder Severin. Lorsqu'elle entra dans la cuisine pour lui proposer une tartine, il était mort. Elle resta figée, le balai à la main, sans dire un mot. Bien qu'elle n'eût pas crié, Stieg avait senti que quelque chose n'allait pas, et il était descendu en courant de l'étage des chambres. Quand il vit Severin couché immobile sur le canapé au milieu de la pièce, et Tekla qui tournait autour en passant le balai, il comprit que ça n'allait vraiment pas. Il courut sur le perron crier à l'aide. Le voisin était dehors à pelleter la neige. Il vit Stieg, lâcha sa pelle et déboula dans la cuisine.

Severin gisait les mains croisées sur la poitrine, les yeux fermés. Tekla continuait de balayer frénétiquement autour de lui. En colère, Stieg tournait autour d'elle, plus vite qu'elle. À chaque nouveau tour il s'arrêtait pour donner un coup de pied à son grand-père, jurant tout haut qu'il l'avait abandonné sans lui dire un mot. Mais Severin était bel et bien mort. Il laissait un grand vide autour de lui. Dans la vie de Tekla comme dans celle de Stieg.

Quelques heures plus tard arrivèrent Vivianne et Erland, les parents de Stieg. Ils s'occuperaient de lui désormais. L'époque du grand-père Severin était finie. Elle devait le marquer à vie.

Au plus profond des archives

Stockholm, 20 mars 2013

Le carton avait basculé sur le grand côté, rendant mon siège plus confortable. Mais après cinq heures sans voir la lumière du jour, entouré de cartons poussiéreux au milieu des courants d'air froid, je commençais à manquer d'énergie. Et pourtant je ne pouvais m'arrêter de lire. Chaque carton que j'ouvrais contenait de nouveaux documents qui m'entraînaient dans une direction inédite. Dans l'un d'eux je tombai sur tous les journaux datés des jours qui avaient suivi le meurtre, gracieusement reliés. Ils avaient l'air de sortir tout juste de chez l'imprimeur, et pourtant ils avaient près de trente ans.

Je remontai le temps jusqu'au printemps 1986, curieux d'en savoir plus sur le chaos qui régnait alors, et sur la façon dont tout le monde cherchait à s'emparer du moindre indice nouveau, de la moindre piste. Les journalistes avaient réussi à parler avec de nombreux témoins. Le couple Palme était entouré par trois hommes pendant leur promenade depuis le cinéma. Deux qui marchaient devant eux, un derrière. Lisbeth Palme avait déclaré avoir reconnu ce soir-là deux personnes qu'elle avait déjà remarquées la semaine précédente, devant l'immeuble où elle et Olof habitaient. Plusieurs témoins parlaient d'hommes munis de talkies-walkies rôdant devant chez les Palme, dans la station Gamla Stan où ils avaient pris le métro, et à proximité du cinéma Grand pendant la séance du film, puis plus tard sur les lieux du crime.

Face à tous ces éléments, je réalisai combien de temps Stieg devait avoir passé à recueillir, lire et trier tout ça. Mes propres dossiers avaient beau être digitalisés, ils semblaient ne devoir contenir qu'un dixième de ceux de Stieg, bien que j'y travaille depuis quatre ans déjà. Enquêter sur le meurtre de Palme était comme une drogue, nombreux vous le diront. Dans le cas de Stieg, son intérêt allait de pair avec son travail de surveillance de l'extrême droite. Il m'était difficile de comprendre pourquoi j'avais moi-même consacré ces dernières années à un crime vieux de trente ans, toujours irrésolu. Contrairement à Stieg, ce n'était pas l'affaire de ma vie, ni ma vocation.

Tout avait commencé avec l'idée d'écrire un livre sur l'influence que peuvent avoir les lieux sur les hommes dans la perpétration de crimes. Le hasard m'avait fait rencontrer l'un des suspects de l'affaire Palme, qui m'avait orienté dans de nouvelles directions, si bien que j'abandonnai mon projet pour me consacrer entièrement à cette affaire. Il y avait certes la fascination pour un crime irrésolu, mais cela ne suffisait pas à expliquer pourquoi j'investissais autant de temps dans mes recherches. La meilleure explication que je puisse en donner était que cela me permettait de m'évader hors de ma trop routinière vie quotidienne. La monotonie, la solitude, le désir de quelque chose d'autre. En apparence, ces heures passées dans l'entrepôt étaient celles d'un labeur triste, sombre et poussiéreux. Mais pour moi, c'était rencontrer une autre vie.

Le mobile du crime tel qu'il se dégageait des articles de presse dans les mois qui suivirent l'assassinat était clair : c'était le fruit d'une conspiration. La carte réalisée par Stieg et publiée le 2 mars dans divers journaux donnait une image précise du déroulement des faits. Ce que je lisais dans les archives me semblait désormais plus compréhensible. On avait vraiment l'impression d'en savoir davantage que trente ans auparavant, lorsque la police et les médias, doucement mais sûrement, dynamitaient les faits pour inventer des vérités nouvelles qui s'accordaient avec l'hypothèse du jour.

Je continuai ma lecture, espérant que Daniel eût suffisamment à faire au bureau d'*Expo* pour me laisser encore quelques heures de plus.

Statu quo

Cher ami,

Il semble bien que la traque de l'assassin du Premier ministre suédois demeure infructueuse. Comme le dit le bon mot amer qui se répand dans le quartier général de la police suédoise depuis une semaine : les dieux ont décidé d'envoyer l'armée de l'air suédoise à la recherche du meurtrier. Non, cher ami, ce n'est pas une blague. Deux avions de chasse « Viggen » ont fait exploser presque toutes les fenêtres du centre de Stockholm lors de leurs passages répétés sur la ville, à basse altitude. Leur mission : photographier tous les toits de la zone autour du crime, dans l'espoir d'y trouver le revolver Smith & Wesson utilisé lors du meurtre, et que l'assassin – selon les déclarations policières – a pu emporter avec lui sur le toit d'un immeuble.

Personne ne s'est donné la peine d'expliquer aux journalistes incrédules et aux citoyens légèrement déconcertés pourquoi diable le meurtrier se serait donné le mal de grimper sur le toit d'un immeuble pour se débarrasser de son arme, alors qu'il devait se dépêcher de fiche le camp le plus loin possible. Oui, oui, ça me laisse aussi perplexe que vous.

Je te joins la copie d'une autre « image fantôme » que la police a distribuée, réalisée à partir de leurs procédés informatiques. Elle montre un homme que des témoins affirment avoir vu plusieurs fois (5 ou 6) autour de Palme durant les mois de janvier et février. La police dit croire à son implication dans le complot meurtrier ; il aurait passé son temps à espionner le Premier ministre. Ils disent également qu'il serait l'instigateur et peut-être le cerveau du crime.

Voici la description qu'en donnent les témoins :

Âge : 30-35 ans

Taille : 1,95-2 m

Large d'épaules, musclé comme un lutteur ou un boxeur

Blond ou blond-roux, certains avançant que ce n'est pas sa couleur naturelle

Parle allemand et anglais

Yeux bleu clair ou bleu-gris

En outre : la récompense promise par la police à quiconque livrera des indices menant à l'arrestation de l'assassin a été augmentée d'un demi-million de couronnes pour atteindre désormais un million ; environ 100 000 livres sterling.

Amicalement,
SL

Après Tchernobyl

Stockholm, mai 1986

Après quelques jours plus doux fin avril, le temps s'était de nouveau refroidi et tout le monde se demandait quand le printemps allait enfin arriver. Stieg ne s'en souciait pas, mais Eva et certains de ses collègues semblaient souffrir du mauvais temps. Les rares heures qu'il passait dehors se résumaient à de courtes promenades entre son appartement et le métro, et à celles guère plus longues entre le métro et le bureau – puis en sens inverse lorsqu'il rentrait chez lui après dix à quatorze heures de travail. Il avait presque toujours une cigarette à la main, et le mélange de fumée de cigarette et de gaz d'échappement limitait l'inhalation d'air froid.

Son travail occupait toutes les pensées de Stieg, tout son temps libre. S'il continuait ainsi, il ne remarquerait même pas l'arrivée du bref été suédois.

L'enquête était toujours aussi explosive, moins dangereuse cependant que le nuage radioactif qu'on était en train de découvrir en Suède après qu'il eut envahi l'Europe.

Les autorités soviétiques avaient vainement tenté de tenir l'accident secret. De manière assez paradoxale, ce furent des mesures suédoises effectuées à Forsmark, à plus de mille deux cents kilomètres de là, qui révélèrent des taux anormalement élevés de radioactivité dont la source se situait autour de la centrale nucléaire de Tchernobyl dans la République soviétique d'Ukraine. L'Union soviétique fut obligée d'avouer et reconnut que le réacteur numéro 4 avait subi une explosion suivie d'un incendie, dans la nuit du 26 avril. Le nuage radioactif se répandit à travers une grande partie de l'Europe avant d'arriver en Suède deux jours plus tard.

Stieg ne pouvait s'empêcher de faire un parallèle avec l'enquête sur la mort d'Olof Palme : le conflit entre la police et les procureurs, l'absence de succès visible, les conférences de presse de Hans Holmér truffées de citations de Churchill et de déclarations prétentieuses sur la lumière qui s'allume et s'éteint dans les tunnels… L'unique métaphore qui convenait véritablement à l'affaire Palme était qu'elle aussi virait à l'incendie.

Stieg lisait et conservait les journaux qui parlaient du meurtre, c'est-à-dire presque tous. Naturellement, travailler pour l'agence TT lui était bien utile, il pouvait y trouver la presse du jour et l'emporter chez lui. S'il économisait du temps et de l'argent, il commençait en revanche à manquer de place.

Après deux mois, on commença à évoquer publiquement la possibilité que la police ne soit pas en mesure de résoudre le meurtre. Néanmoins, dans les médias les plus importants et les plus sérieux, le journal *Dagens Nyheter* et à la télévision publique, Holmér gardait la cote. *DN* semblait d'ailleurs bénéficier d'un canal secret pour accéder à l'enquête, le fait étant qu'ils étaient toujours informés avant les autres des derniers rebondissements dans la « Chambre Palme ». Stieg cependant se fichait de savoir que quelqu'un puisse être plus avancé que lui. Il voulait avant tout que le meurtre soit éclairci, et y voyait d'abord une chance de participer à l'enquête, d'autant plus s'il s'avérait que le ou les meurtriers appartenaient à l'extrême droite.

Holmér menait l'enquête d'une main de fer, mais la solution semblait s'éloigner toujours davantage, et les critiques à son égard commençaient à gronder. Si Stieg interprétait correctement les signaux qu'il recevait, la pression mise sur le policier serait bientôt insupportable. Si le meurtre n'était pas résolu rapidement, on pouvait s'attendre à un remaniement de l'équipe chargée de l'enquête.

Alfa-Hans

Stockholm, été 1986

Hans Holmér n'eut pas beaucoup de vacances cet été-là. Ses collègues non plus. Il attendait d'eux qu'ils s'investissent autant que lui.

Il avait mis un groupe d'enquêteurs sur le cas Victor Gunnarsson, l'EAP et d'autres pistes de moindre importance, de quoi susciter l'écran de fumée nécessaire à suivre celle qui, d'après Holmér lui-même, était la vraie solution de l'enquête : les Kurdes du PKK. Dans la « Chambre Palme », on l'appelait simplement « piste principale », ce qui fuita assez vite auprès des autres enquêteurs, et bientôt dans les médias, sans qu'on sût exactement quelle était cette piste.

Holmér passa son été à monter un dossier contre les Kurdes qu'il suspectait. La police avait déjà les noms d'une centaine de personnes convaincues d'avoir participé aux préparatifs et à l'exécution du meurtre, mais aucun n'était explicitement celui du tireur. L'hypothèse la plus probable était que celui-ci soit venu de Turquie et qu'il soit demeuré caché jusqu'à ce que l'occasion se présente, puis qu'on l'avait déposé en voiture au milieu du décor du crime, qu'il ait accompli sa mission, avant de repartir en Turquie aussi vite que possible. L'autre solution était que le PKK ait liquidé le tireur après le meurtre, pour ne laisser aucune trace.

Le mobile était facile à imaginer : Palme avait refusé l'asile en Suède à Abdullah Öcalan, le leader du PKK, et une grande partie de ses membres avaient été arrêtés. En outre, les écoutes avaient laissé entendre qu'un meurtre était en préparation, ce que la police jugeait plausible.

Les procureurs voulurent alors suivre la procédure habituelle et interroger une partie des personnes suspectes, afin de s'assurer qu'elles avaient des raisons de l'être. Holmér soutenait que cela ne ferait qu'augmenter le risque de voir des preuves, des témoins et l'assassin lui-même disparaître dans la nature.

Or il avait un as dans sa manche. Il jetait les bases de la plus grande opération de l'histoire de la police suédoise, dont il avait déjà trouvé le nom : « Opération Alfa ».

Stieg, première contribution

Stockholm, fin juillet 1986

L'été avait passé sans que Stieg eût le temps d'en profiter. Certains soirs au début de juillet, lorsque après des averses le ciel s'éclaircissait, il prolongeait sa promenade jusqu'à la station T-Centralen en quittant le travail pour rentrer chez lui, et respirait alors un peu de cet air si particulier à Stockholm. Un air absolument pur, se disait-il, mêlé des senteurs végétales que la pluie exaltait – les scientifiques le décriraient sans doute bien plus prosaïquement. Quoi qu'il en soit, son été se résuma à ces promenades vespérales.

Stieg avait depuis longtemps laissé de côté ce qu'il savait sur Victor Gunnarsson et l'EAP. Il en avait toujours été distrait par quelque chose qui requérait la priorité, or voilà que les policiers le contactaient, de leur propre initiative. L'homme qu'il eut au téléphone ne sut ou ne voulut pas lui expliquer comment ils étaient arrivés à lui, mais le fait était qu'ils voulaient bénéficier de la science de Stieg en matière d'extrême droite. C'était flatteur, en plus d'être pour lui une bonne occasion d'exposer ses propres théories. Et d'écrire encore à Gerry.

En se rendant à la Préfecture depuis l'agence TT, il passa devant trois des bâtiments monumentaux du pouvoir judiciaire. Chacun à sa manière semblait vouloir montrer aux citoyens que le crime ne profite à personne. Il passa d'abord devant le palais de justice, Rådhuset. Un bâtiment de style national romantique qui ressemblait à une forteresse médiévale, doté au milieu de sa façade d'un donjon sciemment démesuré. De l'autre côté du parc évidemment baptisé « Polishusparken », Parc de la Préfecture de police, se trouvait l'ancienne Préfecture de police. Plus vieille que le palais de justice de quelques années à peine, elle avait pourtant été construite dans un style néoclassique, et possédait aussi une tour, sensiblement plus petite toutefois – comme une antenne pour unir le pouvoir judiciaire à celui de Dieu.

Les deux institutions étaient reliées par un souterrain, qu'on appelait fort à propos « le chemin des soupirs », car on y faisait transiter les prévenus de la Préfecture au tribunal, et les condamnés dans l'autre sens.

La nouvelle Préfecture de police jouxtait l'ancienne, surpassant ses deux voisins dans sa mission d'intimidation du spectateur. C'était un bâtiment dans le style brutaliste des années 1970, doté de bandes de fenêtres très étroites par rapport à sa masse, sur toute la longueur de sa façade rose sombre, ce qui donnait l'impression qu'un énorme bloc d'entrecôte saignante, aux bords humides de graisse, avait atterri en plein milieu de Stockholm. Si ce bâtiment-là échouait à décourager les assassins potentiels, l'affaire était sans espoir.

Stieg passa les portes tournantes et s'annonça à l'accueil. Une bonne heure plus tard, un policier vint le chercher.

Bien qu'il prît scrupuleusement des notes, l'inspecteur Rasmussen semblait moyennement intéressé par ce que Stieg racontait. Celui-ci parla essentiellement de ses propres hypothèses, en se demandant pourquoi on ne l'interrogeait pas davantage sur l'extrême droite – c'étaient pourtant eux qui lui avaient demandé de venir. Après presque une heure d'entretien pendant laquelle Stieg raconta tout ce qu'il savait sur Victor Gunnarsson et ses relations avec l'EAP, avant d'affirmer qu'il n'avait plus rien à ajouter, Rasmussen lui demanda de patienter un instant. Quelques minutes plus tard, un autre policier vint se présenter.

« Je m'appelle Alf Andersson. Pouvez-vous me parler des groupes de droite et de leur haine envers Palme ? »

Stieg croyait l'entretien terminé ; il fut surpris, mais reprit ses éléments et parcourut de nouveau les dossiers avec Andersson. Il semblait enfin y avoir un policier qui s'intéressât vraiment aux troupes de droite en Suède. Stieg quitta la Préfecture de police environ trois heures après y être entré, et certain d'y avoir trouvé de l'écho, sinon un allié. Le seul hic était qu'Alf Andersson avait laissé entendre que la piste d'extrême droite n'intéressait pas les enquêteurs, ce qui pouvait aussi être une façon de minimiser l'importance des éléments apportés par le journaliste, de sorte qu'il n'eût pas l'impression de tenir un scoop.

Quoi qu'il fût loin de penser que la police utiliserait ses analyses, Stieg avait déjà fait un premier pas, et il demanda une copie du protocole pour s'assurer que sa visite y avait été consignée. Pour devenir un jour reporter criminel, il lui fallait fréquenter assidûment la Préfecture de police et s'y bâtir un réseau. Chaque aventure a son point de départ.

Après un été si calme, Stieg ne doutait pas que les événements allaient trouver leur dénouement au cours de l'automne.

En attendant une bonne nouvelle

Stockholm, 1er août 1986

Salut Gerry,

Officiellement, pas de nouveauté dans l'affaire Palme, mais la police affirme qu'ils ont localisé le tueur, et qu'ils sont à peu près sûrs de l'identité des commanditaires. Ils n'ont pas encore suffisamment de preuves (disent-ils), et ils ne veulent pas précipiter les choses, ni arrêter quelqu'un avant d'avoir tous les éléments nécessaires. Ils nous ont promis une évolution rapide de l'enquête dans les semaines ou mois qui viennent, mais en hésitant à donner des précisions. Ces déclarations vagues ne sont peut-être rien d'autre qu'un prétexte pour nous montrer qu'ils continuent de plancher sur l'affaire. Mais d'un autre côté, il est possible qu'ils soient effectivement sur une piste. Ce qui distingue les dernières annonces de celles dont on a l'habitude, c'est qu'elles émanent directement du sommet de la hiérarchie. (Avant c'étaient toujours des sources anonymes au sein de la police.)

Impossible de savoir quelle direction prendra l'enquête, néanmoins j'ai réussi à obtenir les infos suivantes, en provenance de sources sûres :

— La connexion avec LaRouche demeure toujours aussi palpitante, et la police est sur la piste. Ce n'est pas officiel, mais je sais que ça avance, vu qu'ils m'ont récemment interrogé là-dessus.

— Une source policière haut placée dit qu'ils sont à la recherche, je cite, « d'un groupe d'individus situés à la périphérie de l'extrême droite – pas nazis, mais très à droite, sans avoir cependant pour habitude de s'associer publiquement à l'extrême droite ». Une autre source affirme qu'ils cherchent « un groupe tout à fait banal, qui aurait des liens avec l'extrême droite ».

Sais-tu résoudre les devinettes à tiroirs ?

Amitiés,
Stieg

Protocole

COMPLÉMENT D'ENQUÊTE

Catégorie crimes aggravés
Numéro 13082-5
Date
860805
District
STHLM
Unité responsable
RK

Informations recueillies par
Inspecteur K Rasmussen 73 27

Compléments à l'enquête sur
Assassinat de Palme

Informations délivrées par
Stieg Larsson

Profession/titre
Journaliste

Employeur
TT-image

Objet
Informations sur EAP/Gunnarsson

Larsson dit être entré en contact avec l'EAP en 1973, lors de son « éclosion » soudaine et générale en Suède. Ils disposaient de puissants soutiens économiques et d'une machinerie bien huilée. Ils s'étaient réunis dans plusieurs lieux à travers la Suède, pour des séjours de plusieurs semaines chacun.

En 1974, à Umeå, Larsson a pu assister à l'un de ces rassemblements. Il devait rester une heure, mais passa la moitié de la nuit à écouter les interventions très préparées, entre autres de John Hardwick. Elles l'intéressèrent sans l'engager.

Les intervenants séjournèrent plusieurs semaines à Umeå où ils se rencontraient plusieurs fois par semaine. Leur message, comme aujourd'hui, prônait un ordre mondial nouveau pour prévenir une catastrophe totale.

Larsson s'est aperçu qu'une grande partie de leur message et de leurs théories provenait en droite ligne d'une version scientifique du fascisme. Il a lu ce qu'ils proposaient sur place et dans d'autres de leurs publications, ainsi que leurs ouvrages de référence.

L'organisation est entièrement pilotée depuis l'Allemagne de l'Ouest. Son représentant en Suède est Clifford Gaddy.

En 1978, on avait aidé Mikel Wale, désormais résidant à Wiesbaden, à monter le bureau central pour l'Europe de l'EAP. Celui-ci avait un passé d'agent infiltré et d'agitateur au sein de l'American Deserters Comittee de Suède. Quand il fut démasqué, il commença à constituer le NCLC (EAP) avec Tore Fredin.

EN 1974, Larsson a commencé à s'intéresser aux tables rondes de l'EAP et à écouter leurs arguments.

Au cours de son travail d'illustrateur chez TT, il a obtenu le portrait-robot du suspect nationalement connu de 33 ans. Il a dit avoir déjà vu cet individu.

Il était d'abord sûr de l'avoir déjà vu quelque part, sans pouvoir se remémorer le lieu exact. Le même jour, il se souvint où il l'avait vu. En trois occasions différentes :

La première fois à Hötorget à Stockholm en 1977-1978 sur un stand de l'EAP. Il y avait été contacté par un homme qui faisait partie de l'EAP. Celui-ci commença à questionner Larsson sur ce qu'il pensait du message de l'EAP, sur son travail, son lieu de résidence, etc. L'homme avait engagé la conversation par « Salut ! Comment ça va ? », comme s'ils se connaissaient déjà. Larsson fut d'abord légèrement confus, car incapable de se remémorer cet homme, puis il le suspecta d'être un membre de l'EAP qui cherchait à entrer en contact avec les gens pour recruter des auditeurs. Larsson se retira après dix à quinze minutes.

Deux ou trois semaines plus tard, il avait croisé le même homme brièvement, sur un stand de l'EAP devant le grand magasin NK, sur Hamngatan. Il réussit à ne pas se faire remarquer, mais il vit que l'homme prenait contact avec les gens autour du stand.

Il y a beaucoup pensé, surtout après avoir été appelé par la police. Il est convaincu de l'extrême ressemblance entre le suspect de 33 ans et l'homme qu'il a vu. Dans son souvenir, celui-ci portait les cheveux plus longs il y a huit ans. Larsson est journaliste free-lance pour *Searchlight*, un journal ancré à gauche dont le but est d'écrire des reportages d'enquête sur les groupes d'extrême droite en Europe et aux USA.

Servering

Stockholm, été 2014

Derrière la vitrine du Café Nybergs sont exposés tous les classiques de la pâtisserie suédoise. À côté des *princesstårta* vertes, on trouve les *budapeststubben* et les tartelettes à la fraise. À l'étage d'au-dessus, les boules chocolat, les rochers à la noix de coco et les *dammsugarna*. Le café avait certes eu le temps de refroidir sur la plaque chauffante près de la fenêtre, mais il était fort et faisait son effet. La clientèle était mélangée, puis lorsque le rush matinal était passé, il ne restait guère que des personnes âgées. On y parlait de tout, de la politique mondiale au bruit de bris de verre la nuit dans la déchetterie du quartier.

Stieg avait écumé les autres cafés de Stockholm, et entendu tous les propos de comptoir un peu bruyants qu'on y tenait. Ceux qui le connaissaient me racontèrent qu'il y restait des heures entières, utilisant les cafés comme lieux pour ses rendez-vous. Un peu de café chaud venait réchauffer celui qui refroidissait dans le fond de la tasse, et ainsi la conversation reprenait.

Une anecdote qui avait cours parmi les amis de Stieg lui fait raconter comment il découvrit l'endroit qui devait devenir son café préféré. Il s'appelait « Severin », exactement comme son grand-père. Jusqu'à ce qu'un esprit malintentionné lui fît remarquer que c'était en fait « Servering » qu'on lisait au-dessus de la porte, en lettres de néon.

Les multiples travaux dans lesquels Stieg était engagé lui prenaient un temps énorme. Cartographier l'extrême droite, ouvrir un journal, écrire des livres. Et ses recherches sur le meurtre de Palme, qui s'avéraient toucher de près à nombre de ses activités habituelles. Sa relation avec Eva, pour qui le temps manquait. Un café et une cigarette de plus, pour avancer dans le travail. Pas la moindre seconde pour se détendre ou faire du sport. Un surpoids qui le menaçait insidieusement, et une santé fragile, pour lui rappeler que le temps est compté. La conscience qu'un arrêt cardiaque avait empêché Severin, le grand-père, de dépasser les 56 ans.

Dans mon cas, ce café jouait un autre rôle que pour Stieg : j'y observais les habitués, sans jamais chercher le contact. Je saluais poliment, mais pour me plonger aussitôt dans les archives de Stieg scannées sur mon ordinateur. J'avais déjà passé en revue tout ce que j'avais numérisé, même les gadgets indispensables que Stieg semblait aimer avoir continuellement avec lui. Je me replongeais dans la Suède des années 1980, avant les téléphones portables, avec seulement deux chaînes de télévision publiques, sans réclame, et cinq partis au Parlement. La guerre froide qui touchait à sa fin. L'intérieur du Café Nybergs, presque inchangé depuis les années 1960, m'aidait sûrement à me replacer dans l'ambiance de l'époque.

Je commençais à entrevoir des liens que Stieg avait dû faire aussi. Comment il existait, dans les années 1980, des groupements d'extrême droite qui ressemblent à ceux d'aujourd'hui, mêlant racisme, nationalisme et fascisme. Et comment déjà, à l'époque, c'était la haine des étrangers qui les unissait tous.

Dans les années 1980, seule une petite frange de l'extrême droite suédoise disait que la xénophobie n'était pas leur première motivation. Ils soutenaient des positions anticommunistes, choisissant de le combattre plutôt parce qu'eux-mêmes ou leurs familles en avaient été victimes, ou parce que dans la guerre froide ils avaient pris parti pour l'Occident. Leurs opinions, en soi acceptables, versaient parfois dans le racisme, l'antisémitisme ou le fascisme. Ce qui faisait de ces groupes-là des extrémistes était leur prédisposition à agir en dehors des limites de la démocratie et de la loi, par le recours à la violence.

Le premier groupe, celui des xénophobes, était plus agressif, et partant plus visible. Dans ses archives, il apparaît clairement que dans les années avant et après 1986, Stieg était au moins aussi fasciné par ceux-ci que par les groupuscules plus discrets. Sans doute parce que leurs réseaux infiltraient les structures du pouvoir central en Suède, où se trouvaient réunis les moyens de provoquer des dégâts importants.

Il est évident que Stieg fit du mieux qu'il pût dans son enquête sur Olof Palme, mais aussi qu'il abandonna des parts essentielles de ses recherches à la police, lorsque ses méthodes de journaliste se trouvaient impuissantes. S'il avait les capacités de trouver des informations que la police n'avait pas, il connaissait également les limites de son champ d'action. Il pouvait analyser des discours ou infiltrer une organisation, cependant c'était à la police de résoudre le crime, aux procureurs de s'assurer que ce soit fait dans le respect des lois, et aux juges de se prononcer sur d'éventuelles culpabilités. Si la police piétinait, Stieg n'en attendait pas moins d'elle qu'elle fasse de son mieux, autant que lui-même.

Avant de découvrir les archives de Stieg, mes propres recherches m'avaient déjà mené à quelqu'un qui avait été suspecté du meurtre, mais que la police avait laissé de côté, et dont les médias n'avaient jamais beaucoup parlé. Je fis ce que Stieg aurait fait, en écrivant à l'intention de la police un mémo sur Jakob Thedelin, avec tout ce que j'avais découvert sur lui. Il fallait structurer et circonscrire les hypothèses, en rejetant les informations inutiles. Cela allait me prendre sacrément de temps : d'abord un café. Et une cigarette.

Holmér frappe encore

Stockholm, décembre 1986

L'automne fut rude pour les policiers. La presse s'était renseignée sur la fameuse « piste principale », finissant par découvrir qu'il s'agissait du PKK, et les papiers qui sortaient obligeaient désormais la police à agir vite. Le plus terrible des polémistes était le plus puissant d'entre eux : Jan Guillou avait laissé tomber l'affaire Harvard et ses attaques contre Olof Palme, pour s'employer à convaincre l'opinion que la police, comme d'habitude, complotait contre la gauche et les immigrés. Avec le PKK, Parti des travailleurs du Kurdistan, elle ferait d'une pierre deux coups. Grâce à des arguments toujours aussi tranchants, Guillou pulvérisa la théorie policière sur le PKK, et il retourna l'arme braquée vers les Kurdes contre Holmér lui-même. Il le présenta comme un mufle arrogant et conspirationniste, épithètes dont Holmér répliqua ensuite qu'ils qualifiaient parfaitement Guillou.

En outre, la crise avec les procureurs continuait. K.G. Svensson était hors jeu depuis longtemps. À sa place, les autorités judiciaires avaient mis un vieux briscard, Claes Zeime, proche de la retraite, si bien qu'il n'avait rien à perdre à dire les choses telles qu'il les pensait. Holmér concentrait systématiquement l'enquête sur les Kurdes, mais essuyait en permanence les attaques des médias, du procureur et, semblait-il, de certains membres de sa propre équipe. Il conservait pourtant un as dans sa manche. Il allait jouer *all in*, mettre tout sur le tapis, attraper tous les Kurdes qui pouvaient avoir un lien avec le meurtre. Pas moins de cinquante-huit personnes allaient être interrogées en parallèle. Dans le pire des cas, si l'on n'attrapait pas le coupable, on montrerait quand même que c'était le PKK qui se cachait derrière le meurtre.

La pierre d'achoppement que Holmér voyait se dresser sur sa route était l'autorisation que les procureurs devaient lui délivrer pour mener légalement l'opération. Il réussit à faire plier Zeine, non sans l'appui du gouvernement. Mais les procureurs freinaient des quatre fers, allant même jusqu'à comparer l'intervention programmée avec la rafle d'opposants faite en 1973 par les militaires chiliens dans le stade de football de Santiago. Une comparaison absurde, disait Holmér.

Après des mois de négociations, on finit par accorder à Holmér le lancement de l'Opération Alfa. Ils ne réussirent pourtant qu'à interroger une vingtaine de personnes. Noël approchait à grands pas. Holmér ne pouvait pas exiger de ses hommes, exténués par les heures supplémentaires, de travailler le jour de Noël.

Une bonne nouvelle toutefois vint illuminer la grisaille fin décembre : Han Holmér se vit remettre le titre de « Suédois de l'année », attribué par la rédaction de « Rapport », le journal télévisé. Holmér était comblé : la Télévision suédoise, le plus grand média du pays, lui décernait son prix le plus prestigieux, à lui et à lui seul !

*

L'Opération Alfa fut déclenchée le 20 janvier 1987. Vingt personnes, surtout des Kurdes, furent arrêtées et interrogées en parallèle. Le même jour, le procureur décida qu'elles devaient presque toutes être relâchées. Les autres le furent peu après.

Alfa ne fut pas le succès escompté par Holmér. Au contraire, ce fut l'occasion pour les procureurs de remettre ce qu'ils appelaient de l'ordre. Deux semaines plus tard, le 5 février, Hans Holmér démissionnait de sa fonction d'enquêteur en chef. Un mois plus tard, il quittait son poste de préfet de police.

Mais il n'avait pas dit son dernier mot. Il lui restait son réseau d'influence auprès des ministres sociaux-démocrates, et son vieux complice Ebbe Carlsson. On allait continuer à remonter la piste du PKK. En secret cette fois.

Non, non, et oui

Stockholm, janvier 1987

Il était déjà vingt heures trente lorsqu'on sonna chez Stieg et Eva. Stieg ouvrit à son hôte du soir. Håkan Hermansson était grand, brun, barbu, avec un air déterminé qui devait lui valoir le respect de la rédaction du journal *Arbetet*, et l'intérêt de plus d'une femme. Stieg s'attendait à entendre le dialecte de Malmö, puisque le journal y avait son siège ; il fut donc surpris du bel accent de Göteborg de son visiteur.

« Faut avouer que ça fait un sacré bout de chemin pour arriver jusqu'à ta banlieue… Tu as du café ? Je reconnais l'odeur. »

Stieg était légèrement déconcerté, mais il le fit passer à la cuisine après qu'il eut enlevé ses bottes.

« Café à la norrlandaise », dit Stieg en vidant le fond de la cafetière sans verser le moindre marc dans la tasse.

La sienne était posée sur le dessus d'un placard, au milieu de ses dossiers, et, le temps d'allumer sa cigarette et celle de son hôte, il l'avait oubliée. Eva entra dans la cuisine, prit la tasse et la lui donna. Ce n'était pas la première fois.

« Voici Eva, ma femme. Enfin ma compagne, ou comme tu voudras, je ne sais plus comment on dit de nos jours. Ça fait plus de dix ans qu'on est ensemble, donc tout ce que tu me diras, elle le saura aussi. »

Eva s'excusa, elle devait aller se coucher tôt. Il fallait qu'elle soit aux aurores sur un chantier dont elle était l'architecte. Elle resta tout de même un moment dans la cuisine, le temps de se préparer un casse-croûte pour le lendemain. Stieg fit passer Håkan au salon, ils s'installèrent à la table qui servait à la fois de bureau et de table à dîner, face au mur.

« La petite histoire que j'ai entendue est excitante, mais maintenant je voudrais *the long one* », dit Stieg.

Hermansson inspira une longue bouffée, il se pencha en arrière, les jambes croisées, la main avec la cigarette tendue vers le bord de la table, laissant langoureusement la nicotine agir.

« Lasse Wenander et moi on a reçu une mission pour *Arbetet*, le journal, dit-il après une courte pause. Ils ont l'accroche d'un truc qui aura des effets en Suède pour longtemps. »

Stieg attendait, bien calé en arrière sur sa chaise, les bras croisés.

« On va recenser systématiquement les campagnes de haine contre Olof Palme avant sa mort, continua Hermansson. J'ai entendu parler de tes investigations sur l'extrême droite, et je suis sûr que ton travail recoupe le nôtre sur pas mal de points. On dit aussi que tu es un sacré client quand il s'agit de creuser une piste, donc Lasse et moi, on voudrait bien s'associer avec toi. Si tu es aussi bon qu'on le dit… »

Il était difficile de résister au charme tout göteborgois de Hermansson, à sa façon de vous laisser croire que vous travailliez déjà ensemble. S'il en faisait autant lors de ses interviews, pas de doute qu'il devait en tirer bien plus que la plupart de ses collègues journalistes. Il avait posé deux feuilles manuscrites devant Stieg sur la table.

« Voici une liste de noms qui nous intéressent. Il n'y en a pas beaucoup, mais ça te parlera plus qu'à nous. »

Stieg jeta un œil à la liste, et il lui suffit d'un haussement de sourcils pour faire parler Hermansson.

« Je suis social-démocrate, et bien installé dans le parti, expliqua celui-ci. Lasse et moi on a rencontré les… disons les collecteurs de données du parti. On leur a suggéré l'idée d'écrire une série d'articles dans *Arbetet*, et peut-être un livre si tout va bien. Aujourd'hui on a trouvé un accord sur les conditions et le financement. Le plus important pour nous était d'avoir libre accès aux réseaux socialistes. Que tous ceux qui connaissaient Olof puissent parler avec nous. »

Hermansson regardait Stieg avec espoir.

« Ça a l'air intéressant comme projet, et oui, je connais tous les noms qui sont sur cette liste, c'est donc que ça touche directement à mon boulot. Mais il y a un truc qui me chiffonne, dit Stieg en leur allumant une nouvelle cigarette chacun. Tu sais que je ne suis pas socialo, pas vrai ? Je suis trotskiste et j'écris pour *Internationalen*. Comme tu sais, on n'est pas très ravis de la manière dont vous dirigez le pays, donc même si on poursuit le même but dans cette affaire-là, je ne suis pas sûr de vouloir être associé au parti au pouvoir, de quelque façon que ce soit.

— Ouais, je sais bien que vous pensez qu'on est des révisionnistes et tout ça… Mais tu dois bien te dire aussi que toute cette putain de haine contre Palme, indirectement, était dirigée contre la démocratie. Ou je me trompe ? »

Stieg fit un signe de la main pour montrer qu'il était d'accord avec Håkan, mais que là n'était pas l'enjeu.

« Écoute, dit-il. Mon combat contre les fachos et l'extrême droite en général risque de durer encore un moment, probablement jusqu'à la fin de mes jours. Si séduisante que soit ta proposition, je ne veux pas que ceux d'en face découvrent qui je suis, qui je surveille et quelles méthodes j'utilise.

— Mais si tu marches avec nous sur ce projet, tu vas devenir si célèbre que tu pourras écrire tous les articles et tous les livres que tu veux. Un pas de géant pour ta carrière de journaliste.

— Okay, mais est-ce que je pourrai continuer à bosser tranquillement ? Le but est de combattre l'extrême droite. Pas de devenir célèbre. La question est donc : est-ce que j'ai plus à y perdre qu'à y gagner ? »

L'air devenait étouffant. Ils s'appréciaient indéniablement, mais depuis le début dansaient chacun à contretemps de l'autre, et Hermansson demandait quelque chose que Stieg croyait ne pas pouvoir lui donner.

« J'ai bien peur que la réponse soit non, dit Stieg. Vous pouvez lire mes notes sur l'extrême droite, mais je ne peux absolument pas prendre le risque de ne plus pouvoir bosser dessus une fois que les articles auront paru. »

Hermansson semblait déçu. Pour ne pas le laisser repartir complètement bredouille vers les quarante minutes de métro qui l'attendaient, Stieg déboucha une bouteille de vin rouge et posa deux verres sur la table. Ils parlèrent longtemps de choses et d'autres, sans jamais aborder la question d'une possible collaboration. C'était peut-être ce dont ils avaient tous deux besoin, comme un nouveau départ. Après un nouveau verre de vin, Stieg se leva.

« Attends ici une seconde, dit-il. Je vais faire quelque chose que je n'ai jamais fait. »

Stieg disparut dans la chambre à coucher où Eva était allée s'allonger presque deux heures plus tôt. Hermansson attendait seul dans le salon. Quand Stieg revint, il paraissait grave et déterminé. Il se rassit en face de Hermansson.

« On va faire comme ça : je vous aide pour vos articles avec mes recherches. Je ne veux aucun paiement, aucune rétribution. Au contraire, je veux que vous me garantissiez que mon nom n'apparaisse nulle part, ni qu'il puisse être associé au projet. Vous achetez mon offre ? »

En quelques secondes, Hermansson avait analysé la solution de Stieg, et il l'accepta. Garantir l'anonymat de quelqu'un n'était pas un prix très élevé à payer pour avoir accès aux dossiers de celui qui était probablement le meilleur journaliste d'investigation de Suède. Il hocha la tête et tendit la main à Stieg pour sceller leur accord. On ouvrit une nouvelle bouteille.

Mission Olof Palme

Stockholm, février 1987

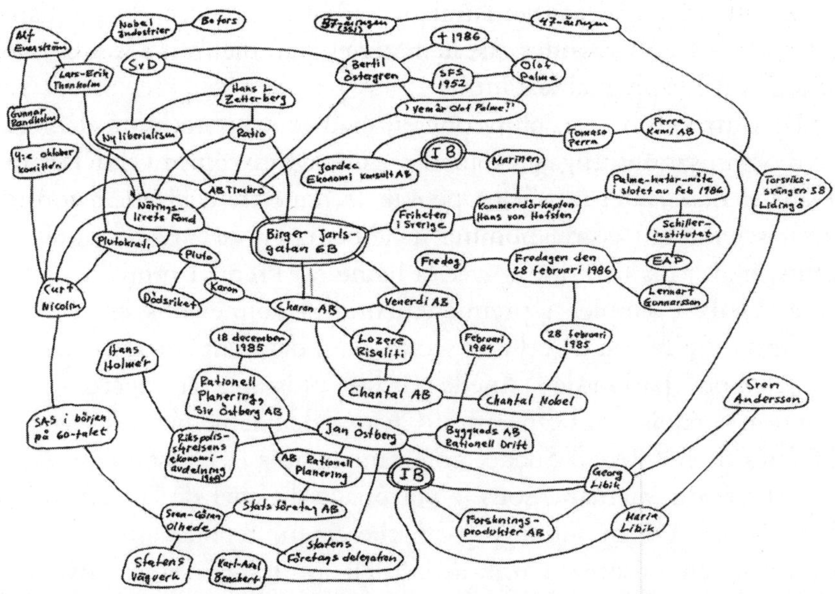

Cartographie du réseau des personnes et organisations envoyée à Stieg en septembre 1987 (Archives Stieg Larsson)

Le ton était donné : le point de départ de cette série d'articles est l'idée que l'assassinat d'Olof Palme peut être considéré comme une conséquence logique de la lente dégradation du climat politique en Suède et dans le bloc occidental.

La mission de Stieg était délicate. Enquêter pour une série d'articles, voire un livre, qui devait passer au crible certaines familles politiques, était toujours un exercice d'équilibriste, mais lorsqu'en plus on touchait à Olof Palme et à une enquête criminelle, les risques de tomber sous le feu des critiques étaient radicalement augmentés.

Le premier risque était que le meurtre fût résolu avant la publication du livre, et que n'apparût aucun lien entre celui-là et les campagnes de haine dont Palme avait été l'objet. D'un autre côté, si le meurtre était résolu, la situation s'apaiserait et le risque ne serait plus alors que de voir le livre passer inaperçu, prix que chacun devait être prêt à payer. Le risque d'être attaqué par la critique demeurait très grand, mais leur accord stipulait que Håkan Hermansson et Lars Wenander auraient seuls à y faire face. Stieg, quant à lui, n'avait qu'à s'assurer que le matériel qu'il mettrait à leur disposition soit irréprochable.

Un autre problème, plus concret, était le nombre infini de gens et d'organisations engagés dans les campagnes contre Olof Palme. Dans le dossier tel que Stieg pensait le remettre à Hermansson, il avait sciemment écarté nombre d'éléments en eux-mêmes intéressants, mais sans lien direct avec la haine du Premier ministre assassiné. Deux exemples : premièrement, les connexions entre Stay Behind – un réseau de cellules secrètes qui devaient entrer en action en cas d'occupation de la Suède par une puissance étrangère – et la fraction suédoise de l'Opération Chaos ; deuxièmement, les agents infiltrés de la CIA en Suède, notamment sous la fausse identité de déserteurs du Vietnam, sous le patronage du chef de la CIA, William Casey. Un personnage particulièrement repoussant aux yeux de Stieg, en raison du rôle actif qu'il avait joué dans l'invasion parfaitement arbitraire de la Grenade en 1983.

Une difficulté encore, celle posée par les recoupements permanents qui existaient entre les organisations que Stieg avait fichées. Elles apparaissaient souvent ensemble, puis se séparaient ou disparaissaient. Et lorsqu'on voulait réaliser un schéma d'ensemble, l'image devenait illisible, du moins pour ceux qui, à l'inverse de Stieg, n'avaient pas une mémoire précise de tous ces noms – au cas où elle lui faisait défaut, il savait exactement où chercher dans ses dossiers pour la faire revenir. Il était désormais contraint de synthétiser tout ce qu'il avait, d'abord à l'intention des journalistes, ensuite pour les lecteurs qui n'auraient aucune connaissance préalable du sujet.

Pour commencer, il établit trois listes assorties de descriptifs succincts : une pour les personnes, la deuxième pour les organisations, la troisième avec des adresses à Stockholm. Le point de départ naturel de ces listes était un homme, Anders Larsson, fondateur dans les années 1970 de la toujours très active « Alliance démocratique », Demokratisk Allians. Stieg pensait d'ailleurs qu'il aurait été le premier à être informé du projet d'assassinat d'Olof Palme.

Anders Larsson

Sorte d'araignée qui apparaît partout dans la toile formée par l'extrême droite suédoise. Semble utiliser plusieurs identités, réelles ou inventées, dans sa correspondance. Larsson a envoyé un signal d'avertissement avant le meurtre de Palme. Certaines déclarations disent aussi qu'Anders Larsson aurait été fiché par la SÄPO parce qu'il voulait attenter à la vie d'un politique social-démocrate (mais pas Olof Palme).

Carl G. Holm

L'un des leaders de la revue *Contra*, et employé par la Fédération des industriels. Ennemi juré d'Anders Larsson depuis la scission de l'Alliance démocratique en plusieurs fractions divergentes. Depuis cet épisode sévit une guerre ouverte entre Anders Larsson et Holm/*Contra*.

Filip Lundberg

Personnage clef chez *Contra*, leader de leur campagne « Le peuple soutient l'Otan ». Lié aussi avec Friheten i Sverige, « Liberté en Suède ».

Andres Küng

En apparence membre inoffensif du Folkspartiet, actif dans les cercles décisionnels de Friheten i Sverige, mais aussi dans le comité de Resistance International, et proche de *Contra* depuis qu'il a reçu leur Prix de la liberté, ce qui aurait mis particulièrement en rage leur ennemi intime Anders Larsson.

Bertil Wedin

Ancien lieutenant précédemment remarqué pour son engagement en faveur de la guerre au Vietnam. A travaillé pour la famille Wallenberg en tant que « collecteur d'informations ». Liens avec l'Alliance démocratique. Déménage à Londres en 1975 où il travaille pour le fin connaisseur de l'industrie suédoise Anders Larsson, et pour la bande de *Contra*, dont il serait plus proche. Dans la liste en raison de sa haine viscérale de Palme, et parce que certains rapports laissent supposer qu'il ait pu être impliqué dans le meurtre d'une façon ou d'une autre.

Hans von Hofsten

Commandant de marine, membre du comité directeur de Friheten i Sverige depuis octobre 1985. Un mois plus tard, il dirigeait une révolte d'officiers lors d'une tribune publiée dans le journal *Svenska Dagbladet*, où il déclarait publiquement qu'on ne pouvait avoir aucune confiance dans Olof Palme avant son voyage à Moscou.

Victor Gunnarsson

Intéressant dès lors qu'il a été suspecté d'être l'assassin de Palme, mais aussi en tant que membre de l'EAP. D'autre part, une source rapporte qu'il aurait fréquenté deux personnes liées à l'Alliance démocratique, qui auraient toutes deux, et indépendamment l'une de l'autre, avertit du meurtre : Anders Larsson et l'ex-mercenaire Ivan von Birchan.

Alf Enerström et Gio Petré

Enerström est communément désigné comme l'homme qui déteste le plus Palme dans toute la Suède. Reçoit le soutien de grands industriels suédois, notamment Lars-Erik Thunholm de chez Wallenberg, et finance l'EAP, tout en achetant des tribunes dans la presse pour des millions de couronnes. Sa compagne, Gio Petré, actrice, voyage avec lui dans tout le pays pour faire de la propagande anti-Palme. Leur dernier livre, sorti l'an dernier, s'intitule *Nous avons fait chuter le gouvernement – II.* Ils y comparent Palme à Hitler, écrivant aussi qu'il n'existe qu'une seule sorte de sanction pour un traître à son pays. Malheureusement pour eux, le titre n'a pas bien fonctionné, vu que Palme, déjouant les pronostics, a gagné les élections.

Bien qu'il se fût évertué à laisser de côté un certain nombre de noms, Stieg en avait déjà plus qu'il ne voulait. Il avait écarté d'emblée les étrangers – notamment les terroristes italiens Stefano Delle Chiaie et Roberto Fiore, ainsi que le tueur professionnel Michael Townley, apparu sur le radar de Stieg après certaines indications qui laissaient penser qu'il pouvait être impliqué dans le meurtre de Palme.

En dehors de la haine, plus ou moins publique, que tous vouaient à Palme, la liste faisait apparaître un autre motif récurrent : des gens connus à la tête d'organisations ayant pignon sur rue. Derrière eux, avec un agenda plus sérieux, les durs qui tiraient les ficelles – ayant même parfois des connexions avec les nazis. Un autre phénomène intéressant était que chaque nom revenait en plusieurs endroits, ce que la deuxième liste devait démontrer de manière éclatante.

Alliance démocratique (DA)

Malgré sa scission en 1975 et l'arrêt de ses activités l'année suivante, c'est la plus moderne de l'ensemble des organisations d'extrême droite n'étant pas néonazies. Son fondateur, Anders Larsson, s'avère être en relation (positive ou négative) avec toutes les organisations suivantes. Il a par ailleurs pris la tête de la fraction majoritaire du groupe après la scission.

Contra

Après l'éclatement de DA, la fraction minoritaire, la plus dure, a lancé l'association et la revue *Contra* (ne pas confondre avec la guérilla proaméricaine et contre-révolutionnaire au Nicaragua). L'un de leurs pires ennemis est Anders Larsson, chef de la fraction majoritaire. Le contenu de la revue est déterminé par une admiration sans bornes pour les États-Unis et, jusqu'au meurtre, par une forte haine de Palme. C'était auprès d'eux notamment qu'on pouvait acheter une cible à fléchettes avec une caricature d'Olof Palme en son centre.

Le Comité balte (Baltiska Kommittén)

L'une des dizaines d'organisations en relation avec les pays Baltes, dont la plupart sont enregistrées à la Maison de l'Estonie, Estniska huset, 32, rue Wallingatan. À noter que le Comité balte est membre de la WACL (voir ci-après), et aussi qu'Anders Larsson l'a quitté pile un mois avant l'assassinat d'Olof Palme.

WACL (World Anti-Communist League)

Organisation parapluie née en Asie dans les années 1950, vocation : lutte mondiale contre le communisme. On y trouve un joyeux mélange de patrouilles de la mort sud-américaines, de guérilleros anticommunistes africains, d'extrémistes américains type Klu Klux Klan, et de néonazis européens. Organisation évidemment infiltrée et financée par la CIA. Les conférences de la WACL, très populaires, se tiennent un peu partout dans le monde. En Suède elles ont séduit notamment un député modéré au Parlement, et notre ami Anders Larsson.

EAP (Europeiska Arbetarpartiet) ou ELC (European Labour Committee)

Minuscule parti politique fondé par le millionnaire américain Lyndon LaRouche. Très actif en Suède depuis les années 1970. Célèbre pour sa haine de Palme, l'organisation l'a décrit comme étant un psychopathe, un trafiquant de drogue et un agent soviétique. L'EAP est probablement infiltrée par la CIA au moyen de faux déserteurs du Vietnam résidant en Suède. Victor Gunnarsson a collaboré avec eux, et il existe une copie de leurs données dans le bureau d'Anders Larsson au Comité balte.

Resistance International

Organisation anticommuniste formée à Paris en 1983 et en Suède en 1985. Débuts comme une association de droite traditionnelle, conservatrice et anticommuniste, avant de recruter des extrémistes plus radicaux, notamment dans les cercles d'émigrés du bloc de l'Est et au sein du WACL, dont quelques connexions directes avec des nazis. Possible financement de la CIA. Dans le comité suédois on retrouve notre Anders Larsson, l'exilé balte Andres Küng, le représentant d'UNITA Luis Antunes, et le collaborateur de *Contra*, Filip Lundberg.

Fondation pour les études sociales

Groupuscule très discret, lié à Resistance International via Anders Larsson et à l'Alliance démocratique à travers une adresse postale commune (au nom d'Anders Larsson). Se targue d'être antinazie, mais très à droite toutefois. Les membres de l'ancienne Alliance démocratique doivent y jouer un rôle clef. Si cette Fondation semble être une sorte de One-man-show, l'organisation suivante en revanche compte 1 500 membres.

Friheten i Sverige (Liberté en Suède)

Jeune organisation lancée en septembre 1985 sous la houlette d'Andres Küng. Sur le papier, rien de suspect, seulement la liberté de la Suède en vue. Mais derrière la façade chic, agrémentée notamment des acteurs Jarl Kulle et Ulf Brunnberg, on trouve des forces nettement plus sombres, comme Filip Lundberg de *Contra*, et le commandant Hans von Hofsten.

Nya Tisdagklubben (Nouveau Club du mardi)

Formé sur le modèle d'un club britannique ultraconservateur, le Monday Club, dont le pittoresque Lord Moyne fut le président, et où Anders Larsson comme Bertil Wedin ont leurs entrées. En principe, il s'agit d'inviter des orateurs prestigieux à des dîners inoffensifs, mais derrière, on retrouve des noms familiers et des figures louches. Responsable des invitations : l'éternel Anders Larsson.

UNITA

Mouvement de guérilla angolais soutenu par les États-Unis, ils ont un bureau à Stockholm et des liens avec la CIA. Leur représentant, Luis Antunes, apparaît dans plusieurs des organisations précédemment citées. Anders Larsson y a cherché un poste après avoir quitté le Comité balte.

Bon début, se dit Stieg, en parcourant la liste des noms et celle des organisations. Les têtes risquent de tourner à Malmö. Mais il manquait encore un dernier détail pour que l'image fût complète : ces organisations d'extrême droite avaient leurs quartiers dans un certain nombre d'endroits à partir desquels on pouvait voir qu'elles étaient liées entre elles.

Postbox 5817, 490 et 21

Un phénomène commun à toutes ces organisations est qu'elles utilisent des boîtes postales. Ce qui leur permet de multiplier les organisations, rendant le travail d'enquête plus difficile. La boîte aux lettres 5817 a été celle de l'Alliance démocratique, et elle est également utilisée par la Fondation pour les questions sociales. Postbox 490 appartient aux organisations d'exilés baltes installées au 32-34 rue Wallingatan, et elle est utilisée par la Fondation aussi bien que par Resistance International. La boîte aux lettres suivante, Postbox 21, joue aussi un rôle, j'y reviendrai plus tard.

Wallingatan 32-34

La Maison de l'Estonie abrite un nombre incalculable d'organisations. La plupart sont vierges de tout soupçon, mais on y trouve aussi la WACL, le Comité balte, et une série d'autres sociétés plus ou moins opaques. Anders Larsson et Andres Küng y ont par ailleurs leurs entrées, de même qu'ils ont accès aux boîtes aux lettres mentionnées ci-dessus.

Birger Jarlsgatan 6B

Plusieurs lobbys industriels y ont leur siège, ainsi que Friheten i Sverige et d'autres entreprises ou organisations suspectes. Le bâtiment a appartenu à la Fondation Carlsberg, activement pronazie.

Il restait deux personnages encore dont les noms pouvaient intéresser Hermansson et Wenander. Ils évoluaient dans les cercles officiels, mais Stieg était convaincu qu'ils travaillaient pour le Renseignement militaire suédois. Joakim von Braun, membre du comité de Resistance International, travaillait à l'occasion pour la SÄPO. Joel Haukka, réfugié balte, connaissait tous ceux qui fréquentaient le 32-34 Wallingatan, et parallèlement collectait des informations pour les services du Renseignement militaire (SSI). Von Braun et Haukka ne manqueraient sans doute pas d'apparaître au cours des recherches que Stieg enverrait à Hermansson et à Wenander, et il était bon que tous deux fussent d'ores et déjà informés de ces noms, afin de ne pas les confondre avec la frange dure du peuple d'extrême droite.

*

Cela leur donnerait déjà une idée générale de la façon dont était structurée la haine contre Palme, et plus généralement l'extrême droite suédoise. Stieg fit trois copies de ses listes et envoya l'original à Hermansson et Wenander. Il garda une copie pour lui, les deux autres seraient remises à des personnes de confiance, pour garder toujours une trace, même en cas d'incendie ou de cambriolage.

Stieg joignit à l'attention de Hermansson et de Wenander la copie d'une lettre qu'il avait envoyée un an plus tôt à Björn Rönnblad, au Parti socialiste. À l'époque personne ne pouvait imaginer que le Premier ministre fût un jour assassiné en pleine rue, or l'Histoire avait parlé. La lettre pour Rönnblad accompagnait des éléments accablant Andres Küng, quoique de provenance douteuse. Stieg avait passé un temps considérable à espionner Anders Larsson et la boîte aux lettres 21, pour voir qui la vidait. Il espérait à présent que cette première lettre montrerait aux collègues de Malmö comment et combien il avait travaillé à son enquête. Un beau départ pour leur projet commun, auquel on trouva bien vite un nom : « Mission Olof Palme ».

1987

Stockholm, printemps 1987

Le départ de Holmér prit de court les policiers. La veille encore, ils avaient un chef qui décidait de tout, à la fois leader de l'enquête, préfet de police et responsable de l'enquête préliminaire. Le lendemain, plus rien. Cela signait aussi la fin de la collaboration entre les autorités policières de la région de Stockholm, la Criminelle et la SÄPO. Officiellement, l'enquête devait être confiée à Ulf Karlsson, commissaire de police criminelle, mais en réalité elle se divisa en trois enquêtes distinctes.

Pour les policiers en bas de l'échelle, cette solution était la meilleure : ils comptaient parmi eux des inspecteurs chevronnés, et l'absence d'une hiérarchie donneuse d'ordres leur laissait le loisir d'agir comme ils en avaient l'habitude. Dans chacune des trois enquêtes, on fit la liste de toutes les hypothèses valables, on repartit des lieux du crime pour y trouver des indices, avant de déterminer quelles étaient les pistes à suivre en priorité. La liste était longue, et il fallait avancer face au vent, après avoir perdu une année entière à enquêter de travers. Si les chances de résoudre un crime diminuent radicalement vingt-quatre heures après celui-ci, quelle chance leur restait-il après un an ?

Les théories policières sur l'assassin allaient du fou solitaire aux groupes d'extrême droite en passant par les policiers, les conspirations internationales liées aux trafics d'armes avec l'Iran ou aux prises de position de Palme contre l'apartheid.

En 1987, les différentes unités de police travaillèrent suivant leurs méthodes habituelles, se concertant si besoin avec leurs collègues d'autres services. Au printemps, le travail avançait, sporadiquement émaillé de réunions communes. Et peu à peu, on vit s'esquisser les contours d'un complot. La solution à laquelle on parvenait n'était certes pas la plus aisée, mais pour la première fois, les agents de terrain la construisaient ensemble en décidant eux-mêmes du calendrier. Beaucoup se montraient de nouveau optimistes : on allait résoudre le meurtre. L'enquêteur Alf Andersson, spécialiste de l'extrême droite, était de ceux-là.

Quand les astres s'alignent

Stockholm, avril 1987

Stieg comprit qu'un verrou avait sauté. Maintenant que Holmér était parti, on avait l'impression que tout le monde osait réfléchir de nouveau. Cela valait pour la police, mais aussi pour les médias et l'opinion publique. Même la SÄPO était sortie de sa torpeur. Quelques semaines après le départ définitif de Holmér, et après que la police eut commencé d'enquêter de manière décentralisée, la SÄPO rendit à Stieg une visite pour le moins peu discrète, dans les locaux mêmes de TT. Ils avaient sans doute eu vent de ses talents d'enquêteur et de sa qualité d'expert de l'extrême droite. Leurs questions furent d'un niveau affligeant, notamment lorsqu'ils lui demandèrent quelles relations les nationaux-socialistes avaient entretenues avec les autres partis socialistes. Ils pensaient sérieusement que les nazis étaient socialistes ! Eva avait rarement vu Stieg aussi fou de rage.

Pour Hermansson, Wenander et Stieg, la charge de travail s'était un peu allégée du fait que ceux qu'ils contactaient lisaient les journaux, et qu'ils savaient donc que la piste du PKK était écartée. On pouvait enfin parler de la haine dont Palme était l'objet.

Leur série d'articles et le futur livre tombaient à pic : les nouvelles pistes dont parlaient les médias s'avéraient toutes tangentes à leurs recherches. Il s'agissait désormais de réussir à publier leur livre avant que l'intérêt de l'opinion ne décroisse, que l'enquête prenne une nouvelle direction, ou que quelqu'un d'autre l'écrive.

Stieg décida de relancer ses recherches menées l'an passé sur Resistance International. Il avait surveillé l'immeuble qui hébergeait la boîte postale 490, qu'il savait liée à l'ancienne Alliance démocratique et à une série d'autres organisations. Mais malgré toutes les heures de temps libre qu'il avait sacrifiées à ce travail ingrat, il n'avait pas réussi à identifier celui ou ceux qui vidaient la boîte aux lettres.

Cette fois c'était la boîte 21 qu'il avait en ligne de mire. Une adresse nettement plus facile à rattacher aux hommes comme aux organisations qui figuraient sur sa liste.

*

Stockholm, 10 avril 1987

Mon cher Håkan,

Tout comme toi, j'ai eu un peu de mal à me mettre à ma machine à écrire. Dans mon cas, heureusement, rien à voir avec un tour de reins, juste que j'ai un sacré paquet de trucs en cours. Je manque de temps, tout simplement. Malheureusement (et là je t'envie un peu), je n'ai pas la possibilité de prendre sur mes heures de travail pour m'en occuper autant que j'aimerais, je dois me contenter de grappiller quelques miettes pendant mon temps libre. Difficile d'y consacrer plusieurs heures de suite. Tu ne trouveras donc dans cette lettre que de courtes notes en lien avec ta lettre de la semaine passée. À ce propos, je voulais te dire que les documents que tu m'as envoyés – les lettres de la Société Suède-Vatican – ne pouvaient pas tomber à un meilleur moment.

Ce que j'ai essayé de faire, c'est de renseigner une bonne fois pour toutes l'ensemble des organisations présentes dans ce foutu bourbier ; c.-à-d. d'essayer de mettre de l'ordre dans toutes les adresses, boîtes postales, numéros de téléphone, connexions, etc. À première vue, ça ressemble à une pelote faite de plein de bouts de ficelle. Dimanche j'ai commencé à trier toutes les notes que j'avais gardées de mon travail pour Björn Rönnblad, quand je l'avais aidé sur Resistance International, et j'ai découvert que j'avais un paquet de gribouillis renvoyant à des choses « à creuser », et que je n'avais pas creusées.

L'un des points d'interrogation concernait justement la Box 21, Stockholm 1. Officiellement (je me doute que tu l'as déjà constaté), c'est également la boîte postale utilisée par le Centre d'action et les Archives baltes à Stockholm. Au début je croyais que c'était la même chose que les Archives baltes, c.-à-d. dépendant d'Arvo Horm, Wallingatan 34. Le problème étant que le numéro de téléphone 20 54 45 ne correspondait ni à Wallingatan, ni à aucune des autres adresses officielles d'exilés baltes. Et, évidemment, les Archives baltes ont un numéro de téléphone différent.

En d'autres termes, la Box 21 semblait différente de la plupart des vingt boîtes postales que j'ai pu rattacher aux organisations baltes, et je me suis dit que ça valait le coup d'y jeter un œil de près.

Mercredi, je suis allé à Stockholm 1, pour regarder le registre des noms figurant sur la boîte aux lettres, et bingo ! : le propriétaire de la boîte n'est ni le Centre d'action, ni les Archives, mais une organisation qui répond au curieux nom de « Fonds pour l'entreprenariat libre » (Fonden för Fri Företagsamhet, FFF). Curieux parce que ni moi ni aucun des journalistes finance/politique de chez TT n'en a entendu parler. Bon. Sur le registre j'ai trouvé aussi indiquée l'adresse que FFF a donnée lorsqu'ils ont loué la boîte postale, Målargatan 1, une petite ruelle qui débouche sur Kungsgatan à un jet de pierre de Hötorget. J'y suis donc allé pour repérer l'adresse, et j'ai fait chou blanc. Målargatan 1 est en effet un immeuble qui a été inclus dans le grand projet de rénovation du quartier de Klara. Il est possible que la Box 21 se soit bien trouvée autrefois à cette adresse, mais il n'en reste pas la moindre trace. C'était trop tard pour aller voir si le propriétaire du terrain avait encore des informations sur ses anciens locataires, et je suis resté le bec dans l'eau à me gratter la tête.

Ensuite je suis rentré chez moi, où j'ai retrouvé la Box 21 dans ma propre boîte aux lettres, parmi les documents que tu venais de m'envoyer ! Le monde est bien petit quand tout se met à tourner dans le même sens.

Enfin, suivant la piste suggérée par les lettres de la Société Suède-Vatican, il n'y avait plus qu'à dérouler le fil. L'adresse par laquelle j'ai commencé était bien sûr celle de MFS, Kyrkoplan 6 à Kungsholm, 8e étage, ce qui voulait dire sur le toit d'un immeuble dans l'un des quartiers les plus chics de Stockholm. Mercredi soir tard, j'ai réussi à me glisser dans l'immeuble en évitant le digicode (I'm telling you : les digicodes sont une menace pour tous les journalistes d'investigation). J'ai monté les escaliers jusqu'au dernier étage pour repérer les noms sur la porte de MFS.

Håkan, si c'est bien derrière cette porte que se cache le type qui gribouille des lettres bizarres en caractères gothiques, alors je crois qu'on a trouvé une mine d'or. On a en tout cas trouvé une nouvelle pelote à démêler. Tout ce suspense va te donner de quoi patienter encore quelques jours, le temps pour moi de vérifier que je ne fais pas complètement fausse route ; tu recevras une lettre avec tous les détails plus tard dans la semaine.

Quelques notes marginales sur la Société Suède-Vatican : vendredi je suis allé me confesser chez un prêtre bon et miséricordieux, dans l'église Sankta Eugenia, rue Kungsträdgårdsgatan. Il a travaillé pendant six ans pour la communauté catholique de Stockholm, mais n'a jamais entendu parler d'une organisation baptisée Societas de Amicitia Suecia Vaticana. Il pouvait cependant m'envoyer voir un autre prêtre (moins miséricordieux) chez les jésuites, dont il m'assurait qu'il connaissait toutes les associations catholiques de Suède.

Le jésuite m'a dit qu'il ne savait pas exactement ce qu'était cette Société, mais qu'autant qu'il le sache, elle n'avait en tout cas rien à voir avec l'Église catholique. C'était drôle de l'entendre me dire ça, car juste avant, au moment où j'ai prononcé le nom de la Société, j'ai cru déceler sur son visage une réaction très marquée. Je pense qu'il la connaît, du moins de nom, beaucoup mieux qu'il ne veut le faire croire, mais que ça lui évoque peut-être des choses désagréables. La Société se serait-elle par hasard rendue impopulaire du côté de Sainte-Eugénie ?

Dans la librairie de l'église travaille une jeune et gentille dame qui m'a offert du café. Elle non plus n'avait jamais entendu parler de la Société, et pouvait même ajouter qu'elle n'avait jamais croisé de livre ou de revue publiés par ladite Société. Elle m'a même laissé chercher dans l'annuaire interne de l'église – qui est très complet et couvre toute la Suède – où la Société n'apparaît nulle part.

Chez la mission pastorale catholique non plus, on n'avait pas entendu parler de la Société, mais l'un des bons pasteurs a émis l'hypothèse qu'il puisse s'agir d'un des petits lobbys de la « haute Église » qui ont vu le jour au moment du chaos qui avait entouré l'élection du pape Jean-Paul Ier, celui qui n'a survécu que trente-trois jours. Ma source a raconté que ça avait fait des sacrées vagues en interne. Une autre possibilité, suggérait-il, était qu'il s'agisse d'un des lobbys tout aussi haut placés tels qu'on en trouvait à la pelle il y a quelques années, et qui s'étaient donné pour mission d'établir des relations diplomatiques entre la Suède et le Vatican.

Pour finir, et avant que je me mette à radoter, j'ai la preuve plus ou moins sûre à cent pour cent que le téléphone d'Anders Larsson était mis sur écoute.

L'indice m'est parvenu de deux côtés différents. Je n'ai aucune info sur un éventuel résident balte chez lui, mais un des noms sur la porte de son appartement est Stenbeck. Je vais voir si je peux vérifier s'il y a bien quelqu'un qui habite là, car de l'extérieur il semble plutôt s'agir d'un petit deux-pièces.

J'ai aussi plein de réflexions à te faire à propos de tes autres idées, cf. Taïwan, unconventional warfare et Baltic Arab African, etc., mais j'attends la fin de la semaine pour t'en dire plus. Je vais faire de mon mieux pour rassembler une documentation complète dans les jours qui viennent, et tu recevras les copies de mes documents dès que j'aurai le temps de trier mon bazar. Malheureusement je suis obligé de repousser sans cesse mon article sur Birger Hagård, le politique de droite, à cause du temps que je passe à ramasser ces bouts d'infos. Il me faudra sans doute encore au moins une semaine avant d'y parvenir.

Merci pour ta lettre, et merci pour les copies des documents concernant la WACL. Je vais lire ça dès que j'aurai mis la main sur mon dictionnaire allemand.

Amitiés,
Stieg

Attention : avertissements

Stockholm, mai 1987

C'était le jour de la seconde visite de Håkan Hermansson à Stockholm. L'un des éléments qui intéressaient le plus Stieg était les avertissements qui avaient tenté d'alerter qu'un meurtre allait être commis. On pouvait dénombrer une dizaine de personnes qui affirmaient être au courant de celui-ci, à en croire la presse, ou la police, qui aurait ensuite laissé fuiter ces informations à la presse. Deux de ces avertissements avaient bel et bien été lancés : on avait les preuves qu'ils avaient été transmis aux autorités avant le meurtre, ce qui aurait dû conduire la SÄPO à augmenter le niveau de sécurité autour de Palme, renforçant alors les chances d'éviter un assassinat. La SÄPO étant responsable du traitement de ces avertissements, il était certain, après le meurtre, qu'elle avait cherché à garder le silence dessus le plus longtemps possible. Plus palpitant encore, la présence d'au moins un nom en commun dans ces deux avertissements.

En janvier 1986, Ivan von Birchan avait appelé d'une part la SÄPO, d'autre part un ami à Stockholm, pour raconter que quelqu'un lui avait proposé une forte somme d'argent pour tuer Olof Palme. Von Birchan était un ancien mercenaire qui avait exercé en Rhodésie, et l'homme qui lui avait fait cette proposition était un certain Charles Morgan, qu'il avait connu là-bas. Charles Morgan se faisait également appeler Peter Brown, mais von Birchan était convaincu qu'aucun des deux n'était son vrai nom. Selon von Birchan, Morgan/Brown était pilote d'hélicoptère en Rhodésie, ce qui rendait sa piste facile à suivre, car le pays n'en comptait qu'une poignée.

Le 20 février, huit jours avant le meurtre, une autre personne déposait deux enveloppes au contenu identique à la Chancellerie du gouvernement et au ministère des Affaires étrangères. Ces enveloppes contenaient un article de 1918 intitulé : « Mort du docteur Olof Palme » ; le mot « docteur » était barré. L'homme qui avait déposé ces enveloppes avait gardé l'anonymat, mais il était surveillé par l'informateur des SSI Joel Haukka, qui put fournir son identité : Anders Larsson. Le même Anders Larsson qu'on voyait apparaître partout dans les recherches de Stieg.

Anders Larsson et von Birchan avaient tous deux été engagés dans l'Alliance démocratique. Même si l'organisation avait cessé ses activités dix ans plus tôt, elle continuait de jouer des tours. Leur ancienne boîte postale, Postbox 490, continuait d'être utilisée par Resistance International, la Fondation pour les études sociales et l'antenne d'UNITA à Stockholm.

D'après Joel Haukka, von Birchan et Anders Larsson connaissaient tous deux le premier suspect officiel, Victor Gunnarsson. Voilà qui ouvrait des horizons spéculatifs presque infinis pour tous ceux qui croyaient à la thèse du complot. Et Haukka, d'autre part, avait fourni les documents qui prouvaient ce qu'il avançait. Des documents pour lesquels Håkan avait fait la route jusqu'à Stockholm, jusqu'à Stieg.

*

Stieg et Håkan étaient assis de part et d'autre de la table de la cuisine avec ses motifs typiques en formica, ceux-là qui ne choquaient le goût de personne sans pour autant rendre quiconque heureux. Ils les cachèrent bien vite sous des liasses de documents, parlant haut et fumant sans crainte de déranger Eva, déjà au lit.

« La récolte du jour », dit Hermansson en posant une pile colorée sur la table. Ils divisèrent le tas en deux, chacun lisant sa partie avant d'échanger avec l'autre. Quand il eut fini de lire, Stieg avait une longue liste de notes et de questions sous le coude.

« Donc Haukka bosse pour les SSI ?
— Hmm, grommela Hermansson en finissant sa lecture.
— Mais je ne comprends pas pourquoi les services secrets de l'armée devraient surveiller un type vaguement un peu d'extrême droite, dit Stieg. Ils ne sont pas plutôt censés se concentrer sur la menace russe et compagnie ?
— Difficile à dire. Il se trouve que Haukka connaissait Anders Larsson par le Comité balte, qui est aussi l'antenne de la WACL en Suède. Le plus plausible, c'est qu'il ait vu ou entendu comment Larsson se comportait, qu'il ait jugé ça louche et suffisant pour le mettre sous surveillance.
— Je ne dis pas, c'est très bien que les barbouzes de l'armée fassent aussi autre chose qu'espionner les sympathisants communistes chez les socialos, mais... »
Stieg se mordit la langue. Hermansson était un social-démocrate déclaré, et il s'était promis d'éviter de soulever des questions où leurs opinions risquaient de diverger radicalement.
« Pas de mal, dit Hermansson. Mais il y a un truc qui rend toute l'histoire encore plus compliquée. Ce copain d'Anders Larsson que Haukka nomme dans son rapport. Le sténographe au Parlement, tu sais...
— Bengt Henningsson ?
— Oui. Il dit qu'il a espionné Larsson pour la SÄPO pendant des années. Et que ça n'avait rien à voir avec la surveillance mise en place par les SSI.
— Incompréhensible, reprit Stieg. Ça voudrait dire que le type qui a averti qu'un meurtre était en préparation était surveillé à la fois par le Renseignement militaire et la SÄPO...
— Et que ni l'un ni l'autre n'a fait quoi que ce soit pour empêcher le meurtre », compléta Hermansson.
La fumée faisait des ronds dans la cuisine de Rinkeby. Les deux hommes se regardèrent longuement d'un air grave, puis ils éclatèrent de rire. Leur histoire était presque trop belle pour être vraie. Grand Prix du journalisme, *here we come !*
Ils continuèrent d'examiner les documents avec une ardeur qui ne s'éteignit qu'avec les premiers bâillements de Hermansson, vers trois heures du matin. Avant de s'étendre sur le canapé, il lança un dernier défi à Stieg :

« On n'a jamais parlé de Bertil Wedin. Il est sur ta liste. Si tu as quelque chose sur lui, tu pourras me l'envoyer ? Je pars demain matin à la première heure. »

Les hommes qui n'aimaient pas Palme

Stockholm, mai 1987

« Putain mais comment t'as réussi ce coup-là ? »

La stupeur de Hermansson était réelle. Pas moins que son intuition avait été bonne. Stieg n'avait eu besoin que de quelques heures après le départ de la plupart de ses collègues pour rassembler tout le matériel qu'il avait sur Bertil Wedin. Une courte promenade depuis Kungsholmstorg par le pont de Kungsbron, et il avait réussi à glisser à temps la grosse enveloppe dans la boîte aux lettres avant le passage du facteur, à vingt-deux heures précises. Le lendemain du départ de Hermansson, Stieg avait déjà réuni un dossier complet sur Wedin. Pas étonnant que le collègue de Malmö soit surpris, Stieg l'avait prévu : ça l'amusait de voir sa réputation d'investigateur rapportée aux pouvoirs surnaturels.

Bien sûr, Hermansson ne pouvait pas se douter que Gerry Gable de *Searchlight* l'avait appelé quelques mois plus tôt pour lui parler exactement du même sujet. *Searchlight* avait reçu des informations laissant entendre que Wedin pouvait être impliqué dans l'assassinat d'Olof Palme, et Gerry voulait savoir si Stieg en savait plus sur lui. Le Suédois avait rassemblé tout ce qu'il pouvait trouver en Suède, tandis que l'Anglais se débrouillait pour parler avec ses informateurs et trouver ce qu'on avait sur Wedin à Londres, où celui-ci habitait depuis 1975.

Les questions de Gerry n'avaient fait qu'accroître l'obsession de Stieg pour l'affaire Palme. En outre, la démission de Holmér avait augmenté les chances du journaliste de contribuer à sa résolution. Il en parlait régulièrement avec quelques amis de confiance. Et pas une semaine ne passait sans que quelqu'un vînt lui poser de nouvelles questions ou lui donner de nouvelles informations. Lorsque la vieille bande de feutre mouillé qui entourait la bobine vide de la piste PKK eut fini de se dissoudre, tout le monde reprit espoir.

En plus des sujets dont ils discutaient déjà pendant des heures au téléphone, ou lorsqu'ils se voyaient, Stieg pensait envoyer à Hermansson un mémorandum séparé sur chaque personne et chaque organisation – des morceaux qui pourraient permettre à Hermansson et à Wenander de reconstituer peu à peu le puzzle. Peut-être pourraient-ils même leur servir comme texte de base pour des articles. Il commença par exemple par leur envoyer un mémo consacré aux propagandistes professionnels Alf Enerström et Gio Petré. Deux pages seulement, un résumé d'ensemble et une description de leurs liens avec les milieux industriels, du financement de leurs campagnes contre Palme, ainsi qu'une note de lecture de leur étrange livre *Nous avons fait chuter le gouvernement.* Il ajouta aussi quelques courts résumés des textes que le couple avait fait publier, sous forme d'annonces, dans les journaux. Comme d'habitude, Stieg fit plusieurs copies du dossier, et il en adressa deux à Hermansson et Wenander, à Malmö, en attendant leur commentaire.

Alf Enerström était certes un drôle de personnage, mais avec ses relations dans les plus hauts cercles du patronat suédois – y compris certains des plus riches Suédois de l'étranger – il était hautement improbable qu'il eût personnellement pris part à une affaire aussi sordide que l'assassinat du Premier ministre. En outre, il avait un alibi fourni par sa compagne, Gio Petré.

Stieg produisit ces documents en accord avec la liste que ses amis de Malmö et lui avaient préalablement établie, et il les envoya dès qu'il fut certain de n'avoir rien oublié sur le couple. La seconde note devait lui prendre beaucoup plus de temps : Bertil Wedin. C'était le plus complet et le plus soigné de tous ceux qu'il enverrait. La raison en était d'une part que Gerry lui avait transmis des informations fraîchement puisées à sa source londonienne, d'autre part la conviction de Stieg que la police devrait s'intéresser sérieusement à Wedin. Gerry garantissait la fiabilité de son informateur, assurant que celui-ci avait ses entrées au MI6, les services secrets britanniques. Il avait des éléments qui suggéraient que Wedin aurait agi en tant qu'intermédiaire dans le meurtre d'Olof Palme. Informations appuyées par le fait que Wedin avait travaillé pour différents services de renseignement, notamment avec les services secrets sud-africains, dont l'implication dans le meurtre de Palme avait déjà été soulevée par plusieurs sources dans les jours qui avaient suivi le crime.

L'intermédiaire

Objet : Bertil Wedin

Infos données à *Searchlight* par des gens ayant des liens avec l'extr. droite : rumeurs selon lesquelles W. a agi en tant qu'« intermédiaire » dans le meurtre de Palme.

Chypre printemps 1986 : un individu au passé d'extr. droite, aujourd'hui libéral et agent pour le MI6 depuis plusieurs années, rencontre W. par hasard. Ils se connaissent de vue, et W. croit qu'il a affaire à un « homologue ». Ils discutent un moment, et à la question posée par l'agent sur ce que W. fait à Chypre, celui-ci répond qu'il « is working for the Swedish Employers Association ».

Quelque temps plus tard, l'agent du MI6 rencontre G. de *Searchlight* et lui raconte qu'il a vu W. Comme l'agent annonce qu'il va retourner à Chypre, G. le prie de lui faire remonter tout ce qu'il y trouvera sur W. L'agent et G. se connaissaient déjà depuis des années (Noël ensemble, etc.) avant que l'agent ne commence à « lâcher » des infos sur l'extr. droite à G. ; peut-être sur ordre ou avec l'accord du MI6.

Automne 86 : G. reçoit une série de documents de Chypre : passeport, permis de séjour, rapports de première main de la police, etc. Les documents sont envoyés en Suède à :

a) l'équipe d'enquêteurs

b) le ministère des Affaires étrangères via Håkan Hermansson.

Printemps 1987 : l'agent du MI6 rencontre G. de nouveau. Il est agité et exige de savoir ce que G. a fait des documents sur Wedin. « Est-ce que tu l'as transmis à quelqu'un à l'extérieur ? » La source est nerveuse et inquiète, mais ne veut pas donner de détails. Pendant l'été et l'automne, la source réside en Angleterre. Mais elle donne une fausse adresse à G., qui essaie plusieurs fois de reprendre le contact.

Traduction : la source agit sans ordre du MI6, simplement pour rendre service à G. Celui-ci (via la police ou le MAE en Suède) laisse fuiter les informations, qui reviennent au MI6. Ils mettent la source au rancart ou la renvoient vers Wedin, qui la menace de mort.

Des informateurs au sein de l'équipe en charge de l'enquête affirment qu'ils ne sont pas entrés en contact avec Bertil Wedin, mais qu'ils aimeraient beaucoup.

Wedin, selon ses propres déclarations, a été « chief of staff » du bataillon suédois de l'ONU à Chypre en 1964-1965.

Le porte-parole de Holmér, Leif Hallberg, a fait son service comme major à Chypre en 1965.

Background

La presse révèle que Wedin, précédemment, a été soldat de l'ONU au Congo et à Chypre. Plusieurs sources affirment qu'il aurait ensuite mené une carrière de mercenaire, ou de recruteur de mercenaires. On retrouve sa trace en Afrique du Sud, au Biafra et au Sud-Vietnam.

Une autre source indique que son expérience dans la branche du mercenariat a été un échec pathétique, mais que Wedin se présente volontiers comme « macho et dangereux ».

Depuis le milieu/fin des années 1970, Wedin s'est construit la réputation d'être « a gun for hire ». Une source l'a décrit comme jouant les intermédiaires dans des contrats de meurtre, une autre comme « one of the Europe's top Pro killers ». Une source affirme qu'un « Suédois ayant servi comme soldat de l'ONU » a travaillé pour la police secrète de la junte militaire grecque à Chypre (1973 et/ou 1974), en tant que « finger » pour localiser des opposants politiques en exil.

Plusieurs sources affirment que Wedin travaille principalement pour la police secrète sud-africaine, la « Boss », depuis les années 1970, et qu'il est convaincu d'être le cerveau du meurtre de l'opposante à l'apartheid et écrivaine Ruth First, tuée par l'explosion d'un colis piégé à Maputo, capitale du Mozambique, en août 1982. Ses liens avec Boss sont en partie corroborés par des faits qui ont été jugés lors d'un procès à Londres en 1983, dans lequel Wedin était inculpé pour possession illégale de documents précédemment dérobés lors d'une explosion dans les bureaux de l'ANC à Londres.

Chypre

Depuis quelques années, Wedin et sa femme, une Anglaise du nom de Felicity Ann, résident de manière permanente à Chypre. Dans le formulaire laissé au bureau de l'Immigration lors de son arrivée à Chypre, il a donné comme motif de son entrée sur le territoire : « to live ».

Dans les rubriques où l'on précise si le séjour est : « Tourism ? Business ? Education ? », il a coché la case : « Others ».

Wedin déclare exercer le métier de « journaliste », et il est effectivement enregistré comme journaliste indépendant avec une carte de presse turque de 1985. Son activité journalistique se limite à trois « spots » hebdomadaires pour une radio turque, et à la rédaction (partielle ?) d'une brochure touristique sur l'île.

Lors de son arrivée à Chypre, il a fait des démarches pour obtenir un permis d'armes. Il indiquait comme motivation : « avoir besoin d'une arme », parce qu'il avait « peur de ses anciens associés sud-africains ».

Sa demande de permis a été rejetée par les autorités de police locale, mais Wedin a néanmoins réussi à se procurer un fusil. Une source au sein de la police locale affirme que « somebody very senior is looking after him ».

Selon un témoignage, il est suspecté d'avoir « essayé d'empoisonner » un animal domestique qu'il s'était procuré.

Le contact de ma source à Chypre, qui connaît les antécédents de Wedin, a déclaré que Wedin avait soudain été averti que ce contact trifouillait dans ses affaires. Wedin a alors débarqué devant la porte du contact. Il était ivre et menaçait de le tuer ; par chance un policier local, ami du contact, a pu intervenir et désarmer Wedin.

Selon certaines informations, Wedin aurait ensuite contacté quelques parrains locaux afin de leur offrir plusieurs milliers de couronnes en échange de l'assassinat du contact. Wedin s'est présenté à eux comme un « intelligence officer » britannique travaillant pour le Mossad.

Un peu plus tard, Wedin a été arrêté pour ivresse sur la voie publique. Une source policière sur place affirme qu'ils « ont continué à le laisser boire dans sa cellule », et que Wedin, très alcoolisé, racontait qu'il avait tué « at least six people », dont « a woman in Africa » (Ruth First ?).

Il déclarait aussi qu'il voulait aller en Syrie dans le cas où les Chypriotes auraient l'intention de lui retirer son visa.

Financements

Les sources chypriotes décrivent ses revenus journalistiques comme « modestes » en comparaison de l'« up-market lifestyle » de Wedin : luxueuse villa privée, visites régulières dans des night-clubs exclusifs, etc.

Selon nos informations, Wedin dispose en tout de 600 000 couronnes suédoises réparties entre plusieurs comptes dans diverses banques chypriotes. 100 000 Kr supplémentaires ont été localisées sur un compte « récent » ouvert dans une banque à Londres ; l'origine de cet argent est inconnue, mais sur ce dernier compte, on pense qu'il est d'origine américaine. (N.B. : la source ne dit pas si l'argent londonien a été ou sera transféré à Chypre.)

Passeport

Le passeport de Wedin, renouvelé en 1981 auprès de l'ambassade de Suède à Londres, montre qu'il voyage régulièrement en divers endroits du monde ; Tanzanie (1981), Canada (1982), nombreux voyages depuis et vers l'Angleterre, etc.

En février 1985, il était en Afrique du Sud.

Voyages de Wedin

1982
Janv 7 Heathrow (Londres)
Janv 12 Heathrow (p-ê depuis Kenya ou Tanzanie)
Fév 8 Gatwick (Londres)
Fév 14 Gatwick
Mars 14 Heathrow
Mars 21 Heathrow (p-ê depuis Grèce)
Avr 6 Inverness (?)
Avr 22 Heathrow
Mai 6 Heathrow
Mai 10 Heathrow (depuis Montréal)
Juil 13 Heathrow
Juil 15 Heathrow

1983

Avr 19 Gatwick
Avr 23 Gatwick

1984

Janv 12 Heathrow
Janv 19 Heathrow
Avr 5 Heathrow
Mai 29 Dover

Mai 29 Heathrow
Juil 4 Heathrow

1985

Fév 18 Heathrow
Fév 19 Af. Sud
Mars 7 Af. Sud
Mars 8 Heathrow
Avr 4 Heathrow
Juil 11 Heathrow
Juil 14 Heathrow
Nov 20 Heathrow (émigration à Chypre)

Entre qui et quoi ?

Stockholm, été 1987

Le document final ne comptait pas moins de trente pages, soigneusement reproduites en quatre exemplaires. Un que Stieg gardait pour lui, un pour Hermansson, le troisième pour un ami, en gage de sécurité. Stieg savait que Hermansson était en contact avec Pierre Schori, secrétaire de cabinet au ministère des Affaires étrangères, et pensait qu'une copie lui parviendrait. Le dernier exemplaire, Stieg le donna personnellement à la réception de la Préfecture de police, dans une enveloppe adressée au « Groupe Palme ».

Stieg ne put fermer l'œil de la nuit suivante. Il ruminait sans cesse le mot décisif qui ressortait des documents fournis par la source du MI6 : Wedin aurait agi comme « intermédiaire » dans le meurtre d'Olof Palme. Un intermédiaire, pensait Stieg, doit avoir quelqu'un derrière lui, vraisemblablement celui qui choisit et ordonne une mission, et quelqu'un devant lui, peut-être celui qui assiste, ou exécute, entièrement ou partiellement, cette mission.

Dans le cas de Wedin, le côté arrière pouvait être occupé par un service de renseignement, très probablement les services secrets sud-africains, pour lesquels il avait apparemment travaillé. Les Sud-Africains avaient des raisons d'en vouloir à Palme, d'abord à cause de son engagement contre l'apartheid, et également, si c'était avéré, de ses tentatives pour bloquer leur commerce d'armes. Le côté face, devant Wedin, recelait plusieurs alternatives, mais l'une d'elles voulait qu'une ou plusieurs personnes en Suède aient aidé à l'exécution de Palme. Les Sud-Africains avaient évidemment les capacités de tuer quelqu'un, mais perpétrer un meurtre de l'autre côté du globe, dans une ville étrangère, nécessitait une certaine logistique : c'est là que le réseau de Wedin au sein de l'extrême droite suédoise pouvait s'avérer très pratique. La surveillance, le transport et la logistique ne présentaient aucune difficulté particulière si l'on bénéficiait de l'aide de Suédois sur place. Or un bon nombre des gens d'extrême droite sur lesquels Stieg avait l'œil auraient très bien pu se porter volontaires, ayant eux-mêmes envie de se débarrasser de Palme. Sans compter que plusieurs d'entre eux figuraient dans les dossiers des enquêteurs.

Ainsi les motivations sud-africaines, qu'elles fussent liées aux ventes d'armes ou à l'apartheid, pouvaient-elles coïncider avec celle, tout autre, des extrémistes suédois : empêcher Palme de vendre la Suède à l'Union soviétique.

Cette conclusion apparemment logique rendit le sommeil à Stieg. *It all makes sense, over and out.*

Deep Wedin

Si Stieg voulait donner plus de corps à ses hypothèses, il lui fallait encore creuser. Il semblait naturel de partir du milieu, c'est-à-dire de l'intermédiaire Wedin, pour trouver les fils qui le mèneraient dans les deux directions. Côté sud-africain et côté suédois.

Le CV de Wedin était haut en couleur, pour le dire poliment. Officier de l'ONU au Congo en 1963, où il avait été pris en otage, puis à Chypre en 1964-1965. Dans les années 1960, on le voyait aussi en mercenaire, puis en recruteur de mercenaires en Rhodésie, ce qu'une source au moins confirmait.

Après son retour en Suède, il avait servi comme officier avant de proposer ses services à l'ambassade américaine au début des années 1970, en pleine guerre du Vietnam. Une fois obligé d'abandonner la carrière militaire, il se mit aussitôt au service du plus gros consortium financier de Suède, le groupe Wallenberg, et trouva un boulot de journaliste dans une agence fraîchement créée, Pressextract. En 1975 le temps était venu de repartir, et Wedin déménagea avec sa famille à Londres.

Dans sa nouvelle ville d'adoption, Wedin continua de travailler pour les industriels suédois, et se mit également à fréquenter le très conservateur Monday Club. C'était là que Gerry et sa source avaient rencontré à la fois Wedin et Anders Larsson, lui aussi adepte du Monday Club. Le même Anders Larsson qui quelques années plus tard devait avertir de l'assassinat d'Olof Palme. Wedin et Larsson semblaient s'être mutuellement acceptés à Londres en 1975, mais Wedin se tenait plutôt du côté des opposants à Larsson, le groupe de *Contra*. La relation entre Wedin et Carl G. Holm était d'autant plus étroite que ce dernier avait été recruté par Wedin dans la Fédération des industriels. Plus étroite en tout cas que celle entre Wedin et Anders Larsson.

En 1980, Bertil Wedin se rendit en Afrique du Sud pour rencontrer Craig Williamson, le plus célèbre agent de renseignement du pays. Le policier Williamson, promu ensuite agent des services secrets, était célébré par la presse sud-africaine comme « *the Master Spy* ». En l'espace de trois ans, il était parvenu à infiltrer l'IUEF, *the International University Exchange Fund*, une organisation internationale basée à Genève qui se chargeait de distribuer des bourses d'études aux étudiants méritants du tiers-monde. Une partie de cet argent était envoyée aux opposants au régime de certaines dictatures. Cela avait le don d'irriter, notamment le régime d'apartheid sud-africain, qui envoya Williamson infiltrer l'organisation en se faisant passer pour un militant anti-apartheid.

Le plus haut responsable de l'IUEF était le Suédois Lars-Gunnar Eriksson, un homme directement lié aux pontes du Parti social-démocrate suédois. Il était en contact permanent avec ceux qu'on appelait « les trois mousquetaires » : Bernt Carlsson, Pierre Schori et Mats Hellström, tous haut placés dans le système social-démocrate. Au besoin, Eriksson avait aussi l'oreille d'Olof Palme.

Craig Williamson réussit subtilement à convaincre Lars-Gunnar Eriksson que bien qu'il soit blanc, sud-africain et policier, il était en réalité un opposant au régime d'apartheid. Début 1977, Eriksson recrutait l'espion Craig Williamson dans le comité de l'IUEF.

Le Sud-Africain s'imposa bientôt comme le numéro 2 de l'organisation, prenant en charge toute la partie administrative, y compris les versements d'argent. Résultat : une grande part de l'argent qui aurait dû aller à la lutte *contre* l'apartheid servit à combattre *pour* l'apartheid. Williamson détourna aussi cet argent pour s'acheter une ferme en Afrique du Sud, où il put faire admirer aux émissaires suédois comment des militants noirs anti-apartheid s'y formaient à la lutte, à quelques kilomètres de la capitale Pretoria. Quand les visiteurs furent partis, on reprit ce qui était la véritable activité du lieu : torturer les opposants à l'apartheid.

Sa position au sein de l'IUEF permettait en outre à Williamson d'être informé des actions que préparaient les activistes anti-apartheid. Lorsque l'opposant noir Steve Biko prépara son départ pour le Bostwana en septembre 1977, pour y rencontrer Oliver Tambo de l'ANC et Olof Palme, Williamson récupéra l'information en amont et la transmit à ses collègues de la police sud-africaine. Le 18 août 1977, Steve Biko fut enlevé, interrogé et violemment battu lors de l'interrogatoire. Le 12 septembre, il succombait à ses blessures. Biko était un exemple parmi d'autres de ces militants anti-apartheid qui tombèrent entre les mains de Williamson.

Printemps 1980 : Bertil Wedin et Craig Williamson se retrouvent au bar d'un hôtel de Johannesburg. À la fin de l'entrevue, Wedin signe un contrat de travail de plusieurs années auprès de l'entreprise de Williamson, Avation Consultants. La somme rondelette que lui accorde chaque mois ce salaire permet à Wedin de continuer à vivre luxueusement dans les douze pièces de sa villa du Kent, très chic région près de Londres.

Les années suivantes, les actions s'enchaînent : de nombreux attentats, plusieurs morts dans des explosions dont Williamson est le responsable. En mars 1982, une bombe explose dans les bureaux de l'ANC à Londres, sans faire de morts. En août 1982, l'amie d'Olof Palme, Ruth First, trouve la mort dans l'explosion d'un colis piégé à son domicile de Maputo, au Mozambique. En juin 1984, l'opposante à l'apartheid Jeannette Schoon et sa fille de 6 ans, Kathryn, meurent dans l'explosion d'un colis piégé à Lubango, en Angola.

À Londres se trouvait aussi l'agent Peter Casselton, ex-pilote d'hélicoptère en Rhodésie. Casselton avait été condamné à de la prison en 1983, pour son implication dans diverses attaques contre les locaux de mouvements de libération noirs, tandis que Bertil Wedin, inculpé des mêmes faits, avait été relâché, bien que la police britannique eût retrouvé chez lui des documents dérobés dans ces locaux.

Plus tard, lors d'une conférence de presse, Bertil Wedin fut invité à s'expliquer sur ses relations avec les services secrets sud-africains. Son discours vira à l'attaque en règle contre le gouvernement suédois, Wedin s'écriant : « Je travaille contre Palme, contre le gouvernement suédois. Et j'agis en collaboration avec les services de renseignement de pays scandinaves. »

Un autre événement intéressant se produisit en novembre 1985. Trois mois avant l'assassinat d'Olof Palme, Wedin et sa famille déménagèrent subitement pour la République turque de Chypre du Nord – un pays de 300 000 habitants connu pour être le paradis des criminels en tout genre, puisque ne disposant d'aucun accord d'extradition avec des pays étrangers, sauf la Turquie. Bertil Wedin était en outre un ami personnel du président Rauf Denktaş, ce qui sécurisait d'autant plus sa position dans ce pays qui n'en était pas un.

*

Que l'Afrique du Sud commandite un assassinat à l'autre bout du monde, voilà qui était éminemment possible. Si tel était le cas, elle aurait sans doute également fait appel à son meilleur espion, Craig Williamson, qui par ailleurs, en tant qu'infiltré auprès d'Eriksson, connaissait Stockholm et la mentalité suédoise. Or, puisque Wedin avait été recruté dans l'écurie Williamson, il semblait fort logique que celui-ci ait confié le rôle d'intermédiaire au Suédois. Mais alors que trouvait-on en aval de Wedin, côté meurtre ?

La principale raison de s'en remettre à Wedin était sa qualité de Suédois, le fait qu'il parle la langue, et connaisse bien la ville de Stockholm ; or il avait déménagé à Londres plus de dix ans auparavant, et ses connaissances commençaient à dater. Mais peut-être connaissait-il l'homme idéal sur place ? Un extrémiste de droite qui voulait en finir avec Olof Palme. Le réseau de Wedin avait beau avoir vieilli lui aussi, Stieg avait pu constater par lui-même que nombre d'extrémistes de droite des années 1980 se connaissaient depuis les années 1970 et l'Alliance démocratique, dont Wedin avait été un membre très actif.

Après avoir fait le tour de tout le matériel qu'il avait sur les services secrets sud-africains et Craig Williamson, Stieg éprouva comme une sensation familière lorsqu'il s'attaqua cette fois aux réseaux suédois de Wedin.

Gerry

Londres, mai 2015

« *Workaholic*, on avait ça en commun », me dit Gerry Gable. « Le sens de l'humour, mais très engagé. Si on mettait la main sur une *story*, il ne lâchait plus le fil, et c'est ça qui fait un bon journaliste. »

J'étais allé à Londres pour rencontrer Gerry. Son nom revenait sans cesse dans les archives de Stieg, dont il était clairement l'un des modèles. Ils s'écrivaient régulièrement pour échanger des informations et mettre réciproquement leurs hypothèses à l'épreuve.

Gerry connaissait sûrement les méthodes de travail de Stieg et, avec un peu de chance, il me donnerait des informations qui me permettraient de mieux suivre sa trace. Notre conversation m'offrit de mesurer à quel point leur entente personnelle était un élément central de leur relation professionnelle. Gerry me dit qu'ils n'auraient jamais pu aussi bien collaborer s'il n'y avait eu entre eux le profond respect qui les unissait, et un humour commun qui rendait le travail plus léger.

Gerry m'avait proposé de le retrouver dans un *greasy spoon*, une « éponge grasse », comme il appelait le pub de quartier où nous nous trouvions, et dont je savourais l'atmosphère typiquement anglaise. Plus que la nourriture qu'on y servait, en tout cas.

« Et qu'est-ce qui vous a mis sur la piste de Wedin ? demandai-je.

— J'avais un informateur qui avait été le garde du corps des fachos les plus célèbres. Ce gars-là m'a aidé à entrer au Monday

Club, où il m'a présenté Anders Larsson. *Out of the blue*, un jour au début des années 1980, il m'a demandé si je voulais venir avec lui à un déjeuner vraiment chic où il y aurait un type qui faisait partie des leaders de l'Alliance démocratique de Suède. Or ce n'était pas Anders Larsson, comme je croyais, mais Bertil Wedin.

— Quelle impression il t'a faite ?

— Il avait l'air d'un homme d'affaires à succès, très fortuné. Costume élégant, chaussures cousues main, cravate, bonnes manières. Il semblait faire partie du haut du panier du patronat suédois. Mais son regard était perçant. Comme s'il t'analysait en permanence.

— Et l'informateur, c'était lui ta source ?

— Oui, et maintenant je peux enfin dire qu'il s'appelait Lesley Wooler. Il a eu peur pour sa vie le jour où il a commencé à mettre le nez dans les affaires de Wedin à Chypre.

— C'était donc le genre d'infiltration qu'il menait. Vous faisiez ça souvent ?

— Mon boulot, quand on infiltrait un groupe en Angleterre, était de trouver des candidats, de les former et de les placer dans une organisation d'extrême droite. Parfois j'étais obligé d'en informer nos services secrets. Par exemple si on tombait sur des néonazis qui avaient des armes ou des explosifs, ou d'autres activités criminelles. »

J'avais presque réussi à finir mon *fish'n'chips*, et deux heures avaient déjà passé quand nous sortîmes du pub. Nous échangeâmes nos cartes de visite, car je me doutais que j'aurais encore beaucoup de questions à poser à Gerry. Mais j'avais déjà compris une chose essentielle : si un journaliste veut apprendre quelque chose de quelqu'un qui ne veut pas en parler, alors il doit utiliser des méthodes plus efficaces qu'une simple interview. Dans le cas de Stieg, cela voulait dire infiltrer des groupes, pirater des données informatiques. Et si je voulais que mon enquête aille de l'avant, il me faudrait moi aussi sortir de ma zone de confort et essayer certaines de ces méthodes. Je me demandais quelle utilisation Stieg aurait faite des réseaux sociaux s'il avait vécu assez vieux pour assister à leur formidable essor.

L'extrême droite

Stockholm, septembre 1987

Stieg reprit la liste qu'il avait envoyée à Hermansson au début de leur projet « Mission Olof Palme », pour voir avec qui Bertil Wedin aurait pu être en contact avant son départ pour Londres en 1975. Puisqu'il était plausible de supposer que Bertil eût fourni un soutien logistique aux agents sud-africains en Suède, il fallait donc commencer par les noms en qui il avait confiance.

Wedin avait fait partie du noyau dur de l'Alliance démocratique, de la WACL et de quelques autres organisations proches des milieux industriels suédois, notamment la Fédération des industriels et l'agence Pressextrakt, dont il était l'employé. Il avait également travaillé en externe pour la SÄPO, où l'on avait l'expérience des opérations de surveillance, néanmoins il était difficile de savoir qui y avait été son contact. Un nom se détachait, celui de Tore Forsberg, responsable du contre-espionnage, mais Stieg n'en avait pas eu confirmation.

Entre tous les noms sur sa liste, Stieg n'en trouva que quelques-uns dont il était sûr qu'ils soient très proches de Wedin. Carl G. Holm était l'un d'eux, et Wedin l'avait recruté pour la Fédération des industriels. Anders Larsson et Wedin se connaissaient de l'Alliance démocratique, du Monday Club à Londres, et d'une autre organisation appelée le « Conseil suédois de la liberté », Svenska Frihetsrådet. Larsson aussi bien que Holm avaient été mentionnés dans le cadre de l'enquête, mais une chose était certaine : Wedin n'eût jamais pu se tourner vers les deux à la fois pour aider les Sud-Africains, étant donné qu'ils étaient ennemis jurés depuis la scission de l'Alliance démocratique. Stieg suspectait Anders Larsson d'être la source anonyme du livre *La Droite et la neutralité*, écrit par un ami de Stieg, Sven Ove Hansson. L'ouvrage décrivait comment des opinions extrémistes parvenaient à infiltrer les hautes sphères de l'industrie suédoise, en détaillant notamment le cas de Carl G. Holm. Ce dernier sembla d'ailleurs avoir eu vent du rôle d'Anders Larsson dans ces attaques, puisque sa revue, *Contra*, publia dans la foulée des articles qui laissaient entendre que Larsson travaillait pour le KGB.

Il demeure que Wedin ne put s'accorder qu'avec un seul des deux, ou avec les deux à condition qu'aucun ne sût que l'autre était aussi impliqué.

Carl G. Holm n'était pas difficile à surveiller. Son nom apparaissait toujours à côté de celui de *Contra*, dont la cible à fléchettes avec la tête de Palme était devenue le plus éclatant symbole de la haine immodérée qui s'était répandue avant le meurtre. Holm donnait l'air d'être un assez sale type, mais il n'était pas le seul dans l'extrême droite. Ça commençait avec leurs idées puis contaminait leur personnalité, à moins que ce ne soit le contraire. Ce qui ne signifiait pas pour autant que tous les extrémistes fussent impliqués dans l'assassinat de Palme, et de fait, les indices qui pesaient sur Holm ne permettaient pas de supposer qu'il y était mêlé. Tel n'était pas le cas de l'autre vieux compère de Wedin, Anders Larsson.

Son nom était lié à toutes les organisations que Stieg avait recensées à l'intention de Hermansson et Wenander. Après qu'il eut dressé cette liste, Stieg le retrouva encore dans plusieurs documents, surtout dans ceux qu'il échangeait avec ses collègues de Malmö : une étrange inflation des coïncidences.

Dans une lettre datée du 20 janvier 1986, un bon mois avant l'assassinat de Palme, le Comité estonien licencia Anders Larsson. À l'occasion, l'un des représentants de cette association l'aurait traité de « nul ». Larsson se serait mis en colère, et aurait répliqué : « Moi, un nul ? Tu vas voir que bientôt le sang va couler jusqu'aux genoux ! »

Le même jour, l'agent du Renseignement militaire Joel Haukka reçut une lettre d'Anders Larsson qui lui racontait qu'il était dans les salons de l'hôtel Sheraton avec un verre de rhum, et que le feu qui brûlait devant lui dans la cheminée lui évoquait « le destin des gens qui ont outrepassé les limites d'où ils n'auraient jamais dû sortir – les traîtres, les crapules… et d'autres ». Le lendemain, Haukka reçut une carte postale dans laquelle Larsson le priait de « ne pas faire attention à la lettre de l'autre jour ».

Le 16 février, douze jours avant le meurtre, Anders Larsson et un ami suivent Palme dans le cortège funéraire de la social-démocrate et Prix Nobel Alva Myrdal, dans la cathédrale de Stockholm. Larsson constate que « le dispositif de sécurité autour de Palme est mauvais ».

Le 20 février, huit jours seulement avant les faits, Anders Larsson dépose au ministère des Affaires étrangères et à la Chancellerie les deux enveloppes dans lesquelles il avertit que Palme va être assassiné.

Dans le même temps, il déclare qu'« il va bientôt se passer quelque chose de très grand » dans sa vie.

Après le meurtre, deux personnes proches de Larsson, le sténographe au Parlement Bengt Henningsson et le libraire Bo Ragnar Ståhl, disent être convaincus qu'il est impliqué dans le crime.

Stieg avait également lu que Bertil Wedin lui-même aurait affirmé être victime d'un complot dans lequel Anders Larsson se trouvait compromis. Wedin déclarait que leur plan était de l'éliminer avant de le faire passer pour l'assassin de Palme. L'une des preuves avancées par Wedin constituait en plusieurs listes d'appels téléphoniques récupérées auprès de l'opérateur public de Chypre du Nord, listes qui montraient, toujours selon Wedin, qu'Anders Larsson avait été en contact étroit avec un Anglais de Chypre qui travaillait pour le KGB.

Les coïncidences étaient donc nombreuses, mais laissaient plusieurs questions en suspens. Et d'abord : si Larsson participait au crime, pourquoi en aurait-il averti les autorités ? Pourquoi Wedin aurait-il engagé Larsson alors que celui-ci appartenait à la fraction adverse de l'irréconciliable Alliance démocratique ? Et comment une organisation professionnelle aurait-elle pu confier à un homme visiblement irascible et déséquilibré le rôle clef d'un assassinat politique majeur ?

Cet Anders Larsson n'était vraiment pas évident à situer. Si la semaine précédente, les pensées nocturnes de Stieg avaient pu se conclure par un rassurant « *it all makes sense* », son analyse du jour s'achevait en un amer « *nothing makes sense* ».

Les Sud-Africains auraient eu besoin de quelqu'un pour les aider à surveiller Palme. Quelqu'un d'expérimenté. Et dans ce domaine, on pouvait trouver bien mieux que ces grandes gueules d'extrême droite : par exemple du côté de la police, de la SÄPO, dans l'armée. Or de nombreux témoignages recueillis lors de cette première année d'enquête pointaient dans cette direction. Mais personne n'était en mesure de prouver l'existence de contacts entre Wedin et ces groupes-là, hormis des liens supposés et autres coïncidences frappantes telles que le cas Anders Larsson en regorgeait.

Opération Appendicite

Stockholm, septembre 1987

Stieg relut la première lettre qu'il avait envoyée à Gerry, à peine trois semaines après le meurtre. La seule piste qu'il y avait soulevée, avant de s'en désintéresser, était celle que quelques mois plus tard on devait appeler la « piste policière ».

Sous ce nom à faire trembler se cachaient des soupçons pesant sur une dizaine de policiers dont les noms redevenaient d'actualité dans l'enquête. Il s'agissait d'indices tels que leur participation à des réunions anti-Palme, leur accès à des armes comme celle utilisée lors du crime, des séjours en Afrique du Sud, ou leur présence à proximité des lieux du crime. Plusieurs d'entre ces policiers avaient fait partie de la « Ligue de base-ball », une unité spéciale de la police du secteur de Norrmalm à Stockholm, créée par Hans Holmér au début des années 1980 pour mettre un terme à la violence de rue. Le surnom venait de l'habitude qu'avaient prise ces policiers de s'habiller en civil et de porter des casquettes de base-ball. Leur réputation avait pris un sérieux coup après que plusieurs interpellés eurent porté plainte pour violences, une personne trouvant même la mort.

La plupart des policiers cités dans l'enquête sur Palme étaient également membres du Club de tir de défense de Stockholm, où l'on pouvait notamment apprendre à tirer avec un revolver Magnum, et fréquenter l'extrême droite sans éveiller les soupçons.

Carl-Gustav Östling avait été gardien de la paix à Norrmalm et membre du Club de tir de défense de Stockholm. C'était le policier contre qui pesaient les soupçons les plus lourds.

Une semaine avant le meurtre, Östling avait été opéré de l'appendicite aiguë à l'hôpital de Södermalm et se trouvait en observation jusqu'à nouvel ordre. Le matin du meurtre, contre l'avis du médecin, il avait quitté l'hôpital pour rentrer chez lui. Selon ses déclarations, il s'y trouvait encore, seul, au moment du meurtre. Plusieurs de ses amis confirmèrent qu'il avait des douleurs et marchait avec difficulté, ce qui exclurait a priori qu'il ait lui-même commis le meurtre, cependant personne ne l'a vu après vingt et une heures ce soir-là. La SÄPO abandonna les soupçons contre lui dès le 24 mars, bien qu'il n'eût pas d'alibi. Et des témoignages le visant continuaient d'affluer auprès des enquêteurs. C'était un expert en armes à feu, et il en faisait commerce. Il détestait ouvertement Palme, et on l'avait vu faire le salut nazi sur plusieurs photos.

Malgré les soupçons dont il était l'objet, Östling avait la confiance de Hans Holmér, à tel point que ce dernier fit appel à lui pour équiper ses enquêteurs en armes, gilets pare-balles, talkies-walkies à dispositif de cryptage et vitres blindées. Le clou de la livraison était un pistolet-mitrailleur intégré à un attaché-case. C'était la société Strateg Protector, nouvellement fondée par Östling et de ses amis, qui avait décroché le contrat. Après son opération de l'appendicite, Östling ne reprit jamais son service de policier.

Quelque temps plus tard, la brigade des douanes effectua une perquisition au domicile d'Östling. On y trouva des armes, des munitions et un tas de choses intéressantes. En tout, 218 boîtes de cartouches, 20 pistolets, 4 revolvers (dont plusieurs chargés), un fusil à pompe, un fusil de chasse, une grenade à gaz, 5 chargeurs de fusil-mitrailleur, 3 grenades fumigènes, 5 grenades, 3 torches fumigènes, 8 bombes lacrymogènes, divers casques et baïonnettes allemandes, un gilet pare-balles, un lance-grenades, des pistolets de détresse et quatre diamants d'une valeur de 200 000 couronnes. Un tel stock d'armes s'expliquait en bonne partie par la profession d'Östling, mais d'autres découvertes furent plus difficiles à justifier : sur pas moins de treize photos, on voyait Östling et son collègue vendeur d'armes, le major Grundborg, faire le salut nazi, entre autres dans un cimetière juif, devant la porte de Brandebourg à

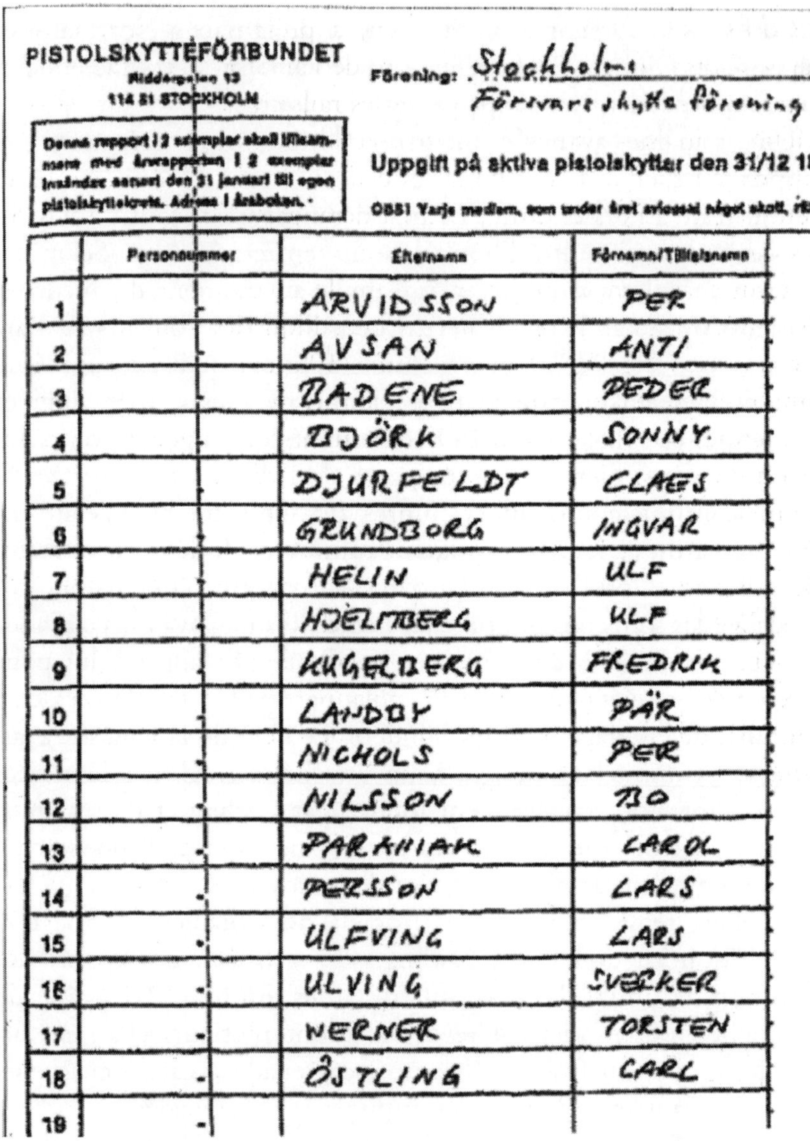

PISTOLSKYTTEFÖRBUNDET
Riddargatan 13
114 51 STOCKHOLM

Denna rapport i 2 exemplar skall tillsammans med årsrapporten i 2 exemplar insändas senast den 31 januari till egen pistolskyttekrets. Adress i årsboken.

Förening: Stockholm Förvarsskytte förening

Uppgift på aktiva pistolskyttar den 31/12 18

OBS! Varje medlem, som under året avlossat något skott, rik

	Personnummer	Efternamn	Förnamn/Tilltalsnamn
1	-	ARVIDSSON	PER
2	-	AVSAN	ANTI
3	-	BADENE	PEDER
4	-	BJÖRK	SONNY
5	-	DJURFELDT	CLAES
6	-	GRUNDBORG	INGVAR
7	-	HELIN	ULF
8	-	HJÈLTBERG	ULF
9	-	KUGELBERG	FREDRIK
10	-	LANDBY	PÄR
11	-	NICHOLS	PER
12	-	NILSSON	BO
13	-	PARAHIAK	CAROL
14	-	PERSSON	LARS
15	-	ULFVING	LARS
16	-	ULVING	SVERKER
17	-	WERNER	TORSTEN
18	-	ÖSTLING	CARL
19	-		

Liste des membres du Club de tir de défense de Stockholm (archives de l'auteur)

Berlin, et devant le nid d'aigle d'Hitler à Berchtesgaden dans les Alpes bavaroises.

Mais deux choses en particulier retinrent l'attention de Stieg. La première était une carte postale expédiée par un ancien camarade de classe d'Östling, Claes Almgren, à présent rédacteur pour la revue *Contra*. On y lisait : « Le porc de l'autre côté continue d'être dégoûté par l'Image fantôme, mais les rails chauffent toujours plus. Mets-toi au plus vite en relation avec l'homme d'Enskede. » Difficile de deviner ce que signifiait cela, en tout cas il semblait que l'enquête de la police commençât à déranger Östling et certains de ses copains fachos.

L'autre élément d'importance dans le cadre de l'enquête fut la découverte d'une cartouche à gaine métallique de marque Winchester, modèle Magnum 357, 158 grains (10 grammes). Le même type inhabituel de balle qu'on avait tiré dans le dos du Premier ministre.

Presque tous les policiers qui étaient suspectés étaient liés d'une façon ou d'une autre à Östling. Si les Sud-Africains s'étaient servis de policiers ou de militaires suédois pour surveiller Palme, ou pour autre chose, cela pouvait expliquer qu'Östling se retrouve au centre des soupçons. Ou, autrement dit, pour reprendre la thèse de Stieg avec Wedin dans le rôle de l'intermédiaire : si les Sud-Africains avaient commandité le meurtre et qu'Östling n'était *pas* impliqué, et ce malgré les circonstances accablantes, alors Stieg pouvait tirer son chapeau. Qu'il lui faudrait d'abord acheter, car il n'en mettait jamais.

Le Grand Prix de journalisme

Stockholm, décembre 1987

« Pour leur série d'articles *Mission Olof Palme*, dans laquelle, avec beaucoup de science et un sens aigu de la nuance, ils ont établi et éclairci pour notre société une série de faits jusqu'ici inédits qui entourent le meurtre du Premier ministre Olof Palme. Leur méthode de travail nous donne un exemple du meilleur journalisme d'investigation, leurs articles approfondissant le sujet tout en l'élargissant, sans jamais céder devant les rapports complexes qu'ils mettent au jour. »

Håkan Hermansson et Lars Wenander se partagèrent le Grand Prix de journalisme de Suède 1987, catégorie presse quotidienne. En plus de la série d'articles, un livre avait paru, où ceux-ci, légèrement enrichis, étaient devenus des chapitres. Dans l'introduction, on trouvait brièvement mentionné le nom de Stieg Larsson. Lui n'avait pas oublié que la seule condition qu'il avait posée à leur collaboration était pourtant de n'apparaître nulle part, mais il finit par se dire que cette courte mention passerait sous le radar de l'extrême droite.

Stieg était heureux. Il pouvait s'enorgueillir de constater à quel point le livre était basé sur ses propres recherches. Toutes les organisations qu'il avait lui-même recensées y figuraient, et lorsqu'on lisait le livre d'une traite, on avait vraiment l'impression d'être dans la même situation qu'Olof Palme avant son assassinat. Celle d'un homme attaqué de toutes parts.

Dans le chapitre consacré à Bertil Wedin, les auteurs avaient choisi de ne pas le nommer, mais n'importe quel lecteur qui aurait voulu en savoir plus n'aurait eu besoin que de quelques coups de téléphone et de quelques questions bien tournées pour découvrir de qui il s'agissait.

En certains endroits, Stieg reconnut ses propres formulations ; il sentit rejaillir sur lui la gloire de ce que les circonstances consacraient comme l'un des plus fameux travaux journalistiques jamais écrits.

*

Peu à peu, les fils s'entrecroisaient pour n'en tisser qu'un seul. Ce qui semblait au début un joyeux bazar de bouts de ficelle commençait à former un tableau dont l'image restait certes incertaine, mais dont on voyait déjà les contours : l'Afrique du Sud a utilisé Wedin comme intermédiaire pour trouver des Suédois en mesure d'aider à l'exécution d'Olof Palme.

C'était Noël dans deux jours, et la plupart des collègues de Stieg prenaient une longue pause déjeuner pour avoir le temps d'acheter les dernières décorations. Lui était à son bureau, il plaçait les différentes couches d'une illustration. Il eut du mal à superposer exactement la dernière couche, mais quand ce fut fait, elle tombait pile sur celle d'en dessous. Et grâce à ses nouveaux papiers autocollants, il s'évitait d'avoir à les lisser. Il n'avait qu'à en couper un bout et à le coller sur la surface à couvrir. Puis il coupait ce qui dépassait et le jetait. Un jeu d'enfant.

Après plusieurs heures de calme ininterrompu, et alors qu'il avait quasiment fini, le téléphone sonna. C'était Alf Andersson, de la police, et il semblait excité. Stieg et lui avaient déjà échangé quelques informations depuis leur première rencontre, presque un an en arrière. Le message d'Alf était bref.

« Ça fait plusieurs mois qu'on a mis Victor Gunnarsson sur écoute. Et aujourd'hui, on l'arrête pour participation au meurtre d'Olof Palme ! »

Une nouvelle fantastique ! Exactement celle que Stieg espérait, sur laquelle il avait misé, pour laquelle la police avait utilisé les informations qu'il leur avait fournies lui-même, lui et Håkan Hermansson, et encore d'autres journalistes, et tant d'autres « enquêteurs privés ». Les inspecteurs de police avaient admirablement mis à profit le vide qui avait succédé au départ de Hans Holmér. Les effets se faisaient sentir, les résultats arrivaient enfin. Stieg en avait des papillons dans l'estomac, et il se dit que Noël tombait à pic. Cette fois il prendrait des vacances. Il fallait se reposer avant la nouvelle année. Elle verrait le meurtre se résoudre. Et peut-être Stieg y contribuer.

Hans II

Stockholm, décembre 1987

En décembre 1987, Victor Gunnarsson fut interpellé pour la seconde fois, en tant que suspect en lien avec l'assassinat d'Olof Palme. La première fois, c'était pour avoir exécuté le meurtre, cette fois-ci pour complicité. Les circonstances qui accusaient Gunnarsson d'avoir été au courant de quelque chose, et d'y être impliqué, n'étaient pas peu nombreuses. Avant le meurtre, il avait eu des contacts avec d'autres personnes sur lesquelles on enquêtait, notamment avec Anders Larsson et Ivan von Birchan, qui avaient tous deux lancé l'alerte. Gunnarsson se trouvait à proximité des lieux du crime ce soir-là, il haïssait ouvertement le Premier ministre, et quelques heures avant le meurtre il aurait déclaré : « En Suède on peut se faire tirer dans le dos pour ses idées. »

La température était montée pendant l'automne au QG de l'enquête. Les attentes étaient décuplées par la proximité des congés de Noël. Il était clair que l'équipe allait encore être remaniée et que le nouveau chef sortirait des troupes de Tommy Lindström à la Police criminelle.

Hans Ölvebro était un policier chevronné qui faisait une tout autre impression que son homonyme et prédécesseur Hans Holmér. Ölvebro ne cherchait pas à être sous les feux de la rampe, bien qu'il n'eût aucune crainte de rencontrer les médias.

Le chef d'Ölvebro, Tommy Lindström, ainsi que les procureurs se félicitaient du nouvel enquêteur en chef : comme ils l'auraient souhaité, celui-ci voulait recommencer du début, à Sveavägen. Les suspects que la police voulait entendre devaient avoir un lien établi avec les lieux du crime, avant que toute mesure fût prise. Telle était l'idée d'Ölvebro, et elle avait sa logique : celui qui avait tiré sur Palme devait être passé par Sveavägen ce soir-là, c'était donc par là qu'il fallait commencer. Si l'on trouvait un suspect qui était aussi sur les lieux du crime, alors les choses s'éclairciraient. Le principe était génial en cela qu'il s'arrimait à l'un des trois piliers nécessaires à prouver la culpabilité d'un crime – le mobile, l'arme, le moment – en même temps qu'il réduisait le risque de voir éclater de nouveaux scandales dans le cadre de l'enquête.

Les procureurs aidèrent Ölvebro à faire le ménage dans ses priorités. Ils rejetèrent par exemple la demande d'un policier de mettre sur écoute Alf Enerström, sa compagne Gio Petré et une troisième personne, au prétexte qu'aucun d'eux ne se trouvait sur Sveavägen ce soir-là. En janvier, les procureurs déchargèrent une nouvelle fois Victor Gunnarsson des soupçons qui pesaient sur lui. Les policiers de l'enquête furent surpris, mais cette mesure prit bientôt tout son sens lorsque Ölvebro déclara : « Il ne s'agit pas de quelque chose d'aussi simple qu'une conspiration. Il s'agit d'un fou solitaire, ce qui est plus difficile à trouver qu'une aiguille dans une botte de foin. »

Le 5 février 1988, Hans Ölvebro entrait officiellement dans ses fonctions de responsable de l'enquête sur la mort d'Olof Palme, et commença le travail qui consistait à attraper le fameux fou solitaire. Il pouvait donner libre cours à son interprétation fallacieuse du rasoir d'Ockham : l'explication la plus simple est toujours la meilleure.

C'en était aussi fini de la façon narcissique qu'avait Holmér de se mettre en avant dans les journaux. Les premiers signes laissaient plutôt penser que le pragmatisme froid et professionnel d'Ölvebro aiderait à limiter les fuites d'informations. Si un des membres de l'équipe d'enquêteurs lâchait des renseignements à la presse, il faudrait que ce soit pour accélérer le résultat de celle-là.

Elle avait déjà pris un tour nouveau : les histoires compliquées de conspirations, l'Afrique du Sud, l'extrême droite, les policiers tueurs, tout ça, c'était fini.

Ebbe Carlsson monte à l'assaut

Stockholm, printemps 1988

Au moment de l'assassinat d'Olof Palme, Hans Holmér habitait chez son ami éditeur Ebbe Carlsson. Cet arrangement de circonstances, consécutif au divorce de Hans Holmér, prit fin dès que celui-ci trouva un nouvel appartement, mais Ebbe continua d'assister Holmér dans l'enquête – toujours prêt à venir à sa rescousse si Holmér le lui demandait. Et parfois sans qu'il le lui demandât. Cela expliquait la présence d'Ebbe lors du rendez-vous avec le nouveau Premier ministre Ingvar Carlsson, puis lors des premiers pas de Holmér dans la « Chambre Palme ».

Tout le monde croyait que l'acharnement sur le mouvement de libération kurde du PKK cesserait après l'échec cuisant de l'Opération Alfa. Mais Holmér et Ebbe continuèrent à s'intéresser à une potentielle implication des Kurdes, persuadés qu'ils étaient de tenir là la solution de l'enquête. S'y raccrochaient-ils parce qu'ils étaient profondément convaincus qu'un membre de l'organisation était vraiment coupable, ou bien parce que c'était une solution politiquement confortable ? Difficile de le savoir. Pendant des années, Hans Holmér et Ebbe Carlsson avaient été les « fixeurs » d'Olof Palme et des sociaux-démocrates, ils feraient donc plaisir à beaucoup de monde si la solution qu'ils proposaient n'incommodait personne. En outre, Hans Holmér avait été élu « Suédois de l'année », distinction qu'Ebbe pouvait aussi espérer pour lui s'il aidait à résoudre le meurtre.

Le 1er juin, la bombe médiatique explosa. Le journal *Expressen* racontait comment Ebbe Carlsson avait mené une enquête parallèle et illégale autour du PKK, avec la bienveillance de fonctionnaires et de personnalités politiques. Le lendemain, on apprit qu'Ebbe, en tant que personne privée, avait reçu une lettre de recommandation de la main de la ministre de la Justice, Anna-Greta Leijon, pour entrer en contact avec des autorités étrangères. La lettre fut inscrite au registre officiel et tamponnée secrètement dès que la presse commença d'en parler. Le même jour, l'ancien garde du corps de Holmér, Per-Ola Karlsson, fut arrêté par la douane alors qu'il tentait d'acquérir du matériel d'écoute illégal. On apprit plus tard que l'acheteur indiqué sur la facture était la délégation sud-africaine, tandis que le fournisseur n'était autre que le marchand d'armes et ex-policier Carl-Gustav Östling. À la question de savoir pourquoi il avait écrit « délégation sud-africaine » sur la facture, Östling répondit : « Il fallait bien mettre quelque chose. » En réalité, le matériel illégalement acquis devait être utilisé par Ebbe Carlsson pour espionner le PKK. Le scandale grandissait. Tous les partis au Parlement, à l'exception des sociaux-démocrates, demandèrent la démission d'Anna-Greta Leijon de son poste de ministre de la Justice. Le 7 juin 1988, elle démissionnait.

Le 9 juin, nouveau rebondissement, lorsque la journaliste Cecilia Hagen se demandait dans *Expressen* : « Par quel bout Ebbe Carlsson tient-il les hommes au pouvoir ? », insinuant une histoire de chantage entre lui et des sociaux-démocrates homosexuels.

Encore une fois, la panique était totale dans l'enquête sur la mort d'Olof Palme.

En plein doute

Stockholm, 1988

La nouvelle de l'arrestation de Victor Gunnarsson avait permis à Stieg de se détendre. Eva et lui avaient cessé de travailler pendant quelques jours à Noël, retrouvant le goût des promenades et des longues discussions dans la cuisine devant une bonne bouteille de vin.

Mais la nouvelle année débuta par une surprise de taille : la police avait subitement abandonné ses poursuites contre Gunnarsson, il était libre. C'était le signe que l'enquête allait prendre une nouvelle direction.

Passé le premier choc, Stieg se mit à réfléchir : il se demandait si, après tout, ce n'était pas lui qui était tombé dans le piège journalistique le plus bête, mélangeant pêle-mêle des informations pour produire quelque chose qui ressemblait plus à du mortier grossièrement étalé qu'à un tableau soigneusement peint. Peut-être avait-il été induit en erreur par tout ce qu'il savait déjà sur l'extrême droite, finissant, avec d'autres, par retrouver les motifs qui l'obsédaient dans les déclarations des policiers. Lui-même essayait d'avoir une influence sur eux, leur faisant croire à son tour qu'ils tenaient de nouvelles pistes. Tel est le risque quand les journalistes, la police et l'opinion publique se persuadent que les rumeurs sont des preuves.

Stieg était un investigateur spécialisé dans les milieux et acteurs d'extrême droite, et il avait cru à la possibilité qu'Olof Palme eût été assassiné par l'un d'eux. Mais pouvait-il être objectif ? Plus objectif qu'un inspecteur de police habitué à enquêter sur des meurtres ? Si Hans Ölvebro avait bien étudié toutes les possibilités et qu'il en avait conclu qu'il s'agissait d'un tueur solitaire, alors c'est qu'il devait s'appuyer sur une analyse précise du meurtre et des témoignages. Il était temps pour Stieg d'envisager sérieusement la thèse que la police tenait désormais pour la plus valable, sans se limiter aux déclarations de celle-ci.

À l'approche de l'été, il réussit à convaincre Eva de louer une maison à la campagne. Un soir de juin, alors que le ciel était encore bleu, ils s'installèrent dans la véranda de la petite maison et discutèrent autour d'un verre de vin. Pour la première fois, Stieg lui fit part de ses réflexions sur la thèse du tueur isolé, et Eva l'aida à les mettre en ordre.

Lorsqu'ils revinrent chez eux à Stockholm, Stieg était mûr pour soumettre sa théorie à quelqu'un. Il lui fallait une personne rationnelle, tendance sceptique, capable de donner un jugement qualifié en lequel Stieg aurait toute confiance.

Il ne connaissait pas Anna-Lena Lodenius depuis très longtemps, mais il sentait qu'ils étaient faits pour se compléter. C'était une journaliste fraîchement diplômée, quoique déjà spécialisée dans l'étude des groupes xénophobes et racistes. Elle partageait l'engagement de Stieg contre l'extrême droite ; pour le reste ils ne se ressemblaient en rien. Stieg était l'investigateur inlassable, capable de continuer de creuser une piste après qu'elle a été abandonnée. Anna-Lena était celle qui classait les éléments pour les rendre intelligibles, celle qui voulait aller au bout de ses projets. Stieg était capable de construire des images et des schémas complexes à partir de seuls indices, voire de sa pure intuition. Anna-Lena savait mettre en question et étudier froidement les faits. Réunis, ils formaient un tandem de choc. Dans la théorie qu'il allait lui soumettre, elle saurait parfaitement jouer l'avocat du diable.

Un profil d'assassin

Stockholm, 3 août 1988

Chère Anna-Lena,

Ceci est la lettre un peu bizarre d'un estivant qui rentre juste de vacances. Peut-être que tu considéreras les réflexions qui sont dans cette lettre comme de pures spéculations sans queue ni tête, mais si tu as le temps, j'aimerais bien que tu me dises ce que tu penses de tout ça, et si ça éveille des idées en toi.

On parle de l'affaire Palme, évidemment, à propos de laquelle je me faisais en gros la réflexion suivante : comme presque tout le monde, je suis parti du principe que le meurtre avait été réglé et planifié par un groupe financièrement solide de droite – je te laisse choisir lequel, ils se valent tous – plutôt que par un taré solitaire qui faisait sa promenade nocturne avec son flingue dans la poche. Mais le temps passe et je commence à croire de moins en moins qu'il puisse s'agir d'un groupe important – sinon des infos auraient déjà fuité.

La thèse selon laquelle il pourrait s'agir d'un fou solitaire était certes bien présente depuis le début, mais, autant que je sache, elle n'avait d'abord pas beaucoup intéressé la police. Holmér était trop occupé à traquer les conspirateurs kurdes et – dans une moindre mesure – ceux de l'EAP. Nous qui regardons souvent à droite, avons élargi le cercle d'analyse à plusieurs autres organisations : WACL, la bande della Chiaie, etc.

Ce que j'ai fait pendant ces vacances, c'est construire une hypothèse qui laisse libre cours à ma fantaisie.

Supposons que nous ayons eu tout faux et qu'il s'agisse bien d'un fou solitaire ou d'un très petit groupe de deux, trois personnes maximum. Comment faisons-nous alors pour le/les identifier ?

J'ai réfléchi là-dessus un soir avec Eva, nous avons expérimenté plusieurs idées, tendu des ponts entre elles, et à la fin nous avons dessiné une sorte de portrait de l'assassin.

Le point de départ de notre raisonnement, c'est justement de nous demander non pas où il s'est enfui après avoir monté les escaliers de Tunnelgatan, mais d'où il venait avant le meurtre ? Et qu'est-ce qu'on sait de lui ?

On arrive aux conclusions suivantes :

C'est un Suédois, très probablement habitant à Stockholm. (Hypothèse basée sur le fait qu'on est en février, morte saison pour les touristes, qu'il a une bonne connaissance des lieux, et que Sveavägen n'est pas le premier endroit à Stockholm où se rend un visiteur de passage.)

Il a entre 30 et 45 ans. (En se basant sur les témoignages concordants recueillis par la police.)

Il est plutôt mince que costaud, de taille moyenne ou moyenne supérieure. (De nouveau les témoignages. Un seul type a contredit cette description.)

Un collègue de chez TT m'a dit il y a quelques jours, alors qu'on parlait de ça, qu'il était personnellement convaincu que la solution du meurtre était d'une simplicité enfantine. Difficile de s'ôter de la tête l'idée que pendant que la police court dans tous les sens à la poursuite des Kurdes ou d'autres terroristes, le vrai meurtrier, lui, est bien au chaud dans son coin et regarde tout ça en s'amusant.

Pour résumer : nous cherchons un petit malin d'âge moyen, isolé, ayant accès à des armes et habitant près des lieux du crime, ou ayant une raison spéciale de se balader sur Sveavägen en chaussures de ville, un soir de février où il fait un froid de canard et gèle à pierre fendre.

Je sais bien, chère Anna-Lena, que dans la Suède d'Ebbe Carlsson, ce genre de raisonnement ne sonne sans doute pas assez dramatique. Mais est-ce que tu ne veux pas jongler un peu avec ces idées, en parler avec ton copain, pour voir si on peut améliorer ensemble le portrait de notre assassin ? Si on s'y attelle un peu, il n'est pas impossible qu'on finisse un jour par tomber sur le bon type ; on a en tout cas plus de chances de le faire que si on traquait un tueur professionnel recruté au Brésil.

Cordialement,
Stieg

The Case of the Lonesome Loonie

Esquisse du profil de l'assassin basée sur la supposition qu'Olof Palme a été tué par une personne seule - le fameux « fou » - sous le coup d'une pulsion criminelle.

1. C'est un Suédois ordinaire

Hypothèse fondée sur les témoignages concordants recueillis sur place, décrivant un homme mince de taille moyenne ; aucun témoin n'a fourni de détails qui pourraient laisser supposer qu'il s'agit d'un étranger, ce qui autrement serait recevable.

2. Habitant Stockholm

Hypothèse se fondant sur le fait que cette période de l'année est la morte saison pour le tourisme dans la capitale, et donc même pour les fous non stockholmois, que cette portion de Sveavägen n'est pas le premier endroit que visiterait quelqu'un de passage, et que les fous qui visitent Stockholm par hasard n'ont pas nécessairement une arme sur eux.

3. Il a entre 30 et 45 ans

D'après les témoins.

4. Accès aux armes et aux munitions

Le nombre de personnes qui ont accès en Suède aux armes de poing est de fait très limité. Les catégories auxquelles on pense spontanément sont les suivantes :

a) Policiers ou ex-policiers
b) Militaires ou ex-militaires
c) Vigiles de type particulier
d) Certains personnels d'ambassade
e) Membres de clubs de tir
f) Criminels
g) Freaks fanatiques d'armes

On peut raisonnablement exclure les catégories « personnels d'ambassade » et purs « criminels ».

h) Notre fou solitaire connaît quelqu'un appartenant à l'une de ces catégories, qui lui aurait prêté son arme avec ou sans accord.

Nous en arriverions donc à l'hypothèse que le meurtrier ait un complice.

5. Raison de sa présence sur place

Si le crime obéit à une pulsion, alors le meurtrier devait avoir une raison de se trouver sur Sveavägen précisément au moment où Palme arrivait ou quittait le cinéma.

a) Il habite à deux pas
b) Il rend visite à un ami qui habite à deux pas
c) Il travaille à deux pas
d) Il va au cinéma, restaurant, etc.
e) Il se promène sans but
f) Il habite à moins de 45 minutes des lieux

Si l'on exclut l'idée qu'il se trouvait par hasard sur Sveavägen à ce moment-là, alors il ne doit pas habiter à plus de 45 minutes en voiture des lieux du crime. Dans l'hypothèse où il n'avait pas l'arme sur lui et qu'il soit remonté chez lui la chercher après avoir vu Palme.

6. Chaussures de ville

Les témoins affirment qu'il portait des chaussures de ville, basses, bien qu'on soit non seulement en hiver, mais qu'en plus le sol soit verglacé.

*

Quelques jours après avoir reçu sa lettre, Anna-Lena rendit visite à Stieg dans les bureaux de TT. Ils burent un café ensemble et discutèrent un moment. Tous deux étaient d'accord pour valider la logique des derniers raisonnements de Stieg. Sa nouvelle thèse avait aussi le mérite d'éclairer ce qui ne tenait pas dans celle de la conspiration. En effet, si plusieurs personnes avaient été au courant du meurtre, l'une d'entre elles aurait déjà dû parler. La prime, récemment augmentée, de 50 millions de couronnes était en soi un motif suffisant pour se mettre à table. En bref, Anna-Lena validait ce qu'Eva avait déjà approuvé quelques jours plus tôt. À son grand désarroi, Stieg dut reconnaître que la thèse du fou solitaire était aussi celle à laquelle il croyait le plus. Il était temps de mettre ses recherches sur l'extrême droite sur une autre pile que celle du dossier Palme. Quelqu'un d'autre allait résoudre le meurtre. Stieg allait pouvoir de nouveau consacrer son temps et ses forces à son combat contre l'extrême droite. À moins qu'un nouveau scoop ne vînt réactiver la thèse du complot…

Un assassin idéal

Stockholm, décembre 1988

Le dernier mois de l'année fut riche en événements. Le mercredi 14 décembre 1988, un toxicomane de 41 ans répondant au nom de Christer Pettersson fut interrogé par la police dans le cadre de l'enquête sur le meurtre d'Olof Palme. Le même soir, lors d'une vidéoconfrontation, Lisbeth Palme reconnut en Pettersson l'homme qui correspondait le mieux à la description qu'elle avait donnée, presque trois ans plus tôt, de l'assassin de son mari.

Des bruits couraient depuis plusieurs mois, mais cette fois, sous la direction de Hans Ölvebro, l'équipe d'enquêteurs parvint à verrouiller l'information suffisamment longtemps pour qu'elle fasse l'effet d'une bombe. Ce que tout le monde attendait avait enfin eu lieu. La nouvelle était partout. À la télé, sur les ondes. Dans les journaux de Stockholm et de province. Des gros titres en grosses lettres. Les médias du monde entier parlaient du miracle.

Quelques indices contre Pettersson avaient déjà été recueillis dans le mois qui avait suivi le meurtre, mais on les avait laissés de côté après un examen sommaire. À présent les enquêteurs n'en finissaient plus de louer l'abnégation et la pugnacité admirables dont avaient fait preuve les policiers dans leur travail pour tirer Pettersson hors des archives.

C'était un criminel notoire, très bien connu des services de police de Stockholm et des milieux louches. Il avait à son actif des crimes de moindre importance, type racket, vols à l'étalage, agressions, la plupart commis pour se procurer de l'alcool et des drogues, mais en 1970 il avait poignardé à mort un homme avec une baïonnette, sur Kungsgatan, soit à cent cinquante mètres seulement de l'endroit où Palme fut assassiné ; il était donc capable de tuer quelqu'un.

Le 16 décembre, Pettersson était arrêté comme suspect principal de l'assassinat d'Olof Palme.

*

Une autre nouvelle, presque aussi digne d'intérêt, était la remise du prix récompensant le meilleur citoyen de l'année. Le 29 décembre, donc, Ebbe Carlsson, éditeur moqué et malmené, était élu « Suédois de l'année », exactement comme son vieux copain Hans Holmér deux ans plus tôt. Aussitôt, la rumeur courut qu'on pouvait dire adieu à ce rendez-vous annuel. C'était le clap de fin : après ces deux messieurs, personne ne voudrait plus jamais être « Suédois de l'année ».

*

Les mois suivants, la police et les procureurs préparèrent le dossier contre Christer Pettersson, et le 5 juin 1989, le procès pouvait s'ouvrir. Les audiences au palais de justice de Kungsholmen à Stockholm se déroulèrent comme un tapis rouge devant les procureurs : le meurtre insoluble était résolu. Le 27 juillet 1989, Christer Pettersson était condamné pour l'assassinat d'Olof Palme, sans avoir jamais avoué.

Le triomphe était énorme. Hans Ölvebro auréolé de gloire. Les journalistes pouvaient plastronner en publiant leurs on-vous-le-disait-depuis-le-début, comme après un match de football. On célébrait le travail acharné de la police suédoise, qui avait su corriger ses erreurs de départ.

Quelques voix s'élevèrent pour remettre en question la sentence, on les ignora. La majorité des gens eût pourtant préféré une explication un peu plus éclatante que celle du meurtre pulsionnel commis par un dealer pouilleux, mais c'était la bonne. Le Premier ministre suédois était mort sacrifié sur l'autel de son propre rêve d'une société ouverte dans laquelle les hommes politiques vivaient parmi le peuple, de la main d'un fou sous l'emprise de la drogue. La Suède, le peuple suédois, l'esprit suédois avaient vécu. Nul complot. Nuls espions étrangers, nuls ennemis mortels de Palme ayant leurs entrées chez les grands patrons suédois, nuls militaires, nuls policiers. Rien qu'un fou solitaire, sans intérêts ni conséquences politiques. En un sens, on pouvait dire que Christer Pettersson était un assassin idéal.

La Suède aurait pu replonger dans son grand sommeil nordique, si la justice n'avait pas continué de moudre son grain.

« Trucideur »

Stockholm, été 1989

Dans la période entre le jugement en première instance et la préparation de son renvoi en cour d'appel, les choses se mirent à clocher. Personne ne s'attendait à ce qu'une condamnation définitive fût prononcée avant un passage en cour d'appel, ni qu'aucune voix ne s'élevât pour contester le premier jugement. Cela faisait partie du jeu judiciaire, et Stieg s'efforçait de lire tout ce qui se publiait là-dessus, en même temps qu'il interrogeait les experts qui pourraient l'aider à se faire une idée plus nette du problème. Le doute réapparut. Car que restait-il contre Pettersson si l'on examinait de manière critique le jugement rendu en première instance, ainsi que les éléments de l'enquête à présent rendus publics ?

La première circonstance à considérer était que les juges favorables à une condamnation ne formaient pas une majorité aussi sûre qu'on aurait pu le penser. Ils étaient certes six contre deux, mais à y regarder de plus près, on constatait que c'étaient les assesseurs qui se prononçaient contre Pettersson. Or, dans le système suédois, ces assesseurs n'étaient pas des juristes professionnels, mais placés là pour des raisons politiques. Les deux juges professionnels en première instance s'étaient prononcés contre une condamnation. Cela signifiait que le meurtrier d'un homme politique avait en réalité été jugé par des hommes issus de la politique. Les juristes de métier, en revanche, avaient jugé librement.

L'autre élément de taille était la nature des preuves contre Pettersson : il n'y en avait qu'une, la conviction de Lisbeth Palme. Les autres témoignages contre lui venaient de gens qui n'avaient pas eux-mêmes vu le tueur, ou Pettersson, sur les lieux du crime, ce n'étaient donc que des indices. Il n'existait pas non plus de preuve scientifique contre lui.

Lors du premier jugement, Lisbeth Palme avait formellement affirmé reconnaître l'assassin. Mais lors de la confrontation précédente, elle n'en était pas aussi certaine. Deux ans et neuf mois avaient passé, une période très longue durant laquelle elle avait été mise à rude épreuve par les interrogatoires, la presse, les images qui y paraissaient, par le stress et par son propre chagrin. Les photos des nouveaux suspects qui étaient sorties en nombre incalculable dans les journaux au cours de ces années-là, tout cela avait pu influencer sa propre mémoire des faits.

Dans le protocole qui relatait la confrontation de témoins, on pouvait lire que Lisbeth Palme avait réfléchi avant de pointer Pettersson : « C'est le numéro 8. Il correspond à la description », avait-elle fini par dire. Ce n'était pas une affirmation tranchée, d'autant plus qu'ayant été informée avant la confrontation que le suspect était dépendant à la drogue et à l'alcool, elle fut amenée à constater : « On voit bien lequel est alcoolique. »

La valeur de cette preuve diminua d'autant plus à cause des exigences inhabituelles de Lisbeth. Elle voulait une confrontation par vidéo, elle ne devait pas être enregistrée, et l'avocat du suspect ne put y assister. En outre, le protocole de la confrontation ne fut rédigé que six semaines plus tard, sous la forme d'un simple résumé.

En conclusion, même un profane comme Stieg pouvait se rendre compte que la police suédoise et les procureurs n'avaient pas fait de leur mieux pour rendre irréfragable la seule véritable preuve dont on disposait contre Pettersson.

Lisbeth Palme n'était pas le seul témoin digne d'intérêt : il y en avait un autre, qui habitait dans la même banlieue de Stockholm que Pettersson, et qui connaissait celui-ci pour l'avoir vu souvent traîner à la station de métro et dans le centre commercial de Sollentuna, dont Pettersson était un habitué. Le bibliothécaire Lars Jeppsson avait quitté le restaurant Tre Backar et remontait Luntmakargatan vers Kungsgatan lorsqu'il entendit des coups de feu sur

Sveavägen. Il s'était caché derrière les baraques de chantier qui encombraient Tunnelgatan, d'où il avait vu l'assassin passer devant lui en courant et remonter les escaliers. Cet homme-là ne ressemblait pas à Christer Pettersson, dit Jeppsson.

*

La plaie suédoise qu'était le meurtre d'Olof Palme commençait à peine de s'ouvrir, et tous voulaient lui appliquer un pansement en vitesse, puis ne plus y penser. Christer Pettersson, qui aurait dû être ce pansement, avait fait appel du jugement, et grâce à la hâte combinée de la cour d'appel, des procureurs et de la police, les premières audiences purent commencer deux mois après la date où le premier verdict avait été rendu.

Or cette fois, quelque chose avait changé. On était irrité par l'exigence de Lisbeth Palme de témoigner en l'absence de l'accusé, sans présence médiatique, sans retransmission ni enregistrement vidéo ou audio. La pitié à son égard commençait à se transformer en réticence, et bientôt on lui reprocha ce qu'on devait appeler ses « manières de princesse ».

Les conditions en cour d'appel étaient également différentes. Les juristes figuraient en majorité parmi les juges, les assesseurs politiques en minorité.

La défense avait mis à profit le délai entre les deux jugements pour trouver des experts reconnus qui émirent de sérieux doutes quant à la fiabilité du témoignage clef de Lisbeth Palme. La psychologue Astrid Holgersson, avec le soutien d'Elisabeth Loftus, psychologue mondialement célèbre du témoignage, affirmait que même les témoins fiables se trompaient souvent, et ce malgré leur propre conviction. Il arrivait même qu'une confiance exagérée dans son propre jugement augmentât chez un témoin le risque de se tromper. On mit également en avant le fait que Mme Palme n'avait jamais décrit le visage du tueur et que la description qu'elle avait faite de ses vêtements ne concordait pas avec celle des autres témoins présents sur place.

Le 12 octobre 1989, Christer Pettersson était remis en liberté, signe d'un prochain acquittement : celui-ci fut prononcé le

2 novembre. Christer Pettersson était reconnu innocent de l'assassinat d'Olof Palme.

Lorsqu'il rentra chez lui dans son appartement de Rotebro à Sollentuna, des bouteilles d'alcool à la main, les photographes ne manquèrent pas au rendez-vous. Le cocktail préféré de Christer Pettersson, un tiers de Baileys, un tiers de vodka Explorer et un tiers de glace, s'il y en avait, devint vite un *hit* dans les bars de Stockholm. On l'appela le « Trucideur ».

*

Le choc était général. Les enquêteurs étaient à cran. Difficile pour eux d'assumer le fait qu'il faille recommencer depuis le début. Quelques semaines après l'acquittement de Pettersson, tous les policiers de l'enquête furent invités à se retrouver pour une conférence à la montagne, histoire de panser leurs plaies et se préparer à repartir du bon pied.

Ils avaient l'air épuisés. Tout le monde leur demandait s'ils pensaient que Pettersson était bien le tueur, malgré son acquittement. Vingt-sept sur trente-trois répondirent oui. Beaucoup s'attendaient à ce que Hans Ölvebro démissionne de son poste, voire qu'il quitte définitivement la police, mais ce n'était pas dans ses intentions. Il était convaincu qu'il réussirait à faire condamner Christer Pettersson. Il ne pouvait pas abandonner si près du but.

Trophée

Stockholm, 1990

L'acquittement de Christer Pettersson ouvrait la voie à d'autres hypothèses. Stieg aurait certes pu reprendre les siennes, mais des années de recherches et les erreurs à répétition de la police et des procureurs avaient brisé son ardeur. Le meurtre irrésolu continuait de le fasciner, seulement il ne pouvait plus s'en occuper avec la même énergie.

Ils étaient d'ailleurs encore nombreux à croire à la culpabilité de Pettersson. Pour qu'une autre solution fût acceptée, il fallait en principe qu'on trouve un suspect présent sur les lieux ce soir-là, ou l'arme du crime. Condition préalable qui valait autant pour la justice que pour l'opinion publique.

Or quelque chose chiffonnait Stieg. Personne n'avait su expliquer convenablement pourquoi le meurtrier avait emporté son arme avec lui. Dans tous les romans d'espionnage dignes de ce nom, les tueurs professionnels prennent soin de se débarrasser de l'arme, le risque d'être pris étant d'autant plus grand lorsqu'on la porte sur soi. Dans le cas d'Olof Palme, il s'agissait d'un revolver Magnum « gros comme un cochon à la broche ». Stieg ne pouvait pas croire que les policiers suédois eussent souffert d'un black-out les empêchant de boucler rapidement le centre-ville, ni qu'ils eussent attendu plusieurs heures avant de donner l'alerte générale. Si le meurtrier avait été arrêté l'arme à la main, on aurait immédiatement fait le lien avec les tirs ; en fait de quoi il avait pu s'enfuir tranquillement pendant que les brigadiers Kling et Klang, comme dans *Fifi Brindacier*, couraient autour.

Le tireur était donc reparti avec l'arme, et la question était alors de savoir ce qu'il en avait fait par la suite. Il pouvait bien sûr s'en être débarrassé, par exemple en la jetant dans la mer du haut d'un ferry croisant vers la Finlande, ou autrement. Mais il pouvait également avoir une raison bien particulière de vouloir la garder : cette arme était un trophée. Le revolver qui avait changé l'histoire de la Suède devait avoir une valeur immense aux yeux de celui qui avait assassiné le Premier ministre pour détruire sa politique. Bien plus que pour un simple tueur à gages professionnel. Si l'on suivait cette hypothèse, alors la probabilité que le mobile fût politique était décuplée, et partant, celle d'une implication de l'extrême droite.

Si le tueur considérait l'arme du crime comme un trophée, être découvert en sa possession constituerait en revanche une preuve majeure, irréfutable, qu'il était l'assassin. Il fallait donc la cacher soigneusement. Or un trophée, on veut l'avoir près de soi et pouvoir le sortir dans les grandes occasions, par exemple le jour anniversaire du meurtre. En même temps, la cachette doit être absolument sûre, pour qu'aucun policier ne la découvre jamais. Elle était sans doute dans un tiroir ou sur une étagère dans un banal appartement. Enterrée dans un jardin ou un lieu public, on ne pouvait la sortir régulièrement sans risquer d'être découvert. Le mieux était d'avoir un coffre-fort blindé, chez soi ou dans une banque, dont seul le propriétaire eût la clef.

Stieg se dit qu'il ne servait à rien de se demander où exactement le meurtrier avait caché son arme, néanmoins qu'il faudrait un jour y revenir. Une longue journée de travail et on finissait par tout penser de travers. Quand il aurait le temps, il creuserait l'hypothèse. Pour l'heure, un autre projet plus important l'attendait.

*

Il avait appris à mieux connaître Anna-Lena Lodenius, et découvert qu'ils se complétaient effectivement de mieux en mieux. Lui faisait l'investigateur, elle l'inspectrice qui examine les éléments rassemblés et s'assure qu'ils mènent quelque part. La série d'articles et le livre *Mission Olof Palme* avaient attiré l'attention, il était temps d'aller plus loin.

Le projet commun d'Anna-Lena et de Stieg était d'écrire un livre qui serait la bible de ceux qui voulaient comprendre quelles actions menaient l'extrême droite en Suède, quels étaient ses liens avec l'étranger. Le titre était tout trouvé : *L'Extrême Droite.* Stieg et Anna-Lena ayant chacun un autre travail, ils savaient qu'il leur faudrait des années pour l'écrire, mais seulement parce qu'il y avait encore tant à creuser. Stieg, du moins, pensait ainsi.

Têtes dures et procédures

Stockholm, 1994

Le temps passait lentement, les années défilaient. Le groupe d'enquêteurs se réduisait peu à peu. Beaucoup de policiers continuaient d'être persuadés que Christer Pettersson était coupable, et qu'on trouverait un moyen de le prouver. L'affaire était « résolue d'un point de vue policier », même si le suspect avait été acquitté. Les policiers avaient fait leur devoir, les procureurs et les juges avaient failli au leur. Une explication qu'on entendait souvent dans les couloirs de la Préfecture de police était que si la victime n'avait pas été Olof Palme, Pettersson serait en prison.

Hans Ölvebro continuait de mener l'enquête, quatre ans après l'acquittement du principal suspect. La mission de ses hommes était désormais de recueillir le maximum de preuves contre Pettersson afin que « les chances d'un procès en révision soient les meilleures ». S'ils y parvenaient, le procureur demanderait un recours en cassation, la dernière chance de faire condamner Christer Pettersson.

Mais, à la surprise générale, ce fut une autre procédure qui attira l'attention : le chef de la Police criminelle, Tommy Lindström, souvent responsable de la bonne direction donnée à l'enquête, se trouvait accusé de corruption aggravée. Un mois après le meurtre de Palme, Lindström avait reçu un chèque de 115 000 couronnes de la part des assurances Skandia, argent qui devait aller à son agent Milan Heydenreich pour racheter des œuvres d'art volées. Au lieu de quoi Lindström, selon la justice, avait profité de la somme pour offrir une grande fête à deux cents de ses collègues. En novembre 1994, on le condamnait à un an de prison avec sursis pour corruption aggravée. La sanction était légère, si l'on excepte qu'il perdait aussi son travail.

À peu près au même moment, les enquêteurs reçurent un mémorandum très détaillé envoyé par le journaliste suédois Boris Ersson, qui rentrait d'Afrique du Sud où il avait recueilli des informations montrant que les services secrets sud-africains étaient derrière le meurtre. Après une banale procédure de vérification, la police écarta ces affirmations et se concentra de nouveau sur la recherche de preuves contre Christer Pettersson.

Afrique du Sud, 1996

Stockholm, 27 septembre 1996

Vendredi matin, à neuf heures trente, le téléphone sonna. Stieg déboula dans la cuisine et décrocha le combiné gris. C'était la voix de Gerry à l'autre bout du fil.

« On dirait que la Belle au bois dormant est sortie de son petit somme de dix ans », lui entendit-il dire avec son léger accent londonien. « Les Sud-Africains commencent à se montrer du doigt les uns les autres. »

Stieg se frotta les yeux en essayant de comprendre.

« Se montrer du doigt ? Pourquoi ?

— D'après Eugene de Kock et Peter Casselton, l'assassinat de Palme a été organisé par Craig Williamson, et Bertil Wedin a donné un coup de main. Exactement ce qu'on avait déjà dit il y a deux ans ! Retrouve-moi vite tes papiers de l'époque, et écris.

— Écrire ? Écrire quoi ?

— Je veux un article « on-l'a-dit-depuis-le-début » pour *Searchlight* d'ici une heure. »

« Concis » n'était pas le premier adjectif qui venait à l'esprit quand on pensait à Gerry, mais cette fois, il n'y en avait pas de meilleur. Stieg resta le combiné en main, éberlué, encore quelques secondes après avoir entendu Gerry raccrocher à l'autre bout du fil. Ce n'était pas une mince affaire que d'écrire en urgence un article qui résumât des faits qu'il collectait depuis presque une décennie, et qu'une source sud-africaine faisait à présent remonter à la surface.

Gerry allait lui envoyer quelques articles par fax, car il était anglais et donc traditionaliste, venant à peine d'apprendre à envoyer des e-mails, mais pas encore à scanner et à joindre des documents aux e-mails. Cela laissait à Stieg le temps de rassembler ce qu'il avait.

Il ouvrit le dernier tiroir de l'armoire derrière la porte de la cuisine. Heureusement, la pochette intitulée « Afrique du Sud » s'y trouvait, et tout ce qui concernait « Wedin » devait être dans le même tiroir.

Deux ans avaient passé. Stieg avait oublié beaucoup d'éléments, mais des faits et des circonstances nouveaux étaient apparus entre-temps, qui lui faisaient lire le contenu de ses tiroirs d'un autre œil. L'horreur sans limites du système de l'apartheid s'était un peu atténuée avec le temps, elle n'en demeurait pas moins concrète, et réelle dès qu'on jetait sur les faits une vue d'ensemble.

Le régime de l'apartheid était tombé. Nelson Mandela était le président de l'Afrique du Sud depuis deux ans, et la Commission Vérité et Réconciliation commençait de faire son œuvre. Depuis qu'il était possible d'obtenir l'amnistie, les agents des services secrets sud-africains avaient rivalisé d'ardeur pour reconnaître leurs méfaits et pointer du doigt ceux qui en étaient réellement responsables. Ils comprenaient peu à peu que le système qui garantissait leur existence était en train de disparaître et que cela irait aussi vite que le dernier filet d'eau d'une baignoire qui se vide. Ils seraient bientôt comme des baleines échouées en plein soleil, cherchant désespérément à respirer.

Il était trois heures de l'après-midi quand Stieg finit de revoir tous ses dossiers. Il avait pris des notes dans un vieux bloc de collégien et sélectionné une série de documents, dont son propre courrier sur Bertil Wedin, ainsi que plusieurs articles sur Craig Williamson et les services secrets sud-africains. Il était temps de se rendre à son bureau de TT, où il se préparait à devoir travailler toute la nuit. D'expérience, il savait que la meilleure façon de mener à bien un projet est de foncer la tête la première, sans se poser de questions. Le soir tombait, on était vendredi, ce qui lui assurait d'être presque seul dans les bureaux. Le fax de Gerry l'y attendait, et s'il avait besoin d'autre chose, il trouverait à l'agence tout le matériel nécessaire pour aller vite.

Stieg s'assit à son bureau, penché en arrière sur sa chaise en bois recouvert de feutre, aux accoudoirs usés. Sur le bord de la table, la première de ses nombreuses tasses de café, et un cendrier plein de mégots où se consumait une cigarette en brasillant. Il avait entre les mains ses documents et ceux de Gerry de 1986 et 1987, ainsi qu'un paquet d'articles qu'il avait rassemblés. Stieg lisait vite, prenant des notes dans son petit calepin noir. Moins d'une demi-heure plus tard, il commençait à rédiger.

Les dénonciations visant Craig Williamson et Bertil Wedin étaient toutes fraîches, on ne trouvait par conséquent presque aucun article de presse là-dessus, hormis dans un journal sud-africain et dans un autre d'Angleterre, celui-ci reprenant celui-là sans y ajouter aucune information notable. Les noms d'Eugene de Kock et de Peter Casselton étaient cités. Tous deux membres des services secrets sud-africains. Tous deux pointaient du doigt Craig Williamson comme étant l'organisateur du meurtre, et l'intermédiaire Bertil Wedin comme son aide, sans spécifier en quoi consistait cette aide. Stieg ne put trouver aucune nouvelle information par rapport à ce qu'il savait déjà. La seule nouvelle était que des Sud-Africains blancs commençaient à se dénoncer entre eux, que donc peut-être on s'approchait du filon, mais il pouvait tout aussi bien s'agir d'agents désespérés cherchant à sauver leur propre peau tout en se vengeant au passage de leurs anciens collègues. Chose que Stieg n'avait certes pas le temps d'élucider dans un article qui devait être envoyé le lendemain. Il se concentrait plutôt sur ce qu'il savait, en comparant les documents.

À dix-neuf heures, il n'y avait plus un chat dans les bureaux, Stieg allait pouvoir s'atteler à son article pour *Searchlight* sans crainte d'être dérangé. Il travailla toute la nuit, dormit la journée du lendemain, et samedi soir, son article était prêt. Le matin suivant, Gerry le reçut par fax. Stieg ne doutait pas de son niveau d'anglais, mais il s'attendait quand même à ce que les traits rouges fussent nombreux une fois la relecture de Gerry faite. Celui-ci écrivit une courte introduction lui-même et donna à l'article le titre : « *The finger points South* », sans presque rien retoucher cependant. Stieg était heureux. Il eut même le plaisir de retrouver son titre ironique sur « Sherlock Holmér », et sa méchante description de la SÄPO comme « l'enfant attardé des services secrets occidentaux ».

Ce qui se passait en Afrique du Sud était à la fois excitant et frustrant. Excitant parce que la pression étrangère sur la police suédoise allait augmenter d'un cran pour atteindre le niveau du temps de Hans Holmér : la police était désormais obligée de remonter la piste sud-africaine. Frustrant parce qu'au fond, il n'y avait rien de nouveau.

Kling et Klang en Afrique

Stockholm et Afrique du Sud, automne 1996

L'enquêteur principal Hans Ölvebro était en vacances lorsqu'il apprit que les yeux du monde entier étaient de nouveau tournés vers l'affaire Palme, parce que des agents sud-africains s'étaient mis à se dénoncer mutuellement comme coupables ou complices de l'assassinat du Premier ministre suédois. La première pensée d'Ölvebro fut de se dire qu'après dix ans d'enquête, on n'était plus à une semaine près – il n'en conclut pas moins que ses vacances étaient finies.

Quand la pression de la presse suédoise et internationale se fit plus forte, le procureur Jan Danielsson et l'inspecteur Ölvebro justifièrent leur lenteur par le fait que les gens dénoncés n'allaient pas disparaître dans la nature du jour au lendemain.

Les médias du monde entier s'étaient emparés de l'affaire ; en Suède, les journaux racontaient la même histoire encore et encore. Mais peu nombreux étaient ceux que la piste sud-africaine convainquait vraiment. Pourquoi les services secrets d'un pays à l'autre bout du globe auraient-ils voulu assassiner le Premier ministre suédois ? Qui aurait exécuté le meurtre proprement dit ? À quoi cela menait-il ? Les questions étant plus nombreuses que les réponses, Jan Guillou, le célèbre journaliste, fit redescendre la température d'un cran en se demandant, dans un article pour *Aftonbladet*, si tous ses collègues étaient saisis de folie collective. Lui-même était en voyage à la montagne. La piste sud-africaine était l'une des inventions les plus stupides dont il ait jamais entendu parler.

Or Tommy Lindström, désormais ex-policier, montra un peu plus de répondant que son ancien subordonné Ölvebro, et en l'espace de quelques jours, il était déjà en Afrique du Sud. Depuis qu'il avait été renvoyé de la police pour corruption, il travaillait comme reporter indépendant pour *Aftonbladet*. Aidé par son ancienne carte de visite où un « ex- » en grosses lettres précédait désormais son grade, il était parvenu à se mettre en contact avec Eugene de Kock avant que les enquêteurs en poste n'eussent le temps de prendre leurs billets d'avion pour l'Afrique du Sud.

Ses vacances terminées, Hans Ölvebro quant à lui téléphona au journaliste Boris Ersson, dont le rapport détaillé datait déjà d'un an, mais pas nécessairement pour obtenir des informations qui serviraient l'enquête : il lui demanda surtout quels étaient les meilleurs hôtels et restaurants de Johannesburg. Avant de raccrocher, il lui demanda aussi si ça valait le coup de visiter Le Cap ou Sun City, pendant sud-africain de Las Vegas. Le procureur Jan Danielsson et lui-même envisageaient de prendre quelques jours de vacances une fois là-bas.

Le 10 octobre, Ölvebro et Danielsson arrivèrent au Cap avant de continuer vers Johannesburg le 11. Une foule de journalistes les attendaient à l'aéroport, la presse suédoise et mondiale était déjà sur place. Ölvebro et Danielsson restèrent quatre semaines, suivis par un cordon de journalistes. Sur la liste des gens qu'ils voulaient rencontrer, on trouvait le chef des services secrets, Eugene de Kock, Craig Williamson, son ancien collègue Riaan Stander, ainsi que Peter Casselton.

La bonne surprise vint de l'Angola, où les autorités avaient interpellé Craig Williamson et permettaient aux Suédois de venir l'interroger sur place. Pendant l'interrogatoire, Craig Williamson clama son innocence à grands cris, versant même une larme de temps en temps. Après coup il se plaignit que les Suédois l'avaient empêché de recourir à un avocat et de repartir en Afrique du Sud par le vol charter qu'il avait réservé.

D'après Ölvebro et Danielsson, Eugene de Kock n'avait que des témoignages de seconde main pour prouver la participation de Williamson. Des témoignages provenant d'un membre du Parlement,

Philip Powell, qui n'avait pas osé rencontrer les deux Suédois. Le séjour sud-africain s'acheva par une semaine au Cap, avant le vol retour vers la Suède.

« Si j'espère que nous approchons de la solution de l'affaire, en revanche je ne suis pas tout à fait certain que celle-ci se trouve dans la soi-disant piste sud-africaine », fut le résumé que le procureur général Jan Danielsson fit de leur voyage à l'autre bout du monde.

Ölvebro et lui avaient une fois de plus réussi à écarter la piste sud-africaine. S'ils jouèrent ou non dans les casinos de Sun City, l'histoire officielle ne le dit pas.

Dernière chance

Stockholm, 1997

1997 fut une année à rebondissements pour l'affaire Palme. Malheureusement, pas dans le sens où beaucoup l'espéraient. De l'Afrique du Sud on n'entendit plus parler après le voyage d'Ölvebro et Danielsson, mais il y avait des nouvelles plus urgentes.

D'abord, Hans Ölvebro fut démis de ses fonctions de chef de l'enquête en janvier, convaincu de fraude fiscale. S'il ne retrouva pas son poste, il fut bientôt libéré des charges qui pesaient contre lui.

En décembre, le procureur général Klas Bergenstrand demanda à pourvoir en cassation le cas de Christer Pettersson. La police et les procureurs faisaient une dernière tentative pour condamner Pettersson, mais elle échoua dès que la Cour de Cassation constata qu'il n'y avait pas suffisamment d'éléments nouveaux pour espérer un autre verdict que celui rendu par la Cour d'appel. Malgré ce nouveau camouflet infligé par les autorités judiciaires, beaucoup d'enquêteurs considéraient encore que l'affaire était « bouclée ».

Bien des années plus tard, un procureur du nom de… Krister Petersson devait demander que Christer Pettersson soit définitivement déjugé de sa culpabilité.

Le grand combat de Stieg

Si les années 1980 furent celles où Stieg apprit *the tricks of the trade*, les années 1990 furent celles de leur mise à profit. Le climat s'était tendu en Suède, ce que prouvaient l'arrivée au Parlement du parti xénophobe « Nouvelle Démocratie » (Ny Demokrati), et l'affaire John Ausonius, surnommé « Laserman », un homme qui avait tiré sur des immigrés avec un fusil équipé d'un pointeur laser. Pour Stieg, c'était le signe que son combat contre l'extrémisme était plus nécessaire que jamais.

Lorsque leur livre *L'Extrême Droite* parut en 1991, cela faisait trois ans que Stieg et Anna-Lena travaillaient dessus. Un an de plus ou de moins, pour Stieg cela ne faisait guère de différence, car il y avait encore tant à creuser, mais Anna-Lena considérait que le moment était venu de rédiger le manuscrit final. Stieg voulait sans cesse ajouter de nouveaux éléments, et Anna-Lena enrageait presque contre lui à chaque fois qu'elle voyait ses corrections manuscrites prendre dans la marge la taille de nouveaux chapitres entiers.

Dans leur livre, Stieg et Anna-Lena constataient que l'expression « extrême droite » n'était pas la plus pertinente, étant donné que certains groupes majeurs pouvaient être plutôt perçus comme de gauche, tandis que d'autres n'avaient aucune idéologie. Ils divisèrent donc les groupes de droite entre « fascistes » et « ultradroite ». Leur seul point commun était la haine et le rejet des étrangers. L'un des nouveaux partis qu'ils décrivaient était celui des « Démocrates

Suédois » (Sverigedemokraterna), fondé en 1988 par des gens issus d'organisations racistes et xénophobes.

Le livre connut un accueil retentissant, et Stieg une certaine notoriété. Mais avant de se lancer à nouveau dans un projet d'ampleur, il s'accorda le droit d'écrire quelque chose de plus personnel, seulement pour son plaisir. Ce serait l'histoire d'un vieil homme qui chaque année reçoit une fleur séchée, sans savoir qui en est l'expéditeur. Qui sait, peut-être tenait-il le début d'un vrai roman…

L'une des autres grandes ambitions de Stieg se réalisa quelques années plus tard lorsqu'il rencontra un groupe de jeunes activistes de gauche. Ensemble, ils lancèrent en 1995 le journal *Expo*, sur le modèle de *Searchlight.* Enfin Stieg trouvait en Suède des gens qui partageaient son combat, qui s'y engageaient autant que lui. Il en fut naturellement le leader, étant le plus âgé et le plus expérimenté, ce qui le poussa également à se charger peu à peu de toutes les tâches ingrates : les finances, l'administration, la comptabilité et la sécurité lui prirent bientôt plus de temps que son travail de rédacteur. Parallèlement à *Expo*, Stieg continua de travailler pour TT, ce qui voulait dire encore de longues et nombreuses nuits à courir après le bouclage de tel ou tel article. La charge de travail était presque surhumaine.

La sécurité était un aspect crucial aux yeux de Stieg : il avait vu le climat se tendre pas à pas, et des journalistes comme lui et ses collègues devenir des cibles désignées. Certains le trouvaient paranoïaque, notamment parce qu'il avait fait installer des judas aux portes de ceux qui n'en avaient pas, ou qu'il leur expliquait comment ouvrir une enveloppe par le côté en la maintenant sous un bottin, pour désamorcer les lettres piégées.

Expo ne luttait pas seulement contre les extrémistes, mais aussi contre les difficultés financières. Les menaces, les heures supplémentaires le soir, les problèmes d'argent, tout cela faisait déjà beaucoup à endurer. Mais le premier coup dur intervint le 28 juin 1999 : l'explosion d'une bombe placée sous une voiture blessa grièvement un des journalistes d'*Expo* et son fils de 8 ans. Sa femme, également journaliste, demeura choquée à vie d'avoir vu son mari et son fils étendus au milieu des bris de verre et des éclats métalliques.

Dès lors, personne ne pensait plus que Stieg était paranoïaque, mais plusieurs collègues, trouvant que le prix à payer était trop fort, quittèrent *Expo.*

Stieg luttait durement pour tout mener de front. Dans le sillage d'un courant général qui banalisait toujours davantage la xénophobie, les groupes ouvertement néonazis se montraient de plus en plus forts et nombreux. L'existence d'*Expo* était plus nécessaire que jamais, et Stieg était le seul à pouvoir faire tenir le journal.

Dans les dernières années avant le passage au nouveau millénaire, Stieg fut l'un des premiers à remarquer qu'une bonne part de l'extrême droite avait changé de tactique. Exit les crânes rasés, les bottes en cuir et les saluts nazis, ils portaient maintenant les cheveux bien coiffés, des chaussures bien cirées, ne se distinguant en rien, à première vue, des autres partis politiques établis. Leur calendrier officiel était celui de la vie démocratique, mais derrière on retrouvait les vieux nazis – et quoi qu'il arrive, on voulait se débarrasser des étrangers. L'un des partis sur lesquels Stieg écrivait déjà en 1991 était celui des Démocrates Suédois. Leur discours était bien articulé, sourire aux lèvres. Ils étaient prêts à entrer au Parlement, quoique la route fût encore longue.

Stieg et son collègue d'*Expo* Mikael Ekman écrivirent à leur sujet un livre, *Les Démocrates Suédois*, qui décrivait la création du parti à partir d'un embryon néonazi peu à peu transformé en quelque chose qui avait l'air présentable. Mikael avait eu l'idée de publier les casiers judiciaires de plusieurs leaders des Démocrates Suédois. Ils démontraient que leur argument selon lequel les étrangers étaient des criminels valait encore bien plus pour les membres du parti : agressions physiques, violences contre les femmes, menaces, tortures animales – la liste des crimes pour lesquels ils avaient pu être condamnés était trop longue.

L'accueil du livre *Les Démocrates Suédois* fut aussi enthousiaste que celui réservé à *L'Extrême Droite* quelques années plus tôt. Mais comme à l'époque, il avait suffi qu'une nouvelle star de la téléréalité fasse l'idiote à l'écran pour que les médias changent de sujet.

Stieg savait depuis le début que dans la lutte contre l'extrémisme, il ne pouvait y avoir de victoire finale. La démocratie était toujours menacée. Il faudrait la défendre toujours.

À l'aube de l'an 2000, Stieg était un homme épuisé. Mais c'était l'un des meilleurs experts suédois de l'extrême droite, et son plus grand adversaire.

Eva

Stockholm, juin 2015

Eva Gabrielsson buvait un café au lait, assise en face de moi au Café Nybergs. Les médias avaient souvent essayé de la présenter comme une victime, or elle était loin d'en être une. C'était une combattante. Elle me le fit comprendre dès la première question que je lui posai, lorsque je lui demandai comment elle se sentait, des années après la mort de Stieg.

« On ne parle pas de sentiments », répondit-elle abruptement.

Je recommençai autrement, prenant note qu'il faudrait éviter les questions qui la touchent de trop près.

« Qu'est-ce qui motivait Stieg ? demandai-je.

— Ça venait de son grand-père, avec qui il avait grandi jusqu'à ses 9 ans. C'était un communiste, staliniste même, en tout cas très antinazi pendant la guerre. C'est avec lui que Stieg a découvert l'histoire de la Seconde Guerre mondiale, l'extrême droite. Par son grand-père Severin. »

Je lui offris de partager une pâtisserie.

« Comment faisait Stieg pour enquêter sur ces types-là ?

— On découpe les journaux, dit Eva, on regarde de quelles associations les gens font partie, ce qu'ils font, leur métier, s'ils écrivent des lettres, si des gens les connaissent, si la police les connaît, s'ils ont un casier judiciaire. Un travail de journaliste d'investigation, tout simplement.

— Et les infiltrations ? »

Je pensais à la source de Gerry, Lesley Wooler, qui avait risqué sa vie à Chypre.

« Non, ça a commencé dans les années 1990. Dans les années 1980 il n'y avait personne à infiltrer. Les organisations étaient trop petites. Il fallait d'autres méthodes.

— Tu participais à ses recherches ?

— Oui, par exemple quand on prenait ensemble des photos des noms sur les plaques des entrées d'immeubles. Il y en avait pas mal à Kungsholmen avec des connexions douteuses. Des entreprises bizarres, des organisations étranges.

— Et quand tu n'étais pas avec lui, il te racontait ?

— Oui, enfin ce n'était pas comme un compte rendu mensuel. Disons plutôt qu'il m'en parlait un peu tous les soirs, et qu'on en discutait de temps à autre.

— Et vous parliez aussi de l'assassinat d'Olof Palme ?

— On avait l'impression qu'un réseau énorme était impliqué. On trouvait un type, puis deux, puis trois qui menaient à trois autres, et ainsi de suite. Entre les recherches de Stieg sur l'extrême droite et celles sur le meurtre de Palme, tout se rejoignait. On en revenait toujours aux mêmes groupes de droite. »

Après ma première question maladroite, la conversation s'était libérée. Nous parlâmes un long moment, de choses et d'autres. Nous avions un intérêt commun pour l'urbanisme et l'architecture. Eva me parla de l'architecte Per Olof Hallman, dont les plans pour Stockholm, au début des années 1900, avaient permis de réaliser certains des plus beaux quartiers de la ville, et elle me raconta comment il avait été effacé de l'Histoire au profit d'épigones moins talentueux qui s'étaient approprié son travail. Je lui parlai du livre que j'envisageais d'écrire, sur la façon dont les endroits influencent les gens qui y vivent, et l'analyse qu'on peut en faire. Ainsi, peu à peu, Eva et moi apprîmes à nous connaître.

Avec Gerry, j'avais aussitôt senti que j'avais affaire à quelqu'un qui avait beaucoup compté pour Stieg. Il avait été son mentor et ami pendant plus de vingt ans. Mais Eva l'avait connu dix ans de plus, et c'était d'elle qu'il avait été le plus proche, jusqu'à son décès. Elle avait été sa camarade de vie. Sa mort l'avait bouleversée. Mais je ne lui ai pas demandé ce que ça faisait de vivre après une telle perte. J'avais une autre question à lui poser :

« Stieg travaillait tant que ça ? »

Elle se leva. Puis elle se pencha vers moi par-dessus la table et, me regardant droit dans les yeux, répondit :

« Quand on est debout au travail autant d'heures par jour pendant autant d'années, ça ne peut que finir mal. »

Une nouvelle carrière

Archipel de Stockholm, août 2002

Eva avait fini par le convaincre. Cette fois il devait prendre de vraies vacances d'été, et elle avait trouvé une maison dans l'archipel où ils pourraient se reposer au calme pendant plusieurs semaines. Tout le monde savait que Stieg était un bourreau de travail, et la blague courait même parmi les gens d'*Expo* que Stieg ne pourrait jamais tenir aussi longtemps en vacances loin du journal. Lui s'en fichait. Il voulait profiter de sa liberté.

Au bout de quelques jours il commença à se demander ce qu'il pourrait bien faire pendant qu'Eva rédigeait son livre sur Per Olof Hallman, l'aboutissement d'un long travail.

Un matin, Stieg retrouva la nouvelle qu'il avait écrite quelques années auparavant, l'histoire d'un homme qui tous les ans, le même jour, reçoit une nouvelle fleur sans savoir qui la lui envoie. Il la fit lire à Eva. Pouvait-ce être le début de quelque chose de plus long ? Eva était curieuse, elle voulait savoir qui envoyait ces fleurs. Et elle le persuada de profiter de l'été pour en écrire davantage. Stieg glissa une première feuille contre le rouleau de sa machine à écrire, et en haut de la page il écrivit : *Les Hommes qui n'aimaient pas les femmes.*

Sept étages

Stockholm, 9 novembre 2004

Il y avait sept étages à monter. Le voyant rouge de l'ascenseur indiquait qu'il y avait un dysfonctionnement, et après avoir attendu cinq minutes et pressé en vain le bouton encore plusieurs fois, il décida de prendre les escaliers.

Le calme relatif de ces derniers temps semblait avoir un peu évacué la pression, quoiqu'il y en eût davantage : les trois romans qu'il avait écrits allaient bientôt sortir en Suède, et on parlait déjà de ventes record. Les éditeurs étrangers s'y intéressaient massivement et certains, dont les Américains, avaient déjà acheté les droits. Tout récemment, on avait aussi vendu ceux pour la télévision et le cinéma.

C'était surréaliste. De journaliste et éditeur sous-payé, pour ne pas dire pauvre, d'un des plus petits journaux de Suède, il allait devenir un écrivain fortuné qui pourrait en vivre jusqu'à la fin de ses jours. Un rêve pour beaucoup, mais Stieg en avait d'autres.

Bien évidemment, il s'assurerait de pouvoir en réaliser quelques-uns qu'Eva et lui caressaient depuis longtemps : une petite maison de vacances, d'abord. Le reste du temps et de l'argent gagné servirait à faire avancer ses projets à un rythme plus soutenu. Le combat contre le racisme, le sexisme et l'intolérance était la priorité, il devait être mené jusqu'au bout. Mais à vrai dire, c'était un travail facile. Il y avait plein de gens compétents qui pouvaient reprendre la publication d'*Expo*, et son propre rôle se limiterait à quelques réunions de rédaction par semaine, peut-être quelques articles.

Le temps qu'il lui resterait, il le consacrerait à un projet qui dormait depuis trop longtemps. Les deux premières années après le meurtre de Palme, il avait passé un temps fou à enquêter sur tout ce qui y touchait. Mais les circonstances, la nécessité de gagner son pain quotidien l'avaient obligé à n'y travailler que pendant son temps libre, et après plusieurs années de travail, il ne demeurait que bien peu de son enquête sur l'assassinat de Palme. Il allait désormais s'y remettre.

Lorsqu'il ressentit la première douleur dans la poitrine, il ne lui restait que trois étages à monter. Encore quelques pas et il pourrait se reposer. Il s'appuya sur la rampe, se pencha légèrement en avant, et respira profondément, ce qui allégea la pression sur sa poitrine. Mais la douleur commençait à irradier dans le bras.

Certes, il ne s'était jamais beaucoup soucié de sa santé : cigarettes, insomnies, sandwichs pour tenir au travail – mais était-il vraiment si malade que ça ? À 50 ans, il en voyait encore une vingtaine devant lui.

Les quelques pas suivants furent moins pénibles. Ramassant le poids du corps vers l'avant, il put arriver à l'étage suivant sans faire de pause. Encore un palier et ce seraient les dernières marches.

L'espace d'un instant, il lui sembla être hors de son corps et voir peiner devant lui l'homme d'âge moyen qui s'était installé dans sa vie. Il vit les épaules et le dos voûtés de ce corps marqué par le travail, à la santé ruinée. La peau grise, les cheveux ébouriffés, les lunettes rondes de travers, les traces de pouce sur les verres. Un seul coup d'œil suffisait pour se rendre compte que c'était trop lourd à porter.

Il rassembla ses forces et monta l'ultime pan d'escalier, marche après marche. Il buta sur la dernière, mais parvint à se rattraper à la poignée de la porte du couloir. Quand il entra dans le bureau de la rédaction et s'écroula sur sa chaise, le regard inquiet de tous ses collègues se tourna vers lui. Quelqu'un décrochait son téléphone pour appeler une ambulance. Il commençait à faire noir.

Si seulement il avait eu plus de temps. Il restait tant de choses à faire. Qui prendrait la relève ? Que feraient-ils sans lui ?

Stieg ne sut jamais la réponse à ces questions. Et même s'il l'avait sue, quelle importance ? Il avait 50 ans, quelques années de moins que son grand-père Severin lors de son premier infarctus. Lui aurait été fier de son petit-fils en voyant tout ce qu'il avait accompli.

C'était trop tôt, mais c'était l'heure pour Stieg de partir.

Stieg est mort

La mort de quelqu'un a parfois des effets que personne n'aurait pu soupçonner. Ce fut le cas de celle de Stieg. Les adieux lors de l'enterrement furent le dernier moment où tous ses amis, ses proches se trouvèrent réunis.

Même si Stieg l'appelait sa femme, Eva et lui n'étaient pas mariés, et, en accord avec la loi suédoise, ce furent ses parents, son frère qui héritèrent de tout, notamment des droits et des revenus de ses livres. Les querelles commençaient.

Quelques années plus tard, les trois romans de Stieg s'étaient vendus à 80 millions d'exemplaires dans le monde entier, et tous adaptés à la télévision en Suède. Du premier roman, *Les Hommes qui n'aimaient pas les femmes*, il existait même une adaptation hollywoodienne avec Daniel Craig dans le rôle principal.

Mais le conflit continuait d'agiter la scène, dans les médias suédois comme étrangers. Malgré les années qui avaient passé depuis la mort de Stieg, on avait l'impression que la plaie à peine cicatrisée se rouvrait de nouveau.

Le futur d'*Expo* était assuré, en partie grâce à l'héritage de Stieg. Lorsque celui-ci avait alerté l'opinion sur les Démocrates Suédois en 1991, ils recueillaient à peine cinq mille voix aux élections parlementaires. En 2010, ils y entraient avec 340 000 voix. La mission d'*Expo* était d'autant plus nécessaire : un parti fondé par des néonazis et des fascistes était entré au Parlement suédois, et il continuait à croître.

*

Dans l'enquête sur la mort d'Olof Palme aussi, les années passaient. En 1997, la procureure Kerstin Skarp prit le relais. Sa sœur était l'épouse du vieil adversaire de Palme, Jan Guillou, qui continuait d'écrire sur la vraisemblable culpabilité de Christer Pettersson. L'idée même qu'on puisse commencer d'enquêter sur une autre piste devint une plaisanterie. Bien que Skarp annonçât régulièrement qu'il ne fallait pas perdre espoir, les moyens de la police d'arrêter quelqu'un d'autre que Pettersson semblaient bien dérisoires.

L'activité des enquêteurs décrut. L'attitude des juges, des médias et des hommes politiques semblait laisser entendre que tous ceux qui le voulaient étaient désormais libres d'oublier que quelqu'un, autrefois, avait assassiné un Premier ministre suédois en pleine rue. On ressortait la bonne vieille réponse suédoise aux problèmes un tant soit peu complexes : « Tout le monde est innocent. »

Christer Pettersson mourut dans un accident après une crise d'épilepsie, destin banal pour un toxicomane. « Une vie tragique touche à sa fin », commenta Göran Persson, le Premier ministre de l'époque.

L'enquête avait beau piétiner, aucun homme politique ne voulait être celui qui la refermerait. En outre, il se pouvait bien que les dossiers de l'enquête contiennent des informations compromettantes sur les nombreuses erreurs commises par les politiques pendant les diverses phases de l'enquête. Or si l'on classait celle-ci, les dossiers seraient rendus publics, et avec eux des éléments sensibles qui ne feraient qu'attiser le climat de défiance grandissante à l'égard des politiques. Et pourtant, il fallait faire quelque chose de l'enquête. D'un côté les politiques devaient agir, de l'autre ils ne devaient pas risquer de voir leurs propres erreurs apparaître au grand jour. Dans sa simplicité, la solution qu'ils trouvèrent était géniale.

Le 1er juillet 2010, un peu plus de six mois avant que l'enquête sur le meurtre d'Olof Palme ne soit refermée pour prescription, la Suède abolissait le délai de prescription dans le cas d'homicides aggravés. Personne ne pouvait reprocher aux hommes politiques de ne pas vouloir trouver le coupable. Et puisque l'enquête continuait, le secret des dossiers était maintenu ; aucun homme politique ne risquait plus d'être éclaboussé par l'assassinat d'Olof Palme.

Deuxième Partie

Dans les pas de Stieg

Rorschach

Stockholm, 20 mars 2013

Il faisait déjà nuit lorsque je sortis de l'entrepôt, et la neige avait presque cessé de tomber. Ma Volvo 780 dormait sous vingt centimètres de neige fraîche que je m'appliquai à enlever avec la manche de mon manteau. Il fallut quelques coups sur la pédale d'accélérateur avant qu'on entende le rugissement familier du puissant moteur. Je partis en marche arrière en laissant glisser les roues sur la neige.

Les pensées se bousculaient dans ma tête, un vertige. Après une journée entière dans les archives de Stieg, mon cerveau ne pouvait plus accueillir aucune information nouvelle. Je savais désormais que les archives regorgeaient d'éléments relatifs à l'assassinat de Palme, mais ignorais cependant ce que j'allais bien pouvoir en faire. La première pierre sur laquelle j'achoppais était que la thèse de Stieg allait à l'encontre de mes propres certitudes. Il suspectait les services secrets sud-africains d'avoir organisé le meurtre avec un groupe de Suédois. Quant à moi, j'étais persuadé que c'était le fait de deux ou trois amateurs suédois. Difficile de comprendre pourquoi nous en étions arrivés à des conclusions si diamétralement opposées.

Mais peut-être l'assassinat d'Olof Palme était-il un grand test de Rorschach pour toute la Suède. Au lieu de considérer des taches d'encre symétriques, chacun d'entre nous regardait le meurtre de Palme et expliquait ce qu'il voyait. Et sa réponse en disait plus sur lui-même que sur la vérité de l'affaire. Préférait-on le toxicomane

Christer Pettersson, les policiers d'extrême droite ou les services secrets sud-africains ? Chacun décidait de ce qu'il voulait voir.

En rentrant chez moi depuis le garde-meuble où étaient entreposées les archives de Stieg, mes essuie-glaces luttant contre la neige, à travers un Stockholm sombre, vide et glacé, je sentis quelque chose d'autre me démanger. Quelques années plus tôt, j'avais trouvé une piste dans l'assassinat de Palme ; et lorsque j'avais tiré sur le fil, il s'était déroulé, déroulé toujours plus, jusqu'à me mener aux archives oubliées de Stieg Larsson. Je n'avais plus le droit de le lâcher. L'assassinat du Premier ministre était l'histoire ultime, celle qui réclamait le plus de temps et d'énergie. Je m'y jetterais avec fougue.

« Space syntax »

Suède, 2008-2010

La route jusqu'aux archives de Stieg avait été tortueuse. Elle avait commencé bien loin d'ici. Après deux livres, on peut décemment se dire écrivain : je voulais donc en écrire un second. Le premier traitait des affaires louches menées par Saab et British Aerospaces en République tchèque, et il se basait sur mon expérience personnelle là-bas. Le second serait tout autre.

J'avais étudié l'architecture, il y a longtemps, pour ensuite abandonner toute ambition dans ce domaine, après une carrière d'architecte plutôt courte et passablement ratée. La matière pourtant m'intéressait toujours. Approchant désormais la cinquantaine, et bien qu'il y eût plus de vingt ans que j'avais passé l'examen, un cours en particulier continuait de marquer ma mémoire : l'étude de l'organisation spatiale du sociologue Bill Hillier. Avec ses collègues du Bartlett University College of London, ils avaient développé la *« Space syntax »* ou « Syntaxe spatiale », une théorie qui décrivait différents types de lieux dans leurs rapports entre eux et dans la façon dont ils influençaient les gens qui s'y trouvaient ou y vivaient.

Hillier donna à sa théorie des outils pratiques qui furent utilisés par les architectes, urbanistes et sociologues dans le but de créer des environnements qui aient une influence bénéfique sur les êtres humains. Certains se servirent de ces outils à d'autres fins, par exemple pour augmenter le désir d'achat dans les centres commerciaux. On pouvait désormais mesurer à l'avance si les ensembles d'habitations, quartiers, appartements, boutiques et bureaux que l'on projetait seraient des lieux inspirants, où les gens se sentiraient en sécurité, en harmonie, ou bien au contraire s'ils créeraient de l'angoisse, des problèmes sociaux, ultimement des comportements criminels.

Pour reprendre un exemple classique, la plupart des crimes n'ont pas lieu sur une place publique bondée de monde, mais, significativement, dans des lieux cachés au regard, à proximité de ces places, par exemple au coin d'une ruelle peu passante. Près de la foule, mais sans être vu d'elle.

Mon livre devait traiter des endroits où ont lieu des homicides spectaculaires, et dans la réalisation desquels l'endroit même joue un rôle déterminant. J'étais fasciné par l'idée que des lieux puissent pousser les gens à commettre des crimes qu'on soit en mesure d'étudier, sans toutefois pouvoir les expliquer.

Après un mois de recherches, j'avais noté plusieurs endroits qui avaient vu plus d'un meurtre, mais dont un en particulier retenait mon attention : l'adresse Norr Mälarstrand 24, à Stockholm.

Les meurtres « von sydowiens » avaient choqué Stockholm. Le 7 mars 1932 en fin d'après-midi, trois personnes étaient frappées à mort dans un appartement de huit pièces et de 250 m^2, au quatrième étage de l'immeuble Norr Mälarstrand 24. Les victimes étaient Hjalmar von Sydow, propriétaire de l'appartement, la cuisinière Emma Herou et la bonne Ebba Hamn. Ce fut la fille de von Sydow, âgée de 15 ans, qui les découvrit. Tous trois étaient morts des suites de coups portés à la tête avec un objet contondant, vraisemblablement un fer à repasser, dont on nota l'absence.

Hjalmar von Sydow était directeur de l'Association des employeurs suédois, la grande organisation patronale du pays, ainsi que député à la première chambre du Parlement et commandeur de l'ordre de Vasa, soit l'une des personnalités les plus éminentes de la ville et du pays. Aussitôt sur les lieux, la police conclut que le tueur était très probablement le fils de la maison, Fredrik von Sydow, âgé de 23 ans, qui s'était enfui avec sa femme, Ingun von Sydow, née Sundén-Cullberg, aussi jeune que lui. Vers vingt-deux heures, le même jour, ceux-ci étaient repérés dans le restaurant

Gillet à Uppsala. La police les attendit dans le hall pour ne pas les alerter inutilement, mais avant qu'ils aient pu les arrêter, Fredrik tua Ingun d'une balle dans la tête. Elle mourut sur le coup. Puis Fredrik retourna son arme contre lui, et tira un second coup. Il mourut devant les policiers impuissants. Cette série de meurtres devint la plus célèbre de l'histoire suédoise, et elle passa à la postérité sous le nom de « meurtres von sydowiens », et l'un des plus grands scandales qui agitèrent la haute société du pays.

L'appartement fut naturellement souillé à jamais par cette sinistre histoire, et bien qu'il s'agît d'un des plus beaux appartements de la ville, il demeura inhabité pendant des décennies. Jusqu'à l'été 1980, où le médecin Alf Enerström et l'actrice Gio Petré y emménagèrent. Pendant des années, les campagnes de haine anti-Palme menées par le couple furent dirigées depuis cet appartement où trois personnes avaient jadis été brutalement assassinées.

Vingt-trois ans après qu'il eut emménagé dans l'ancien appartement des von Sydow, Alf Enerström se séparait de Gio Petré, détruit par des troubles psychiques et condamné à plusieurs reprises à des peines de prison et d'internement en hôpital psychiatrique pour violences répétées. Le luxueux appartement était en piteux état, presque intégralement rempli de vieilleries hors d'usage et de déchets divers. Le loyer n'avait plus été payé depuis des mois.

Le 28 novembre 2003, Alf Eneström devait en être expulsé. C'est seulement vêtu d'une chemise à carreaux, une casserole en guise de casque sur la tête, qu'il ouvrit la porte aux huissiers et aux policiers. Lorsqu'il comprit la raison de leur venue, il se barricada et commença à tirer au pistolet à travers la double porte vitrée de l'entrée. Une policière fut touchée à plusieurs reprises, elle survécut. Alf Enerström fut condamné à l'internement psychiatrique.

Les faits qui s'étaient déroulés dans l'appartement de Norr Mälarstrand 24 constituaient pour moi l'exemple le plus fascinant d'un endroit où le crime se répète.

*

Je lus plusieurs livres sur les meurtres « von sydowiens », et tout ce qui concernait Alf Enerström. Je tombai bien vite sur le rapport de la Commission d'enquête sur l'affaire Palme, daté de 1990 – une étude de neuf cents pages qui analysait dans le détail à peu près toutes les pistes poursuivies par les policiers au cours de l'enquête. Six pages décrivaient les nombreuses mesures déjà prises à l'encontre d'Alf Enerström. Cette mention indiquait clairement que dans l'ombre de l'enquête sur le PKK et de celle sur Christer Pettersson, il y avait des policiers qui s'intéressaient à Enerström. Le plus actif d'entre eux était l'inspecteur Alf Andersson.

Dès les premiers jours après le meurtre, les déclarations affluèrent qui accusaient Enerström d'y être mêlé. Un témoin racontait que celui-ci, quelques mois avant le meurtre, lui aurait dit : « Je vais faire tomber Palme plus vite que tu crois. » Et : « Le jour où on l'aura dégagé du passage, les sociaux-démocrates se mettront à voter pour nous. » Enerström aurait ensuite proposé à ce témoin de devenir le ministre de la Justice de son futur gouvernement. Enerström fut interrogé par la police ; il avança comme alibi que ce soir-là au moment des faits, il se trouvait chez lui avec sa femme, Gio Petré, Norr Mälarstrand 24.

Un mois après le meurtre, Hans Holmér décida qu'il n'était plus nécessaire de surveiller Enerström, une décision confirmée deux semaines plus tard par une note de la SÄPO : « Toutes les mesures prises pour la surveillance d'Alf E. sont légitimement considérées par la police de sécurité comme étant arrivées à leur terme. »

Les pages suivantes du rapport montraient pourtant que les indices visant Enerström avaient continué d'affluer, qu'on continuait à vouloir enquêter sur lui, ainsi que sur la façon dont il fut régulièrement blanchi de tout soupçon, les mesures proposées contre lui ayant été systématiquement écartées.

En préparant un chapitre de mon livre consacré à l'adresse Norr Mälarstrand 24, je me dis qu'il n'était pas de meilleurs clients que le flamboyant Fredrik von Sydow et le fanatique Alf Enerström. Intelligents, orateurs doués, charmants, narcissiques – et manifestement prêts à commettre des actes violents. Enerström, en plus, avait été suspecté dans l'affaire Palme.

Les bases de mon livre, avec son arrière-plan factuel, étaient posées. Certains lieux pouvaient pousser des individus à commettre des crimes. Pour que cela se produise, il était nécessaire qu'un homme – toujours un homme –, sujet à une certaine *hybris*, vive pendant une longue période dans un lieu qui attise son ardeur. Cet endroit devait être autarcique, exclusif, transmettant au sujet un sentiment d'invincibilité. Si toutes ces conditions étaient réunies, il était alors possible de voir dans ce genre d'endroit un homme du type énoncé ci-dessus se transformer en meurtrier. Ce n'était certes pas exactement la théorie de Bill Hillier, mais du moins le début d'un livre passionnant consacré à des meurtres réels.

Et je savais déjà quelle serait la prochaine étape de mon travail : Alf Enerström venait d'être libéré du département de psychiatrie de l'hôpital d'Arvika. Je n'avais plus qu'à le cueillir.

L'homme qui haïssait Palme

Stockholm, octobre 2010

J'arrivai quelques minutes en avance devant la pâtisserie Thelins Konditori de Kungsholmen. Trouver Alf Enerström n'avait pas été bien compliqué : son site Internet donnait même son CV et une adresse e-mail. Une semaine après que je lui en eus envoyé un, son assistant, Bo, convenait avec moi de l'heure et du lieu du rendez-vous. Peu avant treize heures, je vis arriver un homme très grand, très âgé. Il portait une polaire trop large, d'un bleu turquoise surprenant, et son apparence avait quelque chose de décati, presque de marginal. Sous sa veste polaire j'aperçus les couches successives de plusieurs chemises en coton de même couleur. Il semblait chercher quelqu'un du regard. Je lui demandai :

« C'est toi, Alf ?

— Oui, c'est moi. J'étais le dernier de neuf enfants, alors mes parents ont choisi un prénom court, et ça a donné Alf. »

Il gesticulait en ricanant, ce qui me fit reculer instinctivement d'un pas, en même temps que cela me donnait l'envie d'en savoir plus.

« Ce que tu es grand ! dis-je.

— Oui, un mètre quatre-vingt-quinze ! Quand j'étais jeune, j'étais sacrément rapide. Je faisais de la course avec Gunder Hägg, et il m'a dit que si je m'entraînais je deviendrais plus rapide que lui. »

Certes un beau compliment, venant de Gunder Hägg, un athlète qui avait battu dix records du monde en dix-huit jours, notamment sur 1 500 et 5 000 mètres, mais qui trahissait également que quelque chose ne tournait pas rond dans la tête d'Alf. Trop d'informations, trop rapidement. Je vis bientôt apparaître Bo, l'assistant, nettement plus calme, et qui avec son alliance et son costume faisait l'effet d'un septuagénaire tout ce qu'il y a de plus normal.

Le décor de la pâtisserie avait changé depuis ma dernière visite : on était passé des bons fauteuils en velours sombre et des tables en marbre à une sorte de modern style réinventé, avec des chaises design et des tables carrées blanches. En vieux messieurs qu'ils étaient, Alf et son ami prirent une tasse de café et une saucisse viennoise à tremper dedans.

« J'ai vu ton site Internet, Alf. Tu as eu une vie sacrément bien remplie, on dirait.

— Oui. J'étais le plus intelligent de toute mon école, donc j'ai eu le droit d'intégrer la meilleure de Gävle, de l'autre côté. Le seul de la famille qui a pu aller au lycée, puis à l'université, là je suis devenu ingénieur aéronautique et pilote de chasse. Par chance j'ai jamais été obligé de voler sur un Saab 29 "Tonneau", parce que sinon je ne serais pas là aujourd'hui. La moitié des pilotes sont morts. Mais ensuite j'ai commencé chez Saab à Linköping, et quand j'en ai eu marre j'ai repris des études de médecine, et je suis devenu médecin. Dis-toi bien que j'ai eu plus de 150 000 patients. »

Ma crainte de ne pas réussir à lancer la conversation était toute dissipée. Alf aimait être au centre de l'attention et raconter l'une de ses innombrables histoires plus ou moins fantaisistes.

Bo était sensiblement plus taiseux, et d'après ce que je pouvais déjà en juger, tout ce qu'il m'avait dit au téléphone était vrai. Il s'était chargé de la mission informelle d'aider Alf pour tout un tas de problèmes, et il n'y avait pas l'air d'en manquer.

Nous parlions – ou plutôt Alf parlait et nous écoutions – depuis une bonne heure lorsque nous en arrivâmes enfin au sujet qui m'intéressait.

« Gio et moi on avait emménagé dans un appartement magnifique, et c'est devenu le quartier général de notre activité politique.

— C'était l'appartement de Norr Mälarstrand 24, celui des “meurtres von sydowiens” ?

— Parfaitement. Le même appartement. Imagine un peu !

— Tu n'as pas l'air de trouver ça bizarre d'habiter dans un appartement où trois personnes ont été bestialement assassinées.

— C'était un appartement fantastique. Et le loyer n'était pas très cher. »

J'avais d'ores et déjà la confirmation que c'était bien le même appartement, plus une bonne citation pour mon livre, mais je sentais que la meilleure histoire était à venir.

« Raconte-moi un peu ta relation avec Gio, continuai-je.

— Gio, Gio… C'était la plus belle femme du monde. C'est ce que disaient aussi les Américains quand elle était là-bas. Ils l'ont interviewée dans *Life* et dans *Playboy*, ils ont parlé de sa beauté. Puis elle est rentrée en Suède et on a commencé à faire de la politique ensemble. J'étais social-démocrate, alors au début on a travaillé pour Palme, mais quand il a voulu légaliser l'avortement, on a dit stop et on a commencé à parcourir le pays pour parler aux gens. On est devenus les plus grands adversaires de Palme. Mais c'était Gio que les gens voulaient voir. Elle avait l'art de captiver l'assistance. Les ouvriers l'écoutaient.

— Mais c'était vraiment Palme qui était à l'origine du débat sur l'avortement ?

— Oui, c'était lui. C'était le début de ce que j'ai appelé le “palméisme”. Mais ça a été aussi le début des ennuis pour lui, quand il a perdu les élections de 1976 à cause de Gio et de ma campagne. C'est ça qui l'a fait perdre. S'il s'en était tenu à ce sur quoi il s'était mis d'accord avec nous, il aurait pu se maintenir. Mais on ne pouvait pas lui faire confiance. Ça aussi c'était le palméisme. Il n'y en avait que pour Olof Palme. Donc on a écrit un livre sur la façon dont on avait influencé les élections, et pourquoi. Ça s'appelait *Nous avons fait chuter le gouvernement – Un échec pour Olof Palme*. »

J'avais le livre avec moi, annoté aux pages qui m'intéressaient. Un texte sur deux était signé par Alf, l'autre par Gio. Plus on avançait dans la lecture, plus le ton se durcissait contre Palme.

« Dans ce texte que Gio a écrit, elle dit qu'elle a “réalisé qu'elle avait rencontré le diable” quand elle a vu Olof Palme. Qu'est-ce que ça veut dire ?

— C'est pourtant clair. Tu connais la Grèce ? C'était jadis le meilleur pays du monde, et maintenant c'est le pire. Si Palme avait continué sur sa lancée, la Suède serait devenue comme la Grèce. Il saccageait le pays, il fallait que quelqu'un l'arrête.

— Mais ça ne veut quand même pas dire qu'il fallait l'assassiner ? » demandai-je.

Alf me toisa avec un regard soudain dur et glacial. Il se caressa le menton et continua sans répondre à ma question.

« C'était il y a longtemps tout ça, et mon cerveau a été bousillé par tous les médicaments qu'ils m'ont filés. Je ne me souviens plus… Mais qu'Olof Palme ait été mauvais pour la Suède, ça, j'en suis sûr. S'il avait continué, on n'aurait plus une seule grande entreprise suédoise. »

Alf commençait à fatiguer, je n'en apprendrais pas plus aujourd'hui. J'avais rencontré le sulfureux Alf Enerström, et j'étais à la fois charmé et effrayé. L'idée ne devait plus me quitter : il semblait être assez fou pour avoir pu être impliqué dans un crime, et sans doute suffisamment intelligent pour s'en être sorti. J'avais lu quelque part que les soupçons qui pesaient sur Enerström dans l'assassinat d'Olof Palme étaient définitivement levés. En revanche, dans le passage le concernant du rapport de la Commission d'enquête, on citait une note policière interne de 1996 qui disait : « Si l'on estime que l'assassinat est le fruit d'une conspiration, alors beaucoup d'éléments incitent à chercher du côté d'Alf E. »

Mais ce qui me troubla le plus fut le récit qu'Alf me fit des deux événements terribles qui avaient conditionné à jamais leur engagement commun avec Gio. Comment un même destin tragique les avait fait se rencontrer.

Le premier à voir ce qui les unissait fut le scénariste Henry Sidoli, ami d'Alf et de Gio séparément. Trois ans plus tôt, Gio avait perdu ses enfants dans un incendie. L'année d'après, les filles d'Alf mouraient noyées à la suite d'un accident d'avion.

Henry avait compris qu'il n'y avait rien de plus dur pour un être humain que de perdre deux enfants, et de vivre avec le sentiment déchirant d'être responsable de leur mort. La compassion de leur ami Henry fit se rencontrer Alf Enerström et Gio Petré. Ils devinrent un couple.

Les enfants morts – I

Extrait du rapport d'enquête SE – BZR Auster V. Baie de Sigtuna, sud-ouest de Sigtuna, Région de Stockholm – 12 juillet 1971

Le témoin rapporte qu'après avoir décollé de la baie de Sigtuna direction SO, l'avion semblait très lourd, et qu'après un trajet non préalablement défini, celui-ci est parvenu à se rétablir à une altitude de quelques mètres au-dessus de la surface de l'eau, avant de raser celle-ci, puis que l'avion a tenté de décoller à nouveau avant de remonter brusquement, ce qui a entraîné un virage brutal à gauche. Après ce virage, l'appareil s'est écrasé sur l'eau.

Alf Enerström a été récupéré par un bateau qui se pressait vers les lieux, alors qu'il se tenait sur la queue de l'appareil presque entièrement submergé. Après une demi-heure de sauvetage, un plongeur a réussi à remonter à la surface les deux filles sans vie qui étaient restées coincées à l'intérieur de l'appareil, échoué sur le fond à quatre mètres de profondeur. Les filles ont été transportées en ambulance à l'hôpital Löwenströmska où le docteur Strömstedt a constaté leur décès au service des urgences.

*

Insp. Skans : « Cet entretien fait l'objet d'un enregistrement, et d'un rapport écrit de ma collègue ici présente. Peux-tu raconter ce qu'il s'est passé ? »

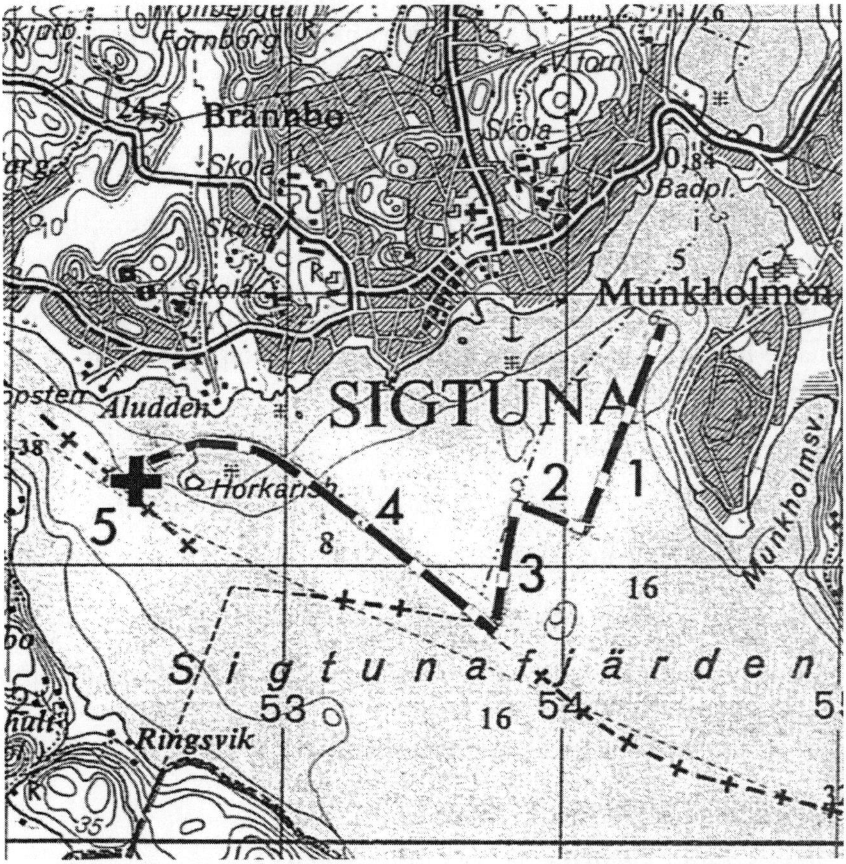

Carte extraite de l'enquête sur l'accident aérien décrivant le parcours de l'appareil (archives de l'auteur)

Enerström : « Tu étais là… »

Skans : « Je suis arrivé plus tard. »

Enerström : « L'avion a coulé ? »

Skans : « Il a coulé. »

Enerström : « Comment ça s'est passé pour moi ? »

Skans : « Tu as réussi à sortir tout seul. La queue de l'appareil était encore partiellement émergée quand le premier bateau est arrivé. C'est là que tu t'accrochais. »

Enerström : « Je ne m'en souviens pas. Je me souviens de tout avant qu'on heurte l'eau. J'ai dû être éjecté. Je ne me suis pas extirpé de la cabine. »

Skans : « À quelle heure était prévu le décollage ? »

Enerström : « Quelle heure pouvait-il être ? Seize heures, quelle heure est-il maintenant ? »

Skans : « Vingt heures moins cinq. Donc c'était il y a environ quatre heures. Tu avais loué ou emprunté l'avion à Scherdin et tu étais passé le prendre chez lui ? »

Enerström : « Oui. »

Skans : « C'est ta voiture, la Volvo Amazon, qui est garée là ? »

Enerström : « Oui. »

Skans : « Peux-tu raconter brièvement le vol ? »

Enerström : « Oui. Je suis monté dans l'avion, j'ai jeté un coup d'œil, regardé l'huile, j'ai fait le plein, j'ai gonflé les flotteurs. Puis j'ai installé ma plus jeune fille à l'arrière. »

Skans : « Comment elle s'appelle ? »

Enerström : « Laila. C'est quoi qui saigne ? »

Skans : « C'est une plaie que tu t'es faite au nez. »

Enerström : « Oui, donc je l'ai installée et je lui ai mis sa ceinture. Et un gilet de sauvetage à côté, et une veste pour qu'elle ait chaud. Et Eva, ma plus grande fille, s'est installée à côté de moi, je lui ai mis sa ceinture et on est partis. »

Skans : « Quel était le but de la sortie ? Vous deviez voler longtemps ? »

Enerström : « Juste voler. »

Skans : « De jour, tout l'après-midi ? »

Enerström : « Oui, tout l'après-midi, jusqu'à Vaxholm. »

Skans : « Et revenir ensuite ? »

Enerström : « Je travaille à l'hôpital Karolinska, et je suis en congé compensatoire l'après-midi. Et ma femme voulait venir aussi. On a des chiots, et un fils de 9 ans, il fallait aller les retrouver. Mes filles ne s'en sont pas sorties, on dirait ? »

Skans : « Non, elles ne s'en sont pas sorties. »

La discussion se poursuit, concernant les enfants.

Les enfants morts – II

Tiré du journal Expressen, *édition du 27 août 1969,*
article de Barbro Floquist

« Malheureuse, infortunée Gio Petré. Par combien de chagrins et de deuils doit en passer une âme humaine avant que la vie n'en finisse avec elle ? D'abord c'est un homme qu'elle lui arrache, le séduisant producteur Lorens Marmstedt, laissant seule une veuve de 28 ans et ses deux jeunes enfants, Pierre et Lovisa, 2 ans pour lui, et elle à peine quelques mois.

Aujourd'hui, trois ans plus tard, ses deux enfants meurent. Sous ses yeux, littéralement, dans la villa en flammes d'où elle a abandonné l'espoir de les sauver. Deux enfants qui lui donnaient encore une belle raison de vivre après la mort de leur père. À présent les médecins s'occupent de Gio. Elle est à l'hôpital, dans un état traumatique. Mais consciente de l'effroyable solitude dans laquelle il lui faudra désormais survivre. »

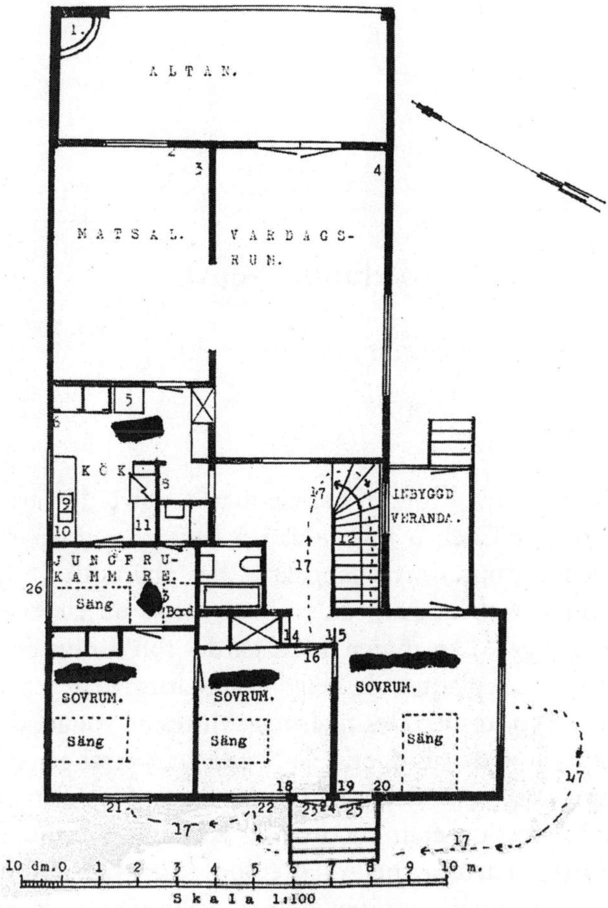

Plan de la villa de Gio extrait de l'enquête sur l'incendie mortel (archives de l'auteur)

La double veuve

Värmland, janvier 2012

Un bruit habituel. Moteur. Est-ce qu'une Volvo démarre quelque part ? La route d'Örebro ressemblait à toutes les voies rapides de Suède : une autoroute interchangeable, des phares de voitures allumés en plein jour, beaucoup de sapins, parfois un lac esseulé. Puis le paysage changea. Davantage de relief, des forêts plus épaisses, des lacs plus noirs. Les plaques de neige isolées formaient à présent une lourde couche continue. Des maisons peintes en rouge, des villages traditionnels. Si je devais décrire la Suède à un étranger qui prévoit d'y faire un voyage, je décrirais ces paysages du Värmland. Passé Karlstad, l'impression était encore plus éclatante : cinquante centimètres de neige partout, un soleil éblouissant. Les trente derniers kilomètres, je tombai sur bien peu de maisons et encore moins d'êtres humains. Souvent, une ou plusieurs voitures américaines des années 1950 garées devant une maison, signe qu'on croisait la propriété d'un « *raggare* », ces passionnés typiquement suédois de voitures américaines.

Je m'attendais à voir surgir la bâtisse à chaque tournant. Le lac de Glafsfjorden déroulait sur l'autre rive ses anses et ses rocs abrupts. Enfin il était là, le manoir de Sölje. Une allée de quelques centaines de mètres conduisait jusqu'à la bâtisse principale, une maison de maître du XVIIIe siècle à la façade de bois peinte en jaune. Les photos que j'avais vues montraient un bâtiment décrépi au parvis encombré d'un bazar de brocante, dont une dizaine de voitures qu'Alf Enerström garait consciencieusement là pour barrer l'accès à d'éventuels visiteurs malintentionnés. À présent la demeure resplendissait au soleil. Je dépassai le bassin circulaire vidé pour l'hiver, entouré d'une balustrade blanche et où trônait une fontaine quelque peu disproportionnée, en forme de déesse grecque. Devant l'entrée de la maison étaient garées deux Mercedes, une blanche et une noire, deux voitures de collection des années 1960 et 1970 en parfait état.

Mais ce qui retenait le plus mon attention était l'énorme chien placé entre ma voiture et la porte. Une sorte de saint-bernard, en encore plus énorme. J'ouvris prudemment la portière, et aussitôt le chien se tourna vers moi en grognant méchamment. Je refermai la portière. Quelques tentatives plus tard, je finis par renoncer à mettre un pied dehors, bien que le chien n'eût pas bougé d'un pouce.

Je fis demi-tour le long de l'allée. C'était un peu désespérant d'avoir fait tout ce chemin depuis Stockholm pour ne même pas oser sonner à la porte. Dix heures de trajet déjà, et je n'avais toujours pas vu Gio. Je voulais d'abord lui poser des questions sur Norr Mälarstrand 24, sur Alf et leur vie commune, mais j'étais un peu excité aussi à l'idée qu'elle puisse me parler de l'assassinat de Palme, et de la possible implication d'Alf Enerström, avec qui Gio avait vécu pendant plus de vingt-cinq ans, avant et après le meurtre du Premier ministre. S'il était compromis de quelque façon que ce fût, elle devait le savoir.

Je repris la route, puis après un moment, je conçus un plan qui nécessitait d'abord d'acheter une belle saucisse au supermarché voisin de Glava. Quand je revins au manoir, le chien était encore là, mais cette fois je lui lançai la saucisse à côté de la fontaine avant de m'avancer en voiture au plus près de l'entrée. Le chien était occupé à se régaler lorsque je frappai à la porte.

« Bonjour, je m'appelle Jan. C'est toi, Gio ?

— Je t'ai attendu... »

La phrase semblait sortie d'un film d'Ingmar Bergman, la candeur en plus. Gio n'était pas grande, mais elle occupait l'espace. J'avais beau savoir qu'elle avait 75 ans, l'énergie qui brillait dans ses yeux lui en donnait vingt de moins, quoiqu'ils fussent mélancoliques. Elle n'était pas peignée, et sa robe de laine semblait davantage faite pour son confort que pour accueillir des invités.

« Comment ça ? Tu m'as vu arriver devant la maison il y a une heure ?

— C'était toi ? En général je bouquine devant la fenêtre du vestibule. Je t'ai vu mais je croyais que c'était quelqu'un qui venait jeter un œil à la maison. Ça arrive souvent. Maintenant je repense à ton message téléphonique. J'aurais dû répondre, mais je me suis dit que quand c'est vraiment important, les gens finissent par rappeler. Et maintenant te voilà. »

Gio fit demi-tour pour me faire entrer dans le hall. Il n'était pas aussi grand qu'on eût pu se l'imaginer dans un manoir, mais suffisamment pour accueillir un escalier double qui montait aux étages supérieurs, et aux murs des tableaux qui créaient une atmosphère chaleureuse et mondaine à la fois.

« Tu veux peut-être un café, quelque chose à manger ? »

J'avais oublié le traditionnel gâteau à la cannelle dans la voiture, et goûtais peu le risque de me faire mordre par le chien. J'acquiesçai donc aux deux, quoique j'eusse déjà bu trois cafés très noirs sur la route.

« Mettons-nous dans la cuisine, et tu vas me raconter pourquoi tu as fait toute cette route depuis Stockholm pour rencontrer une vieille dame de presque 80 ans. »

La cafetière était sur la plaque électrique, d'où s'évaporaient en grésillant des gouttes d'eau prises entre la plaque chaude et le fond en aluminium de la cafetière italienne. Je lui parlai de mon projet de livre, de mon intérêt pour l'appartement de Norr Mälarstrand 24, tout ce qui m'avait mené jusqu'à Alf et Gio. La cafetière commença à siffler à l'instant où je me tus. Le café était prêt à temps. Gio nous le servit dans deux tasses en porcelaine, je laissai couler les filets de marc en attendant qu'elle prenne la parole.

« Quelques années après qu'on s'est rencontrés, Alf et moi avons pris cet appartement à Stockholm, oui. Mais on voulait aussi un endroit où s'échapper incognito, et on a trouvé ce domaine. Les deux endroits étaient très importants pour nous, chacun à sa manière. Alf était déjà obsédé par la politique, moi non.

— Qu'est-ce que tu veux dire par obsédé ? demandai-je.

— Eh bien, il a commencé à s'engager dans les campagnes électorales dès les années 1970, il voyageait partout dans le pays. Il voulait que je vienne avec lui pour attirer du monde, j'étais une actrice connue, alors je lisais des poèmes. Je n'ai jamais été engagée en politique. Comment j'aurais eu le temps ? On avait cinq chevaux, quatre-vingts moutons, et là-dessus j'accouchais d'un nouvel enfant chaque année ou presque. Nous en avons eu quatre en tout. Il m'a utilisée. Il m'a plus ou moins forcée à l'accompagner dans ses meetings politiques. »

Gio menait la conversation à un rythme plus effréné que ce à quoi je m'attendais. On sentait bien qu'elle avait tenu enfermées tout un tas de choses qui lui pesaient sur le cœur, peut-être parce qu'elle n'avait personne à qui les confier. Soudain elle se leva.

« Je n'ai jamais raconté ça à personne. Je ne sais pas si je dois...

— Parfois c'est important de raconter les choses, la rassurai-je.

— Mais je n'ai jamais été engagée en politique... »

Gio se répétait, comme pour mieux rassembler les forces qui lui étaient nécessaires pour poursuivre.

« Alf voulait devenir quelqu'un d'important, il avait ses idées. Ça l'obsédait. Il a fini par avoir des problèmes psychiques.

— Ça a commencé quand ?

— Progressivement. Il faut dire qu'il avait perdu deux filles dans un accident d'avion, ça l'avait peut-être fragilisé. On n'a jamais su. Ensuite l'assassinat de Palme... Là, ça a empiré.

— Pourquoi l'assassinat de Palme ?

— Il est devenu vraiment détestable. Les enfants étaient inscrits à l'École française à Stockholm, mais directement après le meurtre il les a traînés ici, à la campagne. Ils n'avaient plus le droit d'aller à l'école, à cause de son délire de persécution. C'était très dur. Très dur. Puis il s'est mis à être violent, la police est venue, tout ça. C'était effrayant... J'étais de plus en plus paniquée. Une agressivité énorme. Il balançait des objets, les meubles.

— Terrible... Ça devait être insupportable.

— Après il nous a emmenés en voiture, avec les enfants, au mariage de notre fille. Elle devait se marier ici, dans le domaine, mais Alf était en plein dans ce qu'il appelait son mouvement électoral, donc on a tous dû ficher le camp. Puis la police est revenue, toute une équipe d'intervention, ils l'ont arrêté pour détention d'armes, etc.

— Mais ça, c'était bien après ?

— Douze ans après la mort de Palme.

— Ça va très vite. Est-ce que tu peux m'en dire plus au sujet de sa fixette sur Palme ? Quand est-ce que ça a commencé ?

— Quand Alf et moi on s'est rencontrés, il ne parlait que de Palme et d'Ingmar Bergman. C'étaient ses idoles.

— Palme était son idole ?

— Oui. Puis ça a changé. Il était de plus en plus obsédé par la politique, il sautait d'un parti à l'autre jusqu'au moment où il a créé l'Opposition sociale-démocrate. À partir de là, il a tout misé contre Palme.

— Et de ton côté, il n'y avait rien à faire ?

— Au début, je croyais que si. On était comme deux oiseaux blessés quand on s'est connus. Tout le monde était mort chez moi. Mon mari Lorens, mes enfants, mon père. Alf m'a dit : "Il te faut des enfants", donc on a acheté ce magnifique domaine et on a eu des enfants, des chevaux pour les enfants. Ça aurait dû être la vie de rêve, mais ensuite les choses sont allées de travers.

— Quand t'en es-tu rendu compte la première fois ?

— Assez rapidement. Il avait un humour cynique. Son fils Ulf en a largement hérité.

— C'était Ulf, le fils qui attendait avec sa mère quand l'avion des petites s'est écrasé ?

— Oui. Il habitait avec nous, mais Alf le battait, et quand les services sociaux sont venus le lui retirer, pour Alf c'était Palme qui était derrière tout ça. Pareil, quand nos enfants ont grandi et qu'ils ont commencé à avoir leurs propres opinions, c'était la guerre. On a fini par se séparer en 1998. Je suis retournée habiter chez ma mère à Stockholm. C'est là que j'ai rencontré Lars Thunholm, par hasard. Un ancien directeur de banque qui était un ami de la famille.

— Lars Thunholm ? Qui travaillait pour les Wallenberg au sein de la banque SEB, et chez Bofors ?

— Oui, mais quand je l'ai connu il était à la retraite. »

Je laissai Gio remonter et parcourir le temps à sa guise. C'était la première fois qu'elle en disait autant à un étranger, et chaque saut en arrière dans sa propre histoire semblait ouvrir une nouvelle porte donnant sur des événements qu'elle avait tenus cachés au plus profond d'elle pendant des années.

« Mais tu connaissais déjà Lars depuis longtemps ? repris-je.

— Alf connaissait sa femme, May, qui s'occupait de collecter de l'argent des Suédois de l'étranger, mais elle était morte quelques années plus tôt. Alors j'ai rencontré Lars et il m'a invitée à l'Opéra. Cela faisait vingt, trente ans que je n'y avais pas mis les pieds. C'était le début d'un grand amour, un très grand amour.

— Vous étiez donc en couple ?

— Oui. Huit belles années. J'ai pu racheter le domaine à Alf. Après notre séparation, je m'en suis tenue éloignée un moment. C'est pour ça que la maison s'est délabrée. Horriblement délabrée. Presque une ruine. Alf habitait ici avec une autre personne. Rickard, il s'appelait.

— C'était qui ?

— En fait il s'appelait autrement, mais il portait une perruque et se faisait appeler Rickard, c'était un autre homme.

— Un autre homme... Comment ça ? Tu veux dire qu'ils étaient ensemble ?

— Non, non ! Lui voulait changer d'identité. C'était le larbin d'Alf. Ils poursuivaient les mêmes buts politiques.

— C'est-à-dire ?

— Oui. Il écrivait un livre pour lequel je l'avais aidé.

— Quel en était le sujet ?

— Palme, bien sûr. »

Je fouillai dans mes notes, avant tout pour m'accorder un instant de réflexion. La discussion avait déjà un débit stimulant, mais à peine appuyait-on sur le bouton « Alf » que les vannes s'ouvraient en grand – le barrage semblait exploser.

« Oui, moi je m'occupais des enfants et du domaine pendant qu'Alf courait dans tous les sens chercher des fonds pour ses campagnes, continua Gio. Il allait récupérer des liasses de billets par paquets dans les toilettes du Sheraton de Stockholm. Et il avait ses grandes dames patronnesses, May Thunholm et Vera Axelsson Johnson, qui l'aidaient à récolter des fonds à l'étranger et en Suède. Mais il ne nous disait jamais qui donnait l'argent. Et la famille n'en a jamais profité. Il savait à quelle date les enfants touchaient leur bourse d'études, et il leur prenait aussi cet argent-là. Il a saccagé énormément de choses dans leurs vies.

— Aux enfants ?

— Oui, ils sont encore traumatisés. Mais au début c'était bien, les animaux, la campagne, tout ça.

— Tu peux me raconter comment c'était à Stockholm, Norr Mälarstrand 24 ? C'est de ça que j'aimerais parler dans mon livre.

— Qu'est-ce que tu veux savoir ? J'ai tellement oublié, ou refoulé. Souvent quand je commence à penser à quelque chose, je me dis à moi-même : "N'y pense pas, n'y pense pas, arrête d'y penser." Et je n'y pense plus.

— Qu'est-ce que tu sais par exemple sur l'expulsion d'Alf de l'appartement, en 2003 ?

— Pas grand-chose, à part ce que j'ai lu dans les journaux. Et ce que la police m'a dit.

— Ils t'ont contactée ?

— C'est moi qui les ai appelés. Pour les prévenir qu'Alf avait un flingue, un Smith & Wesson.

— Attends un peu. Alf avait le même revolver que celui qui a tué Palme ?

— Oui, il en avait un.

— Depuis quand ?

— Je n'en sais rien. Je l'ai toujours connu avec.

— Avant le meurtre de Palme ?

— Oui, bien avant.

— Et qu'est-ce que la police a dit ?

— Qu'ils n'avaient pas trouvé d'armes. Sauf que notre fils Johan leur a révélé l'endroit où il les cachait. Dans un vieux poêle en céramique, derrière une trappe. Là ils ont trouvé un pistolet, mais pas le Smith & Wesson.

— Il avait plusieurs armes ?

— Il était armé jusqu'aux dents ! Fusils, pistolets. Il a même été condamné pour ça. Le soir, Rickard faisait des rondes dans le jardin avec un fusil pour s'assurer que personne ne se cachait quelque part.

— Quel spectacle ça devait être… Mais revenons à l'assassinat de Palme. Qu'est-ce que vous faisiez ce jour-là ?

— C'étaient les vacances d'hiver, on était ici au manoir. On devait ensuite aller dans un chalet que nous avions en Dalécarlie, mais soudain Alf a décidé qu'il devait écrire un texte sur Palme, et donc le mercredi avant le meurtre on a laissé les enfants ici avec une nounou, et on est rentrés tous les deux à Stockholm. Moi je ne voulais pas, mais je ne pouvais rien dire. On a d'abord roulé dans un vieux combi Volkswagen jusqu'à Grums, où on a changé pour une autre bagnole déglinguée comme Alf en avait plein. Il était paranoïaque, il fallait constamment changer de voiture. Le vendredi, le matin du meurtre, c'était la fête des Maria et je voulais acheter des cadeaux pour deux Maria que je connaissais. On a d'abord mangé au restaurant, ensuite on est allés sur Sveavägen juste avant la fermeture des boutiques, puis on est rentrés à la maison. Le soir on a regardé le journal à la télé, puis Alf a dit qu'il devait descendre mettre de l'argent dans le parcmètre pour la voiture. Quand j'y repense, c'était un peu bizarre de faire ça un vendredi soir. Tout le monde sait que le stationnement est gratuit pendant le week-end… Puis je suis allée me coucher. Quand je me suis réveillée, plus tard, j'ai juste vu une ombre derrière les portes vitrées.

— C'était Alf ?

— J'imagine que oui… dit Gio sans avoir l'air sûre.

— La police est au courant de ça ? J'ai lu quelque part qu'Alf avait un alibi parce qu'il avait passé toute la soirée avec toi.

— Je sais. Après notre séparation en 1998, j'ai appelé la police, et là j'ai eu le courage de dire la vérité. Je les ai appelés deux fois, mais ils n'ont pas donné suite.

— Comment tu sais ça ?

— Sinon ils m'auraient posé d'autres questions, ou bien on aurait lu quelque chose dans les journaux.

— Évidemment. Alf dit que la police ne l'a plus contacté depuis des années.

— Tu as vu Alf ? Il vit encore ? demanda Gio.

— Oui, et il ne dit que du bien de toi !

— Ah tiens, oui… »

Je ne lui dis pas que j'avais rencontré Alf après avoir découvert qu'ils étaient brouillés, cependant Gio se contenta de hausser les sourcils en buvant une gorgée de café.

« Bien entendu, je me suis posé la question de savoir si Alf était mêlé au meurtre, après tout c'était un bon sprinteur. Et Rickard aussi était à Stockholm ce jour-là, je le sais. Mais pourquoi Alf aurait-il tué Palme ? C'était son fonds de commerce. Son assassinat nous a fait perdre de l'argent.

— Les policiers ont parlé avec toi après le meurtre ?

— Un inspecteur, oui. Alf Andersson il s'appelait, je crois. Il est venu plusieurs fois pour parler avec moi. Puis ils ont cherché si des armes étaient cachées par ici, près du lac.

— Mais à cette époque, Alf avait un alibi, celui que tu lui avais fourni ?

— Oui, c'est vrai. »

Les derniers rayons de soleil traversaient la fenêtre de la cuisine, la discussion continuait sans accrocs. Gio parlait essentiellement de son histoire avec Alf, mais elle revenait souvent au meurtre de Palme, et je la suivais. Elle faisait partie de ceux que l'événement avait chamboulés à vie. Deux coups de feu sur Sveavägen avaient changé le visage de la Suède, et l'onde de choc avait bouleversé la vie de plus d'un individu de ce pays, qu'ils eussent été témoins, suspects, ou simplement liés à l'une des personnes que la gigantesque enquête avait broyées tour à tour dans ses rouages aveugles.

Profitant d'une pause naturelle dans la discussion, Gio me proposa de faire le tour de la maison. Nous commençâmes par le côté qui donnait sur le lac de Glafsfjorden. Le spectacle était d'une beauté presque indescriptible, mais les eaux noires, les rocs humides, le soleil qui se couchait sur l'épaisse masse de la forêt, tout cela avait quelque chose de tragique. Ou peut-être n'était-ce là qu'un reflet de mon état d'âme après les récits de Gio.

« À l'origine il y avait une maison de maître du XVIIe, de style carolinien, mais le bâtiment actuel date de l'âge d'or de la région, à la fin du XVIIIe siècle. Il y avait 1 300 habitants dans tout le domaine, il y avait même une forge et une verrerie. Après ça, des hauts et des bas. Quand Alf et moi l'avons acheté, c'était presque une ruine, et ça a failli en devenir une.

— Mais maintenant c'est plutôt chic, non ?

— J'ai hérité de pas mal d'argent après la mort de Lars-Erik, ça a sauvé la maison. Regarde cet escalier double. Mon fils est organisateur de soirées à Stockholm, alors pour Halloween il fait venir un tas de vedettes ici. La reine du polar Camilla Läckberg et son mari, Martin Melin, par exemple. Les femmes montent les escaliers par la gauche et les hommes par la droite, et ils se rejoignent une fois arrivés en haut. »

Gio me fit monter d'un côté, elle de l'autre, et comme les stars de Stockholm, nous nous retrouvâmes face à face en haut des escaliers. Elle me fit passer dans une pièce dont les murs et les étagères étaient couverts de photos d'enfants et de parents. Sur un petit bureau Empire, une photo de Lars-Erik Thunholm. Nous entrâmes dans un salon qui donnait sur le parvis et la fontaine.

« Ça, c'est Elsa Stolpe qui l'a fait. Le voilà, Palme », dit Gio.

Elle éclata de rire en pointant du doigt une peinture acrylique accrochée au mur, représentant un personnage écarlate, au nez crochu, qui gisait au sol. Le reste du tableau était constitué de quatre fleurs stylisées contenant chacune un visage.

« C'était l'élection de 1976, quand la bourgeoisie a triomphé de Palme. Là c'est Fälldin, et là Bohman.

— Eh… C'était courageux de tenir ça accroché au mur après l'assassinat de Palme.

— Oui, mais bon, ce n'étaient que des élections, tempéra Gio.

— Il a l'air bien mort sur l'image…

— Tu trouves ? Moi je ne trouve pas. »

Nous avions fait le tour du propriétaire, Gio paraissait fatiguée. Elle n'était pas la seule. Mon voyage au Värmland était déjà plein d'impressions, et pourtant, une fois assis derrière le volant alors qu'elle me disait au revoir, je me souvins d'une question que j'avais oublié de poser.

« Qu'est devenu Ulf ?

— Le fils d'Alf ? Il a foncé en voiture dans la baie d'Arvika, et il s'est noyé. Il voulait mourir comme ses sœurs. »

*

Je tournai la clef de contact et repartis. J'avais quatre heures de route devant moi, le temps de réfléchir à tout ce que Gio venait de me raconter. À Grums, je me garai devant un Autogrill. Le parking de graviers qui l'entourait était assez grand pour accueillir une centaine de voitures américaines, mais les « *raggare* » qui les conduisaient n'étaient pas de sortie ce soir. Tout était désert. Le sandwich me combla l'estomac. Je mis mon vieux radiocassette en route, augmentant le volume pour étouffer le boucan que faisait ma Volvo au-dessus de 90 km/h. *The Final Coutdown*, du groupe Europe. Parfait pour me replonger dans ces années 1980 que Gio m'avait tant racontées.

Il y avait quelque chose en elle que je n'avais pas suspecté. Sa vie comptait plus de malheurs et de drames que toutes celles que j'avais croisées jusqu'ici. Sa personnalité, son destin, ce manoir me faisaient tellement penser à un roman policier anglais que j'avais du mal à faire la part entre vérité et fiction. En un sens, Gio m'évoquait le personnage créé par Stieg Larsson dans *Les Hommes qui n'aimaient pas les femmes*, Henrik Vanger, lui aussi esseulé avec ses secrets au milieu d'un grand manoir.

Gio était actrice, et si son rôle de victime d'Alf était sans doute plus réel que joué, les textes signés de sa main dans le livre *Nous avons fait chuter le gouvernement* n'avaient rien à envier à Alf en termes d'agressivité ; elle devait donc avoir eu elle aussi des convictions politiques. Et qui a dans son salon un tableau qui représente Olof Palme étendu raide mort sur un trottoir ?

Gio m'avait parlé d'Alf et de l'assassinat de Palme. D'après ses dires, Alf avait eu un Smith & Wesson, et son alibi ne tenait pas. Ce même alibi que mirent en avant la police et la SÄPO pour justifier la fin de l'enquête le concernant. Et qui était ce Rickard dont elle avait dit qu'il était à Stockholm au moment du meurtre ?

Et tandis que je mettais de l'ordre dans mes pensées et mes impressions, je sentis se dissoudre peu à peu mon idée de livre sur les lieux deux fois visités par le crime. J'étais déjà en train de préparer la prochaine étape de mon enquête sur Alf Enerström et la mort de Palme.

Le bibliothécaire

Stockholm, janvier 2012

La femme derrière le comptoir de la bibliothèque me tendait le livre que j'avais fait mettre de côté au téléphone. Avant de me le donner, elle ajouta :

« Il y a quelqu'un qui veut te rencontrer. Tu peux t'asseoir et commencer à lire en l'attendant. Il arrive. »

En 1977, lorsque Alf Enerström et Gio Petré écrivirent leur livre *Nous avons fait chuter le gouvernement*, le gouvernement social-démocrate d'Olof Palme venait de perdre les élections. Dans une série de textes agressifs, le couple s'attribuait le mérite d'avoir sauvé la Suède des griffes du tyran Olof Palme.

Mais Palme revint et il gagna les élections de 1982, ce qui relança les campagnes d'Enerström. Peu avant les élections de septembre 1985, le couple arriva avec un nouveau livre qu'ils baptisèrent *Nous avons fait chuter le gouvernement – II*. Le titre posa problème dès l'instant que les élections furent terminées : Olof Palme avait gagné, aucun gouvernement n'avait chuté.

La Bibliothèque du mouvement ouvrier contenait un seul des rares exemplaires de *Nous avons fait chuter le gouvernement – II*. La couverture reprenait exactement celle du premier opus. Une partie des textes avait été écrite par Alf, l'autre par Gio. Le ton du second tome s'était encore durci par rapport au précédent.

Dans l'introduction, signée Gio, elle racontait comment les services sociaux leur avaient enlevé leur fils Ulf parce que cela servait les buts politiques de Palme. Elle se plaignait de la difficulté de se débarrasser de Palme : « Il a fallu une guerre mondiale pour venir à bout de Hitler. Que faudra-t-il donc pour venir à bout de notre Hitler à nous, Olof Palme ? »

Les chapitres suivants se composaient d'un mélange d'articles, d'annonces et d'essais dont le seul point commun était de critiquer Olof Palme. L'épilogue, également signé Gio, concluait en rappelant l'exemple historique du traître à la patrie Georg Heinrich von Görtz, exécuté en 1719 : « Un petit délinquant en comparaison d'Olof Palme », et finissait sur ces mots : « Oui, Olof Palme doit passer devant la cour martiale. »

La déception d'Alf dut être grande lorsqu'il constata que ni ses campagnes ni son livre n'eurent l'effet escompté, Olof Palme étant encore au pouvoir après les élections de septembre 1985. Soit moins de six mois avant son assassinat.

J'étais en train de feuilleter le livre lorsqu'un garçon de 25 ans apparut devant moi.

« J'ai entendu dire qu'on avait des intérêts communs », dit-il.

Daniel Lagerkvist était blond, il portait des lunettes rondes, et son allure réservée correspondait exactement à l'image qu'on se fait de quelqu'un qui a choisi de travailler dans une bibliothèque. Je lui demandai comment il avait trouvé le livre.

« Il était au milieu d'un tas de papiers que j'ai accumulés depuis que je fais des recherches sur Alf. Je l'ai retrouvé et je l'ai donné au fonds de la bibliothèque. Je ne sais pas s'il en reste d'autres exemplaires ailleurs.

— Pourquoi tu t'intéresses à Alf ? Je croyais être le seul, dis-je.

— Non, on est plusieurs. Ça fait quelques années que je me suis penché sur son cas, sans doute d'abord parce que je me suis demandé comment on pouvait mettre autant d'énergie à détester Palme. Je pensais d'abord écrire un livre sur Alf, puis c'est devenu plutôt une recherche personnelle. J'ai réussi à trouver la plupart des papiers officiels, tribunal et compagnie. La prochaine étape, c'est de rencontrer Alf. Et Gio.

— Je les ai vus. L'un et l'autre, séparément. Peut-être qu'on peut échanger quelques informations ? »

Daniel s'assit à côté de moi, nous échangeâmes des idées et des documents. Je lui donnai les enregistrements que j'avais faits des entretiens avec Alf et Gio. Lui me donna des copies de tous les actes des procès auxquels Alf avait été mêlé. Et ils étaient nombreux. Plusieurs cas de violences, menaces et harcèlement. Détention illégale d'armes, agressions à main armée. Il avait été condamné à de la prison, de l'internement psychiatrique, et interdit de contact avec toute sa famille.

« Ce type-là est un drôle de personnage, dit Daniel en montrant les déclarations d'un témoin de la défense dans un des procès. Il se fait appeler Rickard.

— Rickard ? Gio aussi m'a parlé de lui, mais je n'ai pas compris de qui il s'agissait.

— Il a travaillé sans salaire pour Alf pendant au moins quinze ans. Rickard n'est pas son vrai nom. Il porte une perruque. Il était cent pour cent dévoué à Alf. Même dans les procès, comme tu verras.

— Mais quel est son vrai nom ? demandai-je.

— Il s'appelle Jakob. Jakob Thedelin », répondit Daniel.

*

Retrouver la trace de Jakob Thedelin ne fut pas difficile. Il n'y avait qu'une seule entrée à ce nom dans l'annuaire. Pas de numéro de téléphone, mais une adresse à Hedestad, dans le Västergötland. Sur Facebook on trouvait trois Jakob Thedelin, dont seulement un était suédois. Sur sa photo de profil, et sur d'autres accessibles au public, il posait en costume écossais traditionnel. Une autre photo le montrait dans un blouson en cuir de chauffeur de taxi, sans doute à la mode dans les années 1980. D'autres photos le montraient devant Buckingham Palace, d'autres encore reproduisaient divers symboles juifs.

Sa liste d'amis comportait une série de noms qui faisaient l'actualité dans les médias suédois. Kent Ekeroth, Björn Söder et d'autres membres du parti des Démocrates Suédois qui avaient été impliqués dans divers scandales et actions xénophobes. Tous des représentants de ce parti contre lequel Stieg Larsson et d'autres nous avaient déjà mis en garde il y a plus de vingt ans, et qui se trouvait à présent au seuil du Parlement.

Une personne ressortait de la liste des amis Facebook de Thedelin. La photo de profil d'une jolie fille, à peine 30 ans, qui portait le nom typiquement tchèque de Lída Komárková. Je me demandais comment une jeune fille tchèque, presque exagérément belle, faisait pour être en contact avec un Démocrate Suédois d'âge moyen en tartan et kilt. Cela ne collait pas avec le reste de ses fréquentations. Ça sentait le faux profil, mais qui l'avait créé, et à quelles fins ? Sans réfléchir, j'écrivis et envoyai via message privé un court salut à Lída Komárková.

Le mur Facebook de Jakob Thedelin était ouvert à tous ; j'y trouvai une série de posts anti-Palme, notamment un où il se vantait d'avoir fêté l'anniversaire de sa mort avec un bon verre de vin. C'était bien la bonne personne. Mais apparemment plus un genre de guignol, pas l'homme à qui on confierait la mission d'assassiner Olof Palme. Pourtant, Gio avait affirmé que Jakob Thedelin, alias Rickard, se trouvait à Stockholm le soir du crime. Et certaines photos révélaient qu'il mesurait environ 1,80 mètre, soit une taille s'approchant beaucoup plus des descriptions de l'assassin que le 1,95 mètre d'Alf Enerström.

Mon livre sur les lieux de crime était définitivement mis au rancart. J'avais deux nouvelles personnes sur lesquelles enquêter.

Analyse

Stockholm, février 2012

Je descendais souvent au Café Nybergs, où toute la partie gauche du présentoir était ces temps-ci occupée par des *semlor*, nos brioches suédoises fourrées à la crème de pâte d'amande, bien que ce ne fût pas Mardi Gras. Un étage avec ceux de la sorte traditionnelle, brioche, pâte d'amande, crème fouettée et couvercle brioché saupoudré de sucre glace. L'étage suivant contenait des variations sur le même thème : mini *semlor*, *semlor* à la viennoise avec un couvercle triangulaire, et *semlor* « de luxe » avec un peu plus de tout.

J'avais l'impression de grossir rien qu'à les dévorer du regard.

Si Jakob, ou Rickard, ou comme on voudra, avait été impliqué dans le meurtre d'une quelconque manière, alors la police aurait dû s'intéresser à lui à un moment. S'il n'y avait aucune trace de lui dans le rapport de neuf cents pages de la Commission d'enquête, je trouvai en revanche quelques lignes intéressantes à l'article sur Alf Enerström : « En juin 1987, les enquêteurs ont demandé de nouveau l'autorisation de mettre sur écoute les téléphones de la femme d'Alf E. et de Jakob T. Jakob était un étrange personnage qui gravitait dans l'entourage intime d'Alf E. »

La police avait donc gardé un œil sur Jakob, mais sans avoir assez d'éléments contre lui pour qu'il pût être mis sur écoute. « Un étrange personnage », c'était pour le moins l'impression que donnait aussi son profil Facebook.

*

Dès que je m'intéressai à l'assassinat de Palme, je me rendis compte que le matériel écrit traitant de l'affaire était d'un volume a priori illimité. Articles de journaux, livres, rapports d'enquête rendus publics, et un nombre incalculable de documents plus ou moins pertinents qui attendaient qu'on les exhume des archives. Il y avait également au moins autant de théories que de documents pour les fonder. Tout le monde avait échafaudé la sienne, rien ne m'empêchait donc de me faire ma propre opinion.

Puisque c'était un puzzle à un million de pièces – dont certaines n'avaient rien à y faire –, je choisis ma propre méthode. Je repris les rares faits établis qu'on avait sur le meurtre, pour en livrer ma propre interprétation. S'il y avait des pièces douteuses, il me faudrait les écarter ou les mettre de côté en attendant d'avoir jugé l'ensemble.

Je commençai par là où mon voyage avait débuté. Par l'analyse des lieux.

Le lieu

Olof Palme s'est fait tirer dessus au coin de Sveavägen et Tunnelgatan. L'endroit était-il soigneusement choisi, ou au hasard de l'improvisation ? On avait pu entendre dire à la fois que c'était un endroit consciencieusement choisi par un professionnel, ou qu'au contraire, loin d'être parfait, il avait été déterminé au hasard.

Sveavägen est une des avenues les plus longues, les plus larges et les plus fréquentées de Stockholm. Tunnelgatan, en revanche, est une rue très courte, et originale en cela qu'elle s'achève par des escaliers, que le meurtrier a empruntés. Il y a également un tunnel qui traverse la butte de Brunkeberg, mais il fermait à vingt-deux heures le soir du meurtre. Au moment de celui-ci, trois solutions existaient pour accéder à la rue David Bagares qui prolonge Tunnelgatan : les escaliers, l'escalator de l'autre côté, ou un ascenseur.

Même ce soir-là de février, il y avait du passage à l'angle de Sveavägen et de Tunnelgatan. Il faisait nuit, mais grâce à l'éclairage public, la vue était bonne, dégagée dans toutes les directions sauf vers l'est au bout de Tunnelgatan. Juste après vingt-trois heures, il y avait encore relativement beaucoup de monde dans les rues : on sortait du cinéma, on quittait le restaurant, les jeunes gens allaient des bars vers les discothèques. Cela multipliait le nombre de témoins, de fait assez élevé – plus d'une dizaine. Le nombre de rues sur lesquelles déboucher était également important, et à chaque croisement, le nombre d'issues possibles augmentait exponentiellement. Malgré cela, l'assassin choisit de prendre la fuite vers l'est, où la montée de Brunkeberg constituait un obstacle de choix, et où les issues se trouvaient moins nombreuses. Monter les escaliers était en soi une prise de risque, car l'assassin s'y serait retrouvé en infériorité physique en cas d'intervention d'un passant arrivant en sens contraire.

Autre circonstance ayant grandement pu influer sur le choix des lieux du crime, le fait qu'il aurait été plus naturel pour les époux Palme de quitter le cinéma dans le sens opposé et de prendre le métro à la station Rådmansgatan, ou bien de descendre vers la station de Hötorget sur l'autre trottoir de Sveavägen. Une fois la séance terminée, il était fort improbable que la route des époux Palme passât par l'angle de ces deux rues où le meurtre eut effectivement lieu, du moins ne l'avaient-ils sans doute pas prévu.

J'en concluais que le choix du lieu était improvisé, et qu'il n'était pas le meilleur.

Le moment

Venait ensuite le moment du crime. Celui-ci eut lieu un vendredi soir de février. Une nuit froide et venteuse. La température descendait à moins sept degrés, mais les rafales de vent en faisaient ressentir moins quinze, une bonne météo pour commettre un crime en pleine rue : la plupart des gens seraient chez eux. Pourtant, même sur les coups de vingt-trois heures, il y avait encore du monde dans les rues du quartier.

L'absence de gardes du corps autour d'Olof Palme fut l'une des circonstances les plus décisives de son assassinat. Plus tôt dans la journée, il avait prévenu la SÄPO qu'il n'avait pas besoin de ses gardes du corps. Ce n'était qu'en fin d'après-midi que les époux

Palme avaient pris la décision d'aller au cinéma, et au dernier moment qu'ils avaient choisi le film qu'ils iraient voir. Ils entrèrent dans le cinéma environ deux heures avant le coup de feu, intervalle qui laissait le temps au tueur ou à ses complices, une fois attesté qu'il n'avait pas d'escorte, de préparer l'arme, le scénario du crime et celui de la fuite.

J'en concluais que le moment était relativement bien choisi pour un crime en pleine rue, mais qu'il avait été dicté par les circonstances.

Les coups de feu

Le tueur a tiré deux fois à peu d'intervalle – la plupart des témoignages situent cet intervalle entre une et deux secondes. Le premier coup de feu a touché Olof Palme dans le dos, à une distance comprise entre dix et trente centimètres, le faisant s'écrouler aussitôt. La balle est entrée au milieu du dos, a sectionné la moelle, glissé sur un côté pour toucher des organes vitaux dont l'aorte. On peut considérer qu'Olof Palme était mort avant même de toucher le sol. Le second coup de feu fut tiré peu après, à une distance comprise entre soixante-dix centimètres et un mètre, atteignant Lisbeth Palme de profil, du côté gauche, pour raser le long du dos en laissant une brûlure sur le haut de celui-ci avant de ressortir de son manteau côté droit. Elle ne dut qu'à une chance inouïe de survivre, s'en tirant de fait presque indemne.

Vu la position du tireur, celui-ci put considérer le premier coup de feu comme parfaitement réussi. Le second fut un échec, qu'il eût voulu atteindre Lisbeth ou Olof. N'avoir touché qu'une seule fois augmentait, selon moi, le risque que la victime survive, bien qu'elle fût tombée au sol. Il était impossible pour le tueur d'être sûr qu'Olof Palme fût bien mort après un coup seulement et sans s'être penché pour vérifier. Si le coup n'avait pas été si bien placé dans le dos – ou si Olof Palme s'était retourné, ou ne serait-ce que déplacé de quelques centimètres – la balle aurait manqué la moelle et pu traverser le corps sans toucher aucun organe vital. Un tireur professionnel aurait très probablement assuré la mort de sa victime en tirant au moins un, sans doute plusieurs coups supplémentaires.

Si le second coup de feu était destiné à Olof Palme, il eût été plus facile de le viser, étant donné que la cible était au sol et immobile. Un ou deux pas en avant eussent suffi au tireur à se retrouver au-dessus d'Olof, d'où il n'aurait eu aucun mal à lui tirer une ou plusieurs balles dans la tête ou le tronc. En d'autres termes, s'il était destiné à Olof, le second coup de feu fut un énorme raté.

Techniquement, le premier coup tiré avec un revolver Magnum est plus simple à déclencher lorsqu'on a préalablement armé le chien. Pour tirer le second coup, l'opérateur doit soit armer de nouveau le chien, soit utiliser la fonction *double action*, c'est-à-dire exercer une pression plus forte sur la détente pour que dans le même mouvement le chien soit armé, puis qu'il atteigne le point de décrochage et percute la munition. La double action nécessite plus de force physique, mais elle est plus simple et plus rapide.

S'il utilise la double action, un tireur inexpérimenté risque d'enrouler trop son doigt autour de la détente, ce qui donne certes plus de force, mais tend à dévier l'arme vers la droite si le tireur est droitier – c'est-à-dire ici vers l'endroit où Lisbeth Palme se trouvait. Le coup qui a effleuré Lisbeth pouvait donc tout aussi bien avoir été destiné à Olof.

Si la cible du second coup était Lisbeth Palme, il n'en demeure pas moins raté, puisqu'elle ne fut qu'à peine blessée. Quelle que fût donc la personne qu'il visait, le tueur quitta les lieux sans être sûr qu'Olof Palme fût bien mort, et en sachant en revanche que Lisbeth Palme, témoin capital, vivait encore.

J'en concluai que le tireur n'était pas un professionnel.

L'arme et les munitions

Les deux balles qui furent tirées ce soir-là étaient des munitions antiblindage de type Winchester Western.357 158 grains. À la différence des balles classiques, celles du meurtre étaient blindées, ou « chemisées », c'est-à-dire ayant l'avantage de pouvoir percer des matériaux durs, par exemple un gilet pare-balles. L'inconvénient de ces balles est qu'elles ont tendance à traverser entièrement le corps de la victime, provoquant moins de dommages qu'une balle traditionnelle à pointe souple qui, quant à elle, est conçue pour déformer et rester logée dans le corps. Pour cette raison, les balles blindées sont interdites dans la chasse aux grands animaux, car elles augmentent le risque de causer des blessures non mortelles. L'utilisation de balles blindées décuplait donc le risque que le coup tiré sur Olof Palme ne fît que traverser son corps de part en part sans endommager ses organes vitaux, ce qu'un tueur professionnel ne pouvait ignorer.

L'analyse des balles révéla que l'arme utilisée était un revolver. Le fait qu'aucune douille ne fut retrouvée sur place confirme qu'il s'agissait d'un revolver, type d'arme dont les douilles restent dans la chambre après le tir. En revanche, la marque et le modèle restent incertains. La marque la plus courante pour le calibre.357 est Smith & Wesson, mais il existe plusieurs autres marques fabriquant des revolvers pour ce même type de munition. Il existe également la possibilité d'élargir le canon d'un revolver .38 Special pour utiliser des munitions de .357, ou de monter un .38 avec des munitions de .357. La seule certitude demeure qu'il s'agissait d'un revolver de gros calibre adapté aux munitions Magnum, et que la marque la plus courante est Smith & Wesson.

Un revolver chargé avec ces munitions se distingue par sa puissance d'explosion et le bruit extrêmement fort qu'elle produit. Les revolvers sont lourds, leur recul si fort qu'il est difficile de tirer avec une seule main, en particulier si plusieurs coups doivent être tirés à intervalles rapprochés. Son niveau de bruit est de 164 décibels. L'échelle des décibels étant logarithmique, ce bruit est donc 22 fois plus fort que celui du seuil de douleur, à 120 décibels. Pour donner un point de comparaison, un pistolet équipé d'un silencieux produit un bruit d'un niveau environ équivalent à ce seuil de douleur. Le risque de lésions auditives permanentes n'est donc pas négligeable pour qui se trouve sans protection à proximité d'un revolver Magnum mis à feu.

Un pistolet plus petit, d'un niveau de bruit moindre et plus maniable, eût facilité l'exécution du crime, et attiré moins d'attention sur lui. Le tueur eût pu tirer plusieurs coups avec plus de précision, dans un laps de temps moindre, en faisant moins de bruit.

Mais si le tueur n'avait pas été entièrement maître de ses choix, pour des raisons à la fois de temps et d'accès aux armes, alors le revolver Magnum était la seule possibilité. Cela signifierait que l'exécution du meurtre ait été décidée dans la précipitation, et que le tueur ne disposait pas d'un libre accès aux armes et munitions.

J'en tirai la conclusion que l'arme utilisée par le tueur était inutilement puissante, et que les munitions n'étaient pas adaptées.

La fuite

Le trajet emprunté par le meurtrier dans sa fuite pouvait nous en apprendre beaucoup sur l'exécution du crime et son auteur, mais ici il fallait s'en remettre aux témoins, ce qui augmentait l'incertitude. Néanmoins, suivant la règle qui veut que plus les témoignages arrivent tôt, plus ils sont fiables, j'estimais qu'on pouvait s'en remettre à eux.

Aussitôt son crime commis, le tireur s'engouffra dans Tunnelgatan, longea sur leur gauche les baraques de chantier, croisa Luntmakargatan jusqu'aux escaliers de Brunkeberg. J'avais déjà constaté qu'ils constituaient un obstacle à une fuite rapide, mais face à eux, le tueur avait encore le choix : jusqu'au premier palier il y avait deux escaliers, un de chaque côté du tunnel. Le tunnel était fermé, et l'escalier de droite était caché par les installations du chantier, ce qui laissait deux alternatives : l'escalier de gauche ou l'escalator intérieur encore plus à gauche. Attendre l'ascenseur était bien sûr hors de question.

Si l'assassin avait été familier des lieux, il aurait sûrement privilégié l'escalator situé à quelques mètres sur sa gauche. Le risque de croiser quelqu'un en sens inverse était moindre, et comme l'escalator est situé dans un tunnel, il aurait été à l'abri des regards. Mais il a pris les escaliers.

Monter au pas de course les quatre-vingt-six marches d'un escalier raide et étroit vous met nécessairement dans une position vulnérable. Il suffisait que des gens arrivent en sens inverse, et l'avantage physique dont ils bénéficiaient leur aurait permis de maîtriser un homme même vigoureux.

Lars J. fut l'un des premiers témoins à avoir vu le tueur. Il était arrêté à la hauteur des baraques de chantier, côté droit en venant de Sveavägen, lorsqu'il entendit des coups de feu, avant de voir le tueur passer devant lui, de profil puis de dos alors que celui-ci remontait les escaliers en courant. Lars le suivit du regard jusqu'en haut des escaliers. Il décida seulement alors de lui courir après. Lorsqu'il arriva en haut des marches, il tomba sur une femme et un homme qui lui dirent avoir vu quelqu'un descendre la rue David Bagares. Lars continua sur ses traces, et vit à environ deux cent cinquante mètres de lui un homme passer entre deux voitures sans réapparaître ensuite de l'autre côté. Lars fut ensuite distrait par une voiture de police qui passa lentement devant lui sans l'arrêter. Il continua de chercher l'homme, mais ne le vit plus. Lors de son audition, Lars déclara qu'il pensait que l'homme avait pu s'enfuir par Johannesgatan.

Les témoignages concernant la fuite ultérieure de l'assassin étaient moins fiables, parfois contradictoires. Au coin de Regeringsgatan et David Bagares, le couple Gerhard S. et Ann-Cathrine R. croisa un homme qui murmurait quelque chose d'inaudible avant de disparaître rapidement lorsqu'ils se mirent à l'observer.

La jeune étudiante en art Sara sortait de la boîte de nuit Alexandra's, par une porte donnant sur Smala gränd. La porte heurta presque un homme qui marchait en direction de Snickarbacken, les bras serrés le long du corps, les mains dans les poches de son manteau. Avant qu'il ne relève son col pour couvrir son visage, elle eut le temps de l'observer. Il était mince, vigoureux, marchait d'un bon pas, les traits fins, le nez droit et long. Des cheveux bruns coupés court qui lui dépassaient derrière les oreilles. Il portait un manteau trois-quarts bleu foncé, un pull clair et un pantalon également bleu foncé. Le témoignage de Sara servit de base à l'« image fantôme » : les policiers allemands du BKA de Wiesbaden le jugèrent très fiable.

La veilleuse de nuit Birgit D. était dans sa voiture de service à quelques mètres dans Smala gränd, en face des escaliers de Snickarbacken lorsqu'elle vit un homme arriver au pas de course depuis les escaliers, et descendre vers Birger Jarlsgatan. Il marchait au milieu de la chaussée en essayant de cacher son visage avec sa main droite.

Le chauffeur de taxi Hans H. attendait devant le restaurant Karelia à Snickarbacken lorsqu'il vit un homme arriver en courant des escaliers de Snickarbacken et ouvrir la porte d'une Volkswagen Passat bleue ou verte qui attendait là. Avant de monter dans la voiture, l'homme enleva son manteau de couleur foncée pour enfiler une veste en cuir. Puis il embarqua et la voiture démarra sur les chapeaux de roue.

Si c'était bien le tueur que ces témoignages décrivaient, alors celui-ci avait mis un temps assez considérable pour passer de l'endroit du crime à l'autre côté de la butte de Brunkeberg. Plusieurs observations dataient de dix à vingt minutes après le meurtre.

D'autres témoignages et descriptions du moment où il se trouvait en haut des escaliers, sur la butte de Brunkeberg, décrivent une personne hésitante, ne sachant pas immédiatement où aller. Peut-être le meurtrier avait-il effectivement erré un moment dans le quartier. Ce serait en tout cas un indice de plus qu'il s'agirait d'un amateur, et non d'un tueur aguerri qui aurait quitté les lieux en quelques minutes, et le pays en à peine plus de temps.

*

Cette analyse des lieux du crime, du choix de l'arme et du parcours de la fuite m'invitait à croire qu'Olof Palme n'avait pas été assassiné par un tueur professionnel. Au contraire, tout semblait indiquer qu'il s'agissait d'un amateur. Quelqu'un comme Alf Enerström s'il n'avait pas été aussi grand – presque deux mètres –, car les témoins l'auraient noté.

Ou quelqu'un comme Jakob Thedelin. Mais il était difficile d'accepter qu'un type qui porte des kilts et poste des messages publics anti-Palme sur Facebook ait pu exécuter un Premier ministre en pleine rue et garder le silence là-dessus depuis plus de trente ans.

Ou quelqu'un comme Christer Pettersson. Lui avait été reconnu par le seul témoin qui s'était trouvé à moins d'un mètre du meurtrier : Lisbeth Palme.

Lisbeth I

Stockholm, février 2012

Je trouvai et lus rapidement le compte rendu public des témoignages de Lisbeth Palme, lesquels étaient courts et simplement résumés. Après l'assassinat de son mari, Lisbeth se retrouvait à la fois veuve, témoin clef, et plaignante avec constitution de partie civile, du fait qu'on avait tenté d'attenter à sa vie. Elle était en outre fille de la noblesse, épouse de feu le Premier ministre, et psychologue de métier. Il ressortait clairement des documents que la police n'avait cherché ni à savoir lequel de ces différents statuts prévaudrait dans son témoignage, ni comment aborder le cas de Lisbeth Palme. Plus de trois ans après les faits, elle avait assuré reconnaître l'assassin de son mari, mais ses témoignages précédents, comme je pouvais le constater, étaient loin de faire preuve de la même assurance.

Le 26 juin 1989, plus de trois ans après le meurtre, Lisbeth Palme désignait avec toute certitude Christer Pettersson comme étant l'homme qu'elle avait vu au coin de Tunnelgatan et Sveavägen.

Le 14 décembre 1988, presque trois ans après le meurtre, elle pointait Christer Pettersson lors d'une confrontation vidéo, en disant : « Oui, c'est le numéro 8 qui correspond à ma description. »

Les 5 et 6 mai 1986, plus de deux mois après le meurtre, le chef de la Police criminelle, Tommy Lindström, assistait à l'audition de Lisbeth Palme. Elle avait un souvenir détaillé du visage de l'assassin. Celui-ci « avait un regard très perçant, une bouche mince et étroite, la lèvre supérieure pâle et aplatie, un front droit, des sourcils droits, un visage rectangulaire avec une mâchoire forte et légèrement vers l'avant, des pommettes prononcées ».

Le 25 mars 1986, plus de trois semaines après le meurtre, son image du meurtrier se limitait à ce que « le tueur a un regard perçant. Clair. Ses pommettes sont saillantes. Il a la lèvre supérieure blanche ».

Le 8 mars 1986, une semaine après le meurtre, Lisbeth décrivait le visage du tueur en le comparant à celui du portrait-robot : « L'homme qui s'est enfui dans Tunnelgatan avait un visage plus rond et plus laid que sur la photo. Ses traits, sa bouche et son nez pouvaient être considérés comme fins. »

Le 1er mars 1986, l'après-midi du lendemain du meurtre, Lisbeth ne donna aucune description du visage de l'assassin.

Le 1er mars 1986, juste après son entrée à l'hôpital de Sabbatberg, Lisbeth répondit à des questions sans jamais décrire de visage. Elle déclara avoir vu deux hommes sur les lieux du crime qui pourraient être ceux qu'elle avait vus deux ou trois semaines plus tôt devant leur domicile.

J'avais du mal à comprendre comment Christer Pettersson avait pu être jugé en première instance alors que l'accusation reposait essentiellement sur le témoignage de Lisbeth Palme. Trois ans après les faits, elle s'était montrée absolument certaine de reconnaître en lui le meurtrier, mais plus on remontait dans le temps pour s'approcher de la date fatale, moins elle avait su le décrire. Cela allait à l'encontre des théories dominantes sur la psychologie des témoins et la façon dont fonctionne la mémoire.

En outre, la nuit du meurtre elle avait dit avoir vu deux tueurs, sans pouvoir décrire leurs visages, et sans savoir lequel des deux avait tiré. Cette déclaration expliquait d'ailleurs le contenu soigneusement préparé de l'avis de recherche national lancé cette nuit-là : « 2 hommes, 40-45 ans, cheveux bruns, l'un des deux étant de très grande taille. »

Cela ne plaidait pas pour la thèse de l'assassin solitaire. Plutôt pour celle du complot. Peut-être un petit complot d'amateurs, avec en vedettes le grand Alf Enerström et son aide moyen, Jakob Thedelin.

Anna-Lena

Stockholm, mars 2012

Lors de notre rencontre à la bibliothèque, Daniel Lagerkvist m'avait dit avoir discuté avec l'une des meilleures expertes suédoises de l'extrême droite, ajoutant qu'elle pouvait détenir pas mal de documentation sur Alf Enerström et son réseau. Bien que ce dernier se présentât comme social-démocrate, ses opinions et ses agissements le rangeaient parmi les extrémistes de droite.

Je pris contact avec Anna-Lena Lodenius.

*

Anna-Lena habitait dans un immeuble locatif d'un type tout à fait commun en Suède, un bloc de béton de trois étages avec un toit en bâtière, trois entrées d'escalier et aucun ascenseur. L'immeuble se trouvait dans une banlieue sud de Stockholm. C'était un jour d'hiver ordinaire dans une banlieue tout ce qu'il y a d'ordinaire. Même le déneigement provoquait ses effets ordinaires, c'est-à-dire que les voitures stationnées empiétaient d'un mètre sur la chaussée, avec des tas de neige sur les trottoirs et entre les voitures. Je mis longtemps à trouver une place.

Anna-Lena m'ouvrit avec un sourire énergique, et me laissa entrer tandis qu'elle cherchait les clefs de ses archives. Du petit vestibule je pouvais déjà entrevoir un appartement typiquement suédois, quoique celui-ci eût l'air chaleureux, malgré les livres, les dossiers et les papiers qui l'encombraient. Nous allâmes voir ses archives ; lorsque je découvris la série d'armoires surchargées qui s'alignaient dans la petite pièce dite des archives, je compris qu'il s'agissait effectivement d'une des meilleures expertes suédoises de l'extrême droite.

« Ici j'ai tout ce qui concerne les années 1980, il doit y avoir aussi Alf Enerström. Il était déjà actif dans les années 1970, et il a continué dans les années 1990, mais si on commence par là, on a toutes les chances de trouver quelque chose. »

Anna-Lena sortit deux gros dossiers qu'elle posa sur un coin de la table de la cuisine, qui jouxtait les archives.

« Tu peux feuilleter ça ici, si tu veux. Je suis à côté, si tu as une question. »

Je commençai par le dossier marqué « Alf Enerström ». Les feuilles étaient jaunies. Certains documents étaient des originaux, d'autres des copies, mais tout avait jauni à la même vitesse, celle du temps qui passe. On trouvait beaucoup d'annonces d'Alf et de Gio. De longs textes qui répétaient en boucle la même rengaine, serrés par économie dans des encarts trop petits. Olof Palme en était souvent la cible, directement ou indirectement. J'avais déjà vu certains de ces articles. Dans l'un d'eux, le directeur de banque Lars Thunholm, de la galaxie Wallenberg, celui qui plus tard devait épouser Gio, expliquait pourquoi en tant que membre du comité directeur de *Svenska Dagbladet*, il recommandait au journal de publier les annonces d'Enerström.

Rares étaient les documents à attirer mon attention. Il y avait bien un mémorandum de trois pages sur Alf et Gio, tapé à la machine et incluant le résumé de certaines de leurs annonces. Il n'était pas signé mais celui qui l'avait écrit avait le soin de la formule, et réussissait en plusieurs endroits à résumer l'essentiel de ce qu'il y avait à savoir sur le couple.

Je pris l'autre dossier, intitulé au dos : « Divers années 1980 ». On y retrouvait Enerström, mais surtout de la documentation sur des gens et des organisations dont les noms m'étaient inconnus : WACL, Resistance International, EAP, l'Alliance démocratique, *Contra*, Anders Larsson, Carl G. Holm, Filip Lundberg. Plusieurs de ces papiers avaient été écrits dans une seule et même police inhabituelle, sans doute sur la même machine à écrire. Les documents avaient en commun d'être relatifs à la haine anti-Palme, et évoquaient par endroits la possibilité que telle personne ou organisation fût impliquée dans son assassinat.

Je posai ces papiers devant moi sur la table. Jamais de signature, ni de date, la même prose précise et habilement formulée que dans le mémo sur Alf. Je donnais ma langue au chat. Ou plutôt j'entrai dans l'autre pièce, où Anna-Lena triait des papiers.

« Dis-moi, tu sais ce que c'est que ça ? »

Anna-Lena feuilleta les papiers que j'avais à la main et en lut quelques lignes.

« C'est de Stieg, dit-elle.

— Stieg ?

— C'est Stieg Larsson qui a écrit ça. Sans doute quelque chose qu'il a écrit au moment où il s'intéressait de près au meurtre de Palme.

— Tu veux dire Stieg Larsson l'auteur de polars ? Il était sur l'assassinat de Palme ?

— Oui, parallèlement à ses recherches sur l'extrême droite, dit Anna-Lena. C'était bien avant qu'il écrive des polars. La plupart du matériel dans ces dossiers vient de Stieg. Il m'envoyait toujours des copies des documents importants, au cas où il arrive malheur aux originaux.

— Tu planchais avec lui sur le meurtre, alors ? demandai-je.

— Non, ça ne m'intéressait pas. De temps en temps il partageait avec moi ses idées, surtout parce qu'il savait que mon jugement était objectif. Stieg aimait les conspirations et il aimait dessiner les schémas de réseaux basés sur les contacts entre individus.

— Ça a l'air passionnant !

— Ça l'est sans aucun doute, mais à mon avis sans intérêt, parce qu'on finit par associer entre eux des gens qui ne se sont peut-être croisés qu'une fois lors d'une conférence.

— Oui, bien sûr, abondai-je, même si je brûlais de voir les schémas des réseaux dessinés par Stieg.

— Si l'assassinat de Palme t'intéresse, je crois qu'il existe un endroit avec les dossiers de Stieg, dit Anna-Lena.

— Vraiment ? Où ça ?

— Je n'en sais rien. Demande à ceux qui bossaient avec lui. Håkan Hermansson, Tobias Hübinette, Daniel Poohl, Sven Ove Hansson. Et sa compagne, évidemment, Eva Gabrielsson.

— Par où commencer ?

— Je ne peux pas savoir. La seule chose que je sais, c'est que ça s'appelle enquêter. Tu ne sais pas exactement ce que tu cherches, ou bien tu ne sais pas où chercher, et c'est ça qui est excitant. Puis tu tombes sur un document qui te mène à un autre document. Où ça t'emmène à la fin, tu n'en sais rien. Tu veux une copie de ceux-là ? »

*

Rien n'était plus comme avant. J'avais quitté Anna-Lena avec en ma possession les copies de documents écrits par le plus grand auteur de romans policiers de Suède. Ils traitaient de l'assassinat de Palme. Et en plus, comme j'avais pu le constater, il avait écrit sur Alf Enerström. Il fallait que j'en sache plus sur les investigations de Stieg Larsson.

Lisbeth II

Stockholm, mars 2012

Comme une grande partie des Suédois et des millions de gens à travers le monde, j'avais lu les livres de Stieg. Après *Les Hommes qui n'aimaient pas les femmes*, dévoré en quelques jours, j'avais attendu le suivant avec impatience. Mais *La Fille qui rêvait d'un bidon d'essence et d'une allumette* était trop long, et un peu excessif le talent presque surnaturel de Lisbeth Salander. Le troisième tome, *La Reine dans le palais des courants d'air*, était selon moi le meilleur. Les pages sur la « Section d'analyse spéciale » de la SÄPO évoquaient irrésistiblement quelque chose qui devait exister pour de vrai en Suède.

Anna-Lena Lenodius avait parlé d'un fait que j'avais sûrement entendu, mais oublié par la suite. Le plus grand projet de Stieg était son travail contre l'extrême droite. C'était cela qui l'avait mené à enquêter sur l'assassinat d'Olof Palme. Peut-être ses recherches se retrouvaient-elles dans ses romans. Étaient-ils inspirés de faits réels, notamment le troisième tome ? Je tirai de ma bibliothèque *La Reine dans le palais des courants d'air* et le relus en diagonale, un stylo rouge à la main.

Autour de l'histoire apparemment inventée de Zalachenko et de sa fille Lisbeth Salander, l'arrière-plan du récit contenait tout ce qui m'avait captivé dès la première lecture. Je recherchai sur Google les organisations, les noms des personnes et des livres que le roman citait. Il y en avait plus que je ne croyais qui existaient bien réellement.

L'action se situe quelques années après la mort de Palme et la fuite de l'espion Stieg Bergling, deux événements réels qui reviennent souvent dans le livre. Un groupe d'agents de la SÄPO joue un rôle clef – ils appartiennent à la Section d'analyse spéciale, ou simplement « Section », une unité occulte au sein de la police secrète. Plusieurs des membres de la Section ont été membres de l'Alliance démocratique, organisation d'extrême droite en dormance depuis les années 1970.

P.G. Vinge est le nom de l'ex-chef de la SÄPO, dans le livre comme dans la réalité. Le chef de la Section s'appelle Evert Gullberg dans le roman, un nom inventé. La personne réelle qui correspond le mieux à la description d'Evert Gullberg est Tore Forsberg, chef du contre-espionnage à l'époque où l'action est située.

Dans le livre, Gullberg s'inquiète des risques en cas d'ouverture des archives de la Section : « Des journalistes malades ne manqueront pas de lancer la théorie que la Section est derrière l'assassinat de Palme, ce qui nous entraînerait dans un labyrinthe de révélations et de plaintes. »

On se laissait facilement séduire par l'idée qu'un des meilleurs vendeurs de romans policiers du monde ait pu tenir une piste dans l'assassinat de Palme, et que cette piste se retrouve dans ses livres.

Anna-Lena avait dit qu'il existait un endroit contenant les recherches de Stieg sur le meurtre. Il fallait que je le trouve. Et qui sait ? Peut-être finirai-je par rencontrer ma Lisbeth Salander à moi. Avec des tatouages, un grain de psychose et des copains qui savent pirater les ordinateurs.

En route vers les archives

Stockholm, mars 2012-mars 2013

Après mon rendez-vous avec Anna-Lena, je fis la connaissance de plusieurs amis et collègues de Stieg. Ils me donnèrent une idée de la façon dont il procédait. Un an n'est pas bien long quand on mène une enquête ou traverse une rupture amoureuse ; je faisais les deux. Un jour je me réveillai en me demandant si ça valait la peine d'investir autant de temps à remonter des pistes si elles ne menaient pas à l'écriture d'un livre. La réponse était non, elle le demeura, mais je continuais. Je me lançai aux trousses de Stieg et de l'assassin de Palme au moment précis où je reconnaissais que la réalité insupportable d'un mariage à bout de souffle me rendait la vie trop malheureuse.

*

Le journaliste Håkan Hermansson me raconta l'écriture du livre *Mission Olof Palme*, me confirmant que Stieg avait des talents d'investigateur hors norme. Il m'expliqua comment ils avaient analysé et documenté la haine dont Palme était l'objet tandis que Stieg enquêtait parallèlement sur le meurtre.

Véritable professionnel du recensement de l'extrémisme en Suède, Sven Ove Hansson avait aussi travaillé avec Stieg, et ses récits concrétisaient l'image d'un enquêteur béni des dieux. C'était lui, en outre, qui avait mis Stieg en contact avec Håkan Hermansson et Anna-Lena Lodenius.

Tobias Hübinette, *researcher* en chef du magazine antiraciste *Expo* et l'un de ses fondateurs, me raconta notamment que Stieg avait rassemblé les lettres qu'un certain Anders Larsson avait envoyées à différentes personnes, dont le secrétaire de cabinet Pierre Schori. Les lettres se trouvaient parmi d'autres dossiers, dans les bureaux d'*Expo* ou chez la compagne de Stieg, Eva Gabrielsson.

Je rencontrai Eva à plusieurs reprises. Nos discussions glissaient souvent vers l'architecture, notre passion commune, mais nous n'oubliions pas de parler de Stieg, avant et après sa mort. Elle me dit que la piste à laquelle Stieg croyait le plus était celle de l'Afrique du Sud collaborant avec des extrémistes suédois. Mais elle n'avait rien de Stieg qui concernât l'assassinat d'Olof Palme.

Ma déception fut grande d'apprendre que Stieg croyait à un complot international monté par les services secrets sud-africains. Cela ne s'accordait pas avec ma thèse impliquant Alf Enerström et un ou deux complices.

Daniel Poohl, rédacteur en chef d'*Expo*, me raconta que l'intérêt de Stieg pour l'enquête sur l'assassinat de Palme n'avait pas diminué lorsqu'ils commencèrent à travailler ensemble en 2001. Il me dit aussi qu'*Expo* avait un tas de papiers de Stieg dans un entrepôt, et que cela pouvait m'intéresser. Il tarda quelques jours avant de me téléphoner. Nous convînmes de nous retrouver le lendemain sur le parking du garde-meubles où les archives de Stieg étaient entreposées dans des cartons. Au milieu de la nuit, la neige commença de tomber abondamment.

OCR

Stockholm, mars 2013

Je repartis du garde-meubles d'*Expo* avec deux gros cartons d'archives de Stieg. Je les avais choisis à la hâte, après avoir parcouru le maximum de documents sur place. Je savais néanmoins que leur contenu serait un trésor.

En triant les documents, je m'aperçus qu'il s'agissait d'un mélange de lettres, mémorandums ou listes de la main de Stieg, ainsi que de documents de la police ou d'autres autorités, dont certains portaient le tampon *Confidentiel.*

J'aménageai mon salon en une sorte d'atelier de recherche, avec au centre une table démesurément grande, une imprimante scanner et une étagère pour ma collection grandissante de livres sur Palme. La vieille carte murale du monde fixée sur un panneau en liège qui décorait mon mur me servit de panneau d'affichage.

Stieg classait ses documents dans des chemises cartonnées. Chaque chemise avait une étiquette sur laquelle était écrit le thème du dossier qu'elle contenait. À force de fouiller dans les cartons, je constatai qu'il existait trois types de chemises. Certaines étaient en carton marron, d'autres vert clair, ou bleu, et plusieurs titres revenaient sur différents types de chemises. Les chemises de couleur marron étaient en nombre supérieur, et je compris bien vite que le matériel qu'elles contenaient datait de la fin des années 1970 et des années 1980. Les chemises de couleur claire couvraient une partie des années 1980, et se prolongeaient sur les années 1990.

Je pris deux chemises marquées « Resistance International » et les vidai côte à côte sur la table. Les deux contenaient des lettres, des rapports, des articles et des registres. Leurs dates se recoupaient, bien que la première chemise contînt des documents de 1985, et l'autre de 1986 et après. Aucun document ne se trouvait en deux exemplaires. La raison de la séparation en deux chemises différentes était tout simplement une question de place : quand la première fut pleine, Stieg en créa une seconde marquée du même titre. J'effectuai le même contrôle pour trois chemises étiquetées « WACL », et deux autres « Anders Larsson ». Le résultat était identique. Stieg avait donc rempli ses chemises les unes après les autres avant d'ouvrir une nouvelle armoire avec un nouveau type de chemises. C'est en me souvenant que j'avais déjà écarté un paquet de cartons pleins d'archives moins pertinentes pour ma recherche que je pris réellement la mesure de l'immensité des archives de Stieg.

La prochaine étape fut de scanner le matériel dans l'ordre où je le déposais sur la table. Pour les feuilles simples, le travail allait assez vite grâce au magasin situé sur le dessus de l'appareil. Il était plus laborieux, en revanche, de scanner les documents reliés ; il y avait parfois plus de cinquante pages de suite. Je défaisais ceux que je pensais pouvoir relier de nouveau sans les abîmer, et laissais les autres de côté pour une lecture ultérieure. C'était un travail monotone, qui me permettait cependant de me rendre compte non seulement de la quantité de travail abattu par Stieg, mais aussi de sa méthode. Une sorte de chaos structuré. Les documents que Stieg gardait pour lui étaient griffonnés à la main, tandis que ceux destinés à être lus par d'autres étaient tapés à la machine, soigneusement voire prétentieusement mis en forme au moyen de marges latérales changeantes.

Les documents écrits avant les années 1980 comportaient en tout trois types de caractères d'imprimerie, à une époque où il ne disposait sans doute pas d'un éditeur de texte, encore moins d'une imprimante laser. J'en déduisis plutôt que Stieg avait une machine à écrire électrique avec trois polices différentes. Je pensais à une IBM Selectric dite « à boule », qui permettait de changer de police de caractères et d'effacer, ce qui expliquerait aussi les changements de marge à droite, une fonction présente sur ces machines.

Les lettres, notes, listes et documents écrits par Stieg ne constituaient environ qu'un dixième du volume total des cartons que j'avais choisi d'emporter. Une bonne moitié de celui-ci consistait en journaux, coupures ou photocopies d'articles de presse, et autres documents d'accès public. Le reste, lettres, rapports et autres, provenait de sources protégées, un matériel que Stieg avait intercepté ou qu'on lui avait transmis.

Je me rendais compte peu à peu de la masse considérable de travail que Stieg avait investie dans la constitution de ces archives – tant de soirées, de week-end et d'heures au bureau, à lire, réfléchir, écrire et trier. Tant d'heures qu'il eût pu passer avec Eva ou des amis, ou à toute autre chose. Il aurait pu fonder une famille, habiter avec eux dans le faubourg tranquille de Bromma. Mais ce n'aurait plus été Stieg Larsson. Il n'eût jamais écrit de livres, l'extrême droite eût agi beaucoup plus librement en Suède, et personne n'eût enquêté à sa suite sur l'assassinat d'Olof Palme.

À la fin du processus de tri et de scan des archives de Stieg, je téléchargeai tous les dossiers sur un ordinateur flambant neuf sur lequel j'installai un logiciel OCR qui permettait de convertir en fichiers éditables tous les documents scannés, ainsi que de les archiver. Au bout de dix soirées consécutives consacrées à cette aventure laborieuse, les archives de Stieg étaient numérisées sur mon ordinateur.

En feuilletant les documents que je scannais, j'étais tombé sur un courrier de Stieg de 1987. Il parlait d'un certain Bertil Wedin, la première phrase était : « Infos données à *Searchlight* par des gens ayant des liens avec l'extr. droite : rumeurs selon lesquelles W(edin) a agi en tant qu'"intermédiaire" dans le meurtre de Palme. »

L'entame avait beau exciter mes fantasmes, ce n'était qu'un fil à remonter parmi tant d'autres. Rien en tout cas qui alimente ma thèse sur Alf Enerström et Jakob Thedelin.

Moscow Mule

Prague, avril 2013

« *Co chcete ?* »

Le message privé ne se composait que de deux mots tchèques – « Que voulez-vous ? » – mais il engageait une conversation. La beauté tchèque Lída Komárková avait accepté d'être amie sur Facebook avec Jakob Thedelin, bien qu'elle habite à Prague et que sa photo de profil soit un peu trop jolie. Si c'était un faux profil, je voulais savoir qui elle – ou peut-être il – était réellement.

Le bref message que j'avais envoyé à Lída m'était complètement sorti de l'esprit. Sa réponse soudaine, des mois plus tard, eut de quoi m'étonner, en même temps qu'elle confirmait la probabilité qu'il s'agît d'un faux profil qu'on n'utilisait que rarement. Nous nous écrivîmes quelques messages. Lída parlait très peu d'elle, en revanche elle semblait vouloir récupérer le plus d'informations sur moi. Ma stratégie était la même. Je finis par lui proposer un rendez-vous à Prague. La réponse ne se fit pas attendre : « *Blue light v útery. hodin. 2x Moscow Mule.* »

Le vol pour Prague ne dura que deux heures. L'endroit que Lída avait fixé comme lieu de rendez-vous se trouvait près du pont Charles, dans le quartier du « petit côté », Malá Strana, sur la rive que l'armée suédoise avait occupée et pillée pendant la guerre de Trente Ans.

Je m'installai dans le bar, sinistre, essayant de deviner si c'était plutôt un bar de touristes ou un repaire de Praguois, et concluant bientôt que c'était un peu des deux. Devant moi, deux Moscow Mule servis dans des timbales en fer-blanc. Il était déjà vingt-deux heures trente lorsqu'une des filles qui circulaient de table en table en ayant l'air de connaître tout le monde s'assit à côté de moi et commença à boire dans un des deux cocktails toujours non entamés.

« Eh, arrête, c'est pour quelqu'un ! m'écriai-je.

— Je sais. Pour Lída. »

Elle ne ressemblait pas à sa photo de profil. Trente ans, taille moyenne inférieure, cheveux teints en rouge, yeux marron d'une nuance rare, sourire triomphant certes, mais définitivement pas la fille de la photo. Un tatouage sur le poignet et un sur le cou. Une inscription en hébreu. Était-elle juive ?

« J'ai attendu pour être sûre que tu serais seul, dit-elle. Alors raconte, *what's your story* ? »

Ce fut comme une danse à deux temps : je me livrais un peu puis attendais qu'elle le fasse, avant d'en dire davantage. Un peu pénible, pas seulement du fait de notre prudence mutuelle, aussi parce qu'elle me coupait souvent la parole, et se bloquait inopinément quand elle la prenait, m'obligeant à compléter ses phrases. Mais son charme opérait, on le constatait notamment chaque fois qu'elle parlait avec le personnel et les clients autour de nous.

Elle expliqua les choses très simplement. Elle était devenue amie avec Jakob sur Facebook après avoir vu qu'ils avaient un intérêt commun pour le judaïsme. Elle pensait à se convertir depuis longtemps, et beaucoup de leurs amis communs étaient juifs. Elle – ou lui le premier – avait envoyé une demande d'ajout alors qu'ils commentaient quelque chose sur le mur d'un ami Facebook commun, mais ils n'avaient jamais échangé de messages privés. Elle avait vérifié avant de me rencontrer. Qu'elle eût répondu au mien relevait de la coïncidence : elle cherchait un autre message sur Messenger quand elle est tombée dessus.

Je lui demandai pourquoi son profil avait une photo et un nom qui n'étaient pas les siens, et après une longue seconde d'hésitation, elle me répondit que c'était une sorte de jeu de rôle qui lui permettait de rencontrer d'autres gens et de parler d'autres choses que dans sa vie ordinaire. Être quelqu'un d'autre pour un instant était son droit, et elle ne jugeait pas nécessaire que je sache son vrai nom.

Ce fut tout ce que j'appris sur elle, pourtant je sentais qu'elle avait beaucoup à raconter.

Je lui parlai ensuite de mon propre projet. Olof Palme et son assassinat ne lui disaient rien, mais elle connaissait Stieg Larsson. Nous étions ensemble depuis deux heures quand je commençai à me dire qu'elle pourrait sûrement m'aider, et qu'il fallait le lui demander. Elle me devança :

« Je peux participer ?

— Tu pourrais m'aider à en savoir plus sur qui sont ses amis, sur Enerström, et surtout sur ce que Jakob sait de l'assassinat de Palme.

— Ça sonne comme un rôle fait pour moi ! Donne-moi quelques mois et je reviendrai vers toi avec des infos. Je vais peut-être en parler à des copains qui aiment ce genre de trucs. »

Le sens de ces dernières paroles demeura nébuleux, mais enfin, Prague est toujours la ville des surprises. Le lendemain, je retrouvai un Stockholm nettement plus prévisible.

GT

Stockholm, été 2013

La carte du monde dans mon salon fut bientôt recouverte par les documents que pour l'heure je jugeais pertinents. Il n'était pas difficile d'y punaiser des papiers, qui tantôt y demeuraient longtemps affichés, tantôt laissaient leur place à d'autres. Je contemplais chaque jour ce que le cerveau de Stieg avait conçu des années auparavant. Le fil principal de sa thèse était simple à dérouler : Afrique du Sud, Craig Williamson, agents sud-africains, Bertil Wedin, extrémistes de droite suédois. Entrer dans les détails était une tâche bien plus complexe.

Un article demeura longtemps au centre du tableau : publié en mai 1987, dans le journal du soir *GT*. J'imaginais que Stieg lui aussi avait dû s'attarder longtemps dessus, car l'article traitait exactement des sujets qui l'occupaient alors. Durant la même période de 1987, *Svenska Dagbladet* et *Arbetet*, journal de gauche, publièrent à leur tour des articles sur le même thème. Une bonne partie des déclarations retranscrites provenait d'une source anonyme avec laquelle la journaliste Mari Sandström était entrée en contact, à Genève, où elle était basée. Cette source, un Européen, travaillait comme *sanction-buster* (« violeur de sanctions ») en Afrique du Sud, ce qui le mettait en contact privilégié avec les grosses huiles et les services secrets du régime d'apartheid. Il se disait en mesure de livrer des informations détaillées sur la façon dont le meurtre d'Olof Palme avait été planifié.

Or le journal *GT* avait quant à lui au moins une source au sein de la police suédoise, ce qui accordait à la rédaction le privilège de pouvoir publier un schéma décrivant la thèse sur laquelle la police travaillait alors. Bertil Wedin tenait un rôle important dans ce scénario, précisément celui que Stieg lui attribuait dans son mémo adressé à Hermansson.

Intitulé « La SÄPO montre du doigt l'Afrique du Sud », l'article rapportait que la SÄPO, la Police criminelle et la police de Stockholm, un an après le meurtre, s'étaient mises en collaboration pour surveiller un groupe d'extrême droite. Des membres de ce groupe avaient été observés à proximité des lieux du crime équipés de talkies-walkies.

Selon un témoin ayant des connexions avec l'Afrique du Sud, des Suédois auraient aidé un « commando » sud-africain fort de trois hommes. L'assassinat aurait été planifié par l'agent sud-africain Craig Williamson, en collaboration avec un Européen résidant là-bas et un citoyen ouest-allemand. Ils auraient ensuite reçu l'aide d'agents sud-africains vivant en Suède, et d'un Suédois de l'étranger qui travaillait pour les Sud-Africains. Une illustration dans le pur style des années 1980 résumait ce schéma pour le lecteur.

Je tentai de mettre un nom sur les personnages que les journalistes avaient laissés anonymes, en recoupant les articles, les documents de Stieg et le rapport de la Commission d'enquête où pas moins de deux cents pages étaient consacrées à l'Afrique du Sud et à l'extrême droite. Je finis par établir les listes suivantes.

Groupe de planification

Craig Williamson

Mario Ricci. Italien travaillant avec Williamson.

Franz Esser. Vendeur de voitures ouest-allemand ayant procuré les véhicules.

La seule incertitude dans ce groupe pesait sur Mario Ricci, qui n'habitait pas en Afrique du Sud, mais aux Seychelles. Pour le reste, il répondait aux critères énoncés par l'article : Européen, collaborateur de Williamson, engagé en affaires avec l'Afrique du Sud.

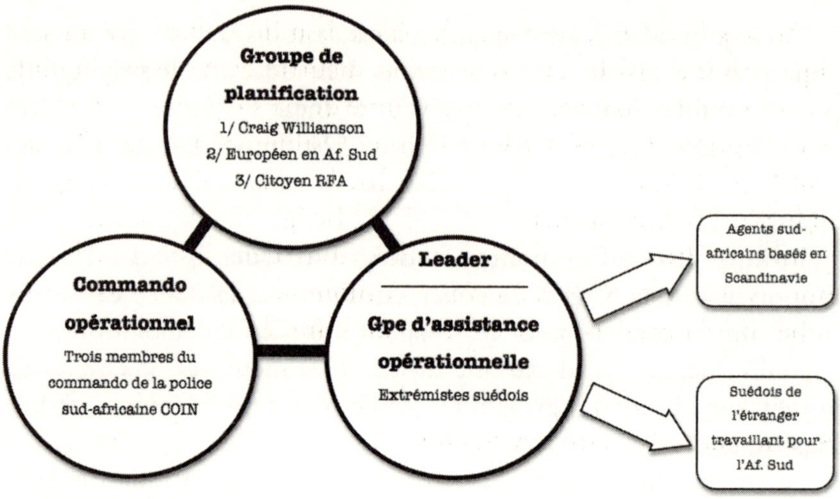

« La nouvelle théorie de la police », schéma de l'organisation du meurtre selon le journal GT, *article du 28 mai 1987 (redessiné par l'auteur – adapté en français par le traducteur)*

Commando opérationnel

Anthony White. Cité plusieurs fois dans les articles et les documents.
Roy Allen. Nommé dans un registre de voyage possiblement falsifié.
Nigel Barnett alias Henry Bacon *et al.* Parle suédois et possède un revolver Magnum.
Paul Asmussen. Camarade d'école de Williamson, cité dans un mémo officiel.

L'article mentionnait trois individus, mais une autre source n'en évoquait que deux. Je sélectionnai les quatre noms les plus pertinents.

Groupe d'assistance opérationnelle

Anders Larsson (leader). Contact avec les institutions sud-africaines.
Victor Gunnarsson. Travaille avec Anders Larsson.
Policiers d'extrême droite. Carl-Gustav Östling et collègues.

Anders Larsson, extrémiste de droite issu de l'Alliance démocratique, avait averti les autorités qu'un meurtre était en préparation. Victor Gunnarsson avait été soupçonné de participation à au moins deux reprises. Le policier Carl-Gustav Östling était celui qui revenait le plus souvent dans les dossiers de la « piste policière ». Autres individus potentiellement impliqués : Bengt Henningsson, sténographe au Parlement, Bo R. Ståhl – tous deux amis proches de Anders Larsson – et l'individu surnommé « Skandiaman » qui apparut à l'improviste sur les lieux du crime.

Agents sud-africains en Suède

Luis Antunes. Représentant en Suède de la guérilla angolaise UNITA, contact de Anders Larsson.

Heine Hüman. A contacté la police en avril 1986. Chargé d'héberger les Sud-Africains.

Jan W. Professeur suédois résidant à Stockholm, informateur pour l'Afrique du Sud.

Suédois de l'étranger travaillant pour l'Afrique du Sud

Bertil Wedin

Il était frappant de constater que quelques mois seulement après la démission de Holmér, la police était déjà bien avancée dans son enquête, et que les journaux publiaient des articles sur ce qui était la thèse principale de Stieg. Le départ de Holmér avait laissé les mains libres aux policiers, et ceux-ci, retrouvant leur mode de fonctionnement habituel, n'avaient pas tardé à échafauder une thèse plausible appuyée par des éléments concrets.

Or, de ce que je voyais, il n'existait aucun lien avéré entre l'Afrique du Sud, ou Bertil Wedin, et Alf Enerström, ou Jakob Thedelin.

J'étais toujours face à deux pistes divergentes : celle de Stieg et la mienne.

Avec l'intermédiaire

Kyrenia, Chypre, septembre 2013

La police n'a jamais interrogé Bertil Wedin. Parce qu'il leur a filé entre les doigts pendant trois décennies, disaient-ils. Parce qu'ils n'ont pas voulu, dit Wedin. Je me doutais que Stieg avait pensé contacter Wedin, mais il était mort avait d'avoir pu essayer. Mon tour était venu de tenter ma chance.

Ma vie de divorcé à Stockholm était ennuyeuse, solitaire, et à vrai dire rien ne me retenait ici. Qu'avais-je à perdre en partant ? Avant de pouvoir me raviser, j'avais pris un billet simple pour Chypre.

Le vol de Stockholm à Larnaca avec Norwegian Airlines coûtait à peine mille couronnes, et le voyage durait quatre heures, sans escale. L'inconvénient était que je devais partager l'avion avec des touristes charters déjà ivres qui voulaient profiter de billets à prix cassés pour aller prendre le soleil avant que l'hiver ne fasse main basse sur la Suède.

J'atterris tard dans la soirée et trouvai un taxi qui était prêt à me conduire de l'autre côté de la frontière, en République turque de Chypre du Nord, le nom officiel d'un des plus petits pays d'Europe – un pays de 300 000 habitants créé en 1966 après l'invasion par les Turcs de la moitié de l'île ; un pays qui n'est reconnu comme État que par la Turquie, et qui sert entre autres de refuge aux criminels de toute sorte, puisque ne disposant d'aucun accord d'extradition avec les pays étrangers.

J'avais réussi à réserver ma première nuit d'hôtel par e-mail, sans carte de crédit. Comme il n'était pas certain que ma carte bancaire fonctionnât, à cause du statut nébuleux du pays, j'avais retiré deux mille dollars en Suède afin de m'assurer de pouvoir tenir quelques semaines sur l'île.

Nous franchîmes la frontière. Le chauffeur conduisait un peu au-dessus de la limite de vitesse, sur des routes sinueuses qui traversaient parfois des villages minuscules. Il semblait pressé de regagner sa partie de l'île. À minuit passé, nous fûmes arrêtés par un contrôle routier. Il dut s'acquitter de la moitié de la somme que je lui avais donnée.

*

Le premier matin fut pénible. Je me trouvais dans la grande salle à manger de l'hôtel, entouré de touristes anglais, allemands et hollandais qui étaient là parce que c'était bon marché, et se fichaient complètement de savoir si le pays était un territoire occupé ou non. L'hôtel était plein à craquer, la salle à manger résonnait d'un cliquetis de vaisselle et de couverts qui tombaient sur le carrelage. La vue avait beau être superbe, elle ne m'inspirait pas. J'essayais plutôt de me concentrer sur le livre que j'avais apporté : *L'Extrême Droite et la grande bourgeoisie en Suède*, d'Alvar K. Nilsson. Le livre avait déjà gagné quelques centimètres d'épaisseur à cause de toutes les pages que j'y avais cornées. Pourtant, ce jour-là, je n'arrivais pas à lire. Je me sentais seul, encore plus seul qu'en Suède, et pensais déjà à regarder les vols de retour. Fuir Stockholm et les problèmes que j'y laissais pour venir à Chypre enquêter sur l'assassinat de Palme, cela m'avait paru une bonne idée ; mais la réalité reprenait ses droits.

Je me sentis un peu mieux après un pancake au chocolat et à la crème chantilly. Je pris un taxi pour m'emmener dans le centre de Kyrenia, ou Girne en turc. Le centre-ville de la petite cité côtière était pittoresque, avec son port de pêche où une enfilade de restaurants attestait, si besoin était, que la source de revenus principale était bien le tourisme. À l'autre extrémité du port, une forteresse du XVIe siècle presque entièrement intacte. Je poursuivis au-delà, le long de la route qui épousait le bord de mer. Quelques centaines de mètres plus loin je découvris le grand hôtel Dome, où Bertil Wedin avait donné en 1996 une interview à des journalistes du monde entier, juste après avoir été dénoncé par ses collègues sud-africains comme étant impliqué dans l'assassinat de Palme. Autrefois une merveille d'architecture fonctionnaliste, le Dome était à présent dans un état de délabrement qu'on pourrait qualifier de raisonnable.

Je fis le tour de la ville en une grosse demi-heure, ce qui me donna une assez bonne idée de son étendue. Trouver l'endroit où Wedin habitait ne devait pas être très compliqué. Je savais d'après des photos publiées dans la presse que sa maison était située un peu en dehors de Kyrenia, or la ville s'était agrandie. Je rentrai à l'hôtel pour prolonger mon séjour d'une nuit, après quoi je me déclarai en congé pour le reste de la journée.

Le jour suivant fut plus fructueux. Au cours de la matinée, j'avais déjà planifié ce qu'il me fallait faire pour localiser Wedin, loué une voiture pour la semaine et envoyé un e-mail à la rédaction du journal *Svenska Dagbladet* pour savoir s'ils étaient intéressés par une interview de Wedin. J'y avais joint le mémo de Stieg, comme une carte de visite qui les inciterait peut-être à jeter un œil attentif à ma proposition. Par mesure de sécurité, j'avais décliné une identité sous laquelle je pensais également me présenter à Wedin : Fredrik Bengtson.

Avant que la chaleur ne devînt écrasante, j'avais tourné pendant une heure en voiture dans le quartier résidentiel huppé, et repéré trois villas qui pourraient être celle de Wedin. Devant celle qui me paraissait le choix numéro un étaient garées deux vieilles Renault 12 de la fin des années 1970, un modèle qu'il me semblait avoir vu lors d'une interview télévisée de Wedin. Le jardin autour de la villa était sauvage, presque une jungle, et le peu que j'avais aperçu de la maison laissait dire qu'elle avait un besoin urgent d'être restaurée.

Je m'accordai un jour ou deux avant de téléphoner. Bertil Wedin habitait au même endroit depuis presque trente ans. Il pourrait repérer un Suédois rien qu'au flair. Mais considérant la facilité avec laquelle on pouvait le localiser, il me semblait inconcevable que la police ait pu échouer à l'interroger, étant donné le temps et les moyens dont elle avait disposé.

Le bureau de poste principal était situé avenue Mustafa Cagatay. En face d'une rangée d'armoires métalliques étaient dressées quelques cabines téléphoniques en bois où un opérateur pouvait obtenir une communication à l'international. Et à côté, ce que je cherchais : une série d'annuaires placés sur un pupitre. Je pouvais en prendre un tout en feuilletant ceux qui se trouvaient dessous. Avec quelques centaines de milliers d'habitants sur l'île, il ne devait pas être difficile de mettre la main sur le bon annuaire, qui s'avéra être le plus mince. Il était vieux et usé. À la lettre W je relevai deux numéros de téléphone de Bertil Wedin, et notai les deux.

Sur la route de l'hôtel je fis un détour par le quartier huppé de la ville. Il commençait à faire nuit. Les deux Renault 12 étaient toujours garées devant la villa, où quelques lumières allumées émergeaient d'entre la végétation. Une soirée chez les Wedin. L'une des dix mille soirées qu'ils passaient là depuis novembre 1985.

*

Le lendemain, j'étais plein d'énergie. Je testai mon histoire en essayant plusieurs variantes avant de choisir la plus simple. Assis sur le lit de ma petite chambre d'hôtel, je décrochai le combiné. Le panonceau « Prière de ne pas déranger » pendait devant ma porte, celle du balcon était fermée. Je composai le numéro de Bertil Wedin. Après quelques sonneries, une voix répondit : « Allô ? »

« Bonjour, mon nom est Fredrik Bengston, dis-je. Est-ce que c'est bien Bertil Wedin à l'appareil ?

— Ça dépend qui le demande. Quelle est ta question ?

— Je suis journaliste, et ta personnalité me fascine. Je voudrais t'interviewer. »

Je serrai le téléphone en attendant sa réaction.

« C'est bien flatteur. Tu travailles pour qui ?

— Différents journaux. Je travaille en indépendant, mais pour cet article je suis en négociations avec *Svenska Dagbladet* ».

Mon alter ego était bien choisi. Fredrik était mon troisième prénom, et le deuxième de mon père était Bengt, d'où Bengtson, « fils de Bengt ». Je m'étais entraîné à m'exprimer dans un langage simple, décidé, et dans un suédois basique dont j'étais sûr que Wedin saurait l'apprécier. J'avais choisi le journal conservateur

Svenska Dagbladet parce que je me disais qu'entre tous les grands quotidiens, c'était le seul dont Wedin acceptât la ligne éditoriale. Par ailleurs, leur rédaction avait répondu prudemment mais positivement à l'e-mail que je leur avais envoyé : « Contacte-nous quand tu auras l'interview. Ceci n'est pas un accord pour publication. » Je savais aussi qu'il me faudrait dire la vérité le plus longtemps possible, sans quoi Wedin me démasquerait très rapidement.

« Tu veux parler de quoi ?

— De ta vie. En Suède, en Grande-Bretagne, et ici à Chypre.

— Tu veux me poser des questions sur le meurtre de Palme ?

— Oui, j'aimerais bien. Si tu es d'accord. »

Je pouvais presque l'entendre penser. Je savais qu'il avait décliné plusieurs demandes d'interview au cours des années écoulées.

« Est-ce qu'une possibilité de rémunération rentre dans ton cadre ? »

Je me doutais que la question viendrait, peut-être pas si tôt cependant. La villa délabrée et les voitures bonnes pour la casse qui étaient garées devant témoignaient que les finances privées du sieur Wedin n'étaient plus ce qu'elles avaient été. Quelle somme pouvais-je décemment offrir ?

« Je peux payer deux cent cinquante livres sterling l'interview, dis-je enfin.

— Alors on fait comme ça, répondit Wedin après une courte pause. Deux cent cinquante livres pour une interview de deux heures. On se voit demain, onze heures pile à l'hôtel Dome. »

J'avais réussi ! J'avais décroché ce que la police suédoise n'avait pas réussi à obtenir en trente ans. Le lendemain, j'allais rencontrer l'un des agents secrets les plus notoires et sulfureux de toute la Suède.

L'intermédiaire – Premier jour

Kyrenia, septembre 2013

Le petit déjeuner ne présentait aucune nouveauté. Le même café flottard, les mêmes œufs brouillés, le même pain blanc. Mais j'étais si concentré que j'en oubliais presque de manger. Pas besoin de pancakes à la crème.

Je portais une chemise à rayures bien repassée, un pantalon à pinces gris clair et des chaussures de ville. Je notais frénétiquement mes questions sur un bloc. Drôle de contraste avec les touristes charter en tee-shirts colorés, shorts et tongs.

Je m'assurai d'arriver au bar de l'hôtel Dome à onze heures moins dix, pour avoir le temps de reprendre mon calme. La salle, chichement aménagée, avec ses tables noires et ses sièges en plastique bordeaux, était complètement vide. Je me demandai un instant si je ne m'étais pas trompé d'endroit.

À onze heures tapantes, Bertil Wedin apparut. Pantalon clair impeccablement repassé, chemise sans un pli, manches retroussées, chaussures étincelantes. Il était habillé comme je l'imaginais, et mon propre look fonctionnait symétriquement au sien. Le visage de Bertil semblait taillé dans un bloc de granit, identique aux photos plus ou moins anciennes que j'avais vues, quoique plus marqué. Je ne vis pas la moindre esquisse d'un sourire ; c'était un homme dur que j'avais décidé de rencontrer. D'une légère pression sur le capuchon, je déclenchai l'enregistreur audio et vidéo dissimulé dans un stylo que j'avais acheté avant de partir pour Chypre.

Il était stratégiquement placé dans la poche de ma chemise. Avec un peu de chance j'aurais à la fois le son et l'image de cette rencontre historique.

« Fredrik Bengston, *I presume.*

— C'est moi. Enchanté de te rencontrer, Bertil.

— On se met dehors avec une bière ?

— Allons-y. »

Wedin me conduisit d'un pas d'habitué à travers le hall jusqu'au bar de la terrasse, face à la piscine. Je reconnus l'endroit où il s'était fait photographier il y a plus de vingt ans, devant la mer. Nous nous assîmes à une table sous un parasol. Je posai sur la table mon iPhone mis en mode avion, afin que l'enregistrement ne soit pas perturbé par un appel. Une sécurité supplémentaire au cas où le stylo magique venait à dysfonctionner.

« J'ai pris la liberté d'appeler *Svenska Dagbladet*, commença-t-il. Pour vérifier ce que tu m'avais annoncé. Ils ont dit n'avoir jamais publié d'article de Fredrik Bengston. »

Mon pouls se mit à accélérer, je me voyais rougir d'un instant à l'autre.

« Mais ensuite ils ont confirmé qu'ils voulaient t'acheter un article. Donc on peut commencer. Tu as l'argent ? »

Je remerciai intérieurement ma bonne étoile de m'avoir pour une fois fait correctement préparer les choses. Apparemment, *Svenska Dagbladet* trouvait ma proposition suffisamment sérieuse pour en donner confirmation à Wedin. Je sortis mon portefeuille et posai deux cent cinquante livres en billets non agrafés sur la table. Wedin les tira prestement vers lui, sans recompter.

« Bon, de quoi tu veux parler ?

— Commençons par le début. Raconte-moi le Congo.

— Tu fais les choses dans l'ordre. On verra ce qu'on aura le temps de se dire en deux heures, dit Wedin. On commence par le 7 août 1963, une date importante dans ma vie. J'avais fait mon service comme lieutenant chez les casques bleus au Congo. Le secrétaire général de l'ONU, Dag Hammarskjöld, était mort dans un crash aérien quelques années plus tôt. Officiellement il n'y avait plus de troupes rebelles, mais notre job était de contrôler au sol si c'était vraiment le cas. La CIA faisait la même chose depuis les airs et nous prévenait s'ils voyaient des soldats. Mais la zone qu'on couvrait était plus grande que la Suède, et la rumeur courait qu'il restait des rebelles dans un village. On était un petit groupe de casques bleus à y aller. Pour montrer qu'on avait des intentions pacifiques, on n'était pas armés, sauf moi qui avais un pistolet Husqvarna. Pendant qu'on parlait avec les habitants du village, on a soudain été encerclés par cent cinquante soldats qui tiraient en l'air à la mitrailleuse automatique.

— Tu as tiré ton pistolet ?

— On était tous prisonniers, même notre commandant, Axel Munthe-Kaas. J'ai sorti mon pistolet et je l'ai pointé sur deux Katangais qui avaient des fusils-mitrailleurs, puis mon commandant m'a donné l'ordre de poser mon arme.

— Mais pourquoi tu l'avais sortie alors qu'ils étaient si nombreux ?

— J'étais officier de renseignement, mais aussi garde du corps du commandant. C'était mon devoir. Quoi qu'il en soit, on s'est tous retrouvés prisonniers, et vite condamnés à mort pour espionnage. Ils nous ont mis plusieurs fois de suite face à un mur pour nous exécuter, mais à chaque fois ils se mettaient à discuter de la façon dont procéder. À la fin il y en a eu un à qui est venue l'idée de couper nos bites pour les faire sécher et en faire un collier pour la femme de leur chef.

— Une idée assez primitive.

— On peut dire ça comme ça, dit Wedin. S'ils s'approchaient pour venir me couper la bite, j'étais prêt à me jeter sur le premier Katangais venu, comme ça ils m'auraient descendu. Mais Munthe-Kaas était diplomate de formation et il a réussi à faire traîner l'affaire. Ils nous ont offert notre dernier repas, du Coca-Cola et des sardines en boîte. J'aimais pas trop le Coca-Cola, mais les sardines étaient bonnes. On s'était mis d'accord avec notre QG à Elisabethville pour qu'ils envoient un bataillon de deux mille hommes à la rescousse si on n'était pas de retour à seize heures. Les Katangais nous on dit que s'ils voyaient arriver du renfort, ils nous descendraient tous. Heureusement, l'officier de garde au QG s'était endormi après le déjeuner, et personne n'est venu. À dix-huit heures, les Katangais ont compris que personne ne viendrait nous chercher, et ils nous ont laissé repartir.

— Donc vous vous en êtes tirés sans pertes ni blessés ?

— Oui. Mais pas les rebelles. Le major Munthe-Kaas a bien essayé de le stopper, mais quand on est revenus le général de l'ONU a donné l'ordre d'envoyer des soldats pour tuer tous les rebelles, et c'est ce qu'il s'est passé.

— Et qu'est-ce que tu as fait ensuite ?

— Cette histoire a eu deux résultats. Le premier, c'est que chaque année, le 7 août, je mange une boîte de sardines pour fêter d'avoir survécu à une condamnation à mort en 1963.

— Et le second résultat ?

— C'est qu'après ça, j'ai consacré ma vie à combattre le communisme. »

Le serveur vint nous demander si nous voulions boire autre chose. Volontiers.

« *Large beers ?*

— *No, today we go for lady beers* », répondit Bertil avec son sourire correct mais un peu crispé.

Bertil racontait frénétiquement ses aventures post-Congo, et j'avais du mal à ne pas perdre le fil. Comment il avait été à Vienne l'assistant du journaliste conservateur Arvid Fredborg, qui organisait des conférences contre le communisme, et faisait partie des proches du fondateur de Stay-behind, Alvar Lindencrona. L'organisation de défense secrète Stay-behind, m'expliqua-t-il, était la dernière force de résistance en cas d'invasion de la Suède, et elle s'organisait en petites cellules autonomes avec peu de membres chacune. Bertil avait aussi fait partie de Stay-behind, « la branche conservatrice », comme il disait.

Lorsqu'il rentra en Suède pour travailler pour l'état-major de la défense, il fut accusé d'avoir des relations étroites avec le gouvernement du Sud-Vietnam, et en 1967, il dut quitter son poste. Il fut alors recruté par Marcus Wallenberg, le magnat industriel, pour prendre la tête d'une agence appelée « Information économique ». L'agence s'acquittait de missions d'enquêtes internes et externes, et de projets communs avec la SÄPO ou le renseignement militaire. Un travail prometteur, pensait Bertil. Un jour il se chamaillait avec Ebbe Carlsson au bar de l'Opéra, le lendemain il prenait la parole dans une conférence publique.

« Attends. Tu connaissais Ebbe Carlsson ? demandai-je.

— Je ne le connaissais pas plus que les autres qui fréquentaient le bar de l'Opéra ou les conférences. On se saluait. On échangeait deux trois phrases, c'était comme ça à l'époque. »

Il marqua une pause. Prit une gorgée de bière, puis continua à voix basse.

« Ensuite est arrivé l'autre événement qui a changé ma vie. Un collègue du bureau m'a proposé de rencontrer son fils pour parler avec lui de l'envie qu'il avait d'aller en Rhodésie pour devenir mercenaire. Je n'avais jamais mis un pied là-bas, mais évidemment je connaissais l'Afrique. On s'est retrouvés au pub Tudor Arms à Östermalm, où j'avais mes habitudes. Là on est tombés sur un autre type que je connaissais, il s'est joint à nous.

— C'était qui ?

— Un diplomate de l'ambassade américaine. Et je me suis fait niquer. Le journal de gauche *Folket i Bild/Kulturfront* a publié un reportage qui racontait que je recrutais des mercenaires pour le régime raciste de Ian Smith en Rhodésie, sur ordre de la CIA. Je suis tombé dans le piège. »

Lorsque Bertil prononça le mot « piège », je sentis mon sang battre dans mes veines. Je pris une longue gorgée de bière directement au goulot. J'espérais qu'il ne se rendrait pas compte que notre entretien aussi, à sa façon, était un piège.

« Résultat des courses, j'ai de nouveau perdu mon boulot. J'en avais marre de tout, je n'avais pas envie de passer Noël en Suède, alors j'ai décidé d'aller à Saigon, Sud-Vietnam. »

Je ne pouvais pas ne pas y penser.

« Mais ce n'était pas la guerre à ce moment-là, au Vietnam ? Pourquoi tu voulais aller là-bas ?

— Je connaissais un moine bouddhiste dans un monastère, je voulais lui rendre visite. »

Si les récits de Bertil flirtaient toujours plus ou moins avec les limites de ce qu'il était raisonnable de croire, celui-ci les franchissait allégrement. Il avait été l'un des rares partisans de l'intervention américaine au Vietnam, ce que la presse avait plusieurs fois rapporté. S'il m'avait dit qu'il était allé au Vietnam pour combattre, je n'aurais eu aucun mal à le croire.

« Et tu y es allé ?

— Non, j'ai changé mon billet au dernier moment et je suis venu à Chypre. Quelques semaines plus tard, je rencontrais ma future femme ici. Et après quelques années, on a déménagé pour Londres, en 1975. »

Je levai la main, comme pour arrêter Bertil. Dans les archives de Stieg, plusieurs chemises concernaient des organisations et des gens avec qui Bertil aurait dû être en contact.

« Mais tu sautes plusieurs étapes. J'aimerais savoir dans quelle organisation tu étais. L'Alliance démocratique, par exemple, c'était bien avant que tu quittes la Suède, non ?

— Je n'étais pas membre. J'y étais souvent, mais jamais comme membre.

— Mais tu connaissais Anders Larsson ?

— Oh oui.

— Qu'est-ce que tu peux me dire sur lui ?

— Rien de beau. Anders Larsson était un type faux. Un sale type. Je n'aime pas dire ces choses-là, mais il n'était pas celui qu'il prétendait.

— C'est-à-dire ?

— KGB. Tout du long. Mentalement faible, pour être gentil. Il était intelligent, mais il avait aussi un tas de problèmes, schizophrénie, ou comment on appelle ça ? Il y avait quelque chose qui ne tournait pas rond. Il ne pouvait pas trouver de boulot normal, donc il a travaillé comme bibliothécaire pour les Archives baltes, payé par l'État. Le Comité balte a dégotté un bibliothécaire gratis, et Anders Larsson un boulot fixe. »

Des mots forts pour un homme qui n'était plus de ce monde. Je choisis de ne pas relancer et d'attendre de voir ce dont Wedin voudrait parler. Je comptai dans ma tête jusqu'à dix pour ne pas ouvrir la bouche le premier. Après une longue pause, Bertil reprit.

« J'étais très actif au Comité balte, qui était aussi avec la WACL. Et dans le Nouveau Club du Mardi. Et dans le Conseil suédois de la liberté. Anders Larsson y était aussi, il était partout. »

Bertil et moi parlâmes ainsi pendant presque quatre heures de suite, et autant de bières. Nous n'avions pourtant pas encore trouvé le temps de parler de son travail auprès de Craig Williamson, l'agent sud-africain, mais ses histoires étaient fascinantes, elles racontaient une Suède depuis longtemps disparue, et un Londres palpitant. C'était un narrateur de talent, et je m'étais plongé avec délice dans le rôle confortable de l'auditeur. Si c'était la dernière fois que nous devions nous voir, alors c'eût été une erreur de ne pas poser davantage de questions. Mais si ce n'était pas la dernière, cette entrevue avait permis d'établir entre nous une certaine confiance. Il pouvait me parler de ce qu'il voulait. À quinze heures, Wedin se leva.

« C'était agréable de rencontrer un Suédois civilisé. Les bières, c'est pour toi ou pour moi ?

— Pour moi, bien sûr, tu es mon invité. On se voit demain ? »

Difficile de savoir si c'était le fait que j'aie payé les bières ou parce qu'il en avait envie, toujours est-il que Bertil accepta de me revoir le lendemain à la même heure.

Je conduisis prudemment jusqu'à l'hôtel, enivré par la bière et l'euphorie d'avoir réussi mon pari. Rappelle-toi qu'on conduit à gauche. Rappelle-toi qu'il faut passer les vitesses avec la main gauche. Non, ça, ce sont les essuie-glaces.

*

À vingt heures quand j'entrai dans la salle à manger de l'hôtel, j'étais de nouveau sobre, mais toujours plein d'adrénaline après ma rencontre avec Bertil Wedin. Mes impressions étaient nombreuses, la plus forte cependant était l'humanité qu'il dégageait. Je m'étais attendu à une personnalité aussi rugueuse que l'était la façade. Au lieu de quoi j'avais rencontré un homme qui avait le même besoin que moi d'être reconnu et estimé. Or ses trente années d'exil volontaire en Chypre du Nord semblaient avoir été bien pauvres en la matière.

Je m'assis à la dernière table, où peu après vinrent s'installer deux Turcs qui ne parlaient pas un mot d'anglais. Dans une autre situation, le dîner eût été silencieux. Mais ce soir-là, les deux grutiers d'Ankara et moi bûmes ensemble autant de raki que nous mangeâmes de mezze, célébrant les mystères de la vie sans même parler une seule langue commune. Demain était un autre jour.

L'intermédiaire – Deuxième jour

Kyrenia, septembre 2013

Je me levai de mon lit, guère plus. Repasser une chemise me paraissait un effort presque surhumain. Dans la salle à manger, je commandai un double café noir, extra fort. J'étais de nouveau habillé impeccablement, enfin plus ou moins, et réécoutais l'enregistrement de la veille en prenant des notes frénétiques sur mon calepin. Je réalisai seulement maintenant que Wedin m'avait joué un vieux tour. Au début de la conversation, il m'avait demandé mon âge. Une petite heure plus tard, ma date de naissance. Si j'avais menti sur mon âge, il aurait eu des doutes sur tout le reste. Cela semblait innocent, or nous savions que rien ne l'était : la discussion allait porter sur son travail pour les services secrets sud-africains et l'assassinat d'Olof Palme.

Wedin était à l'heure, tandis que mon manque d'autodiscipline était criant. J'avais tourné un bon moment à la recherche d'une place de parking, et arrivai en retard d'un quart d'heure. Bertil était déjà assis à la même table de la terrasse que la veille. Bien qu'en retard, je choisis de rentrer directement dans le vif du sujet, ce qui semblait convenir à Wedin. Il ne réagit pas plus lorsque je posai mon téléphone sur la table. L'enregistrement tournait.

« Quand as-tu rencontré Craig Williamson pour la première fois ?

— Une aventure en soi. Quand j'ai déménagé à Londres en 1975, j'ai commencé peu à peu à effectuer des missions pour Brian

Crozier. C'était un journaliste fantastique qui bossait pour *The Economist* et Reuters, mais son vrai travail était pour « The 61 », un drôle de nom, l'agence de renseignement indépendante qu'il avait fondée en 1977 avec des *seniors* de la CIA et du MI6.

— Et tu as effectué des missions en Angleterre ?

— Non. Aux États-Unis puis en Afrique australe. On était à la fin des années 1970, je devais recenser les espions soviétiques présents sur le territoire américain. C'était normalement le travail du FBI, mais la CIA voulait en savoir plus et elle n'en avait pas les moyens. En tant que journaliste, je pouvais m'en charger moi. En cas de pépin, la CIA couvrait mes arrières, mais mon employeur restait Crozier et The 61. Quand j'ai eu fini, la CIA a voulu avoir mon rapport directement, sauf que je l'ai donné d'abord à Crozier, qui l'a remis personnellement à Ronald Reagan, qui a fait ce commentaire : "Ce truc-là signe l'arrêt de mort de l'Union soviétique." »

C'était trop d'informations à la fois. J'avais la gueule de bois, dans un pays fantôme, en compagnie d'un ex-agent secret sud-africain qui était accusé d'avoir joué plusieurs rôles dans l'assassinat d'Olof Palme, mais qu'aucun enquêteur n'avait jamais interrogé. Et voilà qu'il dissertait de géopolitique mondiale en me laissant entendre qu'il avait personnellement influencé la politique des États-Unis à l'égard de l'Union soviétique. Je n'avais aucun moyen de contrôler ce qu'il me disait. Il n'y en aurait jamais, supposai-je. Je continuai donc de l'écouter, curieux de voir où ses récits nous mèneraient.

« Ma prochaine mission pour The 61 était d'aller en Afrique australe pour recueillir des informations sur ce que les Soviétiques y faisaient. J'étais l'homme de la situation, vu que c'était mon travail quotidien. Donc j'ai écrit des articles que Crozier plaçait dans des grands journaux, sous un autre nom que le mien. Les pays que je devais couvrir étaient l'Afrique du Sud, la Namibie et la Rhodésie – qui venait de changer de nom pour devenir le Zimbabwe. »

Wedin but une gorgée de bière, comme pour s'accorder un temps de réflexion.

« Enfin bref. Lors d'un de mes voyages, peut-être en 1980, j'étais à Johannesburg quand j'ai lu un article qui parlait de la Suède. Un espion sud-africain du nom de Craig Williamson avait infiltré une organisation qui s'appelait l'IUEF et qui était dirigée par des Suédois. J'ai immédiatement pris contact avec lui, et on s'est rencontrés.

— Toujours à Johannesburg ?

— Oui. On s'est vus au bar d'un hôtel, j'ai pris un cocktail, lui un Pepsi Cola light. Il était très gros.

— Oui, j'ai vu des photos.

— Mais il était passionnant, et serviable. Il m'a confirmé tout ce que les journaux avaient écrit, plus ou moins. Un peu plus tard je l'ai appelé pour lui demander s'il était intéressé par le genre d'études que je menais. J'ai vite reçu le coup de fil d'un type de sa boîte, African Aviation Consultants, qui m'a proposé mille livres par mois, beaucoup d'argent pour l'époque, et j'ai accepté. C'est comme ça que j'ai commencé à bosser pour Williamson.

— Et c'était vous qui aviez organisé les attaques des locaux des mouvements de libération ? Je veux dire ANC, PAC, SWAPO… »

Wedin se pencha en arrière.

« Tout ce que j'ai fait pour African Aviation Consultants et Craig Williamson était légal. Mon travail consistait à recueillir et rassembler des informations, comme n'importe quel journaliste. J'ai aussi été blanchi par la justice dans plusieurs cas d'attentats. Ça veut dire : je suis innocent de toute action illégale entreprise par les services secrets sud-africains, sauf d'avoir reçu des documents volés en sachant qu'ils avaient été eux-mêmes volés et qu'ils concernaient un attentat en préparation. Parfaitement innocent.

— Mais tu travaillais aussi avec Peter Casselton ?

— Je le connaissais. Il a été condamné à quatre ans de prison pour l'attentat, et il a expurgé dix-huit mois.

— Purgé.

— Peut-être bien, oui. Après quarante ans à l'étranger, il m'arrive de ne plus savoir parler ma propre langue. »

Wedin se pencha en avant et parla à voix basse, comme j'avais remarqué qu'il avait l'habitude de le faire quand il voulait insister sur un point. Je tendis l'oreille.

« Le jour où j'ai été innocenté en Angleterre, que ma victoire au tribunal était éclatante, les journalistes ont rappliqué en masse. J'étais membre de The Foreign Press Association. Tous sont venus me féliciter. Les seuls qui ne l'ont pas fait, c'étaient les Suédois. Ils étaient à la botte du premier secrétaire de l'ambassade de Suède, et ils marchaient au pas. Ils n'avaient rien vu. Aucune félicitation. Aucun article sur moi. Rien sur ma victoire judiciaire. »

Wedin se pencha de nouveau en arrière.

« Alors tu comprendras que je n'ai pas une très haute opinion des médias suédois. *Svenska Dagbladet* est peut-être la seule exception.

— Et comment était Craig Williamson en tant qu'homme ?

— Puisque je suppose qu'il lira cette interview, je ne vais sans doute pas me risquer à critiquer. Il était... On a eu de belles discussions, il était agréable.

— Était-il dangereux ?

— Dangereux... Il ne m'a pas tiré dessus en tout cas, mais je me souviens que quand on commençait à parler politique... Je me définis moi-même comme libéral, et lui aussi se disait libéral. Mais pas de la même façon.

— Qu'est-ce que tu as fait pour lui, alors ?

— Pas grand-chose, à vrai dire. On m'a présenté comme un agent des Sud-Africains, mais je n'étais pas plus agent pour eux que pour le KGB quand j'étais en Suède.

— Tu as eu des nouvelles de Craig par la suite ? Quand les Sud-Africains ont commencé à s'accuser mutuellement de l'assassinat de Palme ?

— Non, il ne m'a jamais appelé. Peter Casselton une fois, mais il était bourré. Il est mort dans un accident peu après.

— Comment ?

— Il me semble qu'il était chez un ami, en train de réparer un camion, quand le moteur s'est mis en route. Il a été écrasé contre le mur. Une triste histoire.

— Oui, vraiment. Vraiment. »

Wedin se gratta le menton d'un air dubitatif.

« Écoute, Fredrik, je dois m'arrêter là, sauf si tu as d'autres questions ? »

Ce que je craignais était en train de se passer. Je n'avais toujours pas trouvé le temps de lui poser la question décisive sur l'assassinat de Palme, et Bertil déjà voulait s'en aller. J'improvisai sur le moment.

« Oui, j'ai encore quelques questions. Mais ça va prendre un moment, dis-je. J'ai un mémo que Stieg Larsson a écrit sur toi.

— Stieg Larsson ? L'auteur de polars ? »

J'acquiesçai.

« Il a écrit un mémo sur toi qu'il a donné à l'équipe de l'enquête Palme fin 1987.

— Fais voir ! »

Wedin tendit la main vers moi en regardant ma mallette, comme s'il pouvait voir que le document s'y trouvait, mais mon petit mensonge était prêt.

« Il est à l'hôtel. Si on se voit demain, je te l'apporte et on termine avec les questions. »

La vanité est un puissant aiguillon. Si l'un des auteurs de romans policiers les plus célèbres du monde avait pris le temps d'écrire un petit mémoire sur ton cas, il est certain que tu voudrais le lire, pensai-je pour moi-même. Wedin luttait intérieurement, puis il abandonna la partie.

« OK. Mais demain c'est la dernière fois. Et il faudra que je finisse tôt parce que c'est vendredi. »

Peu importe combien de temps il m'accorderait. L'essentiel était d'obtenir un dernier rendez-vous. Cette fois-ci il me faudrait trouver un moyen de filmer à nouveau. Le téléphone se révélait un enregistreur de grande qualité, mais la fonction vidéo de mon stylo espion était hors d'usage. Il était temps de faire un peu de shopping à Kyrenia.

*

Une heure plus tard, après une visite dans les magasins de photo du coin, je rentrai à l'hôtel en heureux possesseur d'une caméra numérique bordeaux de marque Canon. Elle pouvait filmer sans qu'apparaisse aucune lumière rouge, et ne m'avait coûté qu'une centaine de dollars.

Ce soir-là l'hôtel organisait une soirée à thème « Hawaï », et je me laissai entraîner dans le monde bruyant des touristes charter. À vingt-deux heures, tout le monde se dirigea vers le bar de l'hôtel, moi y compris ; sur le chemin je sentis une pression sur mon bras. En me retournant je découvris une femme – un peu plus jeune que moi, la quarantaine – qui me regardait dans les yeux sans cesser de me retenir par le bras.

« Vous êtes qui ? Le matin vous faites l'autiste, bien habillé, à prendre des notes dans votre coin. Le soir vous êtes *all over the place*, vous dansez et buvez. Et les Turcs hier au dîner. C'étaient qui ? Quel genre d'affaires vous faites avec les Turcs ? »

Deux jours de Wedin m'avaient déjà étourdi, mais là j'étais sans voix. Je finis par demander à la femme à l'accent typiquement hollandais si je pouvais l'inviter à boire un Mai Tai. Avec paille et parasol.

L'intermédiaire – Troisième jour

Kyrenia, septembre 2013

Après huit heures de discussion avec Wedin en deux jours, je continuais d'être inquiet pour ma propre sécurité. Mais il commençait également à m'être sympathique. Même si je ne savais pas exactement quelle était la vérité, il me semblait que cette sorte d'assignation à résidence sur une île était une punition suffisante pour ses crimes passés. Sa vie s'était figée en 1986, cette île était son Pompéi. Échoué dans un pays fantôme, dans une maison qui s'écroulait peu à peu et menaçait d'être engloutie par la végétation. Tout ce qui lui restait, c'étaient ses souvenirs du temps de la guerre froide, quand il agissait dans les coulisses du pouvoir. Paradoxalement, il avait combattu du côté des vainqueurs, pour l'Occident contre l'Union soviétique, et pourtant on l'avait oublié une fois la guerre finie, sa gloire éteinte avec elle.

Le doute s'emparait de moi à présent que j'avais vu l'homme caché derrière la réputation. Mais dans son regard bleu et glacé j'avais également vu une absence totale de compromis qui m'incitait à croire que les faits mentionnés dans le mémo de Stieg sur Wedin ne pouvaient pas être absolument inventés.

Pour ce dernier jour, j'étais mieux préparé que la veille. J'arrivai à l'heure, j'avais tout le matériel nécessaire, tous les documents, et noté tout ce à quoi il me faudrait penser. Nos places étaient de nouveau réservées sur la terrasse de l'hôtel Dome. Le téléphone enregistrait, la caméra était allumée, posée sur la table, dirigée vers la chaise où Wedin vint s'asseoir. Sa position de biais, le dos droit, à moitié sur la chaise, démontrait expressément qu'il ne parlerait pas longtemps aujourd'hui.

« Tu as le mémo de Stieg Larsson ?

— Oui, mais d'abord je pensais commencer par une liste de noms que j'ai récupérés à droite et à gauche, pour que tu me dises ceux que tu connais. »

Wedin n'avait pas l'air ravi, quoiqu'il ne refusât pas non plus, et je commençai à lire la liste de trois pages que j'avais entre les mains. J'avais intentionnellement inclus des noms qui lui étaient familiers, et d'autres dont j'étais presque certain qu'il ne les avait jamais entendus. Il connaissait Anders Larsson et Ebbe Carlsson, premier point. Je fus en revanche étonné qu'il dise ne pas connaître Bengt Henningsson, sténographe au Parlement, étant donné que plusieurs journaux, dont *GT*, avaient fait état de contacts avant le meurtre entre Wedin, Anders Larsson et Henningsson.

Wedin connaissait avant tout les noms des collaborateurs de *Contra*, dont il avait d'ailleurs été le correspondant pour le Moyen-Orient pendant plusieurs années. Il avait lui-même reconnu les talents de Carl G. Holm, le rédacteur en chef, le recommandant ensuite à la Fédération des industriels, qui l'avait recruté. Il connaissait bien Hans von Hofsten et Joel Haukka, sans être certain de les avoir déjà rencontrés personnellement.

Lorsque je prononçai le nom de Bernt Carlsson, proche collaborateur de Palme, la réaction de Wedin fut intéressante. L'une des raisons de la présence de son nom dans ma liste était que Carlsson était codirecteur de l'IUEF à l'époque où Craig Williamson infiltrait l'organisation. Si Wedin ne le connaissait pas, il était en revanche convaincu que le vol Pan Am 103 avait explosé au-dessus de Lockerbie, en Écosse, parce que Bernt Carlsson se trouvait à bord. Quelques semaines avant la catastrophe, expliqua Wedin, Bernt Carlsson avait invité ses meilleurs amis à dîner, et leur avait dit, les larmes aux yeux, qu'il serait bientôt mort. Wedin lâcha quelques larmes de crocodile pour imiter Carlsson ce soir-là. J'étais impressionné : l'agent Wedin savait pleurer sur commande, ses talents d'acteur dépassaient tout ce que j'imaginais.

« On peut regarder le mémo maintenant ? » demanda-t-il quand j'eus fini de lire ma liste.

Il croisait les jambes, tourné de trois quarts. Nul doute qu'il voulait s'en aller, l'unique chose qui l'en décourageait étant l'espoir de voir le fameux document. Je ne pouvais le retenir plus longtemps, heureusement le serveur vint nous demander si nous voulions boire encore quelque chose, ce qui me laissa le temps de vérifier que la caméra posée sur le bord de la table filmait bien.

« Je pensais te le donner page par page, pour que tu puisses réagir au fur et à mesure à ce que tu liras. »

Wedin prit la première page, il lut attentivement tout le texte, me demanda la deuxième, puis la dernière, jusqu'à ce qu'il ait fini de lire tout le mémo de Stieg. Derrière son masque rigide, je décelai chez lui un mélange de stupeur et de fierté. Puis il secoua énergiquement la tête comme pour nier.

« Je ne sais pas ce qu'on entend ici par "intermédiaire", en tout cas je n'étais ni l'"inter" ni l'"exter" de rien du tout. On ne m'a jamais demandé d'aider à quoi que ce soit. Personne sur cette terre ne m'a jamais rien dit sur Palme, ni sur un quelconque projet de l'assassiner. On ne m'a jamais posé la moindre question qui puisse mener à je ne sais quelle complicité, et je n'ai jamais fait la moindre déclaration qui puisse aboutir dans ce sens. Rien du tout. Rien de rien. Rien qui s'en approche. Il n'y a rien, absolument rien… On dit toujours qu'il n'y a pas de fumée sans feu, mais ici ça ne marche pas. Je sais quelle est ma réputation – type de droite, conservateur, déteste Palme et tout ce qu'on voudra – mais je n'ai pas trempé là-dedans. Même pas le bout du petit doigt. Et personne ne m'a rien proposé non plus. Si des gens l'avaient fait, ça aurait voulu dire soit qu'ils ne savaient pas qui j'étais, soit qu'ils ne me faisaient pas confiance. Mais on ne m'a rien demandé. »

Les dénégations de Wedin étaient vigoureuses, convaincantes. Il eût pu se contenter d'un simple « je n'étais pas impliqué », mais après avoir été inlassablement accusé, soupçonné, questionné encore et encore, année après année, il savait se défendre avec véhémence. Wedin niait véritablement. Inutile de lui poser d'autres questions sur son rôle éventuel dans l'assassinat de Palme. C'était à présent superflu. Mais je tenais le sujet, il ne fallait pas le lâcher si tôt.

« Qui a tué Olof Palme ?

— J'ai écrit un article dans *Contra* là-dessus, j'imagine que tu l'as lu. Comme je l'écrivais, j'ai fait mes propres recherches, j'ai rassemblé du matériel. Et à plusieurs reprises j'ai essayé de donner ce matériel aux autorités suédoises. D'abord au secrétaire de cabinet, Pierre Schori, ensuite à la police suédoise. Personne n'en a voulu. Au contraire, ils m'ont mis des bâtons dans les roues.

— Mais tu aurais pu contourner le problème en envoyant ces documents par courrier recommandé, en même temps qu'aux médias ?

— Ces affaires-là sont trop sérieuses pour les médias. Et par courrier recommandé, impossible de savoir ce qui arrivera réellement à destination. Enfin bref, ma conviction est que c'était un homme de nationalité turque appartenant à ce qui s'appelle le PKK, comme j'ai découvert plus tard. Commandité entre autres par une femme d'Allemagne de l'Est qui se trouvait à Chypre pour me faire porter le chapeau. Anders Larsson était sûrement dans le coup, d'une façon ou d'une autre. »

J'avais posé toutes les questions que je voulais, et Wedin en avait assez, depuis la veille déjà. Il semblait s'en vouloir d'en avoir trop dit, ce qui ne pouvait être qu'un bon signe pour moi. Personne n'avait jamais fait onze heures d'interview avec Bertil Wedin. Je criai victoire ; peut-être un peu tôt.

« C'est quoi ton adresse e-mail ? »

J'y avais déjà pensé, sans plus m'en soucier par la suite. À présent il me fallait me concentrer pour inventer une adresse e-mail qui correspondît au nom que je m'étais inventé. Fredrik Bengtson était un nom bien trop banal pour que l'adresse puisse être simplement « nom + Gmail ou Yahoo ». Tout en essayant de ne pas devenir écarlate du cou jusqu'aux oreilles, je conçus en vitesse une réponse.

« 437bengtson point fredrik arobase gmail point com. Bengtson avec un seul « s ».

— Un seul "s". Snob, va ! »

Il semblait avoir gobé mon ultime bobard, me rappelant cependant au passage que ma sécurité ne tenait qu'à un fil. Il suffisait que Wedin demandât à l'un de ses amis locaux de me suivre jusqu'à l'hôtel et cherchât à savoir auprès de la réception si un certain Fredrik Bengtson y logeait, et j'étais cuit. La première chose à faire était d'ouvrir un compte e-mail à ce nom, afin que les soupçons de

Wedin ne soient pas éveillés trop tôt. Ensuite il me faudrait réécouter et retranscrire les onze heures d'entretien depuis mon iPhone, et les quatre heures de prise vidéo du stylo espion et de la caméra numérique. Puis je pourrais quitter Chypre, le plus vite possible.

*

Je trouvai une place sur le vol Norwegian du lendemain. Le trajet en taxi jusqu'à Larnaca se déroula sans incidents ni contrôle. Je commençais à réfléchir à ce que Wedin avait réellement dit, et si c'était la vérité. Ou plutôt à ce qu'il avait dit *quand* il disait la vérité, car mentir, il l'avait fait aussi. Il avait clairement tenté de reprendre ses mensonges passés, parlant alors plus lentement, comme contraint de creuser dans sa mémoire pour y retrouver ce qu'il avait jadis inventé. Notamment lorsqu'il exposait sa propre thèse sur l'identité de l'assassin d'Olof Palme.

Livraison

Stockholm, septembre 2013

Devant la porte d'entrée s'entassaient les habituels prospectus, publicités et autres factures. Mais au milieu, une enveloppe cartonnée sans mention de l'expéditeur. Oblitérée à Prague. L'espace d'une seconde, mon imagination vit les colis piégés que Craig Williamson envoyait à ses ennemis, ceux qui tuèrent deux femmes et un enfant. J'ouvris l'enveloppe par le côté opposé, comme l'un des amis de Stieg m'avait dit qu'il l'avait enseigné à ses collègues d'*Expo*. Pas de bombe pour cette fois, simplement une clef USB.

Il fallait un mot de passe pour en ouvrir le contenu. Je regardai dans l'enveloppe. Rien. Qui pouvait bien m'envoyer une clef USB cryptée ? Prague. Lída Komárková. Le goût de gingembre et de citron vert de nos Moscow Mule me revint en bouche. Au moment de nous séparer devant le bar, Lída m'avait assuré qu'elle contacterait Jakob Thedelin sur Facebook et qu'elle l'interrogerait sur Enerström et l'assassinat de Palme. Qu'attendre d'elle, je n'en savais trop rien, mais pourtant Lída me faisait l'effet de quelqu'un qui tient parole. J'allais peut-être en avoir la preuve.

Je regardai mon téléphone. Son SMS était bref : « Wedin ». Oui, bon choix pour un mot de passe. Mais comment connaissait-elle Bertil Wedin ? J'étais à peu près sûr de n'avoir jamais mentionné son nom lors de notre rendez-vous à Prague ; nous avions parlé de Stieg Larsson, Jakob, Alf et Gio. Personne d'autre.

J'essayai « Wedin », la clef se débloqua. Un document PDF, un autre en « .pst ». Une visite sur Google m'apprit que « PST » est un format permettant de télécharger des messages, par exemple des e-mails depuis Outlook. L'installation du logiciel étant un peu fastidieuse, je commençai par le PDF. Cent pages de messages privés Facebook, échangés en anglais par Lída Komárková et Jakob Thedelin.

*

Hello Jakob, you have many friends with me. Tell me you and family ?
Best regarding
Lída Komárková

Dear Lída Komárková,

Ravi d'avoir de tes nouvelles. Tu me demandes qui est ma famille. Bien. Mon père vit toujours, mais ma mère est morte en 1994. Mon père habite dans une autre ville, mais on se téléphone de temps en temps, comme des amis. J'ai quelques amis, pas beaucoup, mais des amis fidèles sur qui je peux compter.

Un de mes amis est un vrai gentleman.
Je t'embrasse
Jakob

Lída avait commencé tout doucement, mais elle semblait vite avoir compris que Jakob n'était pas dur à mener par le bout du nez. Elle avait peut-être exagéré son mauvais anglais, et pourtant Jakob répondait à chaque fois. J'avais l'impression d'entrer par effraction dans le dialogue privé de deux inconnus, ce qui était d'ailleurs tout à fait le cas. Sauf que l'un des interlocuteurs, Lída, m'avait autorisé à lire ce dialogue. Une belle photo de profil, quelques messages, ce devait être ça, le *honey trap* de notre époque. Aussi efficace que Mata Hari, et nettement plus simple. Après quelques semaines d'échange de messages, Lída avait réussi à entrer dans la confidence de Jakob.

Hello Jakob,

Maintenant j'écris sur Word, ça m'aide avec mon anglais. Comme ça je peux te parler plus de moi et de ma vie.

J'aimerais bien venir en Suède un jour. Peut-être cet été ?

Je trouve ça passionnant que tu te sois converti au judaïsme ! Depuis une expérience qui m'est arrivée il y a des années, je pense beaucoup à me convertir à la religion de mon grand-père. Comment je peux me convertir ? Quand t'es-tu converti ? Est-ce que c'est différent pour une fille ?

Je t'embrasse fort

Lída

Dear Lída,

Tu me demandes comment on se convertit. On peut faire une conversion soit orthodoxe, soit libérale, soit conservatrice. J'ai choisi une conversion conservatrice. On doit savoir quels plats sont casher, et les bases de la loi juive, ce n'est pas compliqué du tout. Une fille a moins d'obligations religieuses que les hommes, donc c'est moins strict de se convertir quand on est une fille. Mais il faut que tu te renseignes à la synagogue de chez toi pour en savoir plus.

Je t'embrasse fort

Jakob

Lída avait donc découvert que Jakob s'était converti au judaïsme, ce qui expliquait les symboles juifs sur son mur Facebook. Ses messages se faisaient de plus en plus longs, tandis que ceux de Lída devenaient plus brefs, plus directs. En général, elle lui demandait de parler de lui, sans but précis. Parfois elle posait des questions concrètes et recevait des réponses concrètes, mais celles-ci se perdaient au milieu des interminables exposés de Jakob. Elle lui imposait de toujours dire la vérité, car on l'avait trompée autrefois, elle exigeait dorénavant l'honnêteté absolue.

Dear Jakob,

J'aime beaucoup quand tu m'écris « dear ».

Peut-être est-ce toi le gentleman dont tu parlais ? Ou est-ce un ami qui existe vraiment ? Olof Palme était suédois, était-il un gentleman ? Un héros ?

Je t'embrasse fort

Lída

Dear Lída,

Heureux d'avoir de tes nouvelles.

Tu parles de gentlemen – y en a-t-il encore ? Oui, j'en connais certains, l'un d'eux vit selon de vieilles devises, il aime parler de chevalerie. Je fais de mon mieux pour être à sa hauteur. Olof Palme était le leader du Parti social-démocrate en Suède. Palme a été assassiné en 1986. Pour lui rendre hommage, l'Union soviétique a fait un timbre avec son portrait. Le seul autre étranger qu'ils aient honoré ainsi était Kim Philby, un espion soviétique de nationalité britannique.

Je ne suis pas surpris qu'à l'étranger on voie Palme comme un héros, on ne dit rien de négatif sur lui. Mais il y a des exceptions, par exemple le journal italien La Stampa a fait un article sur lui en 1982 qui s'intitulait : « Palme – un dictateur aux ordres de Moscou ».

Love

Jakob

Il fallait s'y attendre : Jakob parlait d'Olof Palme comme d'un traître, un agent du KGB, lui-même se vantant de « fêter chaque année l'anniversaire de sa mort avec un verre de vin ». Lída continuait de pêcher des informations, mais avant tout sur les amis de Jakob. Lui se répandait en considérations diverses et variées, elle cherchait à le mener où elle voulait.

Dear Lída,

Merci pour ton message !

Tu me demandes si j'ai déjà tiré avec un Magnum ? Oui. J'ai appuyé mon bras sur le rebord d'une fenêtre pour mieux viser. J'ai tiré exactement où je voulais.

Tu me parles aussi de confiance dans ta lettre. Moi non plus je n'aime pas les mensonges, quand personne ne ment tout est OK. Les mensonges détruisent les relations. Je suis heureux que tu détestes les mensonges. Moi-même j'ai appris la valeur de la vérité. Quand je parle de choses intéressantes, j'essaie d'être le plus exact possible.

Mon ami chevaleresque s'appelle monsieur Bertil Wedin.

J'ai fait la connaissance de monsieur Wedin il y a des années, on s'est connus au téléphone. C'était un des hommes qui appelaient le docteur Enerström. Je n'ai jamais rencontré monsieur Wedin en personne. Il habite à Chypre. Mais on s'écrit des e-mails toutes les semaines. Notre premier contact remonte à 1998 si je me souviens bien. Je t'en dirai plus bientôt.

Love,

Jakob.

Ainsi Lída avait-elle découvert Wedin. Elle avait réussi à prouver que Wedin connaissait à la fois Jakob Thedelin et Alf Enerström ! Jusqu'ici je n'avais jamais trouvé trace d'un tel lien, ni dans les archives de Stieg, ni dans le rapport de la Commission d'enquête, ni dans aucun autre document. Or Lída continuait de récupérer des informations, mon travail étant ensuite d'écrémer les messages de Jakob, souvent longs de plus d'une page, pour n'en garder que les extraits les plus intéressants.

> J'ai travaillé comme garde-malade dans un hôpital. Ensuite je suis allé en Israël, puis je suis revenu en Suède. Le système suédois s'était bien développé. On a fait un compromis. J'étais trop problématique pour la commune, alors on m'a donné une retraite anticipée – je n'étais pas le seul ! Quel système ! Imagine un peu ! Maintenant je travaille pour un petit parti politique, les Démocrates Suédois, ici où j'habite.
>
> Tu me demandes si je conduis souvent. L'histoire c'est que mes parents m'avaient laissé le choix entre m'offrir le permis de conduire ou un séjour en Angleterre pour apprendre l'anglais. Et j'y suis allé tous les étés pendant sept ans. C'est pour ça que je sais monter à cheval, mais que je n'ai pas le permis – pas encore.
>
> Mon ordinateur est un ACER. Et bien sûr que tu sais qu'on ne peut pas être éternellement intègre. Une simple lettre suffit à tout changer ! Mon ami qui avait rencontré Otto von Habsbourg était le leader de l'Opposition sociale-démocrate. Il s'appelle Docteur Alf Enerström. Malheureusement, la pression qu'on lui mettait, la presse politique, et d'autres difficultés lui ont fait perdre la tête. J'ai connu le docteur Enerström grâce à sa femme, que j'avais contactée. J'étais très intéressé par les campagnes du docteur contre Palme. La première fois je l'ai vu à son cabinet. On est devenus amis.
>
> Pour ce qui est des lunettes, oui je les porte presque tout le temps, sauf quand je lis et j'écris.
>
> Well, le bon docteur louait un appartement de six pièces à la capitale, Stockholm. Il payait la moitié du loyer et son parti clandestin l'autre moitié, mais ce n'est pas très grave. Ce qui est important, c'est que le docteur Enerström avait un compte secret au Luxembourg. De l'argent qui venait des dons de ses soutiens. Surtout des Suédois de l'étranger. Un des plus gros

donateurs était une femme, Vera Axelsson-Johnsson, de l'une des plus grandes familles d'industriels suédois. L'argent servait à publier des annonces dans les journaux avant les élections.

J'étais impressionné de voir que Lída posait exactement les questions qui amenaient Jakob à cracher des renseignements essentiels. Pas de permis de conduire, le modèle de son ordinateur, comment il avait connu le docteur Enerström, sa myopie, peu à peu elle l'emmenait exactement où elle voulait. Et lui continuait d'écrire, de se livrer.

... le diplomate suédois Bernt Carlsson détenait dans son coffre à l'ONU des informations sur le meurtre de Palme. Le coffre fut forcé, des documents dérobés, et monsieur Carlsson dit à ses amis qu'il allait "bientôt être assassiné". Et en effet. Lors du crash aérien de Lockerbie en Écosse. Plusieurs centaines de morts !

Pour répondre à ta question sur la CIA : l'homme de la CIA pour qui je travaillais avait un poste de reporter auprès de l'ambassade américaine. Il rassemblait des informations sur l'Europe de l'Est lors de ses voyages là-bas. Il a aussi voyagé en Tchécoslovaquie, parce qu'il parlait la langue, aussi bien que l'allemand. S'il était américain ? Non, il ne l'était pas.

C'est comme ça que j'ai rencontré mon contact. C'était un journaliste. J'ai décidé de parler avec lui après avoir lu un article dans un journal. Lors de notre premier rendez-vous, je lui ai donné des informations que j'avais reçues du docteur Enerström à propos de la visite d'un officier important des services de renseignement qui avait rencontré Olof Palme en 1982. Comme mon contact avait trouvé ces informations capitales, j'ai continué à travailler pour la CIA.

Une fois la CIA a vérifié minutieusement la qualité des informations que je leur donnais. Ils ont calculé que 75 % de mes données étaient utilisables, alors que pour les agents professionnels de la CIA à leur quartier général de Langley, ce taux n'était que de 50 %. Imagine un peu ma fierté ! Ça m'a encore plus motivé.

Jakob répétait à plusieurs reprises qu'il avait transmis des informations à un agent de la CIA, et il donnait même des indices sur l'identité de cet agent. Quoique cela me semblât trop beau pour être vrai, je notai qu'il me faudrait garder un œil sur toute personne qui travaillait comme reporter et parlait tchèque.

Tu me demandes qui a tué Palme, un commando ou un homme seul ? Brièvement : il semble que Palme ait rencontré un officier du GRU soviétique la veille de sa mort.

Tu me demandes combien de personnes sont nécessaires pour réussir un tel coup. La question a été posée dans une interview télévisée de savoir si un groupe élargi pouvait garder le silence. J'ai entendu dire que pour suivre une personne, on a besoin de 20 hommes rien que pour observer ses mouvements, en comptant les tours de garde, les moments de repos, les repas, etc. Faire que 20 personnes gardent le silence nécessite de leur part beaucoup de discipline, de motivation, d'honneur.

Dans le cas de Palme, je me demande si son téléphone n'était pas mis sur écoute. La question est : qui savait qu'il irait au cinéma ce soir-là ? *Well*, si son agent du GRU le savait, alors ce n'était pas difficile pour eux, le GRU, de tuer Palme. Le coincer et le tuer avant qu'il monte dans le métro. Palme est mort à mi-chemin de l'entrée du métro. Ça ne nécessitait qu'un ou deux hommes, un en réserve au cas où le premier tombait malade.

Lída avait réussi à lui faire parler du meurtre de Palme, mais ses réponses demeuraient déconcertantes. Une conspiration, oui, mais russe ? Si Palme était un agent soviétique, pourquoi le tuer ? Il n'y avait aucune logique là-dedans. Mais Lída s'approchait de la question décisive, et les messages de Jakob n'étaient plus très loin d'y répondre.

Tu me dis que tu ne me crois pas et que je n'ai pas répondu à la question que tu me posais. En relisant ma lettre, je me demande ce que j'ai bien pu oublier, ou sur quoi je n'ai pas été clair ?

Je veux que tu saches une chose : je t'aime vraiment beaucoup. Et je ne veux surtout pas te perdre. J'en reviens à l'autre sujet, Olof Palme. Ah ! Je rêvais de le tuer quand j'avais 12-13 ans, ce qui m'aurait tiré de bien des ennuis. (Voici maintenant toute l'histoire.) Quand j'avais 13 ans donc, je pensais que je pourrais utiliser le pistolet du père d'un ami, un pistolet qui avait 200 ans, le bourrer de trucs en fer et voir jusqu'où je pouvais m'approcher de Palme. Je me disais qu'un petit garçon ne pourrait pas être envoyé en prison, et qu'on le laisserait s'approcher très près de Palme. Ainsi mon plan se serait réalisé.

Si Palme aurait pu survivre ? Vu la médecine de l'époque, je n'en suis pas sûr, cela dépendait de mon habileté et de la chance.

Le roi Gustave III avait été tué par un pistolet comme celui que je pensais utiliser, mais le roi mourut d'une infection plutôt que de la balle qu'il avait reçue. Et je savais déjà tout ça à 12-treize ans, donc je savais qu'il faudrait viser juste – tirer dans la poitrine, à courte distance, toucher le cœur. Impossible qu'il s'en sorte. Je me souviens que j'étais indécis quant aux munitions, quel type utiliser, je n'étais pas sûr. Mais comme j'habitais loin de la capitale, mon rêve d'adolescent n'a pas pu se réaliser. Je le regrette. En plus, si j'avais tué Palme à 13 ans, j'aurais été adoré non seulement par mes parents mais aussi par la moitié du pays, et en comparaison d'un tel exploit, faire un an de prison n'était rien du tout, qui sait même si je n'étais pas trop jeune pour ça. Selon mes plans, je devais ensuite expliquer à la presse, à treize ans je veux dire, pourquoi j'avais tué Palme. C'est parce que j'étais convaincu que Palme était un traître. Je m'attendais à recevoir du soutien. À présent je sais que beaucoup de gens que je connais auraient témoigné en ma faveur contre le traître Palme. Ainsi l'histoire de la Suède aurait été changée.

Je me suis longtemps senti coupable de ne pas avoir tué Palme, jusqu'à ce que je grandisse et me rende compte que ce n'était pas raisonnable. Alors j'ai décidé de rassembler des preuves, d'écrire et de publier des livres, enfin de faire tout qui était en mon pouvoir pour lutter contre Palme et contre ce qu'il défendait. C'est pour ça que j'ai contacté le docteur Enerström en 1980-1982.

Love

Jakob

Dear Jakob,

L'important est de dire la vérité et de ne pas se rétracter. Mais problème. Je ne vois pas de réponse à ma question directe : As-tu tiré sur Olof Palme ?

Love

Lída

Dear Lída,

C'était ça ta question ! Je croyais y avoir répondu. Voilà ma réponse : je n'ai pas tiré sur Palme en 1986. Je n'étais pas non plus impliqué dans sa mort le 28 février 1986. J'ai entendu la nouvelle comme tout le monde, j'ai été surpris par cette (bonne) nouvelle, même si elle arrivait quinze ans trop tard, trop tard pour freiner l'évolution du pays et réparer les dégâts que Palme avait causés.

Hug and love

Jakob.

Jakob,

Je suis vraiment désolée. Voilà pourquoi j'avais peur de te perdre. Je sens que ta réponse sur Palme est truquée. Je comprends que c'est difficile de dire toute la vérité après tant d'années. Mais je vois bien que ta réponse n'est pas honnête. Je t'avais déjà écrit : je ne veux rien que la vérité, pas de mensonges. À cause de mon expérience. Mes mauvaises expériences.

Jakob. Je ne peux plus avoir confiance en toi. Je suis désolée.

Je te perds aujourd'hui.

Adieu

Lída

Elle l'avait poussé jusqu'à la question de savoir s'il avait tiré sur Palme, question qu'il avait évitée, ou à laquelle il avait répondu indirectement, avant qu'elle ne lui demandât de répondre, et de répondre par la vérité. La réponse de Jakob était sans appel : il n'avait ni assassiné Olof Palme, ni participé au meurtre. Mais quel besoin avait-il eu de mentionner l'année dans la première moitié de la réponse ? Puis l'année et la date dans la seconde ? C'était sans doute un moyen d'affirmer son innocence, quoique cela produisît presque l'effet inverse : notamment parce que le décès d'Olof Palme fut officiellement déclaré six minutes après minuit, et qu'il était donc mort le 1er mars et non le 28 février.

Les réticences de Jakob à répondre, ses formules quelque peu mystiques, tout cela n'était pas de nature à dissiper mes doutes. Au contraire, j'étais de plus en plus convaincu qu'il était impliqué dans le meurtre, d'une quelconque façon.

Or le dialogue entre Lída et Jakob avait connu une fin abrupte. Elle avait coupé la communication après avoir constaté qu'elle ne pouvait pas lui faire confiance. La tentative désespérée de Jakob pour rétablir le contact demeura lettre morte.

Des fusées qui ne décolleront plus jamais

Stockholm, septembre 2013

L'autre fichier de la clef USB de Lída fut plus difficile à ouvrir, mais il s'avéra au moins aussi passionnant que l'autre. J'avais installé Outlook sur mon ordinateur et réussi à y importer le fichier.pst. Quinze minutes plus tard, je parcourais librement la correspondance e-mail entre Jakob Thedelin et Bertil Wedin.

Cela s'accordait mal à la personnalité sensible et distraite de Lída. Dans les questions consciencieuses qu'elle avait posées à Jakob, j'avais reconnu sa façon de s'exprimer, bien qu'il lui semblât plus facile de le faire en écrivant qu'en discutant à l'oral. Il y avait quelqu'un d'autre derrière le piratage des e-mails, mon intuition qu'elle n'opérait pas seule était confirmée. Peut-être le hacker était-il cet ami dont Lída avait dit qu'elle demanderait l'aide. Mais quelle que fût l'identité du génie informatique, le fait est que j'avais à présent la chance de pouvoir lire ce que s'écrivaient deux individus potentiellement impliqués dans l'assassinat d'Olof Palme. Deux individus dont ni moi, ni la police, ni personne s'intéressant à cette affaire ne se doutaient qu'ils étaient en contact. Encore moins en contact étroit.

Je parcourus presque un millier d'e-mails. Jakob se sentait observé, et Bertil lui donnait des conseils pour vérifier si quelqu'un le suivait dans la rue, ou si son appartement était surveillé. Ils s'exhortaient mutuellement à être prudents dans leurs échanges, ceux-ci risquant d'être interceptés. Ils n'avaient pas tort, la preuve.

Le téléphone leur semblait un moyen de communication plus sûr. Ils s'envoyaient par la poste les documents les plus importants, ceux dont ils voulaient être certains que personne ne les lirait.

Plusieurs thèmes revenaient souvent. En tête, l'assassinat de Palme. Ils se transmettaient régulièrement les dernières révélations de la presse sur le tour que prenait l'enquête, sur ce que la police faisait ou ne faisait pas. La thèse qu'ils échafaudaient faisait d'Olof Palme un agent de l'Union soviétique, assassiné par le KGB parce qu'il était sur le point d'être démasqué. Cette théorie resurgissait régulièrement dans leurs e-mails, contredisant en partie ce que Wedin m'avait dit à Chypre, mais confirmant ce que Jakob avait écrit à Lída. La logique en demeurait pourtant obscure : pourquoi les services secrets russes auraient-ils assassiné leur propre agent, et un Premier ministre par-dessus le marché ? D'autant plus invraisemblable que rien, après sa mort, ne permit jamais de laisser entendre qu'il travaillait pour les Russes. En outre, ces réflexions sur le KGB étaient insérées au milieu d'e-mails qui traitaient de choses sans rapport. J'interprétais cela comme étant un rideau de fumée soigneusement déployé pour égarer un éventuel intrus dans leur échange.

Un autre thème qui revenait souvent était l'attentat de Lockerbie de décembre 1988, dont Wedin m'avait déjà parlé à Chypre. Il avait demandé à Jakob de lui transmettre tout ce qu'on écrirait dessus dans les médias suédois. À les croire, la cible de l'attaque terroriste aurait été Bernt Carlsson, et l'un des mobiles le fait qu'il savait qui avait assassiné Palme, et pourquoi. Si l'on s'en tenait à leur thèse, alors ce devait être le KGB, mais étrangement il n'en était jamais question dès lors qu'on parlait de la mort de Bernt Carlsson.

Wedin ne semblait pas croire à la version officielle selon laquelle la Libye aurait commandité l'attentat. Force est de constater qu'ils n'avaient sans doute pas tort. Le Libyen Al Megrahi, le seul à avoir été condamné pour l'attentat, fut libéré en 2009 pour des raisons humanitaires, après qu'on eut révélé qu'un des principaux témoins avait menti, et calculé ensuite que la préparation d'un procès en révision durerait si longtemps qu'Al Megrahi, gravement malade, risquerait de mourir avant même que son procès ne puisse s'ouvrir.

Leur échange d'e-mails montrait assez clairement que Jakob n'avait pas de confident plus intime que Bertil Wedin. Tous les e-mails qu'il envoyait à Bertil étaient écrits sur un ton très personnel ; il était l'homme en qui il avait le plus confiance. Plus qu'en lui-même, semblait-il. Lorsque Jakob écrivait « les affaires marchent », après les attentats d'Anders Breivik en Norvège, Bertil se désolidarisait en écrivant qu'« il n'existe aucune sorte d'excuse pour qui tue des femmes et des enfants ». Jakob s'inclina. Il semblait utiliser Bertil comme la boussole morale dont il manquait cruellement. Difficile en revanche de dire quels bénéfices Bertil pouvait retirer d'un tel dialogue. Peut-être l'explication la plus simple était-elle encore la meilleure : tous deux vivaient isolés, ils manquaient de contacts humains, qu'ils ne trouvaient que par e-mails, lettres, parfois au téléphone. Peut-être se sentaient-ils très seuls, tout simplement.

L'e-mail qui attira durablement mon attention était la réponse de Jakob à une courte question de Bertil.

> 1 sept. 2009
> Cher Jakob,
> Aurais-tu la gentillesse de me parler un peu de la vie musicale à Västra Frölunda ?
> Cordialement
> Bertil
>
> 5 sept. 2009
> Bertil !
> Pas de vie musicale digne d'être suivie à Västra Frölunda, mais un porte-parole de l'IDF raconte que dans un bunker la foudre et le tonnerre, entre autres bruits qu'on entend quand les bombes explosent, assurent des fusées qui ne décolleront plus jamais.
> Amitiés
> Jakob Thedelin
> (IDF = Israel Defence Force)

Bertil lui posait une question sur la vie musicale dans la banlieue de Göteborg où Jakob vivait parfois. Or tout le monde, même moi, savait qu'il n'y avait aucun type de musique pour eux dans ces banlieues suédoises-là. Jakob et Bertil n'étaient tout de même pas le genre à écouter du rap et du hip-hop ! La question portait plus vraisemblablement sur un autre sujet, une allusion que Jakob avait saisie.

Sa réponse était encore plus cryptée. Je passai un moment à essayer d'en démêler le sens. L'e-mail était écrit sur le ton de la blague, comme une espèce de code dont l'expéditeur et le destinataire connaissaient la signification. Je jetai un œil aux autres e-mails, sans trouver nulle part d'autre occurrence de ce langage énigmatique.

Je finis par conclure à deux options. La première, qu'il s'agissait d'un e-mail innocent, une plaisanterie se référant à une histoire qui n'intéressait qu'eux. La seconde, qu'il s'agissait au contraire de quelque chose qu'ils se devaient de maintenir dans le plus grand secret. Je réfléchis un moment, avant de retranscrire ce que cela pouvait signifier, si mon interprétation était la bonne :

Jakob *(un porte-parole de l'armée d'Israël)* parle d'une arme *(fusées)* qui est en sécurité *(ne décolleront plus jamais)* dans un espace sans ouverture *(bunker)* où ça cogne et gronde *(la foudre et le tonnerre, entre autres bruits qu'on entend quand les bombes explosent).*

J'étais ainsi parvenu à donner un sens intelligible et complotiste à un e-mail codé qui pouvait tout aussi bien s'avérer parfaitement innocent.

L'hémisphère gauche de mon cerveau me dit que je commençais à devenir aussi fou que tous ceux qui s'étaient penchés sur le meurtre de Palme. L'hémisphère droit pensait quant à lui que Jakob était peut-être celui qui tenait en lieu sûr l'arme qui avait assassiné le Premier ministre, quelque part à Västra Frölunda, banlieue de Göteborg.

*

L'autre échange qui attira mon attention était de plus fraîche date. Deux jours après que Lída eut mis un terme à son « amitié Facebook » avec Jakob, celui-ci avait éprouvé le besoin de demander à Bertil comment il devait réagir. Dans certains e-mails précédents, il lui avait déjà parlé de Lída et de leur dialogue. Il finissait par avouer qu'elle s'intéressait à l'assassinat de Palme. La réponse de Bertil Wedin fut directe. Il ne pouvait pas comprendre que Jakob pût se mettre à discuter de sujets aussi sensibles avec quelqu'un d'autre. Il ajoutait ensuite qu'il n'avait plus confiance en son ami, et qu'il se voyait contraint de couper tout contact avec lui.

Jakob Thedelin avait perdu deux personnes proches en l'espace de quelques jours.

*

J'écris à Lída sur l'application Viber pour la remercier des documents qu'elle m'avait envoyés, et par curiosité, lui demander comment elle avait réussi à se les procurer. Quelques jours plus tard, je reçus sa réponse :

> Hi,
> *No worries*. À une condition : que tu ne me demandes plus jamais qui m'a aidée. C'est mon secret. Celui qui a fait ça veut avoir « *källskydd* ».
> Bon vent !
> Lída

Elle avait à dessein utilisé le mot suédois « *källskydd* », qui signifie « protection de la source », la garantie pour une source d'agir anonymement et sous protection. Ou bien sa source était-elle suédoise et lui avait enseigné le mot. Je lui répondis pour lui assurer que je ne poserais plus de question de ce genre. Elle ne répondit pas. Quelques semaines plus tard, je lui téléphonai. Pas de réponse. J'envoyai encore plusieurs messages, elle ne réagit pas. Elle était peut-être en voyage, ou elle avait changé de numéro. Je n'y pensais plus, mon attention était déjà requise ailleurs.

The New Yorker

Stockholm, mars 2014

Le journal *Svenska Dagbladet* s'intéressait beaucoup à mon interview de Bertil Wedin, mais encore davantage aux documents de Stieg Larsson. En collaboration avec leur rédacteur en chef adjoint, Ola Billger, j'écrivis quatre longs articles sur Stieg et l'assassinat d'Olof Palme, plus mon interview de Bertil Wedin. Nous fîmes traduire deux des articles en anglais, qui furent aussitôt publiés. L'impact fut retentissant.

La nouvelle que Stieg Larsson s'était penché sur le meurtre de Palme se répandit en vingt-quatre heures d'un bout à l'autre du globe, et nous fûmes les héros du jour. Nous eûmes droit aux compliments du rédacteur en chef, Fredric Karén, qui m'enjoignit expressément de ne pas révéler comment j'avais découvert et utilisé les archives de Stieg. C'était un secret de *Svenska Dagbladet*, voyez-vous. Et puisqu'on me payait, pourquoi m'opposer ?

Quelques jours après la première publication, je reçus un coup de téléphone.

« Bonjour, je m'appelle Nicholas Schmidle. J'écris dans *The New Yorker Magazine* », dit en anglais une voix américaine.

Je ne mesurais pas exactement ce que le *New Yorker* représentait pour les États-Unis et le monde en général – toujours en haut de la liste des magazines les plus prestigieux et les plus influents. Si je l'avais su alors, j'aurais certainement commencé à bégayer au téléphone, en fait de quoi Nicholas et moi discutâmes pendant une heure des archives de Stieg Larsson, de ses théories et de mon travail.

Nicholas voulait envoyer à son rédacteur un article sur mon enquête. Même si cela nous prit un an, ce fut le début d'une collaboration et d'un échange de matériel qui devait notamment faire éclater un mensonge capital, et nous emmener en Afrique du Sud, entre autres.

L'image fantôme

Stockholm, automne 2014

Une série de faits de l'enquête officielle demeuraient pour moi inexplicables, des faits qui avaient sans doute également déconcerté Stieg en son temps. L'un d'eux n'était autre que la fameuse et controversée « Image fantôme », le portrait-robot réalisé dès la première semaine après le meurtre en se basant sur le témoignage de la portraitiste Sara.

Stieg en avait déjà parlé dans sa lettre du 20 mars 1986 à Gerry Gable. Par la suite, les enquêteurs décrétèrent que ni le portrait-robot ni le témoignage de Sara n'étaient dignes de foi. Je décidai d'analyser la façon dont cette image avait été produite, quel rôle elle avait joué dans l'enquête, et si cela intéressait mes recherches.

*

Huit jours après l'assassinat, la police semblait convaincue que le portrait-robot récemment produit représentait bien le meurtrier du Premier ministre. Le témoin Sara avait été choisi comme étant la plus à même de livrer une image du tueur. La photo fut diffusée dans le monde entier ; la police, les médias et l'opinion publique s'en emparèrent.

Puis le chef de la Police criminelle, Tommy Lindström, annonça avec l'appui d'un collègue que cette image n'avait aucune valeur, puisqu'elle montrait un homme innocent que Sara avait dû voir

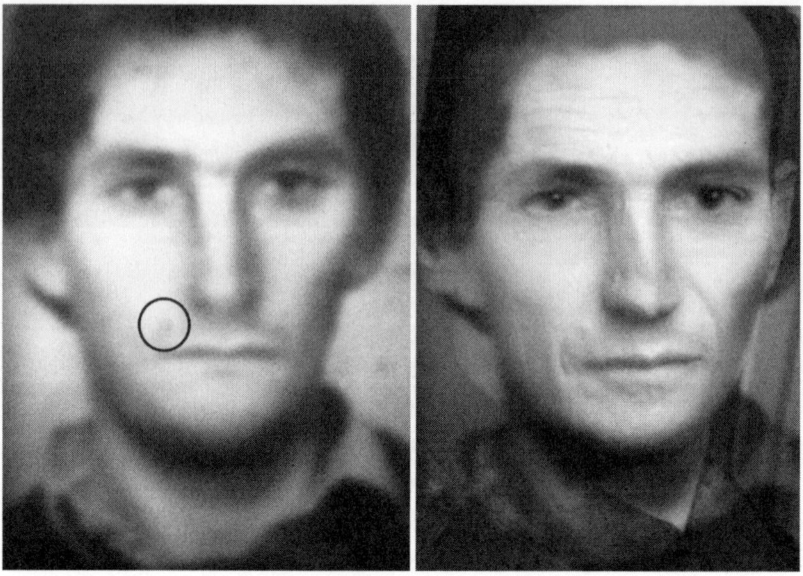

À gauche : « Image fantôme », un point au-dessus de la lèvre entouré (source : Police) ; à droite : fusion de l'« Image fantôme » avec une photo de Jakob Thedelin (archives de l'auteur)

plus tôt le même soir. Ils étaient si certains de leur fait qu'ils ne prirent même pas la peine de demander à Sara ce qu'elle en pensait.

Trente ans jour pour jour après le meurtre, la police tint une conférence au cours de laquelle elle déclara qu'il était « peu probable » que l'homme de l'image fantôme fût effectivement l'assassin, et que donc la police ne s'en servirait plus. Cette fois-ci, leur argument était qu'aucune chaîne de témoins n'avait pu suivre sans interruption la course du meurtrier des lieux du crime jusqu'à Smala gränd où Sara T. l'avait vu. En outre, dix à vingt minutes s'étaient écoulées depuis le meurtre, un délai beaucoup trop long pour un meurtrier en fuite. La police écartait derechef l'image fantôme.

Huit jours après le meurtre, celle-ci, assortie au témoignage de Sara, était pourtant l'indice principal que la police avait en sa possession. On en déjugeait trente ans plus tard – sans pour autant expliquer qui était cet homme, ni ce qu'il faisait là.

*

Quand j'eus fini mon analyse de l'exécution du meurtre proprement dit, l'un des éléments qui m'avait fait conclure à l'assassin amateur était tout simplement que cela expliquait alors les indications contradictoires livrées par les témoins à partir du haut des escaliers de Brunkeberg.

Smala gränd, où Sara vit passer l'homme, est une rue longue de deux cents mètres, menant d'un cul-de-sac à un autre. La seule issue possible était Birger Jarlsgatan, ou Brunkerberg en montant les escaliers. Si c'était bien l'assassin que Sara avait vu, alors la seule raison plausible de sa présence, c'est qu'il s'était perdu. Ce qui corroborerait le témoignage de Lars J., qui avait vu pour la dernière fois l'assassin se glisser entre deux voitures sur David Bagares, image d'un homme qui cherchait à se cacher parce qu'il ne savait pas où aller. Une attitude relayée par les autres témoignages, à partir du moment où l'homme était en haut des escaliers. Or si le tueur avait erré, il pouvait très bien n'être arrivé sur Smala gränd que dix ou vingt minutes après son crime. Comportement qui dut en tout cas semer l'inquiétude chez les éventuels complices de l'assassin.

Plus important encore à mes yeux, le fait que la mise au rancart de l'image fantôme n'avait en soi aucune validité policière : ce pouvait être une erreur de plus parmi toutes celles que la police avait commises au cours de l'enquête.

À moi de découvrir ce que le portrait-robot pouvait m'apprendre. Qui sait, peut-être ressemblerait-il à quelqu'un que je suivais déjà. Vu que le 1,95 mètre d'Alf Enerström ne concordait pas avec le signalement donné par Sara, je décidai de commencer par Jakob Thedelin.

Pour m'assurer d'avoir la bonne image, je demandai un original de l'image fantôme à la police, qui m'en envoya quelques semaines plus tard une copie de très bonne qualité par la poste.

J'avais plusieurs photos Facebook de Jakob Thedelin, j'en choisis une qui montrait son visage presque de face, avec une expression neutre. Avec l'aide de Photoshop, je remis droit son visage, effaçai ses lunettes, et mis l'image en noir et blanc. Puis je zoomai afin que son visage eût la même taille que celui de l'image fantôme. En augmentant sa transparence à 50 %, je pus superposer le visage de Jakob à une version scannée du portrait-robot.

Je constatai deux choses :

1 : Jakob Thedelin ressemblait beaucoup à l'homme de l'image fantôme.

2 : Jakob Thedelin avait un grain de beauté juste au-dessus du coin droit de la lèvre, au même endroit où l'autre avait une tache de forme circulaire.

L'équipe d'enquêteurs ne put m'expliquer l'origine de cette tache. Pas davantage qu'ils ne surent me dire pourquoi l'homme s'était égaré dans Smala gränd après le meurtre. Ils se bornaient à constater pour eux-mêmes qu'ils ne croyaient toujours pas que l'homme de l'image fantôme fût le meurtrier.

*

Je rassemblai tout le matériel que j'avais obtenu de Lída – le dialogue Facebook et les e-mails entre Wedin et Thedelin –, la ressemblance avérée entre ce dernier et l'image fantôme, et d'autres éléments, et entrepris de tout résumer dans un mémo. Un courrier semblable à celui que Stieg Larsson avait écrit sur Bertil Wedin. Douze pages en tout sur la possible participation de Jakob Thedelin à l'assassinat d'Olof Palme, avec des citations de témoins, des illustrations, une chronologie, des extraits des dialogues Facebook et des e-mails. J'envoyai ce courrier à la police. En attendant qu'ils réagissent. Et j'attendis. Et j'attendis.

L'assassinat, une étude

Stockholm, printemps 2015

Les indications que Stieg avait transmises à la police durant l'année qui suivit le meurtre d'Olof Palme faisaient état d'une possible implication de Bertil Wedin, et de l'EAP. Il leur avait peut-être fait parvenir d'autres informations, mais personne ne pouvait vraiment savoir s'il en restait trace, la police s'étant naturellement débarrassée d'un tas de documents dans ce puits sans fond qu'était la plus vaste enquête policière de l'époque.

Dans sa lettre à Gerry Gable, rédacteur en chef de *Searchlight*, Stieg décrivait un meurtre professionnellement exécuté, ne mentionnant qu'au passage, sans s'y attarder, l'hypothèse qu'il pût également avoir été perpétré par un amateur. Dans le dernier document sur le meurtre qu'il transmit à *Searchlight*, en 1996, l'assassinat était toujours considéré comme l'œuvre d'un professionnel dans laquelle l'extrême droite suédoise jouait un rôle mal défini. Je savais que l'intérêt et les recherches de Stieg n'avaient pas cessé jusqu'à sa mort huit ans plus tard, mais aucune preuve concrète ne laissait supposer que son enquête avait connu des avancées ultérieures. Peut-être n'avais-je pas été suffisamment attentif ? Y avait-il dans ses archives des documents que j'aurais manqués ?

J'avais parcouru déjà plusieurs fois tout ce que j'avais scanné, ce qui excluait une série de rapports reliés, sur lesquels je ne m'étais par conséquent pas encore penché. Ils étaient chez moi, je décidai donc de les lire pour m'assurer de n'avoir rien raté.

L'un de ces rapports s'appelait *A Study of Assassination*. « L'assassinat, une étude », un titre qui tenait à la fois du mémoire universitaire et du roman noir. Sans avoir la moindre idée de la façon dont il était tombé entre les mains de Stieg, je remarquai pourtant qu'il le citait souvent dans ses archives.

C'était un document de quatre-vingt-dix pages, en apparence ni daté, ni signé, mais la nouvelle édition, datée elle du 15 mai 1997, indiquait que le manuscrit aurait été achevé le 31 décembre 1953. La CIA en était, sinon l'auteure, du moins à l'origine, puisqu'on s'était servi de cette étude en amont des tentatives de déstabilisation du gouvernement Guzman, président du Guatemala de 1951 à 1954.

Les opérations de la CIA baptisées « PBFORTUNE » et « PBSUCCESS » avaient pour but de renverser le gouvernement démocratique du pays présidé par Jacobo Arbenz Guzman. La première tentative fut approuvée et déclenchée par Truman en 1952. Au début de la même année, le quartier général de la CIA produisit un mémorandum concernant notamment « Les personnels communistes guatémaltèques à neutraliser lors des opérations militaires ». La « liste A » comprenait 58 noms de personnes à assassiner.

*

A Study of Assassination était rédigé en anglais et se présentait comme un banal rapport ou manuel d'instructions. Il commençait par un court avant-propos où, à la suite d'une définition du terme d'« assassinat commandé », on expliquait dans quelles circonstances et selon quels motifs il pouvait être mis en œuvre, tout en exhortant les âmes sensibles à ne pas s'aventurer dans ce genre de pratique. La description de chaque technique particulière d'assassinat était assortie d'un résumé des avantages et des inconvénients de son emploi.

Sans arme

Peu d'assassins sont suffisamment habiles pour tuer quelqu'un à mains nues. Utiliser des outils simples se trouvant à proximité est souvent une solution préférable. Marteau, hache, tournevis ou tout autre objet lourd peuvent faire l'affaire. Une corde ou une ceinture ne sont efficaces que si l'assassin est suffisamment fort et rapide. Une mitraillette censément mortelle n'est pas venue à bout de Trotski, tandis qu'un piolet a obtenu le résultat souhaité.

Accidents

Pour certains types d'assassinats commandés, provoquer un accident mortel est la technique la plus efficace, car l'agitation suscitée est moindre, et l'enquête plus limitée. L'accident le plus sûr est la chute de vingt-cinq mètres ou plus sur un sol dur. La chute sous les rails d'un train ou d'un métro est souvent couronnée de succès, mais nécessite un timing parfait et expose généralement l'assassin à l'observation de témoins.

Drogues

Si l'assassin est également médecin ou infirmier, ou bien que la victime est hospitalisée, c'est une méthode simple et efficace. Une overdose de morphine ou autres somnifères provoque une mort assurée, sans douleur et difficile à autopsier.

Armes blanches

Un minimum de connaissances anatomiques est nécessaire pour que la méthode soit efficace. Frapper au torse et au ventre peut être dépourvu d'effets si le cœur n'est pas touché. Pour une efficacité absolue, sectionner la moelle épinière dans la partie inférieure de la nuque. La pointe d'un couteau ou un coup de hachette feront l'affaire. Un autre moyen de provoquer la mort à coup sûr est de sectionner les veines jugulaires de part et d'autre de la trachée.

Armes contondantes

Comme pour les armes blanches, des connaissances anatomiques sont requises. Le plus grand avantage est l'accessibilité de ce type d'armes. On peut se procurer un marteau en à peu près n'importe quel endroit du globe. Une pierre ou un bâton d'un certain poids, type massue, peuvent aussi convenir, et on évite d'avoir à acheter, transporter puis dissimuler un objet qui paraisse être une arme. Le coup devra être porté à la tempe, juste devant ou derrière l'oreille, ou sur l'arrière du crâne. Si le coup est très puissant, n'importe quelle partie du crâne peut être visée.

Armes à feu

L'utilisation d'armes à feu dans les assassinats commandés est très répandue, mais souvent inefficace. Les assassins manquent généralement de connaissance des armes, attendant de leur arme plus de portée, de précision et de puissance mortelle qu'ils peuvent en obtenir. La nécessité de s'assurer que la victime n'en réchappera pas étant le critère absolu, l'arme à feu devra être utilisée avec 100 % de puissance supplémentaire par rapport à celle jugée suffisante, et la distance de tir devra être de moitié inférieure à celle considérée comme réaliste pour l'arme utilisée. Les armes à feu comportent de nombreux autres désavantages. Leur valeur est constamment surestimée.

Pistolets ou revolvers

Même si les armes de poing sont plutôt inefficaces en cas d'assassinat commandé, elles sont souvent employées, d'une part car elles sont maniables et aisément dissimulables, d'autre part à cause de l'inexpérience de leurs utilisateurs. Bien que de nombreux assassinats commandés aient été exécutés avec des armes de poing (Lincoln, Harding, Gandhi), les échecs sont aussi nombreux que les succès (Truman, Roosevelt,

Churchill). Si l'on utilise une arme de poing, on doit le faire au maximum de sa puissance, et tirer à proximité immédiate de la victime. Entre les mains d'un expert, un pistolet est assurément mortel, mais de tels experts sont rares et habituellement indisponibles pour exécuter un tel contrat. Les calibres les plus efficaces sont .45 Colt, .44 Special, .455 Kly et .357 Magnum. Des calibres moindres peuvent faire l'affaire, mais avec moins de fiabilité. Dans tous les cas, la victime doit être touchée à trois reprises au moins pour s'assurer qu'elle succombe.

Explosifs

Les bombes et autres types d'explosifs sont souvent employés lors des assassinats commandés. De tels moyens augmentent le niveau d'efficacité et permettent de lever l'obstacle que constitue une escorte. La charge doit être placée de telle façon que la victime se trouve à moins de deux mètres d'elle au moment de l'explosion.

Les différents types d'assassinats commandés étaient classés de manière très intelligible : « simple » signifiait que la victime ne se doutait pas de l'opération, « traque » qu'elle se savait menacée mais évoluait sans protection, « garde » qu'elle était protégée, « perdu » que l'assassin devrait se sacrifier, vraisemblablement mourir, « sûr » que le salut de l'assassin était assuré, « secret » que le meurtre serait déguisé en accident, « ouvert » qu'il n'était pas besoin de camoufler le crime, et « terroriste » que le meurtre serait revendiqué.

En reprenant ces termes, on pouvait par exemple qualifier l'assassinat de Jules César de « sûr », « simple » et « terroriste », puisque l'assassin avait survécu (« sûr »), que la victime n'était pas protégée (« simple ») et que l'assassinat, revendiqué, avait des fins de publicité politique (« terroriste »). En revanche, l'assassinat de l'homme politique américain Huey Long était « perdu », « gardé » et « ouvert », puisque l'assassin s'était fait tuer (« perdu »), que la victime était protégée (« gardé ») et qu'il n'y avait nul besoin de cacher la nature criminelle de l'acte (« ouvert »).

Dans tous les cas où l'assassinat commandé se concevait comme « sûr », l'assassin devait avoir les mêmes qualités qu'un « agent secret ». Il devait être tenace, intelligent, déterminé et physiquement préparé. En cas d'utilisation d'un équipement particulier, par exemple d'une arme de poing, l'opérateur devait faire preuve d'une habileté sans faille et reconnue dans son maniement. Il devait avoir le moins de contacts possible avec le reste de son organisation. À moins qu'il s'agisse d'un attentat terroriste, l'assassin devait passer le moins de temps possible sur place.

Pour les assassinats commandés dits « perdus », l'assassin devait être un fanatique. Politique, religion, vengeance était ses seuls mobiles possibles. Puisque les fanatiques sont psychologiquement instables, on devait le guider avec une prudence extrême. Ne pas lui révéler l'identité des autres membres du groupe, même si l'objectif était qu'il meure au cours de l'opération. À l'assassin de Trotski par exemple, qui n'aurait sans doute jamais dénoncé personne, il eût été imprudent de transmettre trop d'informations avant le meurtre.

La planification de l'opération devait se faire uniquement de vive voix, puis être mémorisée, sans aucun document écrit qui puisse la trahir.

*

En lisant ce rapport sur les méthodes de la CIA dans les années 1950, je m'aperçus que si elles ne ressemblaient pas à celles employées dans les années 1980, ces connaissances en matière d'assassinat devaient encore avoir cours, et à l'échelle de plusieurs pays, surtout si la coopération entre les divers services secrets était aussi établie que Stieg et d'autres l'affirmaient. Restait à savoir si le cadre d'action était devenu plus légal. Les services secrets avaient-ils cessé d'assassiner des gens ? En Afrique du Sud dans les années 1980, c'était un fait, les agents avaient du sang sur les mains. Ils en avaient témoigné lors de la Commission Vérité.

Après la lecture du manuel *A Study of Assassination*, je ne pus m'empêcher d'utiliser ces termes fraîchement découverts pour comparer de nouveau la thèse de Stieg, celle d'une organisation professionnelle, et la mienne, celle d'un tueur vraisemblablement inexpérimenté. Une troisième option les validerait toutes les deux : une organisation professionnelle qui s'en remet à un tueur inexpérimenté.

Si l'assassinat de Palme était la version « perdu », alors le tueur était un fanatique, un déséquilibré. Cela expliquerait plusieurs de ses errements, et mon hypothèse du parfait amateur.

Il n'avait pas touché sa victime « à trois reprises au moins » comme il était recommandé. En outre, il avait utilisé un type de munition qui augmentait les chances de survie de la cible, et manqué Lisbeth Palme, c'est-à-dire ajouté un témoin décisif contre lui. Je repris l'analyse du comportement de l'assassin que j'avais faite il y a quelques années, notant tous les autres éléments qui pointaient en direction de l'amateur.

Appuyée sur le rapport, ma conclusion était que si l'assassinat d'Olof Palme avait été organisé par un service secret ayant accès à un « savoir-faire » équivalent à celui de la CIA dans les années 1950, alors il était *perdu*, *simple* et *ouvert*, pour reprendre la nomenclature de l'étude. L'assassin était un fanatique (*perdu*), Olof Palme ne se sentait pas menacé (*simple*), et le crime n'avait pas besoin d'être maintenu secret (*ouvert*).

Cette dernière hypothèse pouvait réconcilier l'idée de Stieg – Afrique du Sud, Wedin, extrémistes suédois – et la mienne, celle de l'assassin amateur. Si je voulais en avoir le cœur net, il me fallait rencontrer ceux dont on était presque certain qu'ils étaient du complot. Je devais aller en Afrique du Sud.

Les enfants morts – III

Afrique du Sud, 9 janvier 1990

Un instant avant la collision, ils avaient vu le camion se dresser tel un mur à côté de la voiture. Son ombre masqua un instant l'éclat du soleil sud-africain qui inondait jusque-là le cabriolet. C'est à ce même instant que Franz Esser et sa femme Emily comprirent que leur coupé allait bientôt être percuté par quinze tonnes de métal lancées à 70 km/h. Un dixième de seconde plus tard, le camion cognait leur flanc, trop vite pour laisser aux deux passagers avant le temps d'une quelconque réaction. Les filles assises à l'arrière ne comprirent pas non plus qu'un péril mortel était imminent. Elles étaient trop occupées à se chamailler à propos de quelque chose qui n'aurait bientôt plus aucune importance. La fille aînée avait 5 ans, et s'appelait comme sa mère. Sally avait deux ans de moins, elle découvrait à peine le grand monde qui entourait sa petite famille.

En avril 1986, presque quatre ans plus tôt, Emily, la mère, était admise à l'hôpital de Johannesburg après s'être fait tirer dans les jambes par un inconnu qui avait pris la fuite. Tout le monde mit l'accident survenu à la jeune reine de beauté sur le compte des affaires louches que son mari, Franz, combinait avec les plus grosses huiles du régime de l'apartheid. Ces coups de feu dans les jambes n'étaient qu'un avertissement : on pourrait lui faire pire. À l'hôpital, Emily apprit qu'elle était enceinte de Sally.

Quatre ans plus tard, c'était encore sûrement à cause des affaires de Franz Esser que le camion arriva du mauvais côté de la route pour démolir la BMW.

Trente ans plus tôt, papa Franz avait réussi, malgré son casier judiciaire, à s'offrir la nationalité sud-africaine pour 550 000 rands. Pendant les années suivantes, beaucoup de ses nouveaux concitoyens allaient être les victimes de l'homme d'affaires sans scrupule. Dans son ancienne patrie, l'Allemagne, il était recherché pour violences, oppression, agressions sexuelles, arnaques et fraude fiscale. Dans son nouveau pays, l'Afrique du Sud, il fut longtemps protégé par ses relations avec les agents des services secrets et les leaders politiques, notamment le ministre des Affaires étrangères Pik Botha.

La rumeur courait toujours que Franz Esser avait fourni aux agents sud-africains les véhicules utilisés lors de l'assassinat d'Olof Palme. Les tirs dans les jambes de sa femme Emily, un mois après le meurtre, l'avertissaient que la patience des autorités sud-africaines à l'égard de ses affaires criminelles atteignait peu à peu ses limites. Bientôt il était envoyé devant un tribunal, inculpé pour homicide, l'occasion de mettre à l'épreuve sa loyauté envers ses amis politiques.

Une loyauté apparemment pas suffisante pour le protéger d'une masse de quinze tonnes de métal qui fonçait sur lui et sa famille. L'inexplicable changement de trajectoire du camion portait la griffe des services secrets sud-africains ; l'une de leurs méthodes préférées pour se débarrasser des gens encombrants.

Le poids métallique qui traversa les corps de Franz et d'Emily les tua sur le coup. Emily, la fille de 5 ans, mourut dans l'accident. Quand les secours arrivèrent, ils découvrirent encore Sally, la petite sœur, gravement blessée, le dos brisé.

Si le but de l'accident planifié était d'éradiquer toute la famille Esser, il ne l'atteignit pas complètement. Sally, 3 ans, survécut, sans sa famille, condamnée au fauteuil roulant jusqu'à la fin de ses jours.

Franchir le Rubicon

Afrique du Sud, décembre 2015

C'était certes un sacré pas à franchir, mais si je voulais que mes recherches fussent sérieuses, je me devais d'aller en Afrique du Sud. Bertil Wedin avait travaillé pour leurs services secrets. Craig Williamson et d'autres agents revenaient souvent dans les papiers de Stieg. Ses archives contenaient également un rapport sur les contacts entre la police suédoise et l'Afrique du Sud avant le meurtre. Je ne pouvais échapper à ce voyage. Tandis que l'idée mûrissait, je me mis en relation avec ceux qui s'intéressaient depuis longtemps au rôle de l'Afrique du Sud dans l'affaire. D'abord le journaliste Boris Ersson, qui m'avait envoyé une copie d'un mémo jamais publié, destiné à l'équipe d'enquêteurs, et écrit en 1994 après qu'il eut, au péril de sa vie, rencontré plusieurs agents sud-africains. Ensuite Simon Stanford, qui m'avait incité à sauter le pas.

*

« *Hi* Nicholas, tu veux venir avec nous en Afrique du Sud ? Simon Stanford et moi partons début décembre. On a un mois pour se préparer », annonçai-je.

Le rédacteur du *New Yorker* s'était montré difficile à convaincre, mais Nicholas Schmidle avait quand même réussi à lui vendre l'article sur mes recherches à partir des archives de Stieg Larsson. À la condition que Nicholas participe lui aussi, qu'il rencontre avec moi les gens importants, ce qui voulait dire se rendre sur place. D'où ma question.

« Qui est Simon Stanford ? demanda Nicholas.

— Un Sud-Africain, réalisateur de films documentaires, il habite en Suède depuis longtemps, dis-je. Et il est suffisamment blindé pour gérer les Sud-Africains.

— Est-ce qu'il a des infos sur leur rôle dans l'assassinat de Palme ?

— Oh oui. Ça fait des années qu'il est dessus. Déjà en 1996 il avait des billets pour aller à Chypre rencontrer Bertil Wedin, avec Peter Casselton. Mais Casselton n'a pas pu venir. Il s'est fait écraser contre un mur par un camion qu'il réparait pour un autre agent.

— *Deal* », dit Nicholas.

*

Nous logions dans l'hôtel de Sandton, à Johannesburg. Après une nuit de sommeil, c'était l'heure de notre première visite. Nicholas avait réussi à se faire accorder une interview par Vic McPherson, à son domicile. Vic avait été l'un des collaborateurs les plus proches de Craig Williamson au sein des services de renseignements civils, avant que ce dernier ne rejoignît ceux de l'armée en 1985. Il connaissait donc ses méthodes de travail.

Cela ne nous prit qu'une heure d'autoroute à travers un paysage de collines pour rejoindre Pretoria. Nicholas Schmidle, Simon Stanford et moi-même dûmes d'abord tourner dans les banlieues de Pretoria avant de déboucher sur l'une des grandes artères qui figurait sur le seul plan guère détaillé que nous avions. Nous roulions désormais dans l'un des quartiers résidentiels du centre-ville, paysage serré de villas que venait aérer par endroits une station-service ou un parking commercial.

Nous quittâmes l'avenue principale pour nous engager au pas dans une rue bordée de villas cossues. Les bâtisses ici n'étaient pas entourées de hauts murs coiffés de tessons de verre ou de fils barbelés comme nous l'avions vu à Johannesburg. Les rares personnes que nous croisions étaient toutes blanches. Les jardins, le bâti, tout donnait l'impression d'être en Europe, dans une petite ville d'Angleterre par exemple.

Nous finîmes par trouver la bonne rue et le bon numéro. C'était une villa modeste à un seul étage, au toit en bâtière, construite dans les années 1970 ou 1980, précédée d'un jardin bien entretenu qui se prolongeait derrière. Nous nous garâmes devant le portail. Le nom qui y figurait était le bon. McPherson. Nous étions arrivés.

La veille, nous avions passé la soirée à lire le CV de Vic McPherson pour nous faire une idée précise des activités qu'il avait exercées, et préparer nos questions en conséquence. Je pris alors conscience que nous allions être reçus chez un homme qui avait été impliqué dans la mort de nombreuses personnes, qui avait tué lui-même, et j'étais incapable de prédire ma réaction. Il nous fallut attendre un long moment avant de voir la porte s'ouvrir.

Sur les photos, McPherson avait l'air d'un homme fort, moustache brune, le regard dur. Souvent en uniforme. Dix ou vingt ans et une maladie grave plus tard, il nous apparut comme un homme physiquement détruit. Il ne mesurait guère plus que 1,70 mètre, il était maigre comme un clou, et il avait de grosses difficultés à marcher. Son ami proche, Karel Gerber, qui assisterait à l'interview, était quant à lui grand et costaud, ses cheveux grisonnants attachés en queue-de-cheval. Karel soutenait le bras de Vic pendant que celui-ci nous faisait faire le tour de la villa.

Une grande carafe de thé glacé et de quoi grignoter nous attendaient sur une table bien mise à l'arrière de la villa. La femme de Vic sortit pour s'assurer que nous avions tout ce qu'il nous fallait, puis elle disparut de nouveau dans la maison.

« Pour nous autres Sud-Africains, l'hospitalité est sacrée. Quand nous avons un invité, nous faisons tout pour qu'il se sente bien. »

La voix de Vic était aussi maigre et grinçante que son corps de vieillard. La dernière étincelle d'énergie qui lui restait après tant d'années passées dans les services secrets semblait se loger dans l'éclat pétillant de ses petits yeux. Nous nous présentâmes en expliquant la raison qui nous avait poussés à venir ici depuis l'autre bout du monde.

« Peux-tu nous parler des bombes que vous avez fait exploser à Londres ? »

Vic avait l'air heureux de raconter ses aventures, presque exalté même.

« En 1982 on a reçu la mission de faire exploser le bureau de l'ANC à Londres. C'était l'une des manières qu'avait le Premier ministre P.W. Botha de réagir à ce qu'il appelait *the Total Onslaught*, "l'offensive totale", l'attaque générale à laquelle on avait l'impression de faire face en tant que Sud-Africains. Ça nécessitait une "stratégie totale", *the Total Strategy*, ce qui voulait notamment dire que pour la première fois, on était autorisés à lancer des attaques hors du territoire national. On avait donc besoin de nos meilleurs agents, ceux réquisitionnés pour les *blacks operations* visant à affaiblir l'ennemi. »

Vic reprit son souffle, il but une gorgée de limonade. Je ne jugeai pas opportun de l'interrompre par une nouvelle question.

« On était pour une semaine à Dasy Farm, la ferme qu'on avait financée avec de l'argent suédois, grâce à Craig Williamson et son infiltration de l'IUEF. C'est là-bas qu'on a planifié la mission avant de partir pour Londres. Les deux premières semaines là-bas on a d'abord repéré les lieux, l'endroit où placer la bombe et les différentes alternatives pour quitter le pays quand on aurait fait le coup. Un problème au début, c'est qu'Eugene de Kock et son collègue s'étaient fait arrêter lors du contrôle à la frontière, juste à cause de leur tête. Le regard perçant d'Eugene, et leur peau toute bronzée après des mois passés dans le bush, ça leur donnait un peu trop l'air de tueurs à gages. Les services secrets britanniques les ont interrogés. »

Vic dut reprendre sa respiration avant de poursuivre.

« C'était Craig Williamson qui dirigeait l'opération. Les autres, on était divisés en groupe de deux ou trois, en agissant séparément avec des tours de veille. Chaque groupe avait sa propre mission, et ne recevait que les informations relatives à cette mission-là. Craig dirigeait l'ensemble des opérations depuis sa chambre d'hôtel à Londres. C'était la *procédure standard*. Plusieurs cellules, des missions individuelles, des infos *on a need-to-know basis*.

— Mais qui était avec vous ? demandai-je.

— La majorité débarquait d'Afrique du Sud. On avait tous des vols sur des compagnies aériennes différentes, suivant des itinéraires différents. Il y avait Eugene de Kock, Jimmy Taylor, John Adam, Jerry Raven et moi-même. Peter Casselton était aussi de la partie, mais il était déjà basé à Londres.

— Comment communiquiez-vous ?

— Craig avait coupé toutes les communications. Lui seul savait comment nous contacter. Et nous, on ne pouvait contacter personne d'autre que Craig. Plusieurs fois il nous a donné rendez-vous dans un cinéma à Leicester Square, on est restés assis dans la salle sans montrer qu'on se connaissait. C'était une façon de tester notre résistance à la pression. »

Vic avait un talent pour raconter les histoires. On en oubliait un peu vite qu'ils étaient sur le point de perpétrer un attentat à la bombe au nom du régime de l'apartheid, un attentat qui pouvait coûter la vie à plusieurs personnes, en plein milieu de Londres. Dans sa bouche, cela ressemblait plutôt à un roman d'espionnage où le lecteur s'identifie aux personnages. Qu'ils soient bons ou méchants.

« Vous n'avez jamais été sur le point d'être découverts ? demandai-je.

— L'équipe d'Eugene a rapporté à Craig qu'ils étaient surveillés, sans doute par le MI5 britannique. Ça a duré plusieurs jours. C'était leur équipe qui était censée placer la bombe, et tous les jours ils annonçaient qu'ils ne pouvaient passer à l'action parce qu'ils étaient surveillés. Mais le troisième ou le quatrième jour, il me semble, ils ont vu que la voie était libre et Craig a donné l'ordre de placer les charges explosives. Nous autres on s'occupait de la logistique, pour que tout soit prêt. Ils ont mis la bombe et on a attendu. Quand les premiers bulletins d'information sont sortis à la radio, on a compris qu'on avait réussi et on a aussitôt quitté le pays. On a fêté ça à l'aéroport d'Amsterdam. C'est seulement là qu'on a appris que c'étaient nos propres gars qui suivaient l'équipe de De Kock, sur ordre de Craig, pour vérifier s'ils étaient alertes. Eugene n'était pas très ravi, ce qui faisait encore plus plaisir à Craig. L'ambiance était détendue, presque euphorique. On buvait des bières, quelques *drinks*, quand soudain on a entendu quelque chose qui nous a noué la gorge. Une voix dans le haut-parleur priait "Mister Joseph Slovo" de se rendre au guichet de transfert. »

Le nom me disait quelque chose, mais Vic s'aperçut que je ne savais pas exactement de qui l'on parlait.

« C'était un Sud-Africain blanc et communiste. Un des types qu'on considérait comme des traîtres à la patrie. Comme en plus il était communiste, il était tout en haut.

— Tout en haut ?

— Joe Slovo était tout en haut de notre liste d'hommes à abattre. Et voilà qu'il se retrouvait par hasard dans le même aéroport qu'une équipe des meilleurs agents secrets d'Afrique du Sud ! Eugene a tout de suite dit qu'il fallait le buter. Craig était plus prudent. Eugene a sorti un stylo Bic, et il a dit : "Si vous l'enfermez aux chiottes, je le bute avec ça. Je vise juste au-dessus du plexus solaire, en plein dans le cœur." En théorie c'était une bonne idée, mais on a fini par comprendre que les risques étaient trop grands, et Craig a dit qu'il valait mieux laisser tomber. On est rentrés au pays et on a reçu une médaille. À quelques mois de ça, on a buté Joe Slovo, ou plus exactement sa femme Ruth First, avec un colis piégé que Craig avait fait envoyer. »

Vic évoquait l'assassinat d'une femme en passant, comme il eût raconté une journée de plus au bureau. Il s'agissait de Ruth First, la femme qui était une amie personnelle d'Olof Palme, que Stieg avait mentionnée dans son mémo sur Bertil Wedin. Je voulais en savoir plus sur cette liste d'hommes à abattre.

« Il y avait une liste ? Tu veux dire une liste avec les noms de ceux dont vous vouliez vous débarrasser ? Il y avait qui dessus ? Olof Palme ?

— On avait une liste de ce genre, oui, mais c'étaient des gens du Parti communiste, de l'ANC ou d'autres mouvements de résistance. Palme n'était pas sud-africain, et en plus Premier ministre d'un autre pays. Je n'ai jamais vu de liste avec son nom ou un nom qui lui ressemble.

— Y a-t-il d'autres listes que tu n'as jamais vues ? Peut-être que les militaires avaient la leur ? »

Vic cligna de nouveau des yeux.

« Non, il n'y avait qu'*une* liste de gens qu'on voulait chercher à éliminer. »

Vic excluait donc de fait la possibilité qu'Olof Palme ait pu être la cible des services secrets sud-africains, civils comme militaires. Karel Gerber lui resservit du thé glacé. Jusque-là il n'avait pas dit un seul mot, mais j'avais l'impression qu'il n'était pas entièrement sur la même ligne que son ami.

« Tu as parlé de *black operations*, qu'est-ce que ça veut dire ? demandai-je.

— On avait des opérations « blanches » et « noires ». Les blanches concernaient plus la collecte d'informations sensibles sur nos ennemis. Qu'ensuite on publiait.

— Et les opérations « noires » ?

— Je vais te donner un exemple. Frank Chicane était un pasteur qui nous a fait beaucoup de mal. Quand il est parti aux États-Unis une fois, il devait faire escale en Namibie et passer la nuit là-bas. Nos hommes se sont introduits dans sa chambre d'hôtel et ils ont empoisonné ses habits pendant qu'il était dehors. Avec de la poudre d'une plante sud-africaine qu'ils ont passée sur tous les endroits où on transpire. Sous les bras, dans les sous-vêtements. Il a pris son vol pour les États-Unis et au milieu du voyage il s'est senti très mal. Il n'y avait rien à faire. Quand il est arrivé, en principe il était condamné. S'il était allé dans n'importe quel autre pays que les États-Unis, il serait mort, mais les Américains ont réussi à le sauver. Ils n'ont jamais compris quel était ce poison.

— Tu as dit qu'il existait des opérations noires dont on n'a jamais parlé.

— Oui, il y a des trucs que je sais, ou que j'ai entendus, mais je n'en parlerai pas. »

Le silence qui suivit mettait Vic mal à l'aise, et j'accentuai son malaise en comptant jusqu'à dix dans ma tête, afin qu'il reprît de lui-même. Il éclata de rire en secouant la tête, puis se tut encore un moment, et parla enfin.

« *All right.* Anthony White avait reçu une mission. Jonathan Leabua était Premier ministre du Lesotho, une enclave autonome au milieu de l'Afrique du Sud. Même s'il était dépendant de l'Afrique du Sud, Leabua soutenait l'ANC, et il était donc sur notre liste. Ant Whithe devait s'en charger. »

Vic tendit une main tremblante vers son verre de limonade glacée, il en but une gorgée pour s'éclaircir la voix avant de se lancer dans le récit de quelque chose dont un instant plus tôt il avait dit qu'il ne parlerait pas.

« D'abord il a essayé avec une bombe qu'il avait placée sur la route où le cortège de Leabua devait passer. Quand la voiture du Premier ministre est arrivée, il a appuyé sur la télécommande. Il a dû appuyer plusieurs fois avant que l'explosion se déclenche. Mais alors le cortège était déjà loin, la voiture de Leabua avec. Ant avait raté son coup, pourtant il n'a pas abandonné. »

Vic semblait s'amuser de cette scène d'explosion qui aurait pu figurer en bonne place dans le film *La Panthère rose* avec Peter Sellers, si elle n'avait pas eu lieu en vrai.

« Quelque temps plus tard, le petit Ant a fait ses devoirs. Leabua devait s'adresser à la foule à l'endroit où il avait l'habitude de tenir ses discours. Nos gars ont repéré le modèle de barrières derrière lesquelles il devait parler, et ils en ont reproduit un exemplaire en mettant des explosifs dedans. Ça devait exploser comme une bombe tuyau, à hauteur du ventre de Leabua, et le couper en deux. Anthony White devait transporter la barrière en voiture, mais il a été arrêté à un contrôle routier avant même d'arriver au Lesotho. Même pas au Lesotho, mais par nos flics à nous ! Ils ont découvert la barrière avec les explosifs et ils l'ont arrêté. Puis ils m'ont appelé pour me demander de régler ça.

— Mais toi tu travaillais pour la police, alors qu'Anthony faisait partie des services secrets de l'armée ?

— Quand il y avait un pépin, c'était à moi qu'ils téléphonaient. On m'appelait *the Cleaner.* J'ai récupéré le nom du procureur, je lui ai passé un coup de fil direct pour essayer de lui faire comprendre le problème, mais il ne voyait pas de solution, donc c'est moi qui la lui ai donnée : "Demain matin, la première chose à faire c'est d'envoyer Ant White au tribunal. Là, il plaidera coupable de possession d'explosifs, d'un fusil-mitrailleur, d'un pistolet et de munitions. Il est prêt à payer dix à vingt mille rands. Ça serait fait en vitesse, et il sera libre avant que les médias ou n'importe qui d'autre ait le temps de réagir." »

Vic gloussa joyeusement et reprit une gorgée de limonade.

« Le procureur devait réussir à parler aux juges pour les convaincre de rendre le verdict quelques minutes après que s'ouvre la séance. À 8 h 02, Ant White était libre. Mais Leabua s'en est encore tiré.

— Donc c'était une opération noire qui n'a pas marché, conclus-je. J'aimerais bien un exemple d'opération réussie.

— On est solidaires. On ne parle pas des trucs que les autres ont faits. Si quelqu'un parle, il sait qu'il peut être buté à tout moment. C'est aussi dangereux que ça. Je ne dirai plus rien. »

Vic McPherson venait pourtant de raconter deux tentatives d'assassinat commandé sur la personne du Premier ministre d'un autre pays. Exactement ce qu'un instant plus tôt, il avait dit que le régime de l'apartheid ne faisait jamais.

« Le crash aérien du 19 octobre 1986, dans lequel est mort le président du Mozambique, Samora Machel, c'était un sabotage des services secrets sud-africains ? »

Vic nia énergiquement avant de répondre du tac au tac.

« Non. Un collègue à moi était sur les lieux juste après l'accident, et il a constaté qu'il y avait des bouteilles de vodka vides dans la cabine des pilotes russes. Ils étaient bourrés, et volaient en direction de Matsapha, au Swaziland, au lieu de Maputo. Quand ils ont heurté la cime des arbres, c'était trop tard.

— Mais n'est-ce pas étrange ? Qu'un agent des services secrets sud-africains soit dans les premiers sur les lieux du crash, alors qu'on est au milieu de la jungle, à plus de cinq cents kilomètres de Johannesburg ?

— Oui, c'est ce que j'ai pensé aussi au début, que c'était une opération noire. Mais ce n'était pas le cas, du moins d'après ceux qui auraient pu faire le coup. Mais tu sais qui était dans les tout premiers à arriver sur place ? Pik Botha, notre ministre des Affaires étrangères. »

Vic semblait jubiler. Comme s'il venait de nous donner une pièce du puzzle afin de nous aider à compléter le tableau, avant de la remplacer subitement par une autre au moment où nous allions presque y parvenir. Il parlait de mort et d'assassinats avec une légèreté déconcertante, et compréhensible pourtant, dès lors qu'on se souvenait qu'il avait été formé pour cela, que c'était son métier.

« Qu'est-ce que tu penses de Craig Williamson ?

— C'était le meilleur espion que l'Afrique du Sud ait jamais eu, dit Vic en cherchant ses mots. C'était le meilleur… tout simplement le meilleur.

— Penses-tu que Craig Williamson est derrière l'assassinat d'Olof Palme ?

— J'ai travaillé avec lui jusqu'au milieu de l'année 1985, quand il est passé chez les services secrets de l'armée. Jusqu'à cette date, je savais tout. Après, je ne sais rien. Je lui ai demandé plusieurs fois, il a nié. Je ne comprends pas pourquoi on n'arrête pas de le tourmenter avec cette question-là, toujours et encore. Je ne crois pas que c'était Craig, non. »

Une autre mort cependant était presque aussi mystérieuse que celle de Palme.

« Tu étais là quand votre agent Peter Casselton est mort ?

— J'étais là. Casselton habitait chez des amis portugais, à quelques heures de route d'ici, dit Vic d'un ton toujours aussi imperturbable. J'étais chez le vétérinaire avec les chiens des Portugais, et Casselton était en train d'essayer de réparer un camion, devant l'entrée du garage, très étroite. Avant, il y avait eu un petit Noir au volant, qui avait laissé enclenchée la première par erreur. Casselton a provoqué un court-circuit sur le moteur, et ça a suffi à faire démarrer le camion. Il a sauté sur le côté mais il est resté coincé entre le camion et le mur mitoyen, dit Vic en montrant avec ses mains la position du véhicule et du corps. Son torse était broyé, il ne pouvait plus respirer. Je leur ai dit de déplacer le camion, mais ça n'a pas marché, il était bloqué. La seule solution qui restait était d'abattre le mur, et là c'est le voisin qui s'est mis à râler. *Nagging, nagging, nagging*. Pendant ce temps-là, Casselton était sans oxygène. On a fini par défoncer le mur, et là… Casselton mort. Ils ont réussi à lui faire repartir le cœur à coups d'électrochocs, je suis monté avec lui dans l'ambulance. Ils ont réussi à le maintenir en vie, mais une fois à l'hôpital on a constaté que ses pupilles ne réagissaient plus. Son cerveau était mort. »

Nicholas et moi parvînmes à faire parler Vic encore deux bonnes heures. Simon écoutait sans dire un mot ces histoires dont il avait déjà entendu de toutes autres versions. Quand le soir tomba, nous étions tous épuisés. Vic prit congé, il rentra chez lui par la porte de derrière, tandis que son ami Karel nous raccompagnait à la voiture. Jusqu'ici, il n'était pas intervenu une seule fois dans la conversation.

« Ce que Vic a dit sur le fait qu'il n'y avait qu'une seule liste…

— Oui ? dis-je.

— Ce n'est pas vrai. Il y en a deux, évidemment. Les militaires avaient plus de pouvoir, et ils avaient leur propre liste.

— Vraiment ? Tu en as une copie ? » demandai-je.

Karel eut un rire, puis il secoua la tête et m'ouvrit la portière.

« *Have a safe ride back to Joburg !* »

*

Sur la route du retour, dans l'obscurité d'un continent étranger, le trafic à gauche m'obligeait à ne pas me perdre dans mes pensées. Personne ne parlait, les idées bourdonnaient dans nos crânes. L'attentat à la bombe de Londres en 1982 avait été exécuté par des cellules *on a need-to-know basis*. L'illustration publiée dans *GT* en 1987 décrivait un scénario similaire pour l'assassinat de Palme. Le ministre des Affaires étrangères Pik Botha était dans les premiers à accourir sur les lieux de l'accident qui coûta la vie à Samora Machel, comme s'il avait su que l'avion allait s'écraser. Anthony White avait reçu pour mission de tuer le Premier ministre d'un pays étranger, bien qu'en théorie les services secrets sud-africains ne réalisent pas de telles opérations. Vic ne savait pas ce que Craig Williamson avait fait une fois passé chez les militaires, en 1985.

De retour à l'hôtel, je fus le seul au bar à boire trois whiskys secs de suite. J'en avais grand besoin.

Au cœur des ténèbres

Afrique du Sud, décembre 2015

Nous étions en Afrique du Sud depuis une bonne semaine. Nicholas nous avait organisé une série de rencontres et d'interviews, quand mes propres tentatives s'avéraient infructueuses. Et pourtant, les informations s'accumulaient. Qui avait vendu qui ? En qui avoir confiance ? Qui pouvait être impliqué dans le meurtre de Palme, qui ne l'était pas ?

Frits Schoon avait été l'une des victimes de Craig Williamson ; il nous raconta comment, à 10 ans, il avait survécu à un colis piégé envoyé sur ordre de Williamson, dans l'explosion duquel sa mère, Jeannette, et sa sœur de 6 ans, Katryn, trouvèrent la mort.

Barry Gilder avait été officier supérieur de renseignement au sein de l'Umkhonto we Sizwe, la branche armée de l'ANC ; il nous raconta sa lutte contre le régime d'apartheid, et son travail d'agent de renseignement, avant et après la chute de celui-ci.

Au « SaHA » – *South African History Archive* – nous découvrîmes la trace de documents relatifs à l'assassinat de Palme, tirés des travaux de la Commission Vérité. Nous pûmes en récupérer certains, les autres continuaient d'être classés secrets.

Or j'échouai à rencontrer les trois personnes nommées dans le rapport suédois de la Commission d'étude.

Riaan Stander avait travaillé avec Craig Williamson en 1986, le désignant comme l'organisateur de l'assassinat de Palme. Stander était l'une des sources principales du mémo que Boris Ersson m'avait envoyé, et que j'avais apporté avec moi. Beaucoup décrivaient Stander comme peu fiable, il était l'objet d'une détestation de principe de la part de tous les anciens agents secrets, mais c'était également de lui que nous tenions les éléments les plus détaillés concernant le rôle de Craig Williamson et de ses collègues dans l'organisation du meurtre de Palme. Quand j'eus enfin trouvé son numéro de téléphone, Stander me raccrocha au nez. Il ne voulait ni être vu, ni parler, à aucun prix. Nicholas essaya à son tour quelques jours plus tard – même résultat.

Une autre personne que je cherchais était Nigel Barnett, alias Henry Bacon, alias Leon van der Westhuizen, alias Nicho Esslin. Ancien agent des services secrets de l'armée, son nom revenait dans les dossiers où on le désignait comme l'un des membres du commando envoyé en Suède. Adopté autrefois par un missionnaire suédois, Barnett avait vécu quelques années en Suède. Quand le policier suédois Jan-Åke Kjellberg – qui travaillait pour la Commission Vérité – reçut l'autorisation de faire ouvrir le coffre-fort de Barnett, il y trouva, entre autres choses, un revolver Smith & Wesson Magnum .357. Un tir d'essai montra que ce n'était pas l'arme du crime, mais le personnage demeurait entouré d'un halo de faits suspects. J'échouai à retrouver sa trace. Je parvins à contacter son frère, Olof Bacon, mais il ne savait pas où était son frère.

Heine Hüman, la troisième personne que je voulais rencontrer, était de nationalité sud-africaine, mais à l'époque du meurtre il habitait à Björklinge, à quatre-vingt-dix kilomètres au nord de Stockholm. Hüman avait plusieurs fois tenté de se mettre en rapport avec l'équipe d'enquêteurs, affirmant notamment que, six jours avant le meurtre, il avait été contacté anonymement par quelqu'un le priant d'héberger chez lui un Sud-Africain. Un rapport de la SÄPO concluait que Hüman était probablement un « escroc de l'information », concept qui revenait dans leur vocabulaire toutes les fois qu'ils choisissaient de mettre quelqu'un hors de soupçon. Je voulais entendre sa version à lui. Il y avait un Heine Hüman en Afrique du Sud, dont l'âge et le physique concordaient avec ceux de l'homme que je cherchais. Mais au téléphone, il nia avoir jamais été en Suède, encore moins pour y héberger des agents sud-africains.

Pendant ces longues heures et journées à attendre un coup de fil inespéré ou la prochaine interview sur notre liste, Simon Stanford nous raconta la vie qu'il avait menée en Afrique du Sud autrefois.

*

Simon avait la cinquantaine, c'était un homme coriace à qui il arrivait de pousser un rire sonore et chaleureux. 1,80 mètre, le visage dur, des muscles qui semblaient de pierre, sa présence nous donnait un sentiment de sécurité physique très appréciable. Simon se tenait toujours en retrait, son rôle étant en principe de transcrire nos interviews et de veiller à notre sécurité. Mais lorsqu'il commença à raconter sa vie en Afrique du Sud, comment il avait échappé plusieurs fois à la mort, c'était aussi palpitant qu'un récit d'agent secret.

Simon finit par troquer les périls de la vie en Afrique du Sud contre le calme d'une retraite suédoise avec sa femme, Marika Griehsel, et ils ne le regrettaient pas. Si l'action leur manquait, ils pouvaient toujours voyager vers l'Afrique du Sud, en Namibie ou ailleurs en Afrique australe, ce qu'ils faisaient d'ailleurs plusieurs fois dans l'année.

En 1996, Simon avait pris contact avec le collègue de Bertil Wedin, Peter Casselton. Cela au moment où plusieurs agents sud-africains commençaient à déclarer publiquement que Craig Williamson et Bertil Wedin étaient impliqués dans le meurtre d'Olof Palme. Simon pouvait donc nous parler de la brève période qui avait précédé la mort de Peter Casselton.

Casselton était ce pilote d'hélicoptère de l'ancienne Rhodésie, à la loyauté douteuse envers ses collègues des services secrets sud-africains. Le seul de l'équipe qui avait réalisé l'attentat de Londres contre les bureaux de l'ANC, en 1982, à n'avoir pas été récompensé par une médaille, pour la raison qu'il devait continuer à travailler à Londres comme agent secret. Plusieurs années plus tard, il était arrêté pour une attaque contre les bureaux d'un mouvement de libération, toujours à Londres, et purgea sa peine dans une prison anglaise où il fut régulièrement maltraité par des détenus noirs qui ne ratèrent pas cette chance de se venger d'un représentant du régime raciste. Mais Casselton garda le silence, malgré les durs interrogatoires menés par les officiers antiterroristes de Scotland Yard, pour découvrir ensuite, à sa libération, que le capital de l'entreprise qu'il avait en commun avec Craig Williamson avait été saisi. Il n'avait plus un sou. Casselton n'en garda pas moins le silence sur toutes les opérations auxquelles il avait pris part. Mais lorsque Craig Williamson lui-même, puis d'autres à sa suite, se mirent à table dans le cadre de la Commission Vérité, Casselton leur emboîta le pas.

Dans une interview à la télévision sud-africaine en 1994, Casselton accusa son ancien chef Craig Williamson d'avoir demandé à Eugene de Kock de l'assassiner. Deux ans plus tard, alors que plusieurs agents désignaient Williamson comme le cerveau du meurtre, Simon reçut une subvention de la Télévision suédoise pour réaliser un documentaire sur place, en Afrique du Sud. Il contacta Casselton.

« Ma stratégie était de gagner sa confiance. Je savais que Casselton en savait bien plus que ce qu'il disait et avait dit à d'autres, donc je me suis fait passer pour un Sud-Africain bien inséré dans les cercles qu'il connaissait, histoire de me le mettre dans ma poche », racontait Simon.

En janvier 1996, Casselton fut en contact avec plusieurs personnes qui s'intéressaient à ce qu'il savait sur l'assassinat d'Olof Palme. Jan-Åke Kjellberg était l'un d'eux, policier envoyé par la Suède pour assister la Commission dans son travail. Casselton et Kjellberg avaient prévu de se voir une semaine plus tard. Semaine pendant laquelle Casselton rencontra Simon à plusieurs reprises. À l'une des ces occasions, Simon l'avait accompagné dans un restaurant acheter le plat préféré d'Eugene de Kock, un ragoût de bœuf qu'ils lui apportèrent dans sa cellule en prison.

« Casselton était convaincu que Bertil Wedin pouvait faire la lumière sur l'assassinat de Palme. Qu'il avait joué un rôle de lien logistique, comme dans tant d'autres opérations, et qu'il pouvait nous conduire aux hommes directement impliqués dans celle-ci, dit Simon. Casselton et moi, on décida alors de partir à Chypre, et je réservai les billets. »

Le voyage était prévu quelques jours après l'entretien que Casselton aurait avec Jan-Åke Kjellberg, et quelques semaines avant que Casselton ne témoigne devant la Commission Vérité.

« Je l'ai appelé pour lui proposer de se voir avant notre départ. “Non, on ne peut pas. Je vais aller voir mes amis portugais dans leur ferme. On se verra à l'aéroport.” C'était la dernière fois que j'entendais sa voix. Le coup de fil suivant que j'ai reçu, c'était quelqu'un qui me disait : “Achète le journal, tu verras ce qui est arrivé à Casselton.” Il y avait un tout petit article : Casselton était mort dans un accident. »

L'entretien prévu entre Casselton et Jan-Åke Kjellberg n'eut jamais lieu. Il ne partit pas non plus à Chypre avec Simon pour rencontrer Bertil Wedin. Et il ne témoigna jamais devant la Commission Vérité. Il mourut avec ses secrets.

Dans notre interview avec Vic McPherson, celui-ci avait avoué avoir lui-même été suspecté dans l'enquête menée par la police sud-africaine sur la mort de Peter Casselton. L'enquête fut vite abandonnée : on avait conclu qu'il s'agissait d'un accident.

*

Nicholas réussit à obtenir une entrevue avec Craig Williamson, à la condition que je n'en sois pas. Après toutes ces années d'accusations, Williamson n'aimait pas les journalistes suédois. Quand Nicholas revint de l'entrevue, il avait tout de même réussi à mettre un pied dans la porte. Craig n'avait pas directement refusé de me rencontrer, mais il voulait revoir Nicholas seul à seul avant un éventuel entretien avec moi.

Le temps était compté. Nous étions en Afrique du Sud depuis déjà dix jours et je n'avais que quatre interviews. Deux jours plus tard, mon avion de retour décollerait pour Stockholm, et je n'avais pas l'intention de changer mes billets. Mon budget comme ma patience étaient à bout. Ce soir-là, Nicholas revint de sa rencontre avec Craig.

« Il est d'accord pour te voir. Pas de caméra, pas d'enregistrement, pas de téléphone, *no nothing*, voilà ses conditions », annonça Nicholas.

*

Nous étions convenu avec Craig Williamson de nous retrouver dans un café près du Kyalami Racing Circuit, dans une banlieue de Johannesburg. C'était ici qu'en mars 1978, Ronnie Peterson, le plus grand pilote suédois de l'époque, avait gagné le Grand Prix de Formule 1. Six mois plus tard, il mourait dans un terrible accident de course sur le circuit de Monza. Quelques années après, les compétitions internationales délaissèrent officiellement le Kyalami Racing Circuit à cause des sanctions contre le régime d'apartheid.

Le local tenait à la fois du café et du restaurant, agréable à l'extérieur mais très banal à l'intérieur, le genre d'endroits qu'on retrouve partout à la surface du globe, décoré d'accessoires censés faire moderne, type casques de base-ball et jantes de voitures qu'on achète sur catalogue. Au menu figuraient toutes les spécialités de café italien, ainsi que salade César, hamburgers et cheeseburgers variés, etc. Aucune surprise, tout le monde est content.

Nous attendions depuis un quart d'heure lorsqu'un Range Rover étincelant se gara devant le local. La porte du chauffeur s'ouvrit. Craig s'avança vers nous, moins gros que sur les photos que j'avais vues, mais les traits usés, faisant bien la soixantaine qu'il avait effectivement.

Nicholas, Simon et moi nous levâmes d'un bond, presque comme au garde-à-vous, pour le saluer. Craig jeta immédiatement un œil à mes papiers, à mon bloc-notes et au stylo posé dessus. Il secoua la tête et se tourna vers Nicholas : « Ce n'est pas ce qu'on avait conclu. »

Il devait estimer que les papiers posés sur la table étaient un crime contre notre accord sur le « *no nothing* ». L'espace d'un instant il sembla prêt à tourner les talons pour repartir d'où il venait, puis il s'assit.

« Soixante-quinze kilos. C'est ce que j'ai perdu. *Gastric bypass* », commença-t-il.

Il avait déjà répondu à la première des questions que je voulais lui poser.

Lors de leurs deux précédentes rencontres, Nicholas avait eu le temps de le faire parler de tout ce qui l'intéressait, c'était désormais à mon tour de mener la discussion. Je voulais y aller doucement, prendre le temps de tourner autour de ma question centrale. Le but étant néanmoins que Craig comprenne précisément ce que j'attendais de lui.

« J'écris un livre à propos de choses que j'ai trouvées dans les archives de Stieg Larsson, l'écrivain. Ton nom revient souvent.

— OK, on peut en parler. Du moment que ça ne veut pas dire que j'ai été impliqué dans l'assassinat d'Olof Palme. »

Il jouait cartes sur table.

« Il y a quelques jours on était chez Vic McPherson, dis-je. Il dit que tu es le meilleur espion que l'Afrique du Sud ait jamais eu. Si on commençait par là ? »

Si Craig goûtait ce compliment un peu appuyé, il n'en laissa toutefois rien paraître, mais commença à parler.

« Tout ce que j'ai déjà raconté à la Commission Vérité, on peut en parler. J'étais le responsable de toutes les opérations secrètes qu'on a menées. C'était la guerre froide, et moi un soldat de l'Occident. On était convaincus de notre supériorité morale. »

Craig s'arrêta un instant, puis il récita quelque chose que j'avais déjà lu :

« J'ai fait le sale boulot pour mon gouvernement, et mon gouvernement faisait le sale boulot des gouvernements occidentaux.

— Donc les assassinats de Ruth First et de Jeanette Schoon, c'était au nom de l'apartheid ?

— Comme j'ai dit, c'était la guerre. Nous avions l'ordre de tuer le mari de Ruth First, Joe Slovo, et celui de Jeanette Schoon, Marius Schoon. Ce n'étaient pas des assassinats, c'étaient des morts au combat. Malheureusement, les femmes ont été victimes de dommages collatéraux.

— Nous avons rencontré Frits Schoon ces jours-ci. »

C'était osé, mais je voulais voir si j'arrivais à le surprendre. Il resta parfaitement de marbre.

« Il nous a raconté que son premier souvenir était qu'on l'emportait hors d'une pièce ravagée par les flammes, dis-je. Où sa mère et sa sœur étaient mortes. »

Toujours rien.

« Était-ce seulement un hasard que ce soient les femmes qui meurent dans les deux cas, avec les colis piégés ?

— Ils étaient adressés à Joe Slovo et Marius Schoon. Si leurs femmes ont décidé d'ouvrir à leur place, c'est leur problème. »

La discussion n'apporta rien de concret. Le « *Master Spy* » d'Afrique du Sud était trop habile pour tomber dans mes pièges, lui qui depuis des décennies passait entre les mailles de tous les filets, et ce malgré tant de crimes à son actif. À la fin de notre conversation, il me fallut pourtant poser la question pour laquelle j'avais fait le voyage depuis la Suède.

« As-tu été impliqué dans l'assassinat d'Olof Palme ? »

Craig me regarda droit dans les yeux.

« On m'a accusé de beaucoup de choses. On a dit que j'étais derrière le meurtre de Palme, le crash de l'avion de Samora Machel, l'attentat de Lockerbie. Tout ça n'a aucun sens. Je n'ai jamais été impliqué dans l'assassinat d'Olof Palme. »

Il avait certes répondu, mais il n'était pas encore parti. Je tentai donc un autre angle d'approche.

« J'ai téléphoné à Riaan Stander ces jours-ci… commençai-je.

— Riaan Stander, m'interrompit Craig, il est mort.

— Non, sûrement pas, dis-je hésitant, puisqu'il a refusé un rendez-vous quand je l'ai eu au téléphone, et il a répondu la même chose à Nicholas quelques jours plus tard. »

Pour la première fois, Craig semblait déboussolé.

« Il faut que je vérifie ça. Riaan Stander est un cafard. »

J'échangeai un regard avec Nicholas. Oups, espérons que ce ne sera pas répété à M. Stander.

L'instant d'après, Craig Williamson prenait congé de nous, sans qu'aucune larme ne fût versée de part et d'autre.

*

L'avion décolla de l'aéroport O.R. Tambo de Johannesburg. J'avais fait ce que je m'étais promis, et m'en tirais indemne. J'avais rencontré des victimes, des bourreaux. Des résistants, des agents, des assassins. J'avais rencontré Craig Williamson, celui que Stieg et tant d'autres soupçonnaient d'être le cerveau du meurtre d'Olof Palme. J'avais vaincu mes peurs, et cependant raté mon coup. J'avais espéré réussir là où beaucoup avaient échoué, mais Craig n'avait fait que me répéter ce qu'il avait déjà dit. Pas un mot, pas un battement de cils, pas un froncement de sourcil qui pût trahir qu'il avait quelque chose à voir avec ce crime. Au contraire, ses dénégations étaient convaincantes.

Il restait encore fort à faire en Suède, la partie sud-africaine de l'enquête pourrait reposer jusqu'à nouvel ordre. Le seul moyen de la faire avancer serait que Craig se décide soudain à passer aux aveux, mais était-ce seulement possible ?

La perruque

Stockholm, février 2016

Sur la porte de la petite pièce presque intégralement vide dans laquelle j'entrai, une plaque indiquait : « Interrogatoire en cours ». J'avais bien conscience d'avoir sollicité moi-même cette rencontre, et même si Karin Johansson, l'inspectrice de la Police criminelle qui m'avait accueilli, était très sympathique, je n'étais pas vraiment rassuré. Karin avait posé sur la table une pochette pleine à ras bord, dont je pouvais lire l'étiquette. « Jakob Thedelin ». Un instant plus tard, son collègue inspecteur Sven-Åke Blombergsson entra à son tour et ferma la porte derrière lui. Ils m'informèrent que notre entretien serait enregistré, et je compris alors que, de fait, il s'agissait d'un interrogatoire. Ils poseraient des questions, j'y répondrais. Au téléphone, j'avais simplement demandé s'ils s'étaient servis des mémos que j'avais envoyés il y a un an, leur promettant quant à moi de raconter mon entretien avec Craig Williamson. Si je leur donnais quelque chose, qui sait s'ils ne me donneraient pas quelque chose en échange.

Blombergsson commença par réciter les formules officielles préliminaires à tout interrogatoire, puis il installa le micro sur la table entre nous. Nous parlâmes pendant presque deux heures, tant ils semblaient intéressés par la piste sud-africaine et Craig Williamson. J'imaginais que cela tenait à ce que la procureure qui supervisait l'enquête, Kerstin Skarp, avait récemment annoncé son intention de démissionner. Depuis qu'elle était chargée de l'affaire, c'est-à-dire depuis 1987, Skarp avait fait comprendre plus ou moins explicitement qu'elle croyait que Christer Pettersson était le meurtrier, or les nouveaux enquêteurs semblaient vouloir privilégier d'autres pistes. Ou bien était-ce l'une des preuves que les policiers avaient retenu la leçon par eux jusqu'ici chèrement payée : bien traiter les journalistes pour s'épargner une mauvaise publicité.

Ils me posèrent quelques questions sur mon voyage en Afrique du Sud. Quand je posai les miennes sur Jakob Thedelin, Karin Johansson feuilleta son dossier.

Comme il fallait s'y attendre, mon courrier sur Thedelin ne les avait pas menés à engager de mesures contre lui, or voilà qu'ils m'apprenaient qu'il avait été interrogé à deux reprises en 1987, plus d'un an après le meurtre. Jusqu'à son premier interrogatoire en mai, Jakob avait été surveillé par la SÄPO. La raison en étant que c'était lui l'homme qui avait contacté, fin 1986, un collaborateur externe de la SÄPO pour lui parler du meurtre de Palme. Début 1988, le dossier de Thedelin avait été classé sans suite. Karin ne put trouver nulle part la justification de cette mesure.

Un quart d'heure plus tard, elle me promit de me faire parvenir tous les indices que Stieg avait transmis à la police, mais pour Jakob Thedelin la situation n'était pas aussi évidente. Son dossier faisait toujours partie de l'enquête en cours, la protection de l'intégrité de sa personne était en jeu ; cependant elle me laissa un peu d'espoir en me proposant de faire une demande écrite qui pourrait peut-être obtenir gain de cause.

Je leur avais envoyé un mémorandum, et aujourd'hui j'étais venu raconter ce que je savais sur Jakob, et pourtant la police réclamait plus d'indices avant de pouvoir agir – comme l'endroit où l'arme du crime était cachée. J'en pris note.

La version italienne

Stockholm, février 2016

Quand le *New Yorker* vous appelle, on répond. Nicholas Schmidle vint en Suède pour rencontrer un certain nombre de gens qui pourraient lui parler de l'assassinat de Palme d'un autre point de vue que le mien. Nombreux furent ceux, d'ordinaire difficiles d'accès, à lui répondre aussitôt, subitement disposés à faire des kilomètres à n'importe quelle heure du jour et de la nuit pour rencontrer le reporter du *New Yorker* : Hans-Gunnar Axberger, l'auteur du rapport de la Commission d'enquête, le gourou criminologue Leif G.W. Persson, les fils d'Olof Palme et bien d'autres encore. Lisbeth Palme fut la seule à refuser.

Mais la dernière mission que Nicholas s'était donnée en venant en Suède durerait deux jours, et nous nous l'étions réservée pour nous deux. Nous prîmes place à bord de ma Volvo, direction Hedestad et Jakob Thedelin. Je lui avais écrit un e-mail une semaine plus tôt, pour lui demander une interview, il avait refusé. Le plan B était de lui rendre visite à Hedestad sans nous annoncer.

En plus de Nicholas et moi, mon vieux copain Johan était du voyage. Il devait nous aider au cas où un événement imprévu se produirait, sans qu'on sût exactement lui dire en quoi pourrait consister cet événement. En revanche, j'étais le plus heureux des hommes de pouvoir répondre à la question que Nicholas me posa sur la voiture.

« C'est une Volvo 780 de 1990. Un modèle coupé deux portes dessiné par le designer italien Bertone et produit en Italie à seulement 9 000 exemplaires. La Volvo la plus chère qu'on ait jamais construite. »

On admira un instant l'intérieur cuir couleur Cola, la carrosserie rouge sang de bœuf, le tableau de bord en bouleau verni, la stéréo des années 1980 avec lecteur cassette et égaliseur de fréquence clignotant. Une Volvo carrée – presque jolie.

« Malheureusement ils se sont aussi inspirés de la qualité italienne, dis-je. Ce qui fait que c'est sans doute aussi la pire Volvo qu'on ait jamais construite. Mais elle est bien. »

Après cinq heures de route sans le moindre problème, nous étions arrivés.

*

Hedestad est logée entre deux petits monts, dans un coin perdu de la région du Västergötland. Un paysage de collines alternant terres agricoles et forêts. Les deux monts Mösseberg et Ålleberg ont cela d'inhabituel pour la Suède qu'ils forment un plateau, ce qui valut notamment à Hedestad d'être la capitale du vol en planeur dans la première moitié du XXe siècle. À l'aide d'un solide câble de caoutchouc et d'une dizaine d'hommes de chaque côté, les planeurs étaient lancés depuis une rampe au-dessus des plaines du Västgötland, qu'ils pouvaient survoler plusieurs heures durant grâce aux courants ascendants. Dans les années 1900, au pied du mont Mösseberg, on construisit également l'une des stations thermales les plus prisées de Suède, et le grand « Hotell Mösseberg » en son centre.

À la même époque où l'intérêt pour le vol en planeur et les cures thermales s'y développaient, les fabriques textiles fermaient les unes après les autres à Hedestad, et ses habitants commencèrent à chercher du travail dans d'autres villes. Au début des années 2000, Hedestad ressemblait à une petite ville de Suède comme une autre, placide, endormie. Les attractions touristiques principales étaient un musée sur les planeurs, un musée sur les motos, et – congénital à sa population vieillissante – un musée des pompes funèbres.

L'hôtel Hedestad, construit dans les années 1950, se trouve sur une hauteur du centre de la ville. Son architecture dispendieuse rappelle les temps glorieux d'avant l'exode, qui obligèrent l'hôtel à louer ses chambres pour moins de 1 000 couronnes (100 euros) la nuit. Nous prîmes la chambre avant de reconnaître les environs. L'appartement de Jakob n'était qu'à une centaine de mètres de l'hôtel, dans un modeste immeuble à deux étages. Les persiennes étaient tirées, rien n'indiquait qu'il soit chez lui.

*

« *My name is Nicholas Schmidle. I'm a writer by the* New Yorker Magazine. »

— *Yeah, right* ? » répondit Jakob.

Après mûre réflexion, nous avions décidé de ne pas effrayer Jakob en venant frapper directement à sa porte, nos chances nous paraissant meilleures si Nicholas l'appelait. Quand le *New Yorker* vous appelle, on répond. Nicholas lui expliqua de quoi il voulait parler.

« Je te contacte parce que j'écris un article sur un journaliste qui s'appelle Jan Stocklassa.

— Je ne veux pas donner d'interviews, dit Jakob dans un anglais fluide, quoique légèrement saccadé. Je répète : je ne donne pas d'interviews. »

Malgré les protestations de Jakob, leur conversation dura vingt-cinq minutes. Johan et moi, assis sur le bord du lit, assistions avec émerveillement à la démonstration de Nicholas, qui réussissait toujours à retenir Jakob chaque fois qu'il allait raccrocher. Nicholas avait eu le temps de poser toutes les questions importantes, et notamment de lire à voix haute pour Jakob l'e-mail qu'il avait envoyé à Bertil Wedin en 2009, en suédois puis en anglais.

« Bertil écrit : "Aurais-tu la gentillesse de me parler un peu de la vie musicale à Västra Frölunda ?", et tu réponds : "Bertil ! Pas de vie musicale digne d'être suivie à Västra Frölunda, mais un porte-parole de l'IDF raconte que dans un bunker la foudre et le tonnerre, entre autres bruits qu'on entend quand les bombes explosent, assurent des fusées qui ne décolleront plus jamais." »

Jakob réagit vivement.

« Je n'ai jamais écrit une chose pareille. C'est fabriqué de toutes pièces ! Or je vous rappelle, cher monsieur, que s'introduire dans une conversation e-mail et en pirater le contenu est passible de prison, en Suède ! »

Enfin, Nicholas parvint à lui demander pourquoi Bertil Wedin avait si abruptement rompu toute communication après avoir eu vent du dialogue avec Lída Komárková sur l'assassinat de Palme. Jakob dit qu'il ne se souvenait plus de l'incident, répétant que quelqu'un s'était introduit illégalement dans sa boîte e-mail.

Quand Nicholas raccrocha, nous étions encore captivés par ce que leur conversation avait mis au jour. Aucun e-mail n'avait été falsifié, et il était hautement improbable que Jakob eût oublié la colère de Bertil Wedin quant à ses discussions Facebook sur le meurtre de Palme. Mis sous pression, Jakob avait menti. Nous en savions désormais un peu plus sur lui et sa possible participation à l'assassinat du Premier ministre, mais d'un autre côté, la porte d'une rencontre venait de se fermer d'un coup sec. Il nous restait un inutile hamburger au pub O'Learys, une nuit sans intérêt à Hedestad.

*

La ville de Jönköping possède l'un des carrefours routiers les plus dangereux de Suède. Nous roulions sur l'autoroute E4, nous apprêtant à sortir pour trouver un endroit où déjeuner, car Nicholas voulait goûter aux vraies boulettes de viande suédoises. Un semi-remorque nous doublait sur notre droite. Pour avoir le temps d'attraper la sortie, j'appuyai sur les gaz à fond, activant la fonction *kickdown* juste avant de virer à droite sous le nez du camion et d'attraper la sortie qui décrivait ensuite presque un cercle entier. Miraculés de justesse d'un choc à pleine vitesse avec un semi-remorque, nos cœurs battaient la chamade. Nicholas était le plus détendu.

« *We're lucky we have the Italian version.* »

Pigeon

Stockholm, avril 2016

Recevoir un e-mail de Craig Williamson excite toujours l'imagination. Quatre mois avaient passé depuis mon retour d'Afrique du Sud, et le souvenir même de ces trois semaines dans un autre monde commençait de se faner. L'e-mail de Craig ne comportait ni d'objet ni de texte, seulement un lien vers un article paru dans le magazine sud-africain *ZAM*, et intitulé : « *Dulcie, Hani, Lubowski – A story that could not be told.* »

Écrit par une journaliste hollandaise, Evelyn Groenink, l'article décrivait trois meurtres qui en apparence semblaient imputables à une cause politique, défendre l'apartheid, mais dont les mobiles étaient en réalité économiques. Un autre point commun à ces crimes était qu'on avait chaque fois accusé un bouc émissaire d'en être l'auteur – endossant pour lui seul la culpabilité, il avait permis aux véritables meurtriers d'échapper au radar de la justice.

Le 29 mars 1988, Dulcie September, représentante de l'ANC en France, était assassinée de cinq balles à Paris devant les locaux de l'organisation. Son rôle au sein de celle-ci était relativement insignifiant, mais dans les mois précédant sa mort elle avait demandé l'oreille des dirigeants de l'ANC, et choisi de rencontrer personnellement, entre autres, Abdul Minty, responsable de la lutte contre l'armement au sein de l'ANC. Elle lui avait confié détenir des informations compromettantes sur des trafics d'armes illégaux, informations qui disparurent avec elle.

Le 12 septembre 1989, l'activiste Anthony Lubowski était abattu à Windhoek, capitale de la Namibie, moins d'un an après l'indépendance du pays. Il était membre du mouvement indépendantiste SWAPO (Organisation du peuple du Sud-ouest africain), désormais à la tête du pays. Selon Groening, il avait été assassiné à cause d'affaires de casino, de concessions pétrolières et diamantaires. Un témoin affirma que Lubowski avait dérangé les intérêts financiers d'un ministre sud-africain.

Le 10 avril 1993, le secrétaire général du Parti communiste sud-africain, Chris Hani, était abattu devant chez lui à Boksburg, à quelques dizaines de kilomètres de Johannesburg. Un homme fut immédiatement arrêté, Janusz Walusz, un extrémiste de droite notablement déséquilibré qui s'opposait à la transition démocratique en Afrique du Sud. Il avait emprunté un pistolet au député Clive Derby-Lewis. Tous deux furent condamnés à mort, peine ensuite commuée en détention à perpétuité. Jusqu'à sa mort, Chris Hani avait été un obstacle pour le commerce d'armes le plus florissant jamais réalisé par l'Afrique du Sud, Groenink avançant que c'était la vraie raison pour laquelle on l'avait assassiné. Derrière le fou Walusz, il y avait des hommes liés au trafic d'armes. Or trois témoins avaient vu une autre personne sur les lieux du crime, potentiellement le véritable assassin.

Après avoir lu les articles, j'appelai Evelyn Groenink. Elle me raconta avoir été menacée à la fois par l'ancien ministre des Affaires étrangères Pik Botha, et le marchand d'armes français Jean-Yves Ollivier. Son livre, d'où les articles étaient extraits, n'avait pu être publié qu'en hollandais, sa publication en anglais en Afrique du Sud ayant été abandonnée à la suite de menaces contre l'éditeur.

L'e-mail de Craig semblait vouloir éveiller ma curiosité. J'attendis quelques jours avant de lui téléphoner.

« *Yes ?*

— C'est bien Craig à l'appareil ? Ici Jan Stocklassa.

— *Hi, Jan.*

— Tu m'as envoyé un e-mail avec un lien vers un article. Pourquoi ? »

Sa réponse ne vint pas immédiatement.

« *Well*, on y parle de choses qui t'intéressent, non ? »

Le ton de sa voix laissait entendre que je comprenais l'allusion.

« Je m'intéresse à l'assassinat de Palme. On en parle dans l'article ?

— J'ai juste dit que ça parlait de choses qui t'intéressent.

— Tu veux dire que ça traite de meurtres dont on croyait qu'ils étaient liés à la lutte pro et anti-apartheid, mais dont en fait les mobiles étaient économiques ? Et que ça a un lien avec l'assassinat d'Olof Palme ?

— J'ai juste pensé que tu pourrais trouver l'article pertinent par rapport à tes centres d'intérêt. »

Je raccrochai, cherchant où il voulait en venir, et n'arrivant nulle part. Craig Williamson voulait me dire quelque chose avec cet article, sans le dire franchement. Les mois qui suivirent, Craig m'envoya plusieurs e-mails. L'un d'eux contenait un document qui attestait qu'il avait été responsable de la sécurité de la délégation américaine arrivée en visite en Afrique du Sud le 1er mars 1986, ce qui rendait de fait sa présence à Stockholm impossible le jour de l'assassinat. Un autre e-mail conseillait la lecture d'un livre récemment paru : *Apartheid Guns and Money – a Tale of Profit*. L'avis de Craig était enthousiaste : « *Highly recommended.* Incroyable travail de recherche qui révèle un tas de faits dont tout le monde continuait de croire qu'ils n'étaient que des spéculations fantaisistes. »

Je répondis à quelques e-mails, pas à tous. Tout cela me perturbait. J'étais censé être le genre de type qu'il détestait – un journaliste suédois qui s'intéressait à lui uniquement en raison de sa possible implication dans l'assassinat d'Olof Palme. Que cherchait-il à me faire comprendre, et pourquoi à moi ?

Le passage de l'article de Groenink concernant le meurtre de Chris Hani me rappela quelque chose que j'avais déjà vu ailleurs ; je fouillai dans mes papiers. Il serait bientôt temps d'acheter une vraie armoire pour archiver tout ce matériel qui s'entassait en piles de plus en plus vertigineuses sur la table de mon salon. La pauvre construction Ikea commençait à crouler sous leur poids. Heureusement, je finis par trouver le document que je cherchais, l'un de ceux que j'avais lus avant mon départ pour l'Afrique du Sud. C'était le courrier que Boris Ersson avait envoyé à la police suédoise en 1994, établissant l'implication des Sud-Africains dans le meurtre. J'y retrouvais plusieurs idées dont la signification m'apparaissait désormais redoublée.

En 1986, Riaan Stander était le collègue de Craig Williamson ; huit ans plus tard, il devenait l'une des sources principales de Boris Ersson. Le mémo était très largement écrit de la main de Boris, mais on trouvait par endroits des citations soigneusement soulignées. L'un des agents envoyés en Suède était le même Anthony White qui avait failli deux fois à sa mission d'assassiner le Premier ministre du Lesotho. Boris demanda à Stander si l'assassinat avait été exécuté par White lui-même ou si on s'était servi de quelqu'un d'autre pour appuyer sur la détente, et Stander répondit : « Tu te souviens de l'assassinat de Chris Hani en 1993 ? Tu crois vraiment que c'est un étranger un peu bizarre qu'on repère à trois kilomètres qui a fait le coup tout seul ? Non, c'est ce qu'on appelle la *procédure standard* : on trouve un type qui fait l'affaire, on lui file une arme et on fait en sorte qu'il appuie sur la détente. Ou bien on l'amène sur place et on s'assure qu'il y est au moment de l'attentat. Tout ça est très subtilement organisé. Il arrive souvent que le type qui a exécuté le meurtre ou qu'on arrête sur place ne sache même pas pour qui il travaillait vraiment. »

Les propos de Stander sur le meurtre de Chris Hani donnaient d'autant plus de poids à la thèse d'Evelyn Groeninke selon laquelle les services secrets sud-africains n'assassinaient quelqu'un que s'ils disposaient d'un bouc émissaire. Or, puisque Craig lui-même m'avait donné à lire l'article d'Evelyn, c'était donc qu'il confirmait indirectement les propos que le « cafard » Riaan Stander avait tenus à Ersson en 1994.

Je repris le manuel d'assassinat de la CIA pour comparer le passage sur le « bouc émissaire » avec la description de Stander. Celle-ci correspondait au critère « perdu » du manuel, où l'assassin est un bouc émissaire dont il est prévu qu'il soit arrêté, voire tué. Dans un tel cas, expliquait le manuel, l'assassin devait être un fanatique ignorant l'identité réelle des organisateurs du crime – comme c'était le cas de l'extrémiste polonais Janusz Walusz, condamné pour l'assassinat de Chris Hani. Si le fanatique réussissait son crime, il était alors impossible de remonter aux commanditaires, et donc sans importance qu'il fût ou non arrêté. S'il ratait son coup, un tueur en renfort accomplissait la mission à sa place, l'abandonnant ensuite à son sort : être livré à la police, ou abattu. Le résultat : un meurtre professionnellement organisé qui passait pour l'œuvre d'un fou solitaire.

Après avoir été arrêté pour l'assassinat de John F. Kennedy, Lee Harvey Oswald avait déclaré : « *I'm just a patsy.* » « Je ne suis qu'un pigeon. » S'il était le dernier maillon d'une conspiration, sa déclaration corroborerait la version de l'assassinat « perdu », et expliquerait également qu'il eût été abattu deux jours après le crime par le propriétaire de boîtes de nuit Jack Ruby. Ainsi Oswald n'eut jamais l'occasion de révéler qui il avait pu rencontrer avant l'assassinat. En octobre 2017, 61 % des Américains continuaient de croire qu'un complot se cachait derrière le meurtre de Kennedy, bien que la version officielle en attribuât la culpabilité au seul fou solitaire et extrémiste Lee Harvey Oswald.

Le mémo de Boris Ersson contenait d'autres déclarations de Riaan Stander à propos du meurtre de Palme. Il avait travaillé personnellement auprès de Craig Williamson dans l'entreprise Long Reach, ayant pour tâche de s'acquitter de diverses missions à travers le monde – collecter des informations, faire éclater des groupes solidaires, exécuter des attentats ou des meurtres si nécessaire. Le nom de code de la mission visant à tuer Palme aurait été « *Hammer* », « Marteau ». La préparation eut lieu à Johannesburg et dans d'autres villes d'Europe, notamment en Suède. Des agents secrets suédois – « *Swedish security agents* » – coopérèrent avec les Sud-Africains afin d'étudier les déplacements et habitudes de Palme lors des semaines précédant l'attentat. Cette section était, selon Stander, dirigée par une femme. La section n'était pas formée d'une équipe solidaire, mais d'individus isolément actifs. Après le meurtre, tous les numéros de téléphone furent changés. L'homme responsable de l'assassinat sur place à Stockholm – « *received the green light to kill Olof Palme* » – était Anthony White lui-même. Un autre complice nommé par Stander était Paul Asmussen, un Sud-Africain aux racines scandinaves. Le mobile du meurtre était double.

Mettre un coup d'arrêt à l'engagement de la Suède contre le régime d'apartheid, lutte dont Olof Palme était une des figures de proue mondiales dans les années 1980. Il condamnait l'Afrique du Sud en Suède aussi bien qu'aux Nations unies et que dans d'autres arènes internationales. Il devait donc être éliminé, de la même façon que la nouvelle génération de leaders sud-africains noirs qu'on avait emprisonnés, torturés et assassinés méthodiquement au plus dur de la fin des années 1970 et du début des années 1980.

Stander évoquait un autre mobile, d'ordre plus privé : il existait un conflit personnel entre Craig Williamson et Olof Palme. Un conflit puissant concernant l'argent de l'IUEF détourné par Williamson. Stander laissait entendre que ce conflit avec Palme aurait viré à l'obsession chez Craig Williamson.

Riaan Stander était unanimement détesté parmi les collègues des services secrets, qui l'accusaient d'être une grande gueule doublé d'un escroc. Certaines de ses affirmations étaient de fait étranges, notamment l'histoire que Craig Williamson eût eu un motif privé pour faire assassiner Palme. Sans doute une information de seconde main dont Stander surestimait la valeur.

En revanche, ce qu'il disait d'une aide suédoise et d'un assassin bouc émissaire concordait avec nombre d'éléments qu'on vit remonter de la « piste sud-africaine » en 1996, et concordait également avec le contenu de l'article que Craig m'avait envoyé. En plus de valider la thèse de Stieg sur l'implication de l'Afrique du Sud, avec Wedin en intermédiaire et des extrémistes suédois de droite en soutien logistique.

Mais qui était le bouc émissaire dans l'assassinat de Palme ? Jakob Thedelin, ou quelqu'un d'autre, voire plusieurs personnes ? Et qui étaient ces agents secrets suédois menés par une femme ?

Un autre mobile potentiel était celui que Stieg avait mentionné dans sa lettre envoyée à Gerry Gable vingt jours après le meurtre. Il me fallait la relire.

Deep State

Stockholm, avril 2016

« Entre autres hypothèses, existe celle que des intérêts sud-africains seraient mêlés au meurtre. La Commission Palme, où Palme lui-même jouait un grand rôle, venait de lancer une campagne contre les marchands d'armes qui faisaient des affaires avec le régime de l'apartheid. »

Stieg écrivit cela moins de trois semaines après le meurtre. Trente ans plus tard, Craig Williamson me recommandait un livre sur le commerce d'armes de l'Afrique du Sud à l'époque de l'apartheid. Craig – qui n'ignorait pas que mon sujet était l'assassinat de Palme – semblait donc estimer qu'il fallait que je me penche sur le rôle joué par l'Afrique du Sud dans le commerce d'armes international. J'entrevoyais à présent un mobile plus concret que celui, trop diffus, qui voulait que Palme eût été assassiné parce qu'il était le premier des innombrables ennemis de l'apartheid.

Il est dans la nature même du commerce d'armes de provoquer des morts, morts qui ne se limitent pas aux seuls soldats tombés au front. Une partie des plus gros contrats d'exportation signés dans le monde sont des contrats de vente d'armes, et si d'aventure quelqu'un cherche à y faire obstacle, ou menace de révéler des secrets nuisibles aux affaires, il risque forcément sa peau : une vie humaine ne coûte pas grand-chose en comparaison des profits colossaux auxquels elle prétend s'opposer. *Apartheid Guns and Money – a Tale of*

Profit, le livre de Hennie van Vuuren daté de 2017, était un pavé de six cents pages assorties d'illustrations, qui montrait comment, avec qui et où l'Afrique du Sud avait fait commerce d'armes et de pétrole malgré les sanctions internationales dont elle était frappée. Craig Williamson m'avait donné un bon conseil de lecture.

*

Au milieu des années 1980, la guerre entre l'Iran et l'Irak était le plus grand conflit armé qui agitait la planète. Olof Palme avait été médiateur de l'ONU dans cette guerre entre 1980 et 1982, une mission impossible qui n'empêcha en rien la guerre de se poursuivre jusqu'en 1988. Un autre conflit stratégique se jouait entre le gouvernement socialiste du Nicaragua et la guérilla des Contras, soutenue par les Américains. Le troisième était la guerre en Afrique australe entre le régime de l'apartheid et les mouvements de libération africains, dont l'ANC était le chef de file.

Ce nouveau livre conseillé par Craig confirmait et complétait le tableau que j'avais pu me faire à la lecture d'un autre livre, *Vapensmugglarna* (« Les trafiquants d'armes »), de Bo G. Andersson et Bjarne Stenqvist, publié en 1988, qui s'intéressait au trafic illégal d'armes et d'explosifs, et qui m'avait été recommandé par Eva Gabrielsson, la compagne de Stieg.

Le livre de van Vuuren m'apprenait un élément nouveau, et décisif : l'Afrique du Sud avait joué un rôle clef dans l'une des plus vastes et plus complexes conspirations du XXe siècle, celle qu'on appela l'« affaire Iran-Contra » et qui faillit coûter à Ronald Reagan son fauteuil de président des États-Unis.

Malgré l'interdiction formelle du Congrès américain, la CIA avait décidé de soutenir militairement la contre-révolution des Contras au Nicaragua, notamment en leur fournissant des armes. Dans le même temps, la République islamique semblait s'installer durablement en Iran, et on souhaitait par conséquent renouer des liens avec elle, en lui vendant des armes. Cela fut également interdit par le Congrès, mais le chef de la CIA, William Casey – l'un des proches de Ronald Reagan –, inventa un montage complexe pour contourner les institutions démocratiques des États-Unis. Il permettrait à la CIA de faciliter les ventes d'armes à l'Iran, en réalisant au passage des marges qui serviraient à financer l'armement des Contras.

Le 3 novembre 1986, huit mois après la mort de Palme, le scandale Iran-Contra éclatait aux États-Unis, déstabilisant les institutions pour toute l'année 1987. Un point essentiel du circuit révélé échappa pourtant à l'attention générale : l'exportation de pétrole iranien vers l'Afrique du Sud – décrite en détail dans le livre conseillé par Williamson. À cause des sanctions internationales dont elle était l'objet, l'Afrique du Sud se trouvait parfois à une semaine de voir ses réserves de pétrole épuisées. Grâce à cet accord secret, l'Iran dégageait des revenus et bénéficiait de l'aide nécessaire pour satisfaire ses énormes besoins en armes, tandis que l'Afrique du Sud recevait le pétrole qu'elle ne pouvait se procurer sur le marché officiel. L'affaire était arrangée avec l'aide de la CIA, qui encaissait au passage un bonus lui permettant de financer et d'armer les Contras du Nicaragua ainsi que d'autres mouvements anticommunistes dans le monde.

William Casey, patron de la CIA, se rendit plusieurs fois en Afrique du Sud pour faire des affaires, voyages au cours desquels il rencontra les leaders politiques du pays, dont Pik Botha. D'après la source au Congrès du *Boston Globe,* William Casey se rendit secrètement en Afrique du Sud le 8 mars 1986 pour une entrevue avec le président P.W. Botha. Huit jours après l'assassinat d'Olof Palme.

Craig Williamson m'avait confirmé avoir rencontré Casey à deux reprises, mais jamais en mars 1986.

La bonne conduite de ces affaires illégales requérait un appui logistique dans lequel les sociétés dites « *sanction-busters* » tenaient les premiers rôles. Autrement dit, on avait besoin d'hommes d'affaires prêts à agir dans l'illégalité et déterminés à gagner beaucoup d'argent. L'Italien Giovanni Mario Ricci et le Suédois Karl-Erik Schmitz avaient le profil.

*

Mario Ricci était un homme influent aux Seychelles, où il entretenait des contacts étroits avec le président de l'archipel, René, l'Afrique du Sud et la mafia italienne. Les Seychelles étaient une plateforme clef dans la stratégie de l'Afrique du Sud pour contourner systématiquement les sanctions qui l'empêchaient de s'approvisionner en armes et en pétrole. À travers sa société GMR – ses propres initiales – Ricci avait trouvé un partenaire directement connecté aux hautes sphères politiques sud-africaines : Craig Williamson. Entre 1986 et 1987, ils coopérèrent afin de monter un système de *sanction-busting* qui permettait notamment de fournir l'Afrique du Sud en pétrole iranien. Ces affaires seychelloises se faisaient très probablement avec l'aval du directeur de la CIA, William Casey. Le responsable de la CIA auprès de l'ambassade américaine aux Seychelles reçut ainsi un jour de son patron un ordre plutôt inhabituel : « Le présent ordre vous engage expressément à ne jamais rapporter, jamais employer aucune mesure ou ressource de nature à faire obstacle à tout type de transaction bancaire internationale et illégale aux Seychelles. »

Une des victimes potentielles de ces affaires seychelloises fut le leader de l'opposition de l'archipel, Gérard Hoarau. Le 29 novembre 1985 – deux mois avant l'assassinat de Palme – il était abattu d'une rafale de mitrailleuse dans une rue de Londres, après avoir menacé de rendre publiques des informations touchant à un scandale financier qui impliquait Mario Ricci et le président René.

Craig Williamson déclara que les opérations avec GMR n'étaient qu'un « petit rouage de la machine ». Un rouage suffisamment grand cependant pour faire de Mario Ricci un milliardaire, qui comme par hasard vint s'installer en Afrique du Sud à la fin des années 1980.

*

L'homme d'affaires suédois Karl-Erik Schmitz, surnommé « Bobbo », était relativement nouveau dans l'industrie de l'armement. Sa famille avait longtemps possédé une affaire en Afrique du Sud, et il signa son premier contrat de vente de matériel de guerre en 1983, une livraison de 4 500 tonnes de poudre à canon sud-africaine à destination de l'Iran, pour charger des pièces d'artillerie américaines. Bobbo – décrit par ses partenaires d'affaires comme un charmant casse-cou ruiné à cinq reprises et autant de fois riche à millions – réussit à surmonter les problèmes techniques de fabrication pour livrer un produit parfaitement au goût des Iraniens.

Entre Noël 1984 et le Nouvel An 1985, il signa un nouveau contrat avec Téhéran, d'une valeur totale de 2,7 milliards en couronnes d'aujourd'hui, soit environ 270 millions d'euros. La livraison d'un volume aussi considérable de poudre et d'explosifs nécessitait de recourir aux capacités productives de plusieurs fabricants européens du « cartel de la poudre ». Bobbo résolut la question du transport physique en louant plusieurs cargos danois. La dernière partie du trajet fut confiée entre autres à des opérateurs maritimes kényans. Bobbo s'appliqua à tracer un réseau de routes passant par différents pays, en particulier la RDA, la Yougoslavie et le Pakistan, afin de ne pas éveiller les soupçons.

Or il arriva que Mats Lundberg, directeur commercial du géant suédois de l'armement Bofors, entendît parler des affaires de gros sous de Schmitz. Il se mit en contact avec lui, désireux que les fabricants suédois eussent aussi leur part du gâteau.

Le 2 janvier 1985, Bobbo rencontrait Mats Lundberg, et confia aussitôt à Bofors et à sa filiale Nobelkrut la production de tout le paquet de commandes qu'il avait signées quelques jours plus tôt. Elle comprenait notamment 5 000 tonnes de poudre à obus, 1 100 tonnes d'explosifs, 400 000 obus et un million d'obus de mortier. Cette rencontre marquait ainsi le début d'une coopération étroite qui pouvait à tous les deux leur coûter plusieurs années derrière les barreaux.

Le 8 février 1985, Bofors cherchait une voie d'accès au Pakistan auprès de l'inspecteur général du matériel des armées, Carl-Fredrik Algernon. En mars 1985, Bobbo recevait l'aide directe de l'actionnaire principal de Bofors, Erik Penser, pour réaliser avec la banque Arbuthnot Latham un montage financier qui assure le transfert des fonds depuis l'Iran jusqu'à la société de Bobbo, et de celle-ci les reversements à Bofors et aux autres producteurs.

En mars, avril et mai 1985, la brigade des douanes suédoise effectua une perquisition dans les locaux de Bofors et de sa filiale Nobel Chimie.

À la mi-mai 1985, le directeur commercial Mats Lundberg et le P.-D.G. de Nobel Chimie Hans Sievertsson se rencontraient pour signer un contrat de vente d'armes illégal d'une valeur de 370 millions de couronnes actuelles, soit environ 37 millions d'euros.

Le 5 juin 1985, le journal *Dagens Nyheter* révélait que Bofors était soupçonné d'alimenter un trafic de poudre avec l'Iran.

Le 13 juin 1985, le ministre du Commerce extérieur de la Suède, Mats Hellström, bloquait le trafic clandestin de matériel de guerre suédois passant par le Pakistan. Bobbo se trouvait en bien mauvaise posture. Il était soudain dépossédé de son fournisseur principal de matériel militaire, en plus d'être dans la difficulté de livrer à l'Iran les produits civils prévus par 204 contrats pour la construction d'une usine d'armement à Ispahan. Bobbo comprit que ce n'était qu'une question de temps avant que la brigade financière ne vienne frapper à sa porte, et il réorganisa à la hâte tout le trafic en cherchant de nouveaux producteurs.

Le 25 juillet, un avion atterrissait à Mehrabad près de Téhéran. Il était chargé de 22 tonnes de poudre livrées par Bobbo dans un avion qu'il avait affrété en urgence afin de remplir son contrat auprès des Iraniens et de soulager leur besoin immédiat d'explosifs. L'avion était un Boeing 707 que Bobbo avait loué à la compagnie Santa Lucia Airways, propriété indirecte de la CIA. Un mois plus tard, Bobbo leur louait un nouveau Boeing 707 à destination de l'Iran. Trois mois plus tard, le lieutenant-colonel Oliver North utilisait la même compagnie et le même modèle d'avion pour livrer des robots Hawk et des missiles TOW à l'Iran. Santa Lucia Airways et ses Boeing 707 servaient également à fournir en armes la guérilla angolaise UNITA, soutenue conjointement par les États-Unis et l'Afrique du Sud.

Fin août 1985 eut lieu à Malmö la première d'une longue série de perquisitions au siège de l'entreprise de Bobbo, Scandinavian Commodities. Les affaires n'en continuèrent pas moins de rouler pendant tout l'automne, et tandis qu'il faisait mine de coopérer avec les autorités suédoises, Bobbo ne cessa pas de livrer régulièrement ses produits à l'Iran jusqu'à la moitié de l'année 1987, cette fois avec des producteurs et des sociétés basés hors de Suède. Bobbo décrivit l'irruption des douanes suédoises dans ses affaires comme celle d'« un éléphant dans un magasin de porcelaine », intrusion qui avait ruiné un réseau bien huilé de trafic illicite dans le secteur de la bombe.

L'automne 1985 vit également les médias suédois et internationaux publier des articles sur ces scandales plus en plus flagrants. L'assassinat d'Olof Palme le 28 février 1986 les détourna bientôt du sujet. Bobbo Schmitz et ses fabricants purent donc continuer de fournir de la poudre aux Iraniens, sans que les autorités suédoises ni les médias n'en sachent rien.

En juin 1986 pourtant, *Dagens Nyheter* publiait une série d'articles démontrant que les affaires de Schmitz englobaient la plupart des pays d'Europe occidentale, une partie de l'Europe de l'Est, ainsi qu'Israël.

Le 19 novembre 1986, l'entrepreneur criminel Bobbo était mis en examen pour violation d'accords commerciaux – quelques mois seulement avant que le chef de l'inspection générale du matériel des armées Carl-Fredrik Algernon ne meure dans d'étranges circonstances sous les roues d'un métro de Stockholm.

En mai 1987 le gouvernement suédois, par la voix de la ministre Anita Gradin, réinterprétait les actes de Bobbo non plus comme une violation d'accords commerciaux, mais comme une atteinte à la loi sur le « commerce de produits explosifs », loi surtout utilisée pour réglementer la revente de dynamite et de pétards aux particuliers par les industriels de la métallurgie. Son crime tombait donc sous la responsabilité de la police, et non plus du gouvernement suédois. Bientôt les procureurs durent abandonner toutes les poursuites contre Karl-Erik « Bobbo » Schmitz. Aucune sanction ne fut prise.

*

Le rapport de la Commission d'enquête contenait presque quarante pages consacrées à la piste sud-africaine. Les indices qui menaient dans cette direction avaient commencé d'affluer dès les premiers jours après le meurtre. Un de ces indices fut transmis par le journaliste et officier de réserve Karl-Gunnar Bäck. Le lundi ou le mardi après le meurtre, il fut contacté pour la première fois depuis des années par un homme de sa connaissance, un citoyen britannique. L'homme arriva à Stockholm le lendemain et raconta à Bäck que les services secrets du MI6 détenaient des informations indiquant que l'assassin avait des contacts en Afrique du Sud, et que le meurtre était lié au trafic d'armes dans ce pays. Un policier suédois ou un informateur de la SÄPO serait impliqué. Plus concrètement, ces informations pointaient du doigt Bofors et le rôle essentiel d'une commission que la société aurait versée. L'argent aurait été encaissé par une société de commissions du nom d'A & I Services. Son propriétaire, Robertson ou Donaldson, avait vécu en Afrique du Sud et en Rhodésie, et vivait actuellement entre Londres et Johannesburg.

Après avoir reçu ces informations, Bäck envoya son secrétaire les transmettre au bureau de la SÄPO à Uppsala, où il connaissait un des agents. En d'autres termes, la police de sécurité fut en possession d'un élément sensible, dès la semaine ayant suivi le meurtre. Élément jamais parvenu à l'équipe chargée de l'enquête, qui ne découvrit son existence qu'en 1994 grâce au journaliste Lars Borgnäs.

Sous la direction de Hans Ölvebro, les enquêteurs demandèrent à la SÄPO et à la police d'Uppsala où se trouvait cette information. Personne n'en ayant entendu parler, on en conclut qu'un tel document n'avait jamais été transmis. Aucune mesure ne fut prise pour enquêter sur l'indice et sa disparition.

*

Le passage de la lettre de Stieg mentionnait une campagne – à laquelle participait Palme – contre les marchands d'armes qui faisaient affaire avec le régime sud-africain. Les livres conseillés par Craig Williamson et Eva Gabrielsson donnaient là-dessus une foule d'éléments et surtout de noms de personnes ayant eu un intérêt économique majeur à bloquer à une telle campagne, mais la police suédoise, trente années durant, avait soigneusement évité de creuser la question.

La seule visite qu'on effectua en Afrique du Sud datait de 1996, dix ans après les faits. Hans Ölvebro, commissaire chargé de l'enquête, et Jan Danielsson, procureur, s'étaient alors contentés d'un voyage mi-professionnel, mi-touristique, à peu près convaincus que leur visite était inutile, puisqu'ils avaient déjà mis la main sur le coupable, en la personne du toxicomane Christer Pettersson. La police suédoise s'était purement et simplement désintéressée de la question de savoir si le régime de l'apartheid avait quelque chose à gagner en assassinant Olof Palme. Le résultat était toujours le même : « Pas de procédures officielles. » C'est ce que je voulais vérifier.

Cui bono ?

Stockholm, avril 2016

J'avais trouvé dans les archives de Stieg plusieurs articles de *Svenska Dagbladet* de 1987 écrits par Mari Sandström et son collègue. Ils reprenaient essentiellement les déclarations d'un informateur anonyme. Un homme qui travaillait dans le *sanction-busting* en Afrique du Sud. Je rencontrai Mari à plusieurs reprises, et chaque fois, une certaine phrase de son informateur nous laissait perplexes.

« Le meurtre de Griffiths Mxenge n'était que le premier barreau de l'échelle. »

Mon idée était que, s'il y avait derrière le meurtre de Palme un mobile ayant trait au commerce d'armes, alors le même mobile pouvait se retrouver à l'origine d'autres assassinats sur la période. Et sans doute davantage que les trois décrits par Evelyn Groenink dans son article. Si cette hypothèse se vérifiait, c'est qu'il devait y avoir quelqu'un en Afrique du Sud qui avait intérêt à ce que certains individus fussent rayés de la surface du globe. *Cui bono ?* À qui profite le crime ?

J'établis alors une liste des morts, accidentelles ou criminelles, et incidents dont l'Afrique du Sud ou ses partenaires avaient pu tirer un profit immédiat. Nombre de ces morts étaient directement l'œuvre des services secrets sud-africains – celles de Griffiths Mxenge, Ruth First et Jeanette Schoon par exemple –, d'autres avaient fait l'objet d'une enquête, mais on avait conclu à l'accident – Samora Machel, Franz Esser, Peter Casselton –, et d'autres encore étaient indirectement liées à l'Afrique du Sud – l'assassinat d'Olof Palme –, mais pas dans leur seul intérêt. Enfin, certaines morts n'étaient pas directement liées à l'Afrique du Sud et avaient été classées comme des accidents – ainsi la mort du journaliste suédois Cats Falk et celle de l'inspecteur militaire Carl-Fredrik Algernon.

Ma liste révélait trois mobiles différents qui se recoupaient parfois. Les premiers attentats des années 1981-1984 semblaient surtout avoir eu comme but d'éliminer des opposants à l'apartheid. Les années suivantes, le trafic d'armes et autres *sanction-busting* motivaient les assassinats, le troisième et dernier mobile étant ensuite d'étouffer d'éventuelles révélations sur les affaires et assassinats passés.

La plupart des attentats que j'examinais étaient complexes, difficiles à réaliser, nécessitant au moins un, mais en général plutôt deux ou trois mois de préparatifs. Certains eurent lieu en Afrique du Sud, d'autres dans les pays voisins, et en Europe. Un petit groupe de noms revenait souvent comme tueurs ou commanditaires potentiels. Il était évident que le nombre d'agents des services secrets sud-africains, civils ou militaires, capables de réaliser ce genre d'attentat devait être très réduit. Dans l'article d'Evelyn Groenink que Craig Williamson m'avait envoyé, celle-ci notait que « l'exécution de meurtres de ce type requiert des capacités et une expérience spécifiques qu'un policier sud-africain de base ne possède absolument pas ».

La chronologie était intéressante. Les dates se suivaient à un rythme assez espacé, généralement à une moyenne de six mois d'intervalle – le temps nécessaire à un petit groupe d'agents à la fois de débriefer, prendre une pause et planifier l'opération suivante.

La liste était longue. Elle commençait par l'assassinat dont l'informateur de Mari Sandström avait dit qu'il était « le premier barreau de l'échelle ».

19 novembre 1981 Durban, Af. Sud	Griffiths Mxenge Avocat des droits de l'homme	Assassiné de 45 coups de couteau et frappé au marteau. Trois membres sud-africains d'un « escadron de la mort » ultérieurement amnistiés par la Commission Vérité.
14 mars 1982 Londres, Angleterre	Attentat à la bombe Bureaux de l'ANC	Attentat organisé par Craig Williamson, amnistié avec d'autres par la Commission Vérité. Parmi les auteurs on retrouve entre autres : Vic McPherson, Eugen de Kock, Peter Casselton.
17 août 1982 Maputo, Mozambique	Ruth First, tuée dans l'explosion d'une lettre piégée	Lettre piégée envoyée sur ordre de Craig Williamson, amnistié pour les faits.
28 juin 1984 Lubango, Angola	Jeanette Schoon et sa fille Katryn	Lettre piégée envoyée sur ordre de Craig Williamson, amnistié pour les faits.
Novembre 1984 Stockholm, Suède	Cats Falk, Journaliste suédois	Meurt avec sa petite amie après une chute de leur voiture dans l'eau. Préparait un scoop sur des livraisons d'armes via la RDA. Classé comme « accident ».
1er août 1985 Durban, Af. Sud	Victoria Mxenge Militante des droits de l'homme	Abattue devant ses enfants sur ordre des services secrets sud-africains. Militante des droits de l'homme, elle avait repris le cabinet juridique de son mari, Griffiths Mxenge.
29 novembre 1985 Londres, Angleterre	Gérard Hoarau Chef de l'opposition aux Seychelles	Abattu à la mitrailleuse à Londres. Était sur le point de révéler publiquement des accusations de trafic d'armes contre Mario Ricci, le partenaire de Craig Williamson, notamment entre l'Af. Sud et l'Iran. Non éclairci.
28 février 1986 Stockholm, Suède	Olof Palme Premier ministre	Abattu en pleine rue à Stockholm. Selon Stieg Larsson, sur le point de mener une campagne contre le commerce d'armes avec l'Afrique du Sud. Non éclairci.

8 septembre 1986 Stockholm, Suède	Bombe contre les bureaux de l'ANC	Attentat à la bombe à Stockholm. Services secrets sud-africains suspectés, mais enquête interrompue. Non éclairci.
19 octobre 1986 Mbuzini, Af. Sud	Samora Machel Président du Mozambique	Mort dans un crash aérien. Services secrets sud-africains suspectés de sabotage, mais sans preuve. Classé comme « accident ».
15 janvier 1987 Stockholm, Suède	Carl-Fredrik Algernon Inspecteur général du matériel des armées	Tombé sous une rame de métro. Chargé d'enquêter sur un trafic d'armes. Classé comme « accident ».
19 septembre 1987 Genève, Suisse	Olav Dørum Ambassadeur de Norvège et militant des droits de l'homme	Écrasé sous les roues d'une voiture conduite par un membre du mouvement indépendantiste namibien SWAPO, ivre au moment des faits. Précédemment menacé de mort. Classé comme « accident ».
29 mars 1988 Paris, France	Dulcie September Membre de l'ANC	Abattue de cinq balles devant les bureaux parisiens de l'ANC. Était sur le point d'informer la direction de l'ANC des trafics d'armes. Non éclairci.
21 décembre 1988 Lockerbie, Écosse	Bernt Carlsson Secrétaire général de l'ONU et délégué en Namibie	Trouve la mort dans l'explosion du vol Pan Am 103. À la tête d'un combat contre le pillage des ressources naturelles en Namibie. Aucune enquête n'a désigné Carlsson comme cible principale de l'attentat.
1er mai 1989 Johannesburg, Af. Sud	David Webster Militant anti-apartheid	Abattu devant chez lui par les services secrets sud-africains.
12 septembre 1989 Windhoek, Namibie	Anton Lubowski Militant anti-apartheid	Abattu après avoir menacé de révéler des affaires impliquant un marchand d'armes français qui travaillait avec l'Afrique du Sud. Non éclairci.

9 janvier 1990 Af. du Sud	Franz Esser et sa famille	Vendeur de voitures allemand mort dans un choc frontal avec un camion. Contacts au plus haut niveau en Af. Sud, accusé d'avoir fourni des véhicules au groupe ayant assassiné Olof Palme. Classé comme « accident ».
10 avril 1993 Boksburg, Af. Sud	Chris Hani, Secrétaire général du Parti communiste sud-africain	Selon Evelyn Groenink, Hani faisait obstacle à un gros contrat d'armement. Abattu devant chez lui par l'extrémiste polonais Janusz Walusz.
Janvier 1997 Près Pretoria, Af. Sud	Peter Casselton Agent des services secrets sud-africains	Écrasé à mort par un camion qu'il réparait. Devait témoigner devant la Commission Vérité, avait déjà dénoncé la participation de Craig Williamson et Bertil Wedin au meurtre de Palme. Classé comme « accident ».

*

En relisant la liste, je m'aperçus qu'il existait à la fois un modèle-type et des divergences par rapport à ce modèle. La date du premier assassinat, celui de Griffiths Mxenge, « le premier barreau de l'échelle », était naturellement très importante : ce premier meurtre avait eu lieu moins de deux ans après la fin de l'infiltration de l'IUEF par Craig Williamson, en janvier 1980.

Les meurtres et « accidents » s'enchaînaient à une cadence régulière, l'année 1983, vierge, faisant exception. Il y avait eu une pause, à moins que je n'eusse laissé passer une ou plusieurs opérations. À partir d'août 1984, les attentats se suivirent à intervalles quasi constants jusqu'à l'accident de voiture de Franz Esser en janvier 1990. Puis un creux de trois ans avant l'assassinat de Chris Hani et la mort mystérieuse de Casselton sous un camion.

Je vis une autre exception à ce schéma : l'attentat à la bombe contre les locaux de l'ANC à Stockholm eut lieu seulement six semaines après le crash aérien qui coûta la vie à Samora Machel.

Peut-être l'attentat de Stockholm avait-il été exécuté par un agent des services civils – comme celui de Londres quelques années auparavant –, tandis que l'opération plus complexe visant le chef d'État du Mozambique avait été réalisée par les services secrets de l'armée.

Craig Williamson avait souvent répété dans ses interviews qu'après la chute du Mur de Berlin en 1989, et donc la fin de la guerre froide, les puissances occidentales n'eurent plus besoin du régime d'apartheid en Afrique du Sud. Et de fait il chuta, après que Nelson Mandela eut été libéré et que, le 7 juin 1990, le Premier ministre F.W. De Klerk eut décrété la fin de l'état d'urgence. À partir de cette date, le nombre d'opérations se réduisait sensiblement.

Franz Esser comme Peter Casselton avaient menacé de dire ce qu'ils savaient sur les opérations passées, et cela constituait une raison suffisante de les éliminer – ce que Vic McPherson avait dit valait pour tous les agents. Mais officiellement, tous deux étaient morts dans des accidents.

Ma liste permettait de montrer et de résumer quels avantages l'Afrique du Sud blanche avait tirés de la mort de ces personnes, qu'il s'agît officiellement de meurtre, d'accidents ou de cas non éclaircis. Cette liste appuyait l'argument d'une potentielle implication sud-africaine dans l'assassinat d'Olof Palme, mais elle était loin de ressembler à une pièce à conviction qu'on peut produire dans un procès.

Si je voulais des preuves concrètes, j'aurais certainement plus de chance en m'investissant dans la partie de l'enquête où j'avais de fait découvert des éléments nouveaux, concrets : du côté d'Alf Enerström et de Jakob Thedelin.

Interrogatoire

Stockholm, décembre 2016

Décembre en Suède – la température à peine au-dessus de zéro degré, un air humide pénétrant sous l'épaisseur du manteau, jusqu'à la moelle. Pire encore, l'obscurité. Théoriquement, le soleil se lève à neuf heures pour se coucher à quinze heures, mais rien n'y paraît : il fait noir en permanence.

J'eus au moins le temps de boire mes cinq cafés chez Nybergs, et de manger un petit pain aux œufs et au tarama, ou pâté-cornichons. C'était la saison des *lussekatter*, brioches au safran. J'en mangeais une par jour, comme un ours qui se prépare à hiberner.

Quelques mois avaient passé avant que je ne me décide à demander à la police de m'envoyer leurs fichiers. Ils avaient refusé presque toutes mes demandes, sauf sur certains points où ils avaient fini par céder. Enfin l'enveloppe était dans ma main. Elle ne contenait pas autant de matériel que j'espérais – une infime partie seulement du dossier que j'avais vu au commissariat –, mais déjà un rapport d'interrogatoire et une photo de surveillance de Jakob, suffisant pour attester qu'ils s'étaient intéressés à lui. Et ce depuis les premiers mois après le meurtre.

La photo, prise au téléobjectif, montrait Jakob traversant un passage piéton, un attaché-case noir à la main gauche. À l'arrière-plan, deux voitures typiques de l'époque, une Saab 95 bleu foncé et une Volvo 245 bleu clair métallisé. Il portait un pantalon noir, de grosses chaussures de ville, un blouson gris. Ses lunettes étaient d'un modèle à monture d'acier et verres larges, légèrement fumés, peut-être de type photochromiques, qui se teintaient en fonction de la luminosité. La perruque frisée que Jakob portait sur la tête paraissait de mauvaise qualité, et elle était si mal ajustée qu'elle ressemblait davantage à un bonnet enfoncé jusqu'aux oreilles.

Je relus rapidement les témoignages livrés sur les lieux du crime : la moitié décrivaient un homme tête nue, l'autre moitié le coiffaient d'un bonnet. Certains avaient d'ailleurs changé d'avis entre deux auditions.

Au-dessus de la photo, on lisait : « Pièce jointe 1, Stockholm 86-11-21, Säpo, Secrétariat, Int. Pol. Tore Forsberg. »

En 1986, Tore Forsberg était le plus haut responsable du contre-espionnage, soit un poste relativement élevé au sein à la SÄPO, ce qui voulait dire que le cas Jakob Thedelin était prioritaire. Le même Tore Forsberg que j'avais cru reconnaître sous les traits d'Evert Gullberg, personnage du troisième roman de Stieg. La photo était censée accompagner un autre document, mais il n'y en avait nulle trace dans ce qu'on m'avait envoyé.

Le premier interrogatoire de Jakob s'était déroulé le 4 juin 1987 entre 8 h 45 et 11 h 30. Ils étaient allés chercher Jakob à son domicile sans l'avertir. Présents lors de l'interrogatoire, l'intendant de police Tore Forsberg, de la SÄPO, le commissaire chargé de l'interrogatoire, Alf Andersson, et l'inspecteur Stig Kjelson, ces deux derniers appartenant à la Police criminelle. L'interrogatoire de Jakob avait donc eu lieu quinze mois après le meurtre, et plus de six mois après que la SÄPO eut commencé de le surveiller. Le protocole faisait cinquante-quatre pages, il était retranscrit mot pour mot à partir d'un enregistrement audio.

Commissaire : « Où étais-tu au moment du meurtre ? »

Jakob : « Je dormais. »

C : « Le vendredi soir donc. Le 28. Tu étais chez toi à Täby ? »

J : « Non, j'ai été réveillé par quelqu'un. »

C : « Chez qui ? »

J : « Seppo H. et là… le lendemain… »

M 000057 RIKSPOLISSTYRELSEN
Säkerhetsavdelningen — Bilaga 1
STOCKHOLM — 1986-11-21
Sekretariatet
Pint T Forsberg — Ex £(2)

Photo supprimée
à la demande des autorités suédoises
dans le cadre de l'enquête
sur l'assassinat d'Olof Palme.

Photographie de novembre 1986, extraite du dossier de surveillance de Jakob Thedelin par la SÄPO (archives policières, département de la Sécurité)

C : « Qu'est-ce que tu as fait le soir ? »

J : « Oui euh… c'est qu'on se rappelle seulement du matin, quand ils arrivent et te réveillent pour dire… »

C : « Il est venu te réveiller ? »

J : « Oui, il m'a réveillé pour me dire qu'ils avaient tué Olof Palme. Ensuite, ce que j'ai fait la veille… Il faudrait presque que je retrouve mon emploi du temps pour savoir exactement. Soit je travaille le soir, soit j'ai ma soirée libre, c'est en gros les deux options qu'on a. »

C : « Que fais-tu le soir en général ? Tu es fatigué, peut-être ? Tu étais à la maison ce soir-là, tu as dormi ? »

J : « Oui, c'est possible. Mais je ne saurais pas vraiment dire. »

C : « Tu n'as pas vu Alf ces jours-là ? »

J : « Je l'ai vu après. Je l'ai appelé, évidemment. »

C : « Aussitôt ? »

J : « Oui, après. »

C : « Tu veux dire le matin, quand Seppo H. t'a annoncé qu'ils avaient tué Palme ? Qu'as-tu fait alors ? »

J : « Oui, ensuite je suis sorti. J'ai téléphoné d'une cabine. À Alf, pour lui demander si je pouvais passer le voir. »

C : « Le matin même ? »

J : « Oui, j'ai avalé quelque chose puis j'y suis allé. »

C : « Il était donc chez lui ? »

J : « Oui, il était chez lui. Depuis combien de temps, je n'en sais rien, mais il était chez lui quand je l'ai appelé, et quand je suis passé il était encore là. »

C : « À quelle heure de la matinée es-tu arrivé chez lui ? »

J : « Enfin, c'était peut-être le lendemain, je ne sais pas. »

C : « Tu as tout de suite pensé : maintenant il faut que j'appelle Alf Enerström ? »

J : « Ouais mais bon… mais c'est que… enfin je le savais déjà, il m'en avait parlé. Et alors j'ai pensé bon Dieu mais qu'est-ce qu'on fait… comment on fait maintenant au niveau politique. »

C : « Donc quoi qu'il arrive, tu as parlé avec Enerström le lendemain du meurtre ? »

J : « Oui, ou plus tard. »

C : « Qui était présent chez lui ce jour-là ? »

J : « Les gens qui auraient pu… ? »

C : « Oui, les gens qui étaient présents quand tu es arrivé chez lui ? »

J : « Il n'y avait personne, seulement Gio, moi, Alf et les enfants. Ils dormaient, ou ils petit déjeunaient, ou j'en sais rien. »

C : « Tu ne l'as pas vu avant le meurtre, alors ? »

J : « Si… »

C : « Combien de temps avant ? Pendant la semaine ? »

J : « Le problème c'est que j'ai du mal avec les dates et ce genre de trucs, oui, peut-être que je l'ai vu. Parfois on s'appelle, mais je ne pourrais pas dire, tellement de temps a passé. »

Jakob ne parvenait manifestement pas à se souvenir de ce qu'il avait fait le soir du meurtre, ni le jour suivant. Il lui arrivait de changer de version chaque fois que le commissaire Alf Andersson revenait sur la question précédente.

Ils discutèrent ensuite des opinions de Jakob sur Palme, de celles d'Enerström, et des gens qu'ils fréquentaient. L'interrogatoire avait beau être vieux de trente ans, les idées de Jakob sur Palme étaient strictement les mêmes que celles qu'il exprimait dans ses e-mails à Bertil Wedin ainsi que dans la conversation Facebook avec Lída : Olof Palme était un espion soviétique s'apprêtant à vendre la Suède aux Russes. Jakob avouait également qu'Enerström et lui avaient rencontré des membres de l'EAP et des militaires qui avaient découvert la traîtrise d'Olof Palme. L'organisation d'Enerström, l'Opposition sociale-démocrate, aurait compté 50 000 membres, une menace qui aurait poussé Palme à dérober l'argent dont Enerström disposait sur son compte, ainsi qu'à lui retirer la garde de son fils Ulf. Je retrouvais ici le discours qu'Enerström m'avait tenu lors de notre entretien. Par ailleurs, les noms et les organisations que surveillait Stieg revenaient sans cesse.

Au bout d'un moment, Alf Andersson recommença à questionner Jakob sur l'endroit où il se trouvait le soir du meurtre.

C : « Oui, mais tu dis que tu as fait un tour sur les lieux du crime. »

J : « Après le meurtre. »

C : « Le jour même ? »

J : « Non, enfin… Quelques jours après je crois, je ne saurais pas dire… Ou bien c'est arrivé que je passe par là. Entendre ce que les gens disent, ce qui s'écrit. Inquiétant de penser qu'ils n'aient pas vu ce que moi j'ai vu. »

C : « Et Alf Enerström, que t'a-t-il dit quand tu l'as vu ? Où était-il au moment du meurtre ? »

J : « Je ne m'en souviens pas, sans doute chez lui à Sölje. »

C : « Tout à l'heure tu as dit que tu l'avais rencontré ? »

J : « Je l'ai vu quelques jours plus tard, ou le lendemain. »

C : « Tu as donné son adresse. Norr Mälarstrand. »

J : « Je crois qu'il était à Stockholm ou peut-être qu'il était là-bas, en venant de Stockholm… Ou à Stockholm en arrivant de Sölje… C'était il y a trop longtemps pour que je puisse me rappeler tout ça dans le détail. Mais je ne crois pas que c'était lui. »

Alf Andersson ne lui demanda pas de justifier sa réponse, ni pourquoi il ne croyait pas qu'Enerström fût l'assassin de Palme. Pas plus qu'il ne lui demanda pourquoi il trouvait naturel qu'une période d'un an lui ait ôté la mémoire de ce qu'il avait fait le soir de l'assassinat de Palme, alors que c'était justement un événement majeur de l'histoire suédoise.

C : « Donc tu n'as jamais rencontré Palme ? »

J : « Jamais. Je l'ai vu une fois, à cinquante mètres de distance environ. »

C : « Sais-tu où il habitait ? »

J : « Quoi ? »

C : « Est-ce que tu savais où il habitait ? »

J : « Où ? »

C : « Il habitait à Gamla Stan, tu le savais, non ? »

J : « Après le meurtre, oui. Avant ça, c'est possible que j'aie entendu dire qu'il avait un appartement à Gamla Stan, mais je ne savais pas que c'était sur Västerlånggatan. Possible, mais je ne m'en souviens pas… »

C : « Pourquoi as-tu rompu tout contact avec ton colocataire de l'époque ? Je veux dire que ce gars-là pouvait confirmer si tu étais chez toi le soir du meurtre. C'était le cas ? »

J : « Je ne sais pas, c'est possible que je sois sorti la veille, mais pas avec lui, nos chemins se sont séparés. Parfois on sortait ensemble. Parfois non. »

C : « Quels vêtements portais-tu cet hiver-là ? »

J : « J'avais un anorak blanc, ou de couleur claire. Éventuellement un duffel… coat, duffel-coat on dit, de couleur foncée. »

C : « Tu portais un bonnet ? »

J : « Non. Une capuche ou parfois rien du tout, et j'avais un pantalon foncé. »

Pas de bonnet, certes, mais une perruque qui semblait tenir aussi chaud qu'un bonnet de laine. Les réponses hésitantes de Jakob n'avaient dû qu'exciter davantage l'intérêt des policiers, et de fait, il y eut une autre audition.

*

Le 21 août, deux mois et demi et un long été après le premier interrogatoire, Jakob fut rappelé par les policiers. Cette fois ils le laissèrent venir lui-même. Tore Forsberg commença de l'interroger au nom de la SÄPO, puis Alf Andersson prit le relais pour la Criminelle et en l'absence de Torsberg. Le protocole se présentait comme un simple résumé de deux pages.

Jakob fut de nouveau interrogé sur la théorie d'Alf Enerström selon laquelle Palme menait tout droit la Suède au soviétisme. Sur ce point, Jakob partageait l'avis d'Enerström. Néanmoins, lorsqu'on lui demanda pour quelle raison les Soviétiques auraient assassiné Palme, il ne sut pas répondre.

Lors du premier interrogatoire, Jakob n'avait pas voulu donner le nom des militaires qu'il avait pourtant rencontrés sous leur véritable identité. Pendant le second interrogatoire, en revanche, il mentionna pour la première fois qu'il avait fréquenté le commandant de marine Hans von Hofsten, en 1982, à l'époque de l'échouage du sous-marin russe dans les eaux territoriales suédoises. Le même von Hofsten qui apparaissait dans les recherches de Stieg, et qui fut le leader de la fameuse « mutinerie des officiers de marine » de l'automne 1985. Jakob disait avoir rencontré von Hofsten tantôt dans son appartement de Stockholm, tantôt dans sa maison de campagne, et parfois en ville. D'après Jakob, von Hofsten soutenait que Palme avait menti sur l'incident, et qu'il avait laissé s'échapper le sous-marin russe. Jakob reconnut que l'attitude de Palme avait mis von Hofsten hors de lui.

Personne ne demanda à Jakob pourquoi il avait voulu rencontrer von Hofsten. Peut-être les enquêteurs étaient-ils eux-mêmes trop frappés de voir à quel point le réseau des ennemis de Palme était dense et serré. Affublé de son pseudonyme de « Rickard », Jakob avait contacté toute une série de gens sur lesquels Stieg avait enquêté. Et il les avait vus, personnellement, aussi bien avant qu'après le meurtre.

*

En comparaison de l'énorme dossier « Jakob Thedelin » que j'avais vu entre les mains de Karin Johansson à la Préfecture de police de Kungsholmen, le matériel qu'on avait jugé bon de me transmettre était ridicule. Ils ne m'avaient pas donné les documents que Karin avait évoqués devant moi, ni le rapport de surveillance de cent cinquante pages écrit par la SÄPO, ni les auditions des proches de Jakob. Or on ne remplit pas à ras bord une pochette cartonnée sans y mettre plusieurs papiers dignes d'intérêt. Ce que j'avais reçu me suffisait néanmoins pour constater qu'existaient de multiples zones d'ombre autour du personnage de Jakob. Il avait balbutié, il s'était contredit, et il avait oublié des choses dont il aurait encore dû se souvenir un an après le meurtre. Il était soi-disant incapable de se remémorer ce qu'il avait fait le soir de l'assassinat, s'il avait travaillé ou non, s'il s'était rendu chez Alf Enerström le lendemain ou un autre jour, s'il savait où Palme habitait, ou s'il avait fait un tour sur les lieux du crime le lendemain. Naturellement, son manque de clarté pouvait être mis sur le compte de la nervosité. Ou bien, plus probablement, il avait quelque chose à cacher.

La meilleure solution me sembla d'aller trouver Alf Enerström lui-même pour lui demander si Jakob Thedelin l'avait contacté après le meurtre. Ce serait également l'occasion de lui poser quelques questions suggérées par mon entretien avec Gio : elle avait notamment invalidé son alibi, et affirmé qu'il possédait un revolver Smith & Wesson.

Celui qui a sauvé la Suède

Stockholm, décembre 2016

Alf Enerström et son ami Bo étaient à l'heure. Je les fis entrer dans le bureau où notre entretien aurait lieu.

Alf était d'apparence moins pouilleuse que la fois précédente : quelqu'un avait dû veiller à ce qu'il eût des habits propres, sans doute un membre du personnel de la maison de retraite pour déséquilibrés mentaux où il venait de prendre ses quartiers. Il portait un petit chapeau qui cachait les plaies que je lui avais vues la dernière fois, et qui lui donnait des allures de hipster vieillissant. Il avait toujours ses cinq couches de chemises bas de gamme, sur ce point personne n'avait su le décourager. Bo était assis à côté d'Alf et écoutait religieusement. La discussion démarra aussi joyeusement que lors de notre premier entretien, mais je fis en sorte d'en arriver assez vite aux sujets qui m'intéressaient.

« Gio dit que tu es sorti le soir du meurtre, après le journal de vingt et une heures.

— Elle a dit ça ? répondit Alf. Pourtant on a passé toute la soirée ensemble.

— Elle dit aussi que tu avais un revolver Smith & Wesson. »

Alf réfléchit un instant.

« Je ne m'en souviens pas. J'avais tellement d'armes, vois-tu. »

Alf commença à me raconter qu'il avait vu deux policiers qu'il connaissait sur Sveavägen. C'était peut-être le soir du meurtre, tard, et il en avait ensuite déduit que c'étaient eux qui avaient assassiné Palme.

« Peux-tu décrire ces policiers ?

— Oui, je pourrais. Mais je ne le ferai pas. »

Il ricana, puis des deux mains se couvrit la bouche d'un morceau de scotch imaginaire.

« Et pourquoi donc ?

— Eh bien tout bêtement parce que si je le dis, ces policiers seront condamnés à cause de moi.

— Mais n'est-ce pas juste qu'ils soient condamnés ? N'ont-ils pas commis l'un des pires crimes qu'on ait vu ?

— Il y a des choses qu'on doit faire, et la loi n'y entend rien. Car le législateur n'a pas pensé à… Tu comprends ce que je veux dire ? Un homme seul qui est en charge de… lui aussi est en dehors des lois. Et s'il mène le pays à la catastrophe.

— Donc tu penses que les assassins de Palme ont bien fait ?

— Je n'ai pas dit ça, ils n'ont pas bien fait. C'était à lui de faire ce que j'avais dit, et de démissionner la veille de… Mais il est arrivé ce qui est arrivé. Et ceux-là finiraient en prison alors qu'ils ont sauvé la Suède.

— Et toi, tu ne veux pas qu'ils aillent en prison ?

— Je pense que celui qui a sauvé la Suède mérite toute la gloire possible. N'est-ce pas une belle chose ? Sauver dix millions de personnes. Qu'est-ce que tu en dis, toi ? Dix millions de gens, des ouvriers qui se tuent au travail. Parce que si Palme avait continué, la Suède aurait connu le destin de la Grèce. C'était le meilleur pays du monde à une époque, là où la démocratie est née. Et maintenant c'est le pire pays du monde. Et la Suède aurait été pire encore. »

Alf avait ricané tout le long de son discours. Mais soudain, il redevint sérieux.

« Ça se passe comme ça partout sur cette terre, vois-tu. Pourquoi Kennedy a-t-il été tué ? Réfléchis à ça. Le meilleur président du monde, on l'a tué. Et sa mort s'est mal passée, et ça s'appelle un meurtre. Et le meurtre est quelque chose de tabou. Mais qui en a décidé ainsi ? Qui a forgé le mot de meurtre ? Tu le connais, tu la connais ? Non, mais la vie est si… »

Alf se tut, je lui laissai quelques secondes de répit. Il avait nié ce que Gio avait affirmé, qu'il était sorti ce soir-là, et pareillement nié se souvenir d'un revolver dont Gio disait qu'il le possédait depuis vingt ans. Il m'avait livré sa version, bien qu'elle demeurât moins convaincante que celle de Gio.

« Comment as-tu connu Bertil Wedin ? lui demandai-je encore.

— Je ne sais pas qui c'est. »

Je jetais un regard abasourdi à Bo, qui me fit comprendre en secouant la tête que lui non plus ne savait pas qui était Bertil Wedin.

« Et Jakob Thedelin ?

— Qui c'est ?

— Ton assistant, ou ton admirateur, celui qui habitait parfois avec vous.

— Aucun souvenir. »

Bo eut la même expression interdite à l'évocation de Jakob Thedelin. Je m'entêtai, posant de nouveau ma question, mais en vain. Pourtant les échanges d'e-mails entre Jakob Thedelin et Bertil Wedin ne laissaient aucun doute : Alf et Bo le connaissaient l'un comme l'autre. Et ils le niaient. Je finis de poser les questions qu'il me restait, puis ils quittèrent le bureau sans tarder.

*

Quelques jours plus tard, Alf et Bo voulaient un nouveau rendez-vous pour un café. La mémoire leur était revenue, et à présent ils se souvenaient de Wedin et Thedelin. Mais ils n'avaient connu Bertil qu'au téléphone, tandis que Jakob était l'ami de Gio – et non d'Alf. J'étais certain qu'ils mentaient. Ils avaient d'abord fait semblant de ne pas connaître ni Bertil Wedin ni Jakob Thedelin, et maintenant ils cherchaient à minimiser l'importance de leurs relations avec eux.

Chacune de mes incursions dans un angle des théories de Stieg s'achevait en cul-de-sac, et pourtant je découvrais chaque fois un élément nouveau qui valait la peine de tenter à nouveau l'aventure. J'avais rencontré Bertil Wedin, Craig Williamson et Alf Enerström. L'extrémiste de droite Anders Larsson était mort, tout comme le policier Carl-Gustav Östling. Restait Jakob Thedelin. Et il restait une seule façon de savoir ce qu'il avait fait ce soir-là, et s'il était impliqué dans le meurtre : lui poser directement la question. Or, à supposer qu'il acceptât un entretien, il était très improbable qu'il dise la vérité.

Piratage et *honey trapping* sur Facebook avaient eu leur utilité, mais il en fallait désormais davantage pour faire parler Jakob. Cela n'irait pas sans prendre une décision difficile : une série de complications logistiques et éthiques étaient à prévoir.

Une décision

Stockholm, mars 2017

L'idée était simple. La décision et la mise en œuvre, plus compliquées. Les questions Facebook de Lída à Jakob, le piratage de ses e-mails, tout cela s'était déroulé sans accrocs. Je m'étais contenté de demander son aide à Lída, et elle avait trouvé elle-même ce qu'il fallait faire et comment. Un de ses amis l'avait sans doute aidée à pirater les e-mails, et ceux-ci, autant que leur dialogue Facebook, avaient atterri sur mon bureau sans que je remette une seule fois mes actes en question.

Les années avaient passé depuis lors, me laissant le temps de découvrir une foule d'éléments qui confirmaient les thèses de Stieg, et d'autres de mon cru sur l'implication de Jakob Thedelin. Mais malgré le mémo détaillé que je leur avais envoyé, et les articles publiés dans *Svenska Dagbladet*, les policiers n'avaient pris aucune mesure contre lui.

L'affaire était sans espoir ; il ne me restait que deux alternatives. La première étant d'abandonner ici mes recherches, avant d'en faire un livre ou un reportage. Je pouvais tout laisser en plan, une solution après tout pas si désagréable.

La seconde possibilité était de recourir à la méthode qu'employait Stieg Larsson lui-même, et que je n'avais toujours pas essayée : *undercover*, infiltration, « Wallraff », du nom d'un journaliste allemand célèbre pour ses investigations spectaculaires – les mots étaient nombreux qui recouvraient le même concept journalistique. Un reporter se déguise pour entrer en contact avec des gens dont il attend qu'ils lui livrent des preuves qu'il ne pourrait obtenir autrement, dans le but de confirmer des informations préalablement établies. L'emploi d'une méthode aussi radicale d'investigation devait se justifier par un projet qui intéresse l'opinion publique dans son ensemble.

La potentielle implication de Jakob Thedelin dans l'assassinat d'Olof Palme répondait à ce critère. Le dilemme étant ici qu'il s'agissait à la fois d'un homme aux idées extrêmes, suspecté d'avoir participé à un meurtre, et d'un être esseulé, précocement retraité, disposant de peu d'amis. Autant d'obstacles concrets à une opération d'infiltration.

Je passai ainsi quelques mois à peser le pour et le contre. Un jour, Nicholas Schmidle m'appela pour me dire qu'il sortait d'un rendez-vous avec le rédacteur en chef du *New Yorker Magazine*. Celui-ci aimait beaucoup la première moitié de son article. Mais la seconde moitié, celle où tout devait converger, lui posait problème : cela ne tenait pas la route, et en l'absence d'éléments plus concrets, il lui serait difficile de le publier tel quel. J'écoutais Nicholas, prenant note de ce qu'il me disait, sans toutefois lui faire part de mon propre dilemme.

Enfin ma décision était prise. Abandonner n'était pas une option.

J'appelai Lída Komárková pour lui exposer mon plan.

Jakob et Lída

Aéroport de Landvetter, Göteborg, juillet 2017

Je vis Lída sortir du terminal. Avant d'arriver à ma Volvo, elle avait déjà eu le temps d'allumer une cigarette.

« J'ai besoin de réchauffer un peu l'air frais de chez vous », dit-elle en anglais pendant que nous marchions vers la voiture garée sur le dépose-minute. « Alors c'est ça Göteborg ? Bof, pas très différent de n'importe quel aéroport sous la pluie. »

Elle s'assit à l'avant, me laissant avec ses bagages à mettre dans le coffre. Je reconnus là un trait de sa mentalité d'Europe centrale, où il est tout à fait naturel que l'homme se charge de porter les valises. Au moins elle avait éteint son mégot avant de monter dans la voiture.

« Jakob a déménagé de Borås à Hedestad, une petite ville isolée au milieu de grosses collines, de quelques champs et de beaucoup de forêt, dis-je une fois installé au volant. Il y en a pour une bonne heure de route.

— Göteborg, Borås, Hedestad. *Same but different* », répondit Lída avant de s'endormir la joue collée contre la ceinture de sécurité.

Les routes forestières qui commencent une fois quittée la nationale 40 étaient sinueuses, et Lída, dans son sommeil, protestait vaguement à chaque virage un peu serré.

Trois ans avaient passé depuis qu'elle avait commencé d'interroger Jakob sur Facebook, avant de m'envoyer les e-mails qu'il échangeait avec Bertil Wedin. Nous avions ensuite perdu le contact. Lída s'était mise en quête d'autres projets plus palpitants à Prague, et quant à moi je croyais avoir résolu la question en mettant les policiers sur la trace de Jakob, ce dont ils ne firent rien. Le timing nous avait ramenés l'un vers l'autre. Une fois prise la décision d'opérer en mode *undercover*, j'avais demandé l'aide de Lída. J'eus la chance de la cueillir au bon moment, après deux ans passés aux États-Unis et une histoire d'amour qui n'était plus. Elle avait accepté de venir en Suède pour voir Jakob. Les risques ne semblaient pas l'inquiéter outre mesure.

« Pourquoi as-tu accepté dès que je t'ai demandé de venir ?

— Je dis toujours oui quand je sens que c'est excitant, répondit-elle. Je me suis toujours débrouillée, avec qui que ce soit, n'importe où que j'aie été dans le monde, mais je n'ai jamais réussi à construire quelque chose de solide. Et ce projet, j'ai l'impression que c'est ce que j'attendais. Si j'arrive à lui faire dire la vérité, qui sait, ce sera peut-être celle que tant de gens attendent depuis trente ans. »

Lída venait de lever mes derniers doutes. Je savais désormais pourquoi elle avait choisi de venir en Suède à la rencontre de Jakob Thedelin, malgré le danger que cela constituait peut-être. Mais la vérité étant rarement simple, je continuais de m'interroger sur son vrai nom, et pourquoi elle ne le donnait pas, et comment se faisait-il qu'elle connaisse des gens capables de pirater des ordinateurs et des comptes e-mails. Peut-être n'en saurais-je jamais rien. Et pourtant j'avais confiance en elle, il me semblait que nous étions un tandem comme celui que Stieg et Gerry Gable formaient dans les années 1990.

Nous arrivâmes à Hedestad vers minuit. J'avais réservé deux chambres au même hôtel que précédemment – à l'hôtel Hedestad –, les prévenant que je serais probablement amené à prolonger le séjour autant que mes affaires l'exigeraient.

Avant de s'installer dans sa chambre, Lída ouvrit devant moi une caisse en plastique qui contenait tous les accessoires que je lui avais demandé de se procurer à Prague. J'avais préparé une liste qui reprenait la tripartition « technique, logistique, scénarios à risque » que j'avais trouvée dans un manuel. Je déposai tout le matériel sur la table laquée blanche devant la fenêtre de ma chambre. Au dehors, un lampadaire esseulé illuminait les voitures sur le parking. Par sécurité, je tirai le rideau bordeaux ; personne ne devait nous voir. La caisse marquée « Spyshop CZ » contenait plusieurs petites boîtes en carton que j'ouvris aussitôt. Pour moins de 1 000 euros, je me retrouvais en possession d'un tas de gadgets que Stieg aurait su utiliser à merveille. Un autre que pareil arsenal aurait réjoui eût été le vieux copain de Palme et de Holmér, Ebbe Carlsson, non seulement du point de vue technique, mais aussi parce que l'importation de tels objets, sans compter les objets eux-mêmes, était désormais tout à fait légale, vingt ans après le bien nommé scandale de l'« affaire Ebbe Carlsson ».

Je commençai par la gauche. Un stylo doté d'un microphone qu'on déclenchait en tirant l'agrafe vers le haut. Si on l'avait agrafé sur le bord de sa poche, il suffisait de l'enfoncer à peine pour lancer l'enregistrement. Le stylo suivant combinait enregistreur vidéo et audio, tous deux activables d'une simple pression sur le capuchon. Une fausse clef de voiture filmait en ultra HD, et avec une qualité de son excellente. Les lunettes avaient été le plus difficile à choisir, me dit Lída. Les modèles disponibles n'étaient jamais les plus modernes, et sur certains la lentille de caméra était trop repérable. Celui qu'elle avait choisi était esthétiquement acceptable, un modèle neutre, unisexe, avec lentille parfaitement invisible. Au prix cependant d'une durée de batterie très réduite, vingt minutes maximum. J'avais déjà compris qu'en cas de rendez-vous prolongé, il faudrait compléter cet arsenal de trois caméras cachées par un smartphone capable d'enregistrer plusieurs heures de suite, et éventuellement une caméra GoPro que j'avais apportée de Stockholm.

Le reste de notre équipement n'avait pas pour but d'enregistrer les conversations, mais il n'en était pas moins nécessaire. Un boîtier à peine plus gros qu'un paquet d'allumettes contenait un traceur GPS. Il était de couleur vert foncé, en plastique mat, avec seulement deux boutons et une diode rouge. Je l'ouvris pour y installer une carte SIM et deux piles AA. En l'appelant dix fois de suite, je m'assurai d'avoir programmé l'appareil à ne répondre qu'à mon téléphone. Puis je lui envoyai un SMS, et il me répondit en l'espace de quelques secondes. Le SMS de réponse contenait des coordonnées et un lien Internet vers une carte centrée sur un périmètre d'un kilomètre carré autour de l'hôtel, sur laquelle un curseur marquait très précisément l'endroit où se trouvait le petit boîtier vert. Le premier bouton était marqué « on/off » ; le second « SOS ». Lorsque j'appuyai dessus, je reçus automatiquement un autre SMS avec les coordonnées et la carte. Ce petit boîtier qui n'avait l'air de rien pouvait s'avérer crucial. Vital.

J'essayai à la suite tous les différents gadgets que nous avions, testant leur manière de réagir en situation, et au bout d'une heure j'avais trouvé comment tout faire fonctionner en utilisant le moins de boutons possible : un ou deux pour à la fois activer, désactiver, enregistrer et transmettre les données. Il était trois heures du matin quand je pus enfin m'étendre sur mon lit. La nuit allait être courte.

*

Mon ami Staffan arriva par le train de Göteborg peu après dix heures le lendemain matin. Un homme doux comme le beurre, quinquagénaire depuis peu, qui menait une vie paisible à Copenhague en attendant que quelque job excitant surgisse à l'horizon. Quand je l'avais appelé pour lui demander s'il voulait venir à Hedestad pour couvrir les arrières d'une apprentie espionne, il avait aussitôt accepté.

Staffan et moi avions en effet pour mission de réagir en cas d'événement imprévu pendant que Lída serait avec Jakob. Nous espérions que nous rendre le plus vite possible sur place suffirait à résoudre une quelconque situation inconfortable, voire menaçante. Et si Lída appuyait sur le bouton SOS du traceur GPS, nous saurions aussitôt où et quand intervenir.

Staffan s'installa dans ma chambre, en commençant par jeter son sac par terre et s'étendre sur mon lit sans enlever ses chaussures. Lída ne tarda pas à nous rejoindre pour une dernière vérification des consignes et du matériel. Nous comprîmes assez rapidement que celui-ci ferait l'affaire, dans un premier temps. Le son enregistré était plutôt de bonne qualité, en revanche la durée et la fiabilité des batteries n'étaient pas excellentes. Lída eut droit à un cours express pour apprendre à se servir de tous les appareils en même temps, ce qu'elle réussit très bien. Il n'en demeurait pas moins que si la situation dégénérait, nous n'avions aucune solution de repli.

Lída et moi avions sciemment choisi d'attaquer un vendredi, le shabbat commençant le soir même à la tombée du jour, ce qui augmentait nos chances de trouver Jakob chez lui. Or soudain m'apparut un problème qui m'était sorti de la tête depuis longtemps.

« Mais il ne fait jamais nuit en Suède début juillet. Comment ça se passe pour le shabbat ?

— *Cool*, Jan, répondit Lída sur un ton bien plus tranquille que celui de ma question. J'ai vérifié : le shabbat commence à vingt et une heures quarante-cinq même s'il ne fait pas nuit. »

Elle n'oublia pas de se connecter à son compte Facebook pour regarder le statut de Jakob. Elle avait intégré à sa stratégie d'utiliser son profil Facebook afin de contrôler les moments où Jakob était en ligne, mais sans le contacter. Comme à l'époque de leur dialogue, sa présence sur le réseau correspondait exactement aux horaires d'ouverture de la bibliothèque municipale, ce qui laissait supposer qu'il continuait d'utiliser les ordinateurs qui s'y trouvaient en libre accès.

« Il est en ligne. Est-ce que Staffan peut descendre vérifier s'il est bien à la bibliothèque ? »

Notre plan consistait en l'apparition surprise de Lída sur le seuil de chez Jakob, de sorte qu'il soit bloqué sans pouvoir lui dire non. Une jolie fille devant sa porte, voilà qui était nettement plus difficile à refuser qu'un journaliste au téléphone ou par e-mail.

Or il était en ligne, l'occasion pour nous de s'assurer qu'il était bien à Hedestad ; mais il fallait se dépêcher. C'était à Staffan de vérifier s'il était à la bibliothèque, vu que Jakob connaissait ma tête à cause de la photo dans *Svenska Dagbladet*. Quant à Lída, nous voulions retarder son entrée.

Sur le chemin de la bibliothèque, je leur montrai sur mon téléphone les quelques photos que j'avais de Jakob, essayant de le décrire au mieux à Staffan. Lída et moi l'attendîmes dehors sur un banc à côté d'un petit bassin agrémenté d'une fontaine. Sur notre gauche se trouvait l'hôtel de ville, et derrière le bassin, une vue dégagée sur la bibliothèque. Les deux bâtiments avaient chacun deux étages et une façade en brique rouge rehaussée de détails ornementaux style année 1960, attestant que l'un comme l'autre dataient de l'âge d'or de la ville. Quelques minutes plus tard, Staffan sortait de la bibliothèque en levant discrètement le pouce à notre intention.

Nous le suivîmes à une distance de vingt mètres, puis, quand nous eûmes tourné au coin de la rue, il s'approcha pour nous montrer deux photos floues d'un homme devant un ordinateur. Il ne m'en fallut pas plus pour reconnaître Jakob. Il était à Hedestad.

Nous continuâmes le long de la piste cyclable jusqu'à la grande rue St Olofsgatan et le restaurant Alfred. Lída prit avec moi le plat du jour, du cou de porc à la sauce espagnole et pommes de terre bouillies. Staffan commanda une pizza Sydney avec tous les suppléments possibles, soit notamment des frites et de la sauce kebab. Une demi-heure plus tard, bien calés, nous laissions refroidir le fond de notre dernier café, décidément trop fort, et retournions à l'hôtel en attendant dix-sept heures et la fermeture de la bibliothèque.

*

Chez Staffan et moi, l'adrénaline atteignait des sommets. Quant à celle qui allait affronter le vrai danger, elle était on ne peut plus détendue : il nous fallut cogner plusieurs fois contre sa porte pour réveiller Lída. Elle nous ouvrit enfin, tout engourdie de sommeil, avant de se préparer. J'avais chargé les batteries à bloc et vérifié une dernière fois tout le matériel.

Je plaçai le smartphone en biais dans la poche kangourou de la salopette que je lui avais demandé d'acheter. Le téléphone était maintenu par deux bandes scratch, ce qui permettait de garder l'objectif fixé dans l'interstice d'un bouton ouvert. Après plusieurs essais infructueux, nous avions trouvé une position qui permettait d'avoir toute l'image, sauf qu'en regardant attentivement on pouvait apercevoir la lentille de caméra. Trop tard pour changer de plan, il fallait assumer le risque. Lída chaussa les lunettes et répéta plusieurs fois le geste qui déclenchait l'enregistrement vidéo.

Bien que Jakob n'habitât qu'à cinq cents mètres de l'hôtel, il était préférable de prendre la voiture. Mais avant d'y arriver, Lída tourna à gauche dans le hall d'entrée, et se dirigea droit vers le bar. Elle avala d'un trait une vodka double, avant de hocher la tête pour nous signaler qu'elle était fin prête.

Nous fîmes un premier passage en voiture devant le petit immeuble à deux étages, histoire de vérifier que ma vieille Volvo avait l'air suffisamment banale pour ne pas attirer l'attention. Aux fenêtres, aucun signe trahissant que Jakob fût chez lui. Les persiennes étaient tirées, la porte du balcon fermée. Nous continuâmes lentement jusqu'au coin de la rue, puis j'arrêtai la voiture. Lída descendit. Elle était seule à présent.

Staffan et moi tournâmes encore sans but précis dans Hedestad pendant un bon quart d'heure, avant d'oser de nouveau passer devant chez Jakob. Je gardai les yeux droit devant sur la route tandis que Staffan, semblant me regarder, jetait un œil sur ce qu'il se passait.

« Elle est assise devant l'immeuble avec un type, ils boivent une bière, commenta-t-il. Peut-être que c'est Jakob, mais je ne crois pas. »

J'eus envie de faire aussitôt demi-tour pour revenir m'en rendre compte par moi-même, mais je me dis que c'était trop risqué, car la ville était quasiment vide de toute circulation, et Lída et l'homme qui pouvait être Jakob étant tournés vers la rue, ils risquaient de remarquer notre passage. Je conduisis à contrecœur jusqu'à l'hôtel. L'attente commençait.

*

Lída trouva la porte de l'immeuble fermée. Elle tenta de l'ouvrir une nouvelle fois, sans résultat. Elle regarda par le carreau, la main tendue au-dessus du front, pour voir à l'intérieur, quand soudain elle sentit une main sur son épaule.

« Qu'est-ce que tu cherches ? »

Surprise par cette langue étrangère, elle jeta un coup d'œil derrière son épaule. L'homme était décidément plus petit que le 1,80 mètre de Jakob – il était à peine plus grand qu'elle. Sa réponse en anglais fit changer la surprise de camp.

« *I'm looking for Jakob, is he here ?* »

L'homme eut un instant d'hésitation, il recula d'un pas avant de répondre dans un anglais balbutiant, avec un fort accent suédois.

« *No, I don't think so.* Il est parti depuis un moment, je ne sais pas quand il rentrera.

— Ah bon. Tu peux me faire entrer dans l'immeuble, que j'aille frapper à sa porte ?

— Mais il n'est pas là… »

À peine eut-il tourné la clef dans la serrure que Lída s'engouffra et monta les escaliers. Le nom de famille de Jakob figurait sur la porte de l'appartement. Elle sonna plusieurs fois. L'homme l'avait suivie, il se tenait sur le palier en dessous d'elle.

« Je t'avais dit qu'il n'était pas chez lui. Tu le connais, Jakob ? »

Lída se maudit intérieurement de n'être pas venue directement après la fermeture de la bibliothèque. Et si Jakob était parti en week-end ? Elle ne vit pas d'autre solution que d'attendre près de l'immeuble, et pour ça elle avait besoin de l'homme qui lui avait ouvert.

« Je m'appelle Lída, je suis l'amie de Jakob. Je suis venue de Prague pour le voir. Et toi, qui es-tu ?

— Je m'appelle Håkan, voisin de Jakob à l'étage d'en dessous. Peut-être qu'il ne va pas tarder.

— Oui, peut-être, dit Lída d'une voix désormais nettement plus suave. Ça ne dérange pas si je l'attends ici ? »

Elle désignait les marches où elle avait l'intention de s'asseoir, mais Håkan secoua la tête.

« Viens, on va boire une bière. Il fait beau dehors, et je n'ai rien contre un peu de compagnie.

— D'accord ! » dit Lída en déployant son plus beau sourire.

Håkan était inoffensif, un homme qui aime boire sa bière tout seul sur la pelouse devant son appartement, dans la paisible ville de Hedestad en juillet, habitude dont Lída ne savait pas juger si elle était typiquement suédoise ou un peu farfelue, en tout cas cela lui permettrait d'attendre Jakob en toute tranquillité. Håkan sortit une seconde chaise en plastique et disparut un instant pour revenir avec une bière fraîche.

« *So, do you like Hedestad ?* demanda-t-il en lui tendant un verre de bière.

— Oui, beaucoup. Et toi ?

— Oh oui, j'adore Hedestad. »

Ils n'avaient pas grand-chose à se dire. Lída s'aperçut plusieurs fois qu'il la regardait fixement pendant qu'elle buvait sa bière. Il avait l'air d'un type qui a gagné au Loto.

« Là-bas habite mon ex-femme. Et là, ma maman. Et là-bas, ma fille. »

Håkan désignait trois immeubles différents à proximité, et Lída se dit que le monde était bien petit quand on habitait à Hedestad. Le temps passait. Si Jakob n'arrivait pas, elle n'aurait rien contre rester une journée de plus à l'attendre dans cette étrange ville déserte.

« Le voilà. »

Le constat de Håkan était des plus neutres, Lída quant à elle bouillait d'adrénaline. Elle tourna la tête, c'était Jakob. Il paraissait plus grand qu'il ne l'était en fait, peut-être parce qu'il était très mince. Ses lunettes étaient plus sombres que sur les photos qu'elle avait vues, et pourtant ce n'étaient pas des lunettes de soleil. Sans doute un modèle qui s'adapte à la luminosité.

« *Hello Jakob ! How are you ?* »

Jakob resta figé sur place pendant quelques secondes qui parurent une éternité. Elle fit une nouvelle tentative.

« Salut Jakob ! C'est Lída, de Prague. J'ai une photo un peu différente sur Facebook, c'est peut-être pour ça que tu ne me reconnais pas. »

L'instant était décisif : il fallait convaincre Jakob qu'elle était bien la femme dont il avait été si proche dans la conversation sur Facebook. Il resta interdit encore quelques instants, puis :

« Ah oui, Lída ! Mais c'était il y a au moins trois ans… », dit-il dans un bon anglais.

Plutôt que de lui tomber dans les bras, elle choisit de lui tendre un petit sac en papier avec les cadeaux, de sorte qu'il ne puisse refuser. Il semblait déboussolé, mais son bonheur était palpable.

« C'est une coupe de kiddouch en porcelaine. Et une bouteille de vin casher », dit-elle.

Il jeta un œil à l'intérieur du sac, et apparemment les cadeaux lui plaisaient. Il lui était désormais difficile de se tirer de là.

« Merci, merci beaucoup ! Mais pardon, qu'est-ce que tu fais en Suède ?

— Problèmes avec mon copain. Je suis en train de me séparer de lui. Et j'ai décidé de venir te voir, comme ça, sans me poser de questions. Tu as un peu de temps pour moi ?

— Oui, bien sûr. Le shabbat ne commence pas avant quelques heures.

— Peut-être qu'on peut aller boire une bière ou un verre de vin quelque part, proposa Lída. Håkan m'a recommandé un endroit qui s'appelle O'Learys. »

Jakob commençait à flancher, la proposition le tentait.

« Laisse-moi juste un instant, le temps de poser ça et de changer de veste. »

Il ouvrit la porte sans pour autant l'inviter à entrer, une bonne chose pour Lída, car elle voulait d'abord s'assurer que la situation était sans risque avant d'entrer chez lui. Elle en profita pour envoyer un SMS aux garçons restés à l'hôtel : *Ahoj Mami, mám kontakt, vše ok. Jdeme do O'Learys na pivo. Pac a pusu Lída.* « Salut maman, j'ai le contact, tout ok. On va au O'Learys boire une bière. Bisous Lída. »

Au moment où elle appuyait sur « envoyer », Jakob ouvrit la porte et apparut. Il avait troqué son bermuda contre un pantalon noir qui semblait lui être resté d'un vieux costume. Ils se mirent en marche pour le restaurant.

*

Le bip me tira de mon demi-sommeil. Staffan dormait vraiment, je lui donnai une secousse. Il se réveilla, je lui montrai le SMS.

« Bien sûr qu'on y va ! dit-il en voyant mon hésitation.

— D'accord, répondis-je sans plus de conviction.

— Prends ma casquette et rabats la visière pour cacher tes yeux, personne ne te reconnaîtra. »

Le pub O'Learys n'était qu'à cinq minutes à pied de l'hôtel. Rien n'était loin à Hedestad. En arrivant, une jeune fille nous accueillit dans son parler chantant de Göteborg, puis elle désigna une table près du bar, mais nous avions déjà repéré que Jakob et Lída étaient installés à l'autre bout du restaurant, derrière une cloison en verre dépoli. Il y avait une table de libre juste derrière celle-ci, que Staffan et moi indiquâmes aussitôt à la serveuse. Elle nous regarda d'un air un peu étonné, puis haussa les épaules et nous fit signe qu'on pouvait s'y installer.

Nous étions littéralement à un coude de distance de Jakob et Lída, dont nous entendions les voix sans toutefois saisir leur conversation, à cause de la musique et des bruits alentour. La situation ne présentait aucun danger, ils ne nous avaient pas remarqués. Mais au bout d'un moment, je fis signe à Staffan que nous ferions mieux de les laisser tous les deux. Nous aurions bientôt l'enregistrement de Lída, il était donc inutile de risquer de se faire repérer par Jakob.

*

Nous patientâmes une heure dans la chambre d'hôtel, pendant laquelle j'envoyais des SMS au traceur pour vérifier qu'ils étaient encore au O'Learys. Puis je reçus un SMS de Lída : *On va chez lui.*

Je sentais battre mon pouls. Je montrai le SMS à Staffan. Il me répondit à sa manière habituelle, calme et concise, qu'il ne servait à rien d'essayer d'entamer un dialogue, ni de tenter de la stopper en route.

Nous mîmes quand même nos chaussures, et descendîmes en hâte en direction de chez Jakob, pile à temps pour l'apercevoir entrer dans l'immeuble avec Lída. Nous retournâmes à l'hôtel, de nouveau contraints à l'attente. Brusquement une pensée me vint.

« Hé, imagine, si Jakob veut que Lída reste dormir ? Et imagine qu'elle accepte ? »

Staffan réfléchit un instant puis il écarquilla les yeux.

« Mais elle ne peut pas faire ça ?

— On n'a rien décidé, sauf qu'il fallait y aller prudemment avant de savoir si la situation était sûre…

— … et elle est sûre, puisqu'ils sont en route pour chez lui, compléta Staffan.

— Et si elle est venue jusqu'ici pour rencontrer Jakob, c'est déjà qu'elle a l'amour du risque. Maintenant elle doit se dire qu'elle a carte blanche. Rien ne l'arrêtera plus. »

Staffan et moi nous regardâmes d'un air affolé. Aucun de nous ne savait comment gérer la situation au cas où elle se retrouverait enfermée chez lui. J'envoyai un SMS au traceur GPS. Pas de réponse.

Jakob – Premier jour

Hedestad, juillet 2017

Lorsqu'il ouvrit la porte de son appartement, elle eut l'impression d'entrer dans un autre monde. Jakob possédait peu de choses, mais tout ce qu'il avait remplissait son appartement. Bien qu'il n'eût que deux pièces et une cuisine, on sentait qu'il avait choisi avec soin les meubles et la décoration. Le sol du petit vestibule était recouvert d'un tapis jaune à franges roses, un portemanteau en bois sombre au mur, à côté d'une peinture à l'huile dans un cadre en bois noir. Sur la gauche, la cuisine, étroite, au carrelage blanc, puis la chambre à coucher où Lída aperçut un tapis vert sombre à travers la porte entrouverte. Ils entrèrent dans le séjour, qui avait plutôt des airs de vieux parloir. Les murs étaient recouverts de papier peint bordeaux, il y avait une armoire de style néobaroque dont la vitrine était pleine de verres et de porcelaines, un ensemble de fauteuils et canapé assortis, aux pieds en bois finement ciselé, et une table recouverte d'une nappe en dentelle, par-dessus un chandelier à sept branches en or.

Lída remarqua un changement chez Jakob dès qu'ils s'assirent sur le canapé. D'être chez lui semblait lui redonner toute confiance. Il se détendit et commença à parler sans crainte. Ils débouchèrent la bouteille de vin apportée par Lída, elle le resservit pour le pousser à boire. Lorsqu'elle lui remplit son deuxième verre, il était déjà éméché et parlait librement, mais elle sentit aussi en lui une certaine dureté qu'elle n'avait pas perçue au restaurant. Elle se souvint de sa docilité à l'époque de leur conversation sur Facebook, et en conclut qu'il fallait peut-être l'inciter à reprendre là où ils en étaient restés trois ans plus tôt, pour exiger ensuite qu'il raconte tout, ce qui néanmoins prendrait du temps et ne serait certainement pas gratuit.

« Dis-moi un peu, d'où tu tiens toutes ces belles choses ? dit-elle.

— J'ai hérité de quelques tableaux et de certains meubles. Mais tout le reste j'ai été obligé de l'acheter.

— Hérité ? Tes parents sont morts ?

— Oui. Ma maman déjà en 1994, et là je n'ai rien eu. Puis quand papa est mort l'an dernier, j'espérais récupérer des choses que je voulais depuis longtemps. Mais il m'a donné beaucoup moins que ce que j'espérais. Je ne sais pas où est parti son argent, en tout cas j'ai hérité de très peu, juste de quoi louer cet appartement.

— Tes parents étaient gentils avec toi quand tu étais petit ?

— Je ne sais plus très bien. J'étais fils unique, et je me rappelle qu'il leur arrivait de me laisser tout seul, ça me faisait peur. Parfois c'était ma grand-mère qui me gardait, c'est elle qui m'a appris les coutumes juives, même si elle n'était pas juive. Mais je devais promettre de ne pas en parler à maman. Puis quand grand-mère a emménagé avec nous, elle m'a dit qu'on ne pouvait plus continuer avec ça. Ce qui ne m'a pas empêché de vouloir tout de même me convertir. »

Jakob raconta que la petite famille déménageait souvent, dans toute la Suède, à cause du travail de son père qui était pasteur. Ses parents se montraient distants avec Jakob, et lui avait du mal à se faire des amis. Quand il s'en faisait un, c'était déjà l'heure de redéménager.

« Mon enfance à moi, en Tchécoslovaquie, était très heureuse, jusqu'à ce que mon père perde tout à cause des privatisations, dit Lída. Après ça, ma vie a été un enfer. »

Elle vit que Jakob goûtait la force de l'expression.

« Mon père souffrait, ça nous faisait de la peine pour lui, continua-t-elle. Mais il ne faisait rien pour s'en sortir. Il a fini par ruiner sa vie et la nôtre avec. Voilà le grand secret que je garde pour moi.

— Oui, je comprends que vous ayez eu honte devant les autres si ton père était si déprimé, dit Jakob.

— Non, ce n'est pas ça mon secret. C'est que mon père est mort à cause de moi. Peut-être que je te raconterai, quand on se connaîtra mieux.

— Avec plaisir, dit Jakob.

— Mais maintenant c'est à ton tour de me raconter tes secrets. » Elle le fixa intensément jusqu'à ce qu'il baissât les yeux. Elle venait de l'obliger à ne plus rien lui cacher.

« Quand mon père est mort, j'ai enfin pu me faire des amis, reprit-elle. Ils pouvaient venir à la maison, je pouvais rire avec eux. La vie est redevenue belle.

— Les amis sont très importants, dit Jakob d'un air songeur. Je n'en ai pas beaucoup, mais c'est aussi à cause de la vie que j'ai choisie. Quand j'étais petit, à 5 ou 6 ans peut-être, j'avais l'habitude de prier pour ne pas avoir une vie ordinaire. J'ai été exaucé.

— Et à partir de quand ta vie est-elle devenue extraordinaire ?

— J'avais juste 20 ans quand je suis allé à Stockholm pour trouver le docteur Enerström et Gio Petré. C'était au début des années 1980. Ça faisait plusieurs années que je suivais leur travail, et un jour j'ai décidé d'aller les voir.

— Une sacrée décision. Mais comment tu as fait pour les trouver ?

— Je suis parti pour Stockholm sans réfléchir, c'était quitte ou double. Là-bas j'ai cherché une cabine téléphonique. À l'époque il y avait encore des annuaires dans les cabines. J'ai cherché à « E », pour Enerström, et là j'ai vu l'adresse : Norr Mälarstrand 24. C'était à moins de trente minutes à pied.

— C'est courageux de faire ça sans appeler avant, dit Lída.

— La porte de l'immeuble était fermée, ce à quoi je n'avais pas pensé, mais comme je me demandais ce que j'allais faire, quelqu'un est sorti et j'ai pu entrer. À l'époque les Suédois étaient un noble peuple.

— Donc tu es monté ?

— Jusqu'au quatrième étage. C'était un très bel immeuble avec des plafonds très hauts et un vieil ascenseur. Mais j'ai pris les escaliers. Sur la porte, il y avait écrit « Enerström Petré ». J'ai sonné et c'est Gio qui m'a ouvert. Elle était aussi belle que je l'imaginais.

— Mais tu n'avais pas peur d'arriver chez eux comme ça ?

— Moi non, ma mère oui. Je lui ai annoncé avant de partir. Elle a eu sacrément peur.

— Et qu'as-tu fait ?

— Je lui ai menti en lui disant que je mettrais une perruque et que je prendrais un faux nom. Je suis devenu Rickard.

— Waouh. Comme un espion !

— On peut dire ça, oui. Peu de temps après, j'aidais Alf dans son travail politique.

— Alors tu n'avais plus besoin de la perruque ni de t'appeler Rickard ?

— Si, j'ai mis ma perruque pendant des années, chaque fois que j'en avais besoin.

— C'est vraiment palpitant !

— Oui, c'était une période palpitante. Le docteur Enerström était mon grand modèle, et on faisait des choses ensemble. Malheureusement, les dernières années il a exagéré. »

Lída proposa qu'ils mangent quelque chose. Jakob partit dans la cuisine. Elle s'appliquait à boire lentement, tandis que Jakob subissait les effets du vin comme ceux d'un somnifère. Il avait du mal à garder le fil de la conversation, ses paupières étaient lourdes. Dans la cuisine, ils épluchèrent et mangèrent quelques fruits, ce qui sembla le revigorer. Quand ils revinrent au séjour, elle s'assit plus près de lui sur le canapé.

« Raconte-moi ce qui est arrivé au docteur.

— Des années plus tard, la première fois que les sbires de Palme ont fait en sorte d'enfermer le docteur Enerström dans un hôpital psychiatrique, il a compris qu'il ne pourrait pas vaincre l'ennemi.

— Et que s'est-il passé ?

— Quand Alf est sorti de l'hôpital, c'était allé si loin que la police voulait le chasser de son appartement de Norr Mälarstrand. C'était absurde. Alf avait plein d'argent sur un compte secret au Luxembourg, mais d'après la police, il n'avait pas payé son loyer. Quand ils sont entrés dans l'appartement pour l'arrêter, il a tiré dans la main d'une policière pour lui faire tomber son pistolet, sans la blesser, mais c'était trop tard. Ils l'ont arrêté et enfermé de nouveau.

— Terrible.

— Oui. Et je m'en voulais tellement. Ça aurait dû être moi.

— Comment ça ?

— Ça aurait été mieux si j'avais tué le flic. Alf aurait pu continuer son combat. »

Jakob se tut, il semblait ruminer cette vieille histoire où il se reprochait d'avoir abandonné Alf. Lída lui posa une nouvelle question sur le docteur Enerström, mais Jakob était trop épuisé pour répondre de façon cohérente. Elle décida de garder ses questions pour le lendemain. Elle l'embrassa sur la joue puis réprima un faux bâillement. Il n'en fallut pas plus pour amadouer Jakob, qui commençait lui aussi à bâiller, moment choisi par Lída pour ôter sa main de la sienne.

« Il est l'heure que je rentre à l'hôtel, Jakob.

— Oui, je comprends. Je t'accompagne. »

Qu'il ne s'opposât pas un instant à son départ la mit en confiance. Avant de sortir, Jakob leva son verre de vin en demandant à Lída d'en faire autant.

« À la mort du traître Olof Palme ! »

Lída répéta les mots de Jakob, et ils burent.

*

Nous avions rendez-vous dans la chambre que je partageais avec Staffan pour le débrief de la soirée.

« Le traceur GPS a cessé de fonctionner, dis-je en premier. On avait aucune idée de l'endroit où tu étais !

— Oui, c'est moi qui l'ai éteint », répondit calmement Lída.

Staffan nous avait servi à chacun un gin tonic très chargé. Lída sirotait le sien à petites gorgées.

« Quoi ? Tu l'as éteint ? Alors on ne pouvait vraiment pas savoir où tu étais !

— Non, mais il bipait tout le temps, j'étais obligée de l'éteindre. De toute façon je ne vois pas bien ce que vous auriez pu faire tous les deux si j'étais bloquée dans l'appartement. »

J'attendais une bonne réponse, et celle-ci nous contentait, Staffan et moi. Elle avait raison. Je me levai pour examiner le reste du matériel que Lída avait déposé sur la table.

La caméra logée dans les lunettes s'était éteinte au bout d'une petite heure, mais le film n'en avait pas moins de saveur, notamment lorsqu'on voyait Jakob regarder Lída dans les yeux et dire :

« Il faut qu'on soit très prudents, il peut y avoir des caméras partout. » La batterie du téléphone qu'elle avait dans la poche de sa salopette avait tenu toute la journée, cependant le trou par lequel il était censé filmer s'était avéré trop petit : à l'image, on ne voyait qu'un bout de tissu effrangé. En revanche, la prise de son dépassait nos espérances. Avec pas moins de trois enregistrements audio de la même scène, nous avions en principe la possibilité de réécouter leur conversation au mot près.

Bien que j'en fusse à ma troisième année de recherche sur son cas, ce fut ce soir-là la première fois que je pus voir et entendre Jakob. Il avait une voix claire, légèrement pincée, d'un débit plus rapide que je n'imaginais. Son anglais aussi était meilleur que prévu, et bien que ses sujets préférés de conversation pussent paraître loufoques – il était surtout question de la guerre froide et de son combat contre Olof Palme –, il s'exprimait bien.

Lída commençait à bâiller. Elle demanda la permission d'aller se coucher. Staffan et moi avions également subi le stress de la soirée, mais enfin c'était elle qui l'avait passée avec Jakob Thedelin dans son appartement. Au moment de s'en aller vers sa chambre, Lída m'attrapa le bras.

« Demain il parlera. »

Jakob – Deuxième jour

Hedestad, juillet 2017

Lída se répétait des phrases à voix haute sur le chemin de l'appartement de Jakob. C'était sa façon de poser sa voix, elle savait que tout ce qu'elle disait était enregistré. Le téléphone portable logé dans sa salopette filmait à travers un trou légèrement plus large que la veille, le stylo dans la poche pectorale filmait également. Le second stylo, placé dans une poche extérieure de son sac, se contentait lui d'enregistrer le son. Les lunettes filmeraient également, tant que la batterie ne serait pas déchargée. En outre, nous étions tombés d'accord pour que le traceur GPS reste allumé, car j'avais trouvé un réglage permettant de mettre un terme aux bip bip malséants.

Aujourd'hui Lída devait aller droit au but. Jakob avait acheté du poisson, ils devaient déjeuner ensemble. Elle avait remarqué, la veille, que Jakob ne tenait pas très bien l'alcool : elle apporta donc deux bouteilles de vin. Elles l'aidèrent à lancer le sujet dès qu'ils furent dans la petite cuisine.

« En quoi Olof Palme était un traître à son pays ? C'était un espion ?

— Il était en train de vendre notre pays aux Russes, dit Jakob. Nous étions à deux doigts de devenir une dictature.

— Pour de vrai ? Trahir son propre pays : je croyais qu'il n'y avait que les communistes pour faire des choses pareilles. Et toi, tu as réussi à le démasquer ?

— En un sens, oui. En 1984, j'ai fait la connaissance d'un commandant de la Marine suédoise. Il s'appelait Hans von Hofsten, je l'ai vu plusieurs fois. Il m'a raconté que Palme avait laissé repartir des sous-marins russes qui se baladaient dans l'archipel de Stockholm comme s'ils étaient chez eux. Il faut savoir que Palme devait se rendre à Moscou, un mois après son assassinat. Ils se seraient mis d'accord pour que la Suède devienne une nouvelle république soviétique.

— Palme est donc mort au bon moment ?

— Il est mort beaucoup trop tard. Quand j'avais 13 ans je m'étais juré de le tuer. J'avais prévu de lui tirer dessus avec le vieux pistolet du père d'un ami.

— Waouh. Ça aurait été le top. Jakob, héros à 13 ans ! Mais qui s'en est chargé, en fin de compte ?

— Palme était sur le point d'être démasqué. C'est le KGB qui a tué son propre espion pour l'empêcher de parler. Et pour faire un exemple. »

Lída se pencha en arrière et croisa les bras.

« Ils auraient vraiment pris ce risque-là ? Tuer leur propre espion, un Premier ministre ?

— Oui, ils l'ont fait. Mon ami Bertil Wedin en a les preuves. Un homme du nom d'Anders Larsson était au courant du meurtre, il a donné l'alerte quelques jours avant. Et à partir d'Anders Larsson, tous les fils remontent directement au KGB. »

Lída ne pouvait que constater que Jakob évoquait sans gêne les gens qu'il avait fréquentés à l'époque du crime, et nommément Bertil Wedin, ce qui était bon signe.

« Tu veux donc dire que le KGB a tué son propre espion, et qu'un autre espion du KGB avait averti que le KGB allait le tuer ? Est-ce que c'est vraiment ce que dit Bertil Wedin ? »

Jakob hésita, il semblait soudain se rendre compte que tout cela ne tenait pas debout.

« Oui, enfin bien sûr que ça aurait pu se passer différemment », finit-il par lancer.

Lída nota que Jakob ne faisait que répéter la version du meurtre proposée par Bertil Wedin. Cela signifiait, si d'aventure l'un et l'autre avaient été impliqués, que Jakob lui mentait sciemment, bien qu'elle l'eût prié de dire la vérité.

Ils préparèrent ensemble le repas, de la morue panée, des pommes de terre bouillies et une salade. Quand ce fut prêt, ils passèrent déjeuner au salon. Jakob avait dressé la table. Un service en porcelaine qui semblait anglaise, aux verts motifs floraux. Les couverts étaient lourds, en argent neuf mais de forme classique. Les meubles avaient beau ne pas être de véritables pièces de collection, l'impression qui se dégageait de l'ensemble laissait croire qu'ils étaient dans un petit salon quelque part en Angleterre. Pas à Hedestad en tout cas. Lída vit que Jakob s'apprêtait à dire quelque chose.

« Ils m'ont interrogé, moi aussi.

— Quoi ? À cause du meurtre de Palme ?

— Environ un an après. J'étais surveillé depuis plusieurs mois. Ils sont venus me chercher un matin très tôt. À sept heures j'ai entendu frapper à la porte, c'étaient les flics. Il y en avait un, Alf Andersson il s'appelait, qui voulait fouiller mon appartement, il cherchait des trucs. Mais Tore Forsberg, de la SÄPO, pour qui j'allais travailler par la suite, lui a dit d'arrêter, que c'était inutile.

— Waouh…

— Puis ils m'ont ramené au commissariat et ils m'ont interrogé. Mais je n'ai rien raconté d'intéressant.

— Et ça en est resté là ? reprit Lída. Ils t'ont laissé tranquille ensuite ?

— Ils m'ont interrogé encore une fois, quelques mois après, mais cette fois j'y suis allé de moi-même. »

Lída ne fit aucun commentaire. Elle but une gorgée de vin et prit soudain l'air grave.

« J'ai été vraiment déçue par quelqu'un, dit-elle.

— Déçue par un homme ?

— Oui. Mon grand amour. Il m'a menti pendant des années. Parfois il me cachait des choses. Parfois il mentait vraiment.

— Terrible, dit Jakob. Moi je ne ferai jamais ça.

— Alors tu me dis la vérité, tu me diras toujours la vérité ? Tu le jures sur l'honneur et la conscience ?

— Oui, je le jure. »

Il eut une seconde d'hésitation.

« Mais comment faire quand on a déjà juré à quelqu'un d'autre de ne jamais raconter une certaine chose ? »

Lída plongea ses yeux au fond des siens. Il les baissa aussitôt. Alors elle décida de le rassurer, de faire qu'il se sente en confiance avec elle. Ils parlèrent tout l'après-midi de choses sans rapport avec l'assassinat de Palme, jusqu'au soir, où comme la veille Jakob la raccompagna à l'hôtel. Ils se donnèrent une grande accolade d'adieux.

« La prochaine fois que je viens en Suède, je veux que tu me dises tout. Que tu ne me caches rien.

— Je le jure. Ça sera quand ? » dit Jakob.

Lída lui donna un furtif baiser sur la bouche, puis elle entra dans l'hôtel sans avoir répondu à sa question. Jakob ne lui avait encore fait aucune révélation. Mais la méthode était la bonne : il fallait qu'elle passe plus de temps avec lui.

*

La même procédure que la veille se répéta dans notre chambre d'hôtel. Staffan et Lída buvaient un gin tonic trop chargé tandis que je vidais les cartes mémoire et contrôlais le matériel.

« Il cache quelque chose, et ça a un lien avec le meurtre, dit Lída. Mais il a juré à quelqu'un de ne jamais le dire. Alf et Bertil, j'imagine. Il va falloir revenir. »

J'étais déçu. La veille encore, Lída s'était montrée convaincue que Jakob allait tout dire. Je n'aurais certes jamais tenté ce que Lída avait osé, mais pourtant j'en avais espéré davantage. Il allait falloir revenir.

La tombe

Stockholm, août 2017

Suivant la procédure de l'opération *undercover* et du piège que nous avions mis en place, nous attendîmes deux semaines avant de laisser Lída envoyer le premier message. Jakob lui en avait envoyé quasiment un par jour. Sa réponse à elle fut brève :

> Hi Jakob,
> I come Stockholm. Want to see you. First August is ok ?
> 11 o'clock at railway station ?
> Love Lída

Deux minutes plus tard elle recevait une réponse de Jakob confirmant l'heure et le lieu. Il y expliquait quels endroits il voulait lui montrer à Stockholm : la Maison de la chevalerie « Riddarhuset », l'Armurerie royale « Livrustkammaren », le palais, le lieu où Palme avait été assassiné. Et si elle restait une journée de plus, ils pourraient aller ensemble à Hedestad.

Lída et moi fîmes les préparatifs nécessaires. Le traceur GPS ne marchait plus, mais nous estimions qu'à Stockholm, au milieu de la foule, les risques étaient moindres que chez Jakob. Lída ne devait pas oublier de m'envoyer un SMS en allant aux toilettes, afin que je puisse venir et les suivre un moment pour juger si elle était en sécurité. Pour le reste, elle serait seule avec lui.

*

C'était un jour d'été ordinaire à Stockholm. Le thermomètre se stabilisait un peu au-dessus de vingt degrés quand le soleil chauffait. De grands nuages plats d'un bleu profond concouraient pour la suprématie du ciel.

Lída arriva au lieu du rendez-vous avec une demi-heure de retard, pour ne pas avoir à attendre Jakob. Il était bien là, accoutré d'une façon qui la décontenança quelque peu et l'empêcha de lui sauter au cou ainsi qu'elle l'avait prévu. Elle comprenait déjà qu'ils ne passeraient pas inaperçus dans les rues de Stockholm.

« Salut Jakob. Je vois que tu as mis ton kilt aujourd'hui !

— C'est un tartan MacTire qu'on porte dans les grandes occasions, et ce jour en est une, puisque nous allons visiter ensemble la Maison de la chevalerie et l'Armurerie royale. On y va ? »

Lída lui donna une chaleureuse accolade tout en veillant à ne pas le serrer trop fort, sans quoi il eût senti le téléphone dans la poche avant de la salopette. En plus des appareils déjà utilisés à Hedestad, elle portait une casquette légèrement de travers où était dissimulée une caméra GoPro qui filmait à travers un interstice dans le tissu. Avec sa casquette, sa salopette et ses grosses lunettes caméra, elle formait avec l'homme en kilt un couple qui ferait une étrange impression dans les rues de Stockholm.

« D'abord je vais t'emmener à Riddarhuset, le musée de la noblesse suédoise. J'y vais chaque fois que je viens à Stockholm.

— Génial. C'est loin d'ici ? »

Ils s'engagèrent sur un pont réservé aux piétons et aux cyclistes, et Jakob lui montra la direction.

« Tu vois le toit là-bas ? C'est Riddarhuset. En plein dans Gamla Stan, la vieille ville.

— Gamla Stan ? Ce n'est pas là qu'habitait Olof Palme ?

— Si, en effet.

— Et tu sais où exactement ? »

Jakob se colla contre la rambarde du pont et se mit à fouiller dans ses poches.

« Si on veut parler du meurtre de Palme, alors il faut d'abord que j'enlève la batterie de mon téléphone. Que personne ne puisse nous écouter.

— Tu crois que quelqu'un nous écoute ?

— Non, je ne crois pas.

— Parfait, dit Lída en espérant que son propre téléphone avait bien enregistré ce passage-là.

— Quelqu'un m'avait montré un jour où Palme habitait. Donc oui, je le sais. »

*

La guide qui leur faisait visiter la Maison de la chevalerie répondait consciencieusement aux questions de Jakob, mais Lída remarqua à l'expression de son visage que plus les questions étaient longues et détaillées, plus elle montrait des signes d'agacement. Après presque deux heures de visite, ils prirent la direction du palais et de l'Armurerie royale. Jakob lui montra le déguisement que portait Gustav III lorsqu'il fut assassiné, puis divers uniformes ainsi que les joyaux de la couronne. Son intérêt pour la monarchie et les symboles nobiliaires était manifestement démesuré. Et Lída commençait à se dire qu'il était temps que quelque chose advienne.

« On peut aller voir l'endroit du crime ? demanda-t-elle de but en blanc.

— On est déjà en route, dit Jakob. On ira aussi au cimetière. »

Sur le chemin du centre-ville moderne, Jakob désigna l'immeuble du Norr Mälarstrand 24 de l'autre côté des eaux.

« C'était là qu'habitaient le docteur Enerström et sa femme Gio. »

La promenade jusqu'à Sveavägen dura une courte demi-heure. L'angle des rues où Palme avait été assassiné ne ressemblait guère à ce que Lída avait pu voir sur les photos. Une supérette et un restaurant à la mode avaient pris la place du magasin d'art de l'époque. Une entrée avait été ouverte précisément à l'angle, ce qui pour ainsi dire obligeait les clients à fouler la plaque de bronze encastrée dans le trottoir, sur laquelle on lisait : « En ce lieu le 28 février 1986 a été assassiné le Premier ministre Olof Palme ».

« On s'achète un truc à manger ici ? » demanda Lída. Il était bientôt dix-neuf heures et ils n'avaient encore rien avalé.

« Volontiers, dit Jakob. On peut ensuite aller s'asseoir en haut de Brunkeberg, en face de l'église. N'oublie pas de demander des couverts. »

Jakob considérait comme allant de soi que ce fût elle qui paie pour tous les deux, quand bien même elle était son invitée. Elle prit deux salades et une boisson verdâtre. Après avoir payé, elle n'oublia pas de m'envoyer un SMS pour me dire qu'ils étaient là où Palme s'était fait tuer.

En sortant de la boutique, elle découvrit Jakob en train de piétiner nonchalamment la plaque de bronze, comme pour montrer qu'il était bien vivant tandis qu'Olof Palme était tout à fait mort. Ils prirent en direction des escaliers qui montaient à Brunkeberg, Jakob décrivant pour Lída le déroulement du meurtre, sans dire autre chose que ce que les journaux avaient pu rapporter. S'il avait été impliqué, rien ne le laissait paraître.

Ils se séparèrent au pied des escaliers, lui empruntant ceux de gauche, elle ceux de droite, puis se retrouvèrent au premier palier. Jakob lui raconta que le meurtrier était passé par là. Quand ils parvinrent en haut des 89 marches, Jakob tourna sur la gauche le long de Malmskillnadsgatan en direction de l'église Johannes kyrka. Ils arrivaient au cimetière quand soudain Jakob saisit Lída par la main et l'entraîna en courant jusque derrière l'autre côté de l'église. Il y avait là un banc caché sous un bosquet, sans visibilité et sans lumière. Discrétion et insécurité garanties.

« On a enfin semé ceux qui nous suivaient. J'ai une faim de loup », dit Jakob.

*

Aussitôt reçu le SMS que Lída m'avait envoyé du snack, je m'étais rendu au coin de Sveavägen. J'arrivai à temps pour voir Jakob et Lída monter les escaliers. Je laissai passer une ou deux minutes puis leur filai le train. Arrivé en haut des marches j'étais réellement à bout de souffle. Je regardai de tous les côtés. Aucune trace d'eux. Je fis le tour du quartier au petit bonheur la chance, sans parvenir à me faire la moindre idée de l'endroit où ils avaient disparu.

*

Ils mangèrent leur salade en buvant un smoothie qui avait le goût d'herbe. Certainement plus sain que bon. Jakob continuait de débiter sur le meurtre des lieux communs que Lída connaissait déjà. Quand ils eurent fini de manger, ils se promenèrent encore sur la colline, puis descendirent les escaliers de l'autre côté vers Birger Jarlsgatan, puis les remontèrent. Ils prenaient à présent le chemin du cimetière où Palme était enterré.

« J'aimerais avoir une machine à remonter le temps, dit soudain Jakob. Je reviendrais pour tuer Palme, et toi tu m'attendrais dans une voiture en haut des escaliers, comme ça, je saurais la route à suivre, et on partirait ensemble.

— Ça serait génial ! dit Lída. Je veillerais à ce que rien ne t'arrive. Mais dis-moi, tu faisais quoi ce soir-là ?

— J'étais sur Sveavägen. J'avais envie d'aller au cinéma, mais le film qu'ils passaient au Grand ne m'intéressait pas du tout.

— Donc tu étais devant le cinéma ce soir-là ? »

Jakob jeta un coup d'œil vers Lída. Avait-elle été trop directe ? À présent la mémoire lui faisait étrangement défaut.

« Je ne sais plus. Ou peut-être plus tôt dans la semaine. En tout cas je ne voulais pas voir le film que les Palme sont allés voir. Le lendemain matin j'ai été réveillé par mon propriétaire, c'est lui qui m'a dit que Palme était mort.

— Mais tu étais sur Sveavägen ce soir-là ?

— Peut-être. Je ne sais pas. »

Lída relâcha la pression. Jakob se perdait dans ses déclarations, il semblait ne plus comprendre ce qu'il disait. Ils venaient de traverser Sveavägen pour entrer dans le cimetière Adolf Fredrik, et Jakob paraissait tranquillisé. Ils arrivèrent devant une pierre tombale d'environ un mètre de haut, en granit brut, qui surplombait une plaque en pierre dans le pavement. Jakob se planta ostensiblement en plein milieu de la tombe. Il se racla la gorge.

« Tu vas cracher dessus ? demanda Lída.

— *Bloody spy !* »

Au moment où le crachat quittait sa bouche pour s'écraser sur la tombe, deux vieilles dames arrivèrent devant celle-ci. Jakob se tourna vers elles et cria en suédois :

« Olof Palme était l'espion des soviets. Ils l'ont recruté en 1962. Voilà pourquoi je crache sur sa tombe. Je l'ai combattu toute ma vie ! »

La première femme continua son chemin sans s'arrêter. La seconde mit les mains sur les hanches et regarda l'homme en kilt d'un air désolé, avant de s'en aller rejoindre son amie sans commenter ce qu'elle venait d'entendre.

« Elles sont d'accord avec moi ! dit Jakob. C'est important de dire aux gens tout le mal que cet Olof Palme a fait.

— Absolument, répondit Lída. Absolument.

— J'ai un plan qui me trotte dans la tête.

— Un plan ? Il faut que tu me racontes ! dit-elle pour l'encourager.

— Un soir sans lune, en novembre par exemple, je vais venir ici. Peut-être que je mettrai une veste d'employé municipal ou quelque chose du genre. Puis je louerai une pelleteuse. Pas besoin que ce soit une grosse machine. Et je vais déterrer le traître Olof Palme, lui cracher dessus et souiller son cadavre. Sale traître. »

Lída ne pouvait pas imaginer une seule seconde qu'un homme en arrivât à des idées pareilles, pas plus qu'elle ne voyait à quoi rimerait un tel geste. Si Jakob était l'assassin de Palme, il devrait logiquement être comblé. Avoir tué l'objet de sa plus grande haine devrait lui suffire, pas besoin en plus de souiller son cadavre. Fallait-il y voir une preuve que Jakob, malgré tout, n'était pas l'homme qui avait tué Palme ?

« C'est un plan génial, Jakob. »

Elle le prit dans ses bras et lui donna un baiser. Pour la première fois elle sentit qu'il la mettait vraiment mal à l'aise. Il faudrait savoir s'arrêter à temps.

« Il est tard, et demain on part pour Hedestad, pas vrai ? dit-elle. On peut retourner ensemble jusqu'au métro. Et on se voit demain un peu avant le départ du train.

— Avec plaisir. »

La fille en salopette et l'homme en kilt retournèrent d'un pas tranquille vers Vasagatan, avant de se séparer sur une nouvelle embrassade.

*

Je rejoignis Lída au Belgobar, sur Vasagatan. J'avais réussi à retrouver leur trace à chaque fois qu'elle m'avait envoyé un SMS.

Sauf lorsqu'ils avaient couru se cacher derrière l'église. Je les avais néanmoins revus une demi-heure plus tard, tandis qu'ils descendaient les escaliers vers Tunnelgatan et Sveavägen. Une demi-heure d'angoisse pour elle comme pour moi, pendant laquelle elle s'était trouvée livrée aux mains de Jakob. Et bientôt, elle serait de nouveau seule avec lui, à Hedestad.

Retour sur les lieux du crime

Stockholm et Hedestad, août 2017

Ils se retrouvèrent au même endroit devant la gare centrale, à onze heures. Jakob avait délaissé son kilt, un soulagement pour Lída. Le train ayant du retard, ils allèrent boire une Guiness au O'Learys. Jakob en oublia presque le départ, et Lída dut le lui rappeler. Ils faillirent se tromper de quai. Lorsqu'ils tombèrent chacun sur leur siège, le train roulait déjà.

En passant sur le pont qui menait à la gare, Jakob avait pris le bras de Lída. Elle savait cependant que le plus grand risque n'était pas que Jakob se montrât trop proche d'elle, mais qu'il commence à suspecter quelque chose. Il semblait de bonne humeur, pourtant lorsqu'il lui dit qu'il avait parlé d'elle avec Bertil Wedin et une autre personne qu'il ne nomma pas, elle s'inquiéta. Ils sauraient naturellement mieux juger la situation que lui, et ne manqueraient pas de l'aider à la démasquer. Il lui était déjà arrivé de mentir ou de lui dissimuler certaines choses qu'elle avait par ailleurs vérifiées. Il était donc pour le moins sur ses gardes.

« Tu te souviens du serment que tu m'as fait ? demanda-t-elle.

— Quel serment ? »

Elle n'eut besoin que d'un regard pour lui faire retrouver la mémoire.

« Oui, ce soir quand on sera seuls, je te raconterai quelque chose que je n'ai jamais dit à personne.

— Avec toi je me sens en confiance, Jakob. »

Elle laissa sa tête glisser contre son épaule. Quatre heures plus tard, à discuter de tout et de rien, ils arrivèrent à Hedestad.

Sur le chemin de la gare à l'appartement de Jakob, Lída regarda discrètement autour d'elle pour voir si une certaine Volvo rouge bordeaux n'était pas dans les parages. Dans le train elle s'était sentie en sécurité, car il y avait des gens, mais une fois seule avec Jakob dans son appartement, elle aurait besoin de savoir qu'elle n'était pas entièrement livrée à elle-même.

Au moment où ils arrivaient devant l'immeuble, Lída aperçut une Volvo bordeaux qui roulait au pas le long de la rue. Bon timing, pensa-t-elle.

*

Jakob sortit du réfrigérateur de quoi faire une salade, et du congélateur des filets de poisson. Il avait pensé à l'avance à leur dîner. Trois bouteilles de vin blanc étaient également prêtes dans le réfrigérateur, et Jakob ouvrit la première sans tarder. Il s'était mis à boire davantage depuis qu'ils s'étaient rencontrés, et achetait désormais du vin sans qu'elle le lui demandât.

« À la mort du traître, santé ! dit Lída.

— Santé ! » répondit Jakob sans répéter le reste.

Lída sentait un changement. Il était nerveux, s'agitait devant la cuisson du poisson. Quand le repas fut prêt, il s'aperçut qu'il avait oublié de mettre les pommes de terre à bouillir. Lída l'abandonna dans la cuisine pour mettre la table dans le salon.

« Tu te souviens que je t'avais parlé de deux ennemis journalistes ? dit-il soudain.

— *Sort of.* Rappelle-moi leurs noms.

— Le premier s'appelle Nicholas Schmidle, il travaille pour le *New Yorker.* Il m'a appelé une fois, j'ai refusé sa demande d'interview.

— Mais pourquoi ? C'est pourtant super excitant !

— Il a commencé à me poser un tas de questions. Je lui ai menti.

— Tu lui as menti ? Sur quoi ?

— Oh, un truc à propos de la Palestine et d'Israël. Puis j'ai raccroché. »

Lída se souvenait très bien de la conversation entre Nicholas et Jakob, qui n'avait alors menti qu'au sujet d'un e-mail qui parlait de fusées dans un bunker qui ne décolleront plus. Il n'avait jamais été question de la Palestine. Jakob s'emmêlait de nouveau les pinceaux, en tout cas il lui mentait à elle.

« Tu as dit deux journalistes. Qui est l'autre ?

— Jan Stocklassa, il s'appelle. Voilà le dossier que j'ai sur lui. KGB, à tous les coups. Son *modus operandi* le laisse penser.

— Je peux voir ? Waouh. Tu as des dossiers sur tes ennemis. »

On entendit un sifflement dans la cuisine, les pommes de terre étaient cuites. Jakob s'y précipita. Son inquiétude n'avait pas disparu lorsqu'il revint au salon. Il fallut attendre qu'ils fussent assis dans le canapé, un verre de vin à la main, pour qu'il retrouve un peu son calme.

« Je voudrais te raconter quelque chose », commença-t-il avant de se taire brusquement.

Lída s'efforçait de ne pas l'interrompre. Il cherchait ses mots, elle s'impatientait, mais réussit à s'imposer le silence. Jakob reprit.

« Quand tu as dit que ton père était mort à cause de toi, alors je me suis dit que c'était une coïncidence incroyable. »

Lída attendit.

« J'ai été impliqué dans quelque chose qui a causé la mort de ma mère, continua Jakob avant de marquer une nouvelle pause. J'ai un ami juif aux États-Unis qui sait ce que j'ai fait, et il m'a dit que c'était peut-être ça la cause de la mort de ma mère, si jeune. Et que je n'ai pas reçu d'héritage précisément parce que j'avais péché. Mon père a tout pris. Quand il a vendu sa maison, il en a tiré 750 000 couronnes, mais à sa mort, je n'en ai touché que 50 000. Le roi Salomon m'a dit que Dieu avait pris sa part. Alors j'ai compris que c'était l'acte dans lequel j'étais impliqué qui était la cause de tout. Mais je pense qu'il a été trop dur avec moi. »

On y était presque. Jakob avait été impliqué dans quelque chose de mal qui lui avait coûté son héritage. Il allait parler ! Lída avait beau ne pas voir ce que les références bibliques venaient faire là-dedans, elle voulait entendre la suite.

« Dans quoi étais-tu impliqué, Jakob ?

— C'était à une autre époque, il y a deux mille ans. J'avais une chance d'entrer dans l'Histoire, mais un ange… L'ange m'a dit trop tard de descendre. Et j'ai pensé, peut-être que le temps s'écoule différemment ici ? Mais mon entreprise devait être longue, alors je m'en suis voulu de ne pas être descendu à temps. Et ça a tout fait capoter. Les choses ne se sont pas passées comme prévu.

— Et que s'est-il passé ?

— J'ai essayé de faire justice. Le prophète Paul prétendait être Jésus, il mentait. Alors je suis descendu pour tenter de l'assassiner, car je savais qu'il était dangereux. Cela m'a pris du temps.

— C'est-à-dire ?

— Je me suis rendu aux archives, où je n'ai rien trouvé sur Paul, mais en faisant mes propres recherches de mon côté, j'ai rassemblé les preuves qu'il était un espion de Rome. Alors j'ai essayé d'en finir avec lui, mais j'ai échoué. »

Le discours de Jakob sur un traître qu'il avait voulu abattre pouvait parfaitement s'appliquer au cas d'Olof Palme. Ses « recherches » correspondraient alors à ses activités politiques avant le meurtre. Seulement tout était décalé à l'époque de Jésus, et Paul avait trahi les Juifs en cela qu'il avait propagé le christianisme. C'était peut-être la façon qu'avait trouvée Jakob de tout dire à Lída sans trahir la promesse qu'il avait faite à un autre de ne rien dire. Si c'était bien de l'assassinat de Palme qu'il parlait en fait, alors il venait d'avouer son implication. Il avait reçu l'ordre de tirer, mais, apparemment, avait échoué. Ce n'était donc pas lui l'assassin de Palme. Lída devait en apprendre davantage sur ce qu'il s'était passé le soir du meurtre.

« Il y a un truc que je ne comprends pas, dit-elle. Hier tu m'as dit que tu étais sur Sveavägen ce soir-là. Mais ensuite tu as dit que tu n'y étais pas. C'est un peu troublant pour moi. »

La réponse de Jakob vint à une vitesse inattendue.

« Ah, tu pensais à ça. Non, j'ai dit que j'avais traversé Sveavägen ce soir-là. Je n'étais pas là au moment où le meurtre a eu lieu.

— D'accord, mais tu comprends bien que c'est un peu difficile pour moi de m'y retrouver.

— Oui, je comprends. Tu aurais dû me le dire avant.

— Mais tu dis une chose, puis tu changes toute l'histoire, et moi j'ai l'impression que tu me mens. Il faut absolument que tu me dises la vérité.

— Je n'étais pas là quand ça s'est passé. J'ai traversé Sveavägen vers dix-sept heures Peut-être que je suis allé vers le cinéma Grand, je ne me souviens plus.

— Alors pourquoi avoir dit que tu n'étais pas passé par là de toute la journée ?

— Il y a un mot anglais pour ça : *I misspoke.* Maintenant je vais te dire quelque chose à propos de tout ça. Si je l'avais fait… Si c'était moi qui l'avais fait, je n'en parlerais à personne. Même si on ne risquerait pas de m'accuser, vu qu'ils ont déjà accusé Christer Pettersson avant de le condamner, la première fois. Donc ce sera difficile d'accuser quelqu'un d'autre… Mais si j'avais… si je l'avais… je pense que je… Je n'en sais rien, mais sans doute… sans doute que je te l'aurais dit, mais après m'être assuré qu'il n'y a pas de téléphone, aucun autre témoin. Parce qu'un seul témoignage, même si tu le racontais à quelqu'un par erreur, ça ne suffit pas. Si je l'avais… si c'était moi. Ça ne peut pas être moi, parce que sinon on m'aurait reconnu depuis longtemps. J'étais l'assistant du docteur Enerström, faire une chose pareille aurait été de la folie. On m'aurait reconnu. »

Lída savait déjà que le soir-même nous allions réécouter en boucle ce passage de la conversation. Jakob s'était aventuré dans une espèce de raisonnement hypothétique où il plaidait le faux en avançant sa culpabilité. Et le meilleur argument qu'il trouvait pour s'innocenter était qu'on l'aurait reconnu. Or à la même époque, il portait régulièrement une perruque et se faisait appeler Rickard. Personne ne savait qui il était, et cela, il le savait très bien.

« Il faut que je puisse te croire », dit Lída.

Jakob continua de répéter que s'il avait été l'assassin, il l'aurait vraisemblablement avoué, néanmoins son ton avait changé. L'atmosphère entre eux s'était dégradée depuis la veille, Lída avait de nouveau l'impression que Jakob avait parlé de leurs rendez-vous à quelqu'un, et que celui-ci l'avait fait changer d'attitude. Une chose semblable s'était déjà produite lorsque Bertil Wedin avait brusquement rompu la communication, après que Jakob eut parlé de sa conversation Facebook avec elle. Or il venait de dire qu'il avait parlé avec Wedin et un autre encore, peu importe qui, cela expliquait son nouveau comportement. Tout proche d'avouer quelque chose, il s'était arrêté net. Ou bien considérait-il que son étrange histoire de Paul et de Jésus valait des aveux, aveux qu'il regrettait désormais.

« J'ai un rêve, reprit-il. Si quelqu'un pouvait inventer une machine à remonter le temps. Alors voilà quelle serait mon idée : je reviendrais en arrière pour tuer Palme. Mais il ne faudra pas se rater ! On pourrait le faire ensemble. Tu m'attends dans la voiture là-haut. Et comme on connaît déjà l'histoire, on s'en tirera sans problème. »

Lída reconnut le fantasme qu'il avait exprimé la veille à Stockholm. Ils éclatèrent de rire tous les deux.

« On mange ? demanda Lída.

— Oui, cette fois les pommes de terre sont vraiment cuites. »

Après le dîner, Lída veilla à se tenir à bonne distance de Jakob, évitant ainsi que la situation ne prenne un tour trop intime. Quand Jakob revint d'avoir débarrassé la porcelaine dans la cuisine, Lída eut un bâillement.

« Je crois qu'il est l'heure pour moi de rentrer à l'hôtel, dit-elle.

— Si tu le dis. »

Il avait l'air déçu, mais n'était-ce pas non plus une sorte de soulagement ? S'il commençait à avoir des doutes sur sa véritable identité, alors son expression n'en laissait aucun. Il la raccompagna jusqu'au pied de l'hôtel. Le baiser fut bref. Elle devait partir de bonne heure le lendemain. Ils se promirent néanmoins un prochain rendez-vous. À Hedestad, peut-être. Ou peut-être à Prague.

Lost

Stockholm, septembre 2017

Aucune réponse par SMS. Aucune réponse sur Messenger. Aucune réponse par e-mail. Aucune connexion Facebook depuis les jours qui avaient suivi la visite de Lída à Hedestad. Téléphone portable éteint. Ligne fixe désactivée.

Je finis par trouver le numéro de téléphone du voisin de Jakob, Håkan, que Lída appela pour lui demander s'il pouvait jeter un œil chez Jakob. Il rappela quelques jours plus tard pour dire qu'il avait croisé Jakob et que celui-ci lui avait annoncé qu'il partirait pendant un mois faire de la randonnée à la montagne. Cela ressemblait beaucoup à un mensonge, ce dont nous eûmes très vite confirmation. D'une façon ou d'une autre, Jakob avait découvert que Lída n'était pas celle qu'elle prétendait. Il en était suffisamment convaincu pour couper le contact et disparaître. On avait perdu Jakob.

*

J'étais allé aussi loin que Stieg l'aurait fait. J'avais essayé les méthodes qu'il avait employées, dont le piratage informatique et l'infiltration *undercover*. Jakob avait disparu, Lída était démasquée. Nous avions bien avancé dans notre enquête, mais de la même manière que Stieg avait fini par mettre de côté ses recherches, je me dis que c'en était assez. Il était temps d'écrire à Lída.

Je lui envoyai un e-mail, elle me rappela bientôt via Viber. L'heure n'était pas aux cajoleries. D'une part parce que ma décision était prise, d'autre part parce que je savais qu'elle n'aimait pas qu'on tourne autour du pot.

« On abandonne le projet, lui dis-je d'emblée. On a fait le maximum qu'on pouvait avec Jakob. On n'ira pas plus loin.

— Mais on saura bientôt où il s'est envolé. Il laisse beaucoup plus de traces informatiques quand il est en voyage que quand il est chez lui.

— Non, Lída. Il faut laisser tomber maintenant. »

Elle avait dans la voix quelque chose de désespéré que je n'avais jamais entendu jusqu'alors.

« J'ai l'impression que c'est moi qui ai tout fait rater. On y était presque. J'avais transcendé mes faiblesses, j'étais sur le point de trouver la force de faire éclater la vérité. Je crois seulement que j'ai sous-estimé ma capacité à aller de l'avant. Je n'aurais pas dû lui mettre autant de pression le dernier soir. Ça sera mieux la prochaine fois. Je le jure !

— Non, Lída. J'ai réécouté tous les enregistrements, tu n'as commis aucune erreur. Personne n'aurait pu faire mieux. Tu étais parfaite. »

Lída se tut, si longtemps que je crus un moment qu'elle avait raccroché.

« T'es un lâcheur alors ? dit-elle enfin. Si je l'avais su depuis le début, je n'aurais jamais accepté de travailler avec toi.

— Écoute, pour moi cette histoire représente sept ans de travail, pour toi grand maximum quelques mois. C'est donc logique que ça soit moi qui décide quand ça ne vaut plus la peine.

— C'est justement la raison pour laquelle il ne faut rien lâcher ! Après avoir fait tout ce boulot, après avoir rencontré tous ces gens, et maintenant que tu tiens peut-être le coupable, tu veux abandonner ? »

Je voulais vraiment mettre un terme à la conversation, il ne me manquait qu'une dernière phrase.

« Puisque c'est aussi simple que tu crois, alors peut-être que tu peux me dire en quel endroit de cette bon Dieu de planète Jakob se trouve actuellement. »

Je m'aperçus trop tard que c'était exactement la phrase que Lída espérait.

Alyah

Stockholm, octobre 2017

Deux semaines avaient passé depuis la dernière fois que j'avais été en contact avec Lída. Je commençais à me faire à l'idée que l'aventure était bel et bien terminée. À cinq heures du matin, je sentis mon téléphone vibrer. Je tendis la main vers la table de nuit, et vis dans un demi-sommeil le nom de Lída s'afficher sur Viber. Elle attendait que je la rappelle dans quelques minutes. Je me redressai sur mon lit, encore tout engourdi de sommeil, et essayai d'articuler quelques mots pour réveiller ma voix avant de l'appeler.

« Il va demander l'*alyah.* »

Je ne comprenais rien à ce qu'elle disait.

« Mon contact, celui qui m'avait déjà aidée pour les e-mails, est parti à la pêche aux informations, et on dirait qu'il a fait une belle prise, continua-t-elle. J'ai récupéré ses derniers e-mails et pas mal d'autres. Il est en Israël. »

Lída n'attendit pas ma réaction.

« Une semaine après que je l'ai quitté, Jakob est parti pour Göteborg. Pendant cette semaine, il a découvert ma vraie mission, et il a écrit à Bertil Wedin pour lui dire qu'il voulait venir à Chypre. Wedin lui a expressément interdit de venir, alors qu'il le lui avait déjà proposé auparavant. »

Je commençai d'émerger mais la laissai continuer.

« Mon contact est tombé sur plusieurs e-mails plus ou moins intéressants. J'ai traduit du suédois sur Google translate ceux qui me paraissaient les plus importants. Dont un où il parle à Wedin de ses ennemis. Tu en fais partie, moi aussi, et d'autres journalistes qu'il pense être des agents du KGB. »

Je m'assis sur le bord du lit, enroulé dans mon drap après une nuit de mauvais sommeil. Mais cette fois, j'étais bien réveillé.

« D'accord, dis-je. Tu m'envoies tout ce que ton contact a récupéré ?

— Bien sûr. Surveille tes e-mails. Et viens à Prague dès que tu peux. »

Je raccrochai et allai droit à mon bureau. J'enlevai une liasse de papier pour dégager l'ordinateur. Je commençai par chercher « alyah » sur Google. C'était le droit qu'avait chaque Juif du monde à venir en Israël, obtenir un permis de séjour puis la nationalité. Le voyage de Jakob en Israël n'avait rien à voir avec des vacances ou une escapade pour se faire oublier un moment – il voulait y rester.

En ouvrant ma boîte e-mail, je découvris un fichier zip fort justement intitulé *takeout*, « à emporter ». Il contenait un fichier .pst, un paquet d'images .jpeg et un fichier .txt. J'importai le pst dans ma boîte e-mail et commençai à fouiller.

Plusieurs e-mails étaient fort intéressants, notamment ceux où Lída était nommée, ceux où Wedin interdisait à Jakob de venir à Chypre, et un autre où celui-ci lui répondait qu'il était parti en Israël pour faire son *alyah*. L'unique autre moment où j'avais vu Wedin faire preuve d'une telle dureté envers Jakob, c'était lorsqu'il avait coupé les ponts après l'histoire des échanges sur Facebook. Il prouvait une seconde fois qu'il préférait sacrifier son amitié avec Jakob plutôt que de risquer d'être pris dans une affaire qui touchait à l'assassinat de Palme.

Nombre de messages Facebook étaient destinés à une certaine Sara qui semblait aider Jakob dans les démarches pratiques, et en tant que soutien moral, dans le cadre de son installation en Israël. Jakob insistait en plusieurs endroits sur ses problèmes économiques, s'inquiétant notamment de savoir comment il paierait ses factures en Suède. En dehors du loyer, il dépensait 600 couronnes par mois pour l'électricité et 350 pour le téléphone. Il devait en outre s'acquitter, à la fin de chaque année, d'un prélèvement automatique de 1 500 couronnes pour un coffre qu'il avait à la banque.

L'un de ses derniers messages privés, vieux d'à peine deux jours, était écrit par un Américain du nom d'Adrian, et informait Jakob qu'il lui avait laissé ses draps sur le lit. Je jetai un coup d'œil au profil Facebook d'Adrian : la dernière connexion en date était depuis l'« Alyah Return Center », au bord du lac de Tibériade – un lieu où les candidats à l'« ascension », le retour en Israël, pouvaient séjourner à leur arrivée dans le pays. Si les draps de Jakob étaient là-bas, il devait y être aussi. Nous l'avions retrouvé !

Les fichiers .jpeg consistaient en une série de captures d'écran qui montraient entre autres les lieux où Jakob s'était connecté à son compte Gmail. La dernière mention de Hedestad remontait à début septembre, puis il y avait deux connexions à Göteborg, et, plus important, un échec de connexion puis une tentative réussie à Tel-Aviv : il était bien en Israël.

La dernière pièce jointe que j'ouvris était le fichier .txt. Un texte d'un seul bloc qui remplissait quatre pages A4 écrites serrées. Il n'y avait ni titre ni aucun signe qui pût éclairer de quel document il s'agissait, mais en le parcourant plusieurs fois à la recherche des mots clefs « Jakob », « Wedin », « Gmail » et « Facebook », je compris qu'il contenait tous les brouillons qu'il n'avait pas envoyés, y compris ceux qu'il avait effacés ou qui n'étaient pas parvenus. Il y avait par exemple un message destiné à Lída, et pourtant absent de la boîte e-mail. Un message dans lequel il retirait tout ce qu'il lui avait raconté le dernier soir à propos de la façon dont il avait causé la mort de sa mère. Sans pour autant donner d'explications satisfaisantes, et sans même qu'il l'eût envoyé à Lída. Cela prouvait seulement que ce qu'il lui avait raconté n'était pas banal, d'où sa fuite.

Quand Wedin lui avait refusé l'hospitalité à Chypre, Jakob s'était trouvé désemparé. Il s'était d'abord terré en Suède pendant deux semaines, puis il s'était envolé pour Israël afin de s'y installer de manière permanente.

J'ignorais totalement comment m'y prendre pour le retrouver, mais puisque Lída m'avait proposé de venir la voir, je commençai par faire ma valise et acheter un billet pour Prague.

« M »

Prague, octobre 2017

Dans l'avion je commandai une petite bouteille du mauvais vin que vous servent les compagnies aériennes, pour m'aider à réfléchir à la façon de coincer Jakob. La plus naturelle eût été d'aller en Israël, de le trouver et de lui faire accepter de répondre à mes questions. Mais il était hautement improbable qu'il acceptât d'y répondre, et quand bien même, invraisemblable qu'il me dît la vérité. Je barrai cette première option.

La seule autre qu'il me restait était de mener une nouvelle opération d'infiltration qui réussirait à le faire parler davantage. Cela impliquait toute une série de complications et de facteurs de risque nouveaux, mais c'était néanmoins l'unique possibilité que nous avions.

Un verre de vin dans le sang, je fis la liste de tous les éléments nécessaires à la mise en place d'un tel plan. Définir un programme, planifier la logistique, acheter du matériel, regarder l'aspect juridique, trouver des partenaires sur place. Toute l'opération aurait lieu en Israël, or même si j'y étais allé plusieurs fois, je n'avais pas la moindre idée quant à la manière de procéder. Le dernier point de ma liste devenait le premier : il nous fallait un allié là-bas. Quelqu'un qui m'aiderait avec tout le reste. Seul problème : je ne connaissais personne en Israël.

*

Je pris ma chambre à l'hôtel Pyramida, dans le sixième arrondissement de Prague, à quelques kilomètres du château. Ma chambre était petite, étroite, pleine d'étagères où je me contentai de poser ma valise avant de ressortir aussitôt. Le tram 22 m'amenait directement en centre-ville, je descendis à la station Národní Třída. Lída et moi nous étions donné rendez-vous au Café Louvre, l'un des plus grands de Prague, au premier étage d'un vieil immeuble du centre. Il nous procurait exactement l'impression d'anonymat que nous recherchions. Nous nous installâmes tout au fond de la grande salle – à côté de cinq tables de billard vides – et commandâmes chacun un *vinný střik*, un mélange de vin et de soda.

« Il nous faut un partenaire là-bas, dit Lída comme si elle avait lu dans mes pensées. Il y a un tas de choses auxquelles penser sur place, et si on veut que notre couverture soit crédible, il faut absolument que ce soit un Israélien qui prenne contact avec Jakob.

— Tout à fait d'accord, répondis-je. Quelqu'un de crédible, qui n'a pas peur et qui est habitué à ce genre de confrontations. J'y ai déjà réfléchi dans l'avion, mais je ne connais personne. Je pourrais peut-être demander à des journalistes suédois s'ils ont des contacts de ce genre, seulement ça va prendre du temps et ce n'est pas très sûr.

— Moi j'ai quelqu'un qui peut nous aider. Schmuel, je l'ai rencontré en France il y a des années, et il est en Israël maintenant. J'ai parlé avec lui et il m'a dit qu'il pouvait mettre en place ce dont on avait besoin. Il attend ton coup de fil dans exactement… »

Elle regarda la montre à son poignet.

« …Trois minutes. »

Elle rayonnait. Quant à moi j'étais impressionné, quoiqu'un peu déboussolé de devoir soudain appeler un journaliste que je ne connaissais pas sans avoir eu le temps de me documenter sur lui, ni de préparer mes questions. Je notai rapidement quelques points qu'il me faudrait impérativement évoquer avec lui, avant que Lída n'appelle Schmuel sur Viber puis ne me mette le téléphone dans la main.

« Je suis un ami de Lída, j'ai besoin d'aide sur un projet…

— Je sais. Elle m'a déjà dit, répondit-il.

— Donc tu sais à peu près de quoi il s'agit ?

— Vous voulez faire parler quelqu'un.

— Oui, c'est ça. On veut qu'il réponde à quelques questions, précisai-je.

— Très bien. Je crois qu'on peut vous aider alors, dit Schmuel. Je suis actuellement avec quelqu'un qui travaille en free-lance pour le "M", si tu vois ce que je veux dire. C'est un spécialiste pour faire parler les gens.

— Bien, dis-je en regardant rapidement sur Google une liste de journaux israéliens ; à la lettre "M" je tombai sur *Maariv*, un quotidien de moindre importance.

— Ça a l'air pas mal. Un free-lance c'est encore mieux bien sûr, ça évite qu'il y ait de la concurrence pour la *story*, continuai-je.

— Il travaille souvent sur des projets en Afrique.

— Ah tiens. Bon, cette fois on est en Israël, mais c'est évidemment un plus s'il a une expérience internationale.

— Où se trouve l'objet ? demanda Schmuel.

— L'objet ? répétai-je tout en me disant que c'était une expression inhabituelle dans la bouche d'un journaliste. Il est dans un centre pour l'*aliyah* près du lac de Tibériade.

— Bien. On peut l'avoir dans les vingt-quatre heures.

— Fantastique !

— Et on peut obtenir ses aveux d'ici quarante-huit heures.

— Oh, parfait.

— Qu'il soit coupable ou non.

— Formi... »

J'arrêtai ma phrase en plein milieu. Il me sembla qu'on ne parlait plus de la même chose. Je parlais d'une opération de journalisme d'investigation. L'homme à l'autre bout du fil entendait plutôt une sorte d'interrogatoire. Un interrogatoire au résultat donné d'avance. Quelque chose qui ressemble davantage à une pratique d'agent secret. Un free-lance pour un service secret. Un free-lance pour un service secret qui commence par « M ». Je lui demandai un instant de réflexion, avant de comprendre et de raccrocher brutalement.

Lída m'avait mis en relation avec quelqu'un qui travaillait en externe pour le Mossad. Un agent qui voulait arrondir ses fins de mois en forçant un type à passer aux aveux. Ou en se servant de lui d'une autre manière, après tout qui sait ? Je réalisais que je n'avais pas été assez clair avec Lída quand je lui avais parlé d'opération *undercover*. Je pensais à quelque chose comme à Hedestad. Elle avait vu beaucoup plus loin.

*

Le signal était suffisamment fort pour que je ne pusse le prendre autrement que très au sérieux. Jusqu'ici je m'étais servi de méthodes journalistiques telles que celles de Stieg – piratage, infiltration. Dans certains cas, j'avais été obligé de me demander s'il était éthiquement acceptable de continuer. L'opération de Lída chez Jakob flirtait avec cette limite, mais j'avais assumé mon choix, et il avait porté ses fruits, car une partie de nos soupçons put être confirmée.

Mais l'étape suivante, utiliser des méthodes qui permettent d'arracher des aveux à quelqu'un, non, c'était au-delà de ce qu'on pouvait accepter. Je m'étais laissé abuser par l'euphorie d'être peut-être à deux doigts de résoudre l'assassinat d'Olof Palme, et même par l'idée d'aller en Israël pour mener une opération d'infiltration. Mais où avais-je la tête ?

J'éteignis l'ordinateur et le repoussai sur le côté de la table. Puis je commandai deux verres de vin sans soda pour Lída et moi. Je la regardai dans les yeux pour lui annoncer qu'on arrêtait là. Elle accusa le coup, mais dit qu'elle comprenait ma décision. Nous étions arrivés au bout du chemin. J'étais arrivé au bout.

Revolver

Prague, novembre 2017

Rien ne me pressait de rentrer en Suède, je décidai donc de rester à Prague en attendant de retrouver l'envie de retourner chez moi. D'ici là je me promettais de ne pas laisser un quelconque projet obséder mon esprit. Ma vie privée à Stockholm s'était certes améliorée, néanmoins rien ne m'obligeait à y revenir. Je m'étais désormais fait à l'idée d'être divorcé et j'éprouvais moins qu'avant le besoin de fuir la réalité à tout prix. Mon existence allait somme toute plutôt bien, et la fin abrupte de mon grand projet n'y changeait rien, au contraire.

J'avais fait ce que j'avais envisagé de faire, j'avais continué les recherches de Stieg sur l'assassinat de Palme, mais cela n'irait pas plus loin. Il était temps d'oublier ce meurtre et de me concentrer sur ma propre vie.

Comment se trouvait-il que Lída ait des contacts capables de pirater des boîtes e-mails ou prêts à interroger manu militari Jakob en Israël, cela demeurait un mystère, mais ne m'empêchait pas de passer du bon temps avec elle. J'aimais sa compagnie, nous nous voyions quand nous en avions envie, et c'était bien ainsi. Ce jour-là Lída avait récupéré deux places de concert, elle m'invita. Il y avait si longtemps que je n'avais pas eu d'activité culturelle que j'acceptai aussitôt. J'en étais même excité d'avance.

Le concert avait lieu dans la salle de l'Académie de musique, qui faisait elle-même partie du palais du Lichtenstein, sur la place de

Malostranské. La musique qu'on jouerait ce soir avait été composée par Geraldine Mucha – belle-fille d'Alfons Mucha, l'illustrateur et peintre Art nouveau – et le concert donné en l'honneur du centenaire de sa naissance. Bien qu'écossaise, elle avait vécu une bonne partie de sa vie à Prague avec son mari, Jiří Mucha, jusqu'à sa mort quelques années plus tôt.

Nos places étaient situées dans les premiers rangs, presque devant la scène ; nous dûmes déranger tout le monde pour nous installer au milieu de notre rangée, juste à temps. Le programme musical fut d'abord présenté par le fils de la compositrice, John Mucha, qui brossa dans un anglais et dans un tchèque tout aussi impeccables les grandes lignes de la vie et de l'œuvre de sa mère.

Le chef d'orchestre entra par une porte derrière la scène, il salua le public et présenta l'orchestre venu de la ville de Pardubice. J'essayai de me tasser un peu sur ma chaise afin de ne pas bloquer la vue des spectateurs derrière moi. Le concert commença par un morceau énergique dont le titre, *The Tempest Ouverture*, était on ne peut mieux trouvé. Exactement ce qu'il me fallait pour sombrer dans une sorte de torpeur contemplative qui augurait de deux heures où mes pensées pourraient vagabonder en liberté. Mais elles revinrent vite à l'infernal projet de ces sept dernières années.

Dans l'histoire du meurtre d'Olof Palme racontée par Stieg Larsson, l'ennemi principal n'était pas le meurtrier. Non, il luttait contre quelque chose de bien plus abstrait – l'impuissance de la police suédoise. Stieg leur avait donné une quantité de dossiers, d'éléments, d'indices, sur lesquels, par la grâce d'une foule d'erreurs et de mauvaises décisions, ils n'avaient jamais enquêté. J'avais fait de mon mieux pour continuer l'enquête dans les pas de Stieg, et à mon tour livré des indices aux policiers, mais quoi qu'il pût arriver, trente ans avaient passé, et un seul aveu ne suffirait pas à résoudre le crime.

Je passai en revue, pièce par pièce, tout ce que je savais désormais sur celui-ci, grâce aux archives de Stieg et à mes propres recherches. Des informations puisées à d'autres sources venaient boucher les trous dans l'édifice, et quant à toutes les autres failles que rien de concret ne savait combler, j'y plaçais les hypothèses qui me semblaient les plus pertinentes. On obtenait ainsi une image qui était potentiellement la bonne. Si les thèses de Stieg se vérifiaient.

La musique m'arrachait à la réalité tout autant qu'elle m'aidait à penser.

Je commençai par ce que Stieg avait écrit à Gerry Gable vingt jours après les faits au sujet des marchands d'armes qui fricotaient avec le régime de l'apartheid, ce que Craig Williamson, par ses conseils de lecture, m'avait aidé à creuser.

En 1985, les États-Unis, l'Afrique du Sud et l'Iran font des affaires en secret, mais depuis que les douanes et l'Inspection du matériel des armées suédoises ont coupé les livraisons d'armes et d'explosifs destinées à l'Iran, les trois pays se retrouvent coincés.

Leurs affaires font partie d'un scandale plus grand – celui qu'on appellera l'affaire « Iran-Contra ». Le simple fait de révéler ces transactions au grand jour s'avère explosif et, comme Olof Palme ou quelqu'un de son entourage le dit un jour publiquement, menace directement la vie de quiconque s'y risquerait. L'architecte du système est William Casey, chef de la CIA, l'un des tout proches de Ronald Reagan. Si Reagan se trouve contraint de démissionner, cela pourra avoir une influence sur l'issue de la guerre froide, notamment remettre en jeu la victoire américaine.

Dans cette affaire Iran-Contra, l'Afrique du Sud joue un rôle d'acheteur d'armes et de pétrole, mais également celui d'organisateur du trafic à travers une série de pays de transit. Les Seychelles en font partie, là où réside Mario Ricci, partenaire en affaires de Craig Williamson, avec qui il pilote, entre autres, l'acheminement de pétrole iranien vers l'Afrique du Sud – un simple rouage de l'immense machinerie des transactions globalisées.

Après la victoire des sociaux-démocrates suédois aux élections de 1985, Olof Palme reste Premier ministre et il est clair que les autorités suédoises vont continuer de faire obstacle aux affaires de ces messieurs. La décision finale de faire assassiner Palme est donc prise après l'été 1985, selon les déclarations de plusieurs sources en Afrique du Sud.

Dans cette drôle d'alliance de circonstance entre États-Unis, Iran et Afrique du Sud, peu de gens sont capables de réussir l'assassinat d'un Premier ministre tout en évitant absolument que celui-ci puisse être attribué aux États-Unis, pour lesquels les conséquences seraient dramatiques. La CIA ne peut pas s'en charger. Ce sont donc ses alliés sud-africains qui vont accepter la mission, afin de couvrir les Américains, en échange du soutien de ceux-ci au régime d'apartheid. Il existe en outre quelques ministres et marchands d'armes sud-africains qui ont des intérêts économiques personnels à défendre dans l'affaire.

Au moment où je m'énonçais intérieurement les mobiles du régime de l'apartheid pour assassiner un Premier ministre suédois, les derniers accords du second morceau, *Carmina Orcadiana*, résonnaient dans la salle. J'étais passé à côté de tout le reste de l'œuvre.

Tandis que les musiciens jouaient les premières mesures du premier quatuor à cordes de Geraldine Mucha, je réfléchissais à la façon dont le meurtre avait été planifié.

Dans les textes de Stieg, je n'avais pas trouvé de description détaillée du déroulement hypothétique des faits. Mais dans ses archives, les articles de 1987 parus dans *Svenska Dagbladet*, *Arbetet* et *GT*, en partie basés sur les hypothèses de Stieg, donnent une image assez complète de la façon dont cela s'est passé. Des détails importants sont fournis par l'article de la journaliste Mari Sandström qui rapporte l'entretien qu'elle a eu en 1987 avec une source anonyme travaillant comme *sanction-buster* en Afrique du Sud. L'article de *GT* présente quant à lui un schéma intéressant qui permet de situer les différentes parties – cellules – de l'organisation opérationnelle. Ce schéma corrobore des éléments que j'ai recueillis de mon côté, et qu'il me faut expliquer à nouveau dans le détail.

En 1986, Craig Williamson est sans nul doute l'agent secret sud-africain le plus qualifié pour mener à bien une opération internationale du type de l'assassinat commandé d'Olof Palme. Williamson l'a déjà prouvé par le passé, par exemple lors de l'attentat réussi contre les locaux de l'ANC à Londres en 1982. D'autre part, après des années passées comme infiltrateur au sein de l'IUEF à Genève, Williamson connaît la mentalité suédoise, il connaît également Stockholm pour s'y être rendu plusieurs fois, et il a même rencontré personnellement plusieurs des proches collaborateurs d'Olof Palme.

Craig Williamson nie pourtant, quand je le lui demande, être l'organisateur du meurtre d'Olof Palme, mais il dit également que les agents des services secrets sud-africains faisaient « le sale boulot du gouvernement d'Afrique du Sud, qui faisait le sale boulot des gouvernements occidentaux ». Le meurtre d'Olof Palme peut très bien s'inscrire dans ce genre de « sale boulot ».

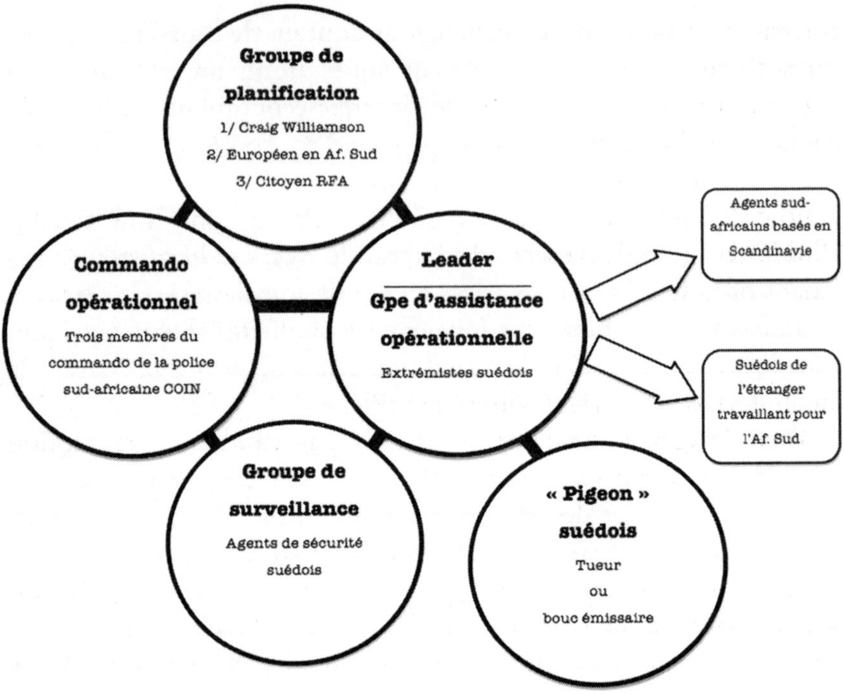

Schéma de l'organisation du meurtre d'après un article paru dans GT *le 28 mai 1987 et complété par de nouvelles informations sur le tueur ou groupe de tueurs potentiels.*

Si plusieurs témoins croient avoir vu Craig Williamson dans les jours autour du meurtre, il est également très possible qu'un autre agent sud-africain aux compétences équivalentes ait organisé le meurtre.

De la même façon que l'attaque des bureaux de l'ANC à Londres, l'assassinat d'Olof Palme est réalisé par un groupe structuré en plusieurs cellules, chacune étant chargée d'une tâche bien définie et recevant ses informations *on a need-to-know basis.* Il y a quelques collaborateurs fidèles du régime de l'apartheid à Stockholm, par exemple Heine Hüman – qui contacte la police suédoise pour leur raconter qu'on lui a demandé, six jours avant le meurtre, de mettre à disposition un couchage pour un ressortissant sud-africain. Cependant, à la différence de Londres, on a besoin de plus de complices locaux sur le terrain. La cible est sensible, la langue étrangère, et les Sud-Africains ont plus de mal à se fondre dans la masse à

Stockholm qu'à Londres ; il faut donc l'aide de Suédois pour certaines tâches.

L'une des cellules – la cellule de surveillance – se compose de policiers suédois et de personnel de sécurité. D'après Riaan Stander, ex-collègue de Craig Williamson, la cellule suédoise – « *people from a Swedish intelligence organisation* » – a pour mission de surveiller Olof Palme. On trouve là le policier Carl-Gustav Östling et certains de ses collègues qui ont des contacts en Afrique du Sud. Les Suédois n'ont pas les mêmes motivations que les Sud-Africains : pour eux, Olof Palme est un traître qui s'apprête à vendre la Suède aux Soviétiques lors de son prochain voyage en URSS. La plupart de ces hommes-là ignorent sans doute d'ailleurs pour qui ils travaillent vraiment, et ce qui va arriver à Olof Palme. Ils disposent seulement des informations qu'on juge nécessaire qu'ils aient.

Une autre cellule – cellule d'assistance opérationnelle –, aussi composée de Suédois, est chapeautée par l'extrémiste Anders Larsson. Ils sont au courant de ce qui va se passer, mais croient que c'est la CIA qui les a contactés. Leur mission est de trouver sur place un tueur et bouc émissaire – un « pigeon » qui devra assassiner Palme, ou du moins se trouver sur les lieux du crime et en endosser la responsabilité. C'est la rubrique « perdu » du manuel d'assassinat de la CIA.

À en croire Stieg, Bertil Wedin, agent de Williamson, joue l'« intermédiaire » dans l'affaire, c'est-à-dire qu'il aide à recruter les Suédois – le pigeon et la cellule d'assistance. Le premier à qui l'on propose d'exécuter le meurtre est l'ancien mercenaire Ivan von Birchan – un ami de Bertil Wedin depuis l'Alliance démocratique des années 1970. Von Birchan rencontre un pilote d'hélicoptère, Charles Morgan ou Peter Brown, qu'il connaît depuis la guerre en Rhodésie, et ils se voient plusieurs fois à l'hôtel Sheraton de Stockholm à la fin de l'année 1985. Or Peter Casselton, collègue de Bertil Wedin, a été pilote d'hélicoptère en Rhodésie, ce peut donc être lui, ou l'un de ses collègues, qui propose l'affaire à von Birchan.

Mais celui-ci refuse. Il va même prévenir les autorités de Stockholm et la SÄPO qu'un meurtre est en préparation.

L'autre homme à participer aux préparatifs est une vieille connaissance de Bertil Wedin : Anders Larsson, bouc émissaire idéal puisqu'il est le grand ennemi des copains de Bertil Wedin

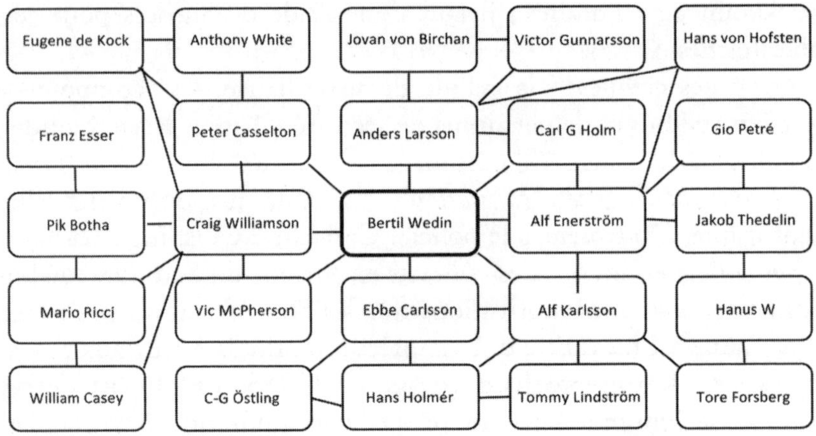

Réseau d'acteurs tissé autour de l'intermédiaire Bertil Wedin (archives de l'auteur)

chez la revue *Contra.* Si l'on en croit les articles de 1987, Bertil Wedin et Anders Larsson ont été en contact avant l'assassinat, même si Wedin m'a dit le contraire.

Il existe différentes versions de la façon dont Larsson a découvert que Palme allait être assassiné, et pourquoi il a décidé de donner l'alerte – jusqu'à sa mort en 1991, ses déclarations n'ont cessé de se contredire. Dans la période précédant l'assassinat, Larsson fréquentait un petit groupe d'extrême droite dont Victor Gunnarsson, le premier suspect arrêté, faisait partie. C'est la cellule schématisée dans l'article de *GT,* avec Larsson comme leader.

Mais Anders Larsson comprend qu'il n'est pas capable de commettre le meurtre lui-même, alors il demande à Alf Enerström. Celui-ci a récemment publié un livre dans lequel on peut notamment lire qu'il n'existe qu'un châtiment possible pour les traîtres comme Olof Palme – sous-entendu la mort. Entendant la question d'Anders Larsson, Alf Enerström se dit qu'il connaît quelqu'un – Rickard – qui serait parfait pour le rôle. Enerström est le seul à connaître sa véritable identité : Jakob Thedelin. Enerström m'a dit avoir reçu Anders Larsson dans son appartement de Norr Mälarstrand. Il m'a également dit qu'ils y recevaient des gens qui voulaient voir Palme mort, mais aucun témoignage ne permet de confirmer que c'est Larsson qui lui a offert de tuer Palme, ou si c'est lui, Enerström, qui l'a proposé à Rickard.

Au cours des préparatifs, Anders Larsson se rend compte des risques qu'il court à être complice d'une telle affaire, et il a peur de porter seul le chapeau. Par mesure de sécurité, il dépose un avertissement chez les policiers huit jours avant le meurtre. Une caution dont il se servira s'il est suspecté.

Selon la source de la journaliste Mari Sandström et l'article de *GT*, un commando sud-africain composé de trois agents est envoyé en Suède en novembre 1985. En chemin ils récupèrent des voitures à Munich, chez Franz Esser, le gangster garagiste. Puis ils roulent jusqu'à Stockholm où ils restent un moment à s'éparpiller en plaisirs, filles, alcool. Le QG d'Afrique du Sud leur fait cependant assez vite comprendre qu'ils doivent se reboutonner et passer à l'action.

D'après Riaan Stander, la surveillance du domicile des Palme commence quelques semaines avant l'assassinat. Elle est effectuée par divers membres de toute l'organisation, qui se relaient sans cesse afin de réduire les chances de se faire repérer. L'un des nombreux témoins de ce manège est un concierge au Parlement, Henry N., qui dit avoir observé des hommes en faction devant le domicile des Palme, des hommes qui parlaient une langue ressemblant à l'allemand – peut-être de l'afrikaans. Il identifiera plus tard Craig Williamson comme l'un d'eux, à partir d'une photo dans un journal.

Le 21 février 1986, on laisse filer une occasion d'abattre Olof Palme tandis qu'il prononce un discours contre l'apartheid au côté du leader ANC Oliver Tambo, dans la Maison du peuple sur Sveavägen.

Le 24 février, Olof Palme visite la région du Jämtland ; ce sera son dernier voyage de la semaine. Le mercredi – deux jours avant le meurtre –, Alf Enerström interrompt brutalement ses vacances d'hiver en famille dans le Värmland pour rentrer à Stockholm avec Gio Petré – il dira plus tard que c'était pour écrire un pamphlet. D'après les cartes grises, Alf possède notamment une Mercedes blanche et une Volkswagen Passat – deux modèles que les témoins verront passer le soir du meurtre.

La surveillance s'intensifie pendant la semaine du meurtre, si bien que Lisbeth Palme remarque deux hommes qui regardent vers ses fenêtres, mais juge inutile de prévenir la SÄPO. Les deux mêmes hommes qu'elle dira avoir vus sur Sveavägen juste après le meurtre, selon le commissaire Åke Rimborn, qui a parlé avec elle cette nuit-là.

Le second quatuor à cordes avait déjà débuté lorsque j'arrivai au soir du crime. Je jetai un coup d'œil à Lída, mais elle s'était assoupie, comme elle disait en avoir l'habitude dans la plupart des spectacles.

C'était l'heure de Jakob Thedelin et de l'assassinat proprement dit. Même si les hypothèses hasardeuses se multipliaient à mesure qu'on approchait des faits eux-mêmes, on disposait de bases solides pour en reconstituer le déroulement : le rapport de la Commission d'enquête, les témoignages publiés, les archives de Stieg, les documents de ma propre enquête et, enfin, ce que Jakob avait raconté à Bertil Wedin et à Lída.

Lors de son interrogatoire par la police en 1987, Jakob dit qu'il sait où habitent les époux Palme, mais ne se souvient pas s'il le savait déjà avant le meurtre. À mon sens, il ne fait aucun doute qu'il faisait partie du dispositif de surveillance.

L'après-midi du jour J, l'organisation apprend que le couple Palme a l'intention d'aller au cinéma – peut-être ont-ils mis sur écoute la conversation téléphonique qui a eu lieu à dix-sept heures entre Lisbeth Palme et Ingrid Klering, la petite amie de leur fils Mårten, ou bien ils ont simplement suivi les Palme jusqu'au cinéma. Ceux-ci ont l'intention de voir la comédie suédoise *Bröderna Mozart* (« Les Frères Mozart ») au cinéma Grand à 21 h 15, avec leur fils et son amie. Dès qu'ils sont dans la rue, toutes les équipes sont informées : la cellule qui pilote l'opération, la cellule avec les agents sud-africains, la cellule de surveillance avec les policiers suédois et les agents de sécurité, la cellule d'assistance avec les extrémistes suédois, ainsi qu'Alf Enerström, le patron de celui qu'on a choisi pour assassiner Olof Palme : « Rickard » sous sa perruque, Jakob Thedelin de son vrai nom.

Peu après vingt heures trente, le couple Palme quitte son domicile pour prendre le métro de Gamla Stan jusqu'à Rådmansgatan. Ils sont suivis à distance par des hommes équipés de talkies-walkies, ce que plusieurs témoins diront.

Les Palme entrent dans le cinéma Grand à vingt et une heures, et l'organisation sait désormais qu'ils n'en ressortiront que deux heures plus tard, ce qui laisse le temps à la cellule de pilotage d'envoyer l'ordre à toutes les autres cellules de se mettre en place. Certains pensent qu'il vaut mieux se tenir à distance – Anders Larsson reste chez lui, il passe la soirée au téléphone. D'autres veillent à avoir un alibi en se faisant voir au restaurant ou en quittant Stockholm. Il y en a cependant qui cherchent à être le plus près possible de la scène – Victor Gunnarsson est attablé au restaurant Mon Chéri, à une centaine de mètres de là, et discourt haut et fort de sa haine d'Olof Palme avec d'autres clients. Le « Skandiaman » quant à lui fait des heures supplémentaires afin d'être dans l'immeuble de la compagnie au coin de Sveavägen, aux premières loges.

Jakob est arrivé dans le centre de Stockholm en milieu d'après-midi, depuis Täby où il loue une chambre dans une colocation. Le soir, Enerström annonce à sa femme, Gio Petré, qu'il descend pour payer le parcmètre, et il rejoint Jakob. Enerström a tout un arsenal. Ils choisissent chacun une arme. L'une d'elles est un revolver Smith & Wesson qu'Alf, selon Gio, possède depuis longtemps.

La première tâche de Jakob, la plus simple, est de surveiller l'entrée du cinéma Grand pendant la séance. Mais Jakob est maladroit, on le repère. Plusieurs témoins diront avoir vu un homme qui traînait devant l'entrée en jetant des coups d'œil inquiets à l'intérieur du hall. Un homme qui portait des lunettes à monture métallique et qu'on décrira comme un « guignol » habillé en tenue de ski des années 1950 – une description qui correspond bien à Jakob.

Autour du cinéma il y a aussi le groupe des agents et certains membres de la cellule de surveillance. Ils sont en communication permanente par talkies-walkies avec le groupe de pilotage, qui n'est pas loin non plus.

Le chemin qu'emprunteront le plus vraisemblablement les Palme pour rentrer chez eux à Gamla Stan les fera remonter Sveavägen vers le nord jusqu'à la station de métro Rådmansgatan. Après la séance, Lisbeth et Olof s'attardent quelques minutes devant le cinéma avec leur fils Mårten et sa petite amie, puis ils les quittent et descendent Sveavägen vers le sud, dans la direction opposée à celle que les tueurs attendaient. Le groupe pilote improvise aussitôt un nouveau plan, plus risqué. Deux hommes précèdent les Palme sur le trottoir, et un autre homme – « sacrément grand », selon les témoins – les suit.

Difficile ensuite d'établir comment les choses se sont déroulées exactement, tant les témoignages divergent et se contredisent. Trente ans de théories, d'hypothèses et de contre-hypothèses n'ont rien arrangé : le petit noyau dur des faits est tout entier recouvert d'une sombre couche de présomptions et de mensonges. Quand j'essaie d'imaginer le meurtre, je me souviens de ce que Jakob a raconté à Lída sur Facebook et au cours de leurs rendez-vous.

Un membre de l'organisation a pour mission de se rendre le plus vite possible au coin de l'immeuble Skandiahuset. C'est là que me reviennent les mots de Jakob Thedelin à Lída lors de la dernière rencontre : il avait « pour mission de tuer un espion », et « je suis descendu pour tenter de l'assassiner, car je savais qu'il était dangereux ».

La situation devient chaotique dès lors que plusieurs membres de l'organisation doivent converger dans une direction opposée à celle qu'ils prévoyaient. Il y a là, dans un périmètre de quelques centaines de mètres, des agents sud-africains et des pisteurs suédois. Jakob Thedelin et le très grand Alf Enerström sont sur Sveavägen. Tous ont des talkies-walkies, certains sont armés.

Pendant ce temps-là, Lisbeth et Olof Palme ont traversé Sveavägen et marchent sur le trottoir au pied de l'immeuble Skandia. Au pied de celui-ci, au coin de Tunnelgatan, les témoins voient un homme qui attend. Les membres de l'organisation voient les Palme se rapprocher de lui. Un autre homme traverse la rue et se tient un peu en arrière d'eux. C'est le moment d'agir, et il ne faut pas se rater.

Lorsque les Palme passent devant l'homme qui attend au coin de la rue, celui qui les suit est également tout proche d'eux. Difficile dans la confusion de savoir lequel des deux appuie sur la détente. Je pense à ce que Jakob a dit à Lída : « J'ai essayé d'en finir avec lui, mais j'ai échoué. » Si Jakob est donc bien l'homme qui attend au coin de la rue, alors ce n'est pas lui qui a tiré.

Le tireur a armé son revolver, et le premier coup de feu atteint Olof Palme au milieu du dos. Pour le second coup, le tireur utilise la fonction double action, il appuie plus fort sur la détente et le tir dévie sur la droite. Il visait Olof, mais la balle touche le dos de

Lisbeth Palme. Dans le tumulte, celle-ci s'agenouille au-dessus de son mari à terre.

Je crois que quelques secondes se passent avant qu'elle ne relève la tête. Peut-être regarde-t-elle alternativement Olof et les gens à alentour, en tout cas ses impressions sont fragmentaires. Ici plusieurs témoins commencent à décrire ce qu'ils ont vu. Ils voient Lisbeth à genoux à côté de son mari, et un homme qui se tient immobile derrière eux. Lisbeth relève les yeux et reconnaît un peu plus loin les deux hommes qu'elle a déjà remarqués une semaine plus tôt devant leur domicile – d'après ce qu'elle déclarera au commissaire Åke Rimborn – ainsi qu'un homme de taille moyenne vêtu de sombre et un homme habillé de couleurs claires, de très grande taille, qui se tient en retrait. Ce dernier commence à s'éloigner à grands pas vers le sud – un témoin parle d'une personne aux habits clairs qui se déplace plus vite que tout le monde en direction de Kungsgatan.

L'homme de taille moyenne, habits sombres, revient à lui et se met à courir vers les escaliers au bout de Tunnelgatan, qu'il monte quatre à quatre. En haut, sur la butte de Brunkeberg, des témoins voient le même homme à plusieurs endroits, ce que j'interprète comme le signe qu'il ne sait pas par où s'enfuir. Je me souviens de l'enregistrement de la conversation entre Lída et Jakob à Stockholm, quand il dit qu'il rêverait d'avoir une machine à remonter le temps : « Je reviendrais pour tuer Palme, et toi tu m'attendrais dans une voiture en haut des escaliers, comme ça, je saurais la route à suivre. »

Quinze à vingt minutes après le crime, un homme sur Smala gränd tombe littéralement nez à nez avec un témoin, Sara, dont la description qu'elle en fait donnera l'« Image fantôme ». Un portrait-robot qui ressemble beaucoup à Jakob Thedelin. Dans Snickarbacken, cet homme retrouve l'une des voitures du groupe – une Volkswagen Passat. Il change de manteau avant de monter, puis ils mettent les voiles.

Après l'assassinat, Alf Enerström prend peur et va se réfugier dans son manoir du Värmland avec sa famille, exigeant que les enfants ne quittent pas la maison. À plusieurs reprises il ordonne à Jakob de se travestir en Rickard, et celui-ci, coiffé de sa perruque, a pour mission de trouver les gens qui peuvent les tenir au courant de l'enquête. Jakob surveille notamment Ivan von Birchan – qui avait donné l'alerte – et le policier arrivé le premier sur les lieux du crime, Gösta Söderström, qu'il décrira ensuite dans un e-mail envoyé à Bertil Wedin.

Victor Gunnarsson est rapidement arrêté par la police. Ce sera le premier suspect. Les Sud-Africains rentrent au pays sans la moindre complication.

L'intermédiaire Bertil Wedin publie un article dans le journal turc *Hürriyet*, et fait jouer ses contacts pour égarer la SÄPO sur la piste du PKK, qui deviendra bientôt la piste numéro un de Hans Holmér.

Dans la cellule d'assistance, c'est la panique : les extrémistes suédois réalisent qu'ils sont les boucs émissaires, ils se dépêchent de faire disparaître les traces. Un ami d'Anders Larsson, Bengt Henningsson, sténographe au Parlement, appelle en toute hâte le Comité balte pour les prier de détruire les documents de l'EAP qu'Anders Larsson et Victor Gunnarsson y ont laissés – à en croire une source principale des articles de 1987 trouvés dans les archives de Stieg.

Ces gens d'extrême droite s'inquiètent en vain : si Victor Gunnarsson est certes le premier à être suspecté, toute l'enquête se focalise rapidement sur le PKK kurde. Il faut attendre plus d'un an après le meurtre pour qu'Anders Larsson soit interrogé par la police. On continue de traiter son avertissement et celui de von Birchan comme de pures fantaisies. Les extrémistes se séparent, la cellule éclate, laissant Anders Larsson seul avec ses angoissants secrets. C'est probablement lui qui, sous un faux nom, envoie une série de lettres aux policiers dans lesquelles il décrit l'exécution du meurtre. Il meurt en 1991 d'un ulcère à l'estomac, à 53 ans.

Son camarade Victor Gunnarsson déménage aux États-Unis, où il est assassiné en décembre 1993, en Caroline du Nord. Trois ans et demi plus tard, le policier Lamont C. Underwood est condamné à perpétuité pour ce crime qu'il niera toujours avoir commis.

Jakob Thedelin continue de travailler pour Enerström. Portant perruque et Rickard comme nom de scène, il entre en contact avec Hanus W. – qui opère en externe pour la CIA et la SÄPO – et commence à lui parler de l'assassinat. Hanus W. fait un rapport sur Jakob qu'il envoie à Tore Forsberg de la SÄPO, déclenchant une procédure de surveillance de six mois qui permettra notamment de découvrir que Rickard s'appelle en fait Jakob Thedelin. En mai et juillet 1987, il est interrogé deux fois. Quand Hans Ölvebro prend la direction de l'enquête au début de l'année 1988, le cas Jakob Thedelin est écarté, comme la plupart des autres pistes. L'énigme demeure cependant de savoir ce qui a poussé Jakob Thedelin à transmettre via Hanus W. des informations à Tore Forsberg et, selon ses propres dires, à la CIA.

En 1996, lorsque des agents sud-africains pointent du doigt Craig Williamson et Bertil Wedin, Alf Enerström comprend que ce dernier a joué le rôle d'intermédiaire, et entre en contact avec lui. Deux ans plus tard, Enerström est arrêté dans le Värmland pour violences et possession d'armes. Enerström avait donné à Jakob une liste de gens à appeler au cas où il lui arriverait quelque chose. Bertil Wedin en faisait partie. C'est donc le premier contact personnel entre Jakob et Bertil. Ce doit également être durant cette période-là qu'on instruit Jakob sur ce qu'il doit faire du Smith & Wesson d'Enerström si celui-ci ne peut plus s'en occuper.

Des années après, Enerström étant dans une clinique psychiatrique, Jakob hérite du revolver. Il communique régulièrement avec Bertil. Le 5 janvier 2009, Bertil écrit un premier e-mail à Jakob dans lequel il lui demande ce qu'il en est de *la vie musicale à Västra Frölunda*, une drôle de question dont tous deux savent qu'elle concerne en fait le revolver qui a tué Palme. Jakob répond par une plaisanterie sur *des fusées dans un bunker qui ne décolleront plus jamais*, une métaphore pas si éloignée de la réalité. Wedin envoie une lettre à Jakob pour lui recommander d'être prudent, mais le mal est déjà fait. L'e-mail erre en liberté dans le grand nuage numérique, et finit par atterrir entre mes mains des années plus tard.

Je réalisai que cet exposé des faits en musique s'accordait bien avec les témoignages recueillis avant, pendant et après le meurtre. J'avais bouché les trous, fait le tri dans les informations contradictoires et retenu les témoignages que je jugeais les plus pertinents. En certains endroits, là où ceux-ci manquaient, je m'étais autorisé quelques spéculations personnelles qui non seulement n'empêchaient pas le résumé des événements de concorder avec les faits établis, mais permettaient en plus d'éclaircir une série de circonstances étranges et de témoignages antinomiques.

La très grande majorité des personnes qui figuraient dans ma théorie avaient déjà été répérées par Stieg dans son recensement de l'extrême droite en Suède, à une exception près : Jakob Thedelin. Mais Jakob connaissait ou avait croisé beaucoup de ceux que Stieg suivait – Alf Enerström, Hans von Hofsten, Filip Lundberg, Ivan von Birchan, et surtout Bertil Wedin.

Autrement dit : Jakob Thedelin était le chaînon manquant dans la théorie de Stieg. Un outsider sans position sociale, avec des amis prêts à le sacrifier. Un « pigeon » idéal.

L'orchestre exécutait maintenant les premières mesures d'*En Los Piñares de Jucar* – inspiré de danses espagnoles –, l'ultime morceau du concert, et j'avais devant moi une image claire et détaillée de l'assassinat d'Olof Palme. Et au-delà, une perspective : j'avais su me convaincre que je pouvais approcher d'une solution. Chaque nouvelle étape m'avait apporté des faits et des indices nouveaux. La fuite de Jakob en Israël, l'abandon de l'opération d'infiltration, tout cela était soudainement oublié. Je voyais à présent s'assembler toutes les pièces du puzzle que j'avais entamé en m'intéressant à Alf Enerström. Toutes les circonstances étranges que les autres thèses avaient négligées, je leur avais trouvé une explication. La vérité était devant moi, j'étais convaincu de la tenir, je ne pouvais pas l'abandonner. Il fallait continuer.

Nicholas Schmidle, le reporter du *New Yorker*, attendait d'autres éléments ; ce que j'allais lui envoyer mériterait qu'on le publie. Une publication en forme de pavé dans la mare.

La police suédoise recevrait bientôt toutes les informations dont je disposais. Il restait certaines pistes que je pouvais remonter moi-même.

William Casey, directeur de la CIA, mourut des suites d'une maladie en 1987, alors qu'il allait être entendu par le Congrès sur l'affaire Iran-Contra ; mais la CIA devait avoir des documents que le *Freedom of Information Act* rendait régulièrement publics.

Le ministre des Affaires étrangères d'Afrique du Sud de l'époque, Pik Botha, et le marchand d'armes français Jean-Yves Ollivier vivaient toujours, et ils avaient certainement beaucoup à raconter sur les affaires avec l'Iran et certaines entrevues de chefs d'États occidentaux, parmi lesquels les États-Unis, la Grande-Bretagne et la France. En outre, tous les agents du régime de l'apartheid ne sont pas morts. Certains dont les noms apparaissaient dans l'enquête sur la mort de Palme auront sûrement des choses à en dire.

À Chypre, Bertil Wedin peut parler de ses contacts en Afrique du Sud et avec les extrémistes suédois.

En Suède, on retrouvera sans mal plusieurs membres d'extrême droite qu'Anders Larsson et Carl-Gustav Östling côtoyaient dans les années 1980.

Concernant la SÄPO et ses collaborateurs, on se tournera vers certains collègues de Tore Forsberg, et notamment Hanus W.

Mais malgré tout cela, il manquait encore une pièce essentielle du puzzle. La dernière. Sans une preuve concrète, toute thèse, si solidement échafaudée qu'elle soit, peut s'écrouler. La seule chose manquante était une preuve scientifique, or il n'y avait qu'un moyen de l'obtenir : retrouver le revolver.

L'infiltration de Lída nous avait permis d'en apprendre davantage sur ce que Jakob Thedelin savait, mais il l'avait démasquée et s'était enfui en Israël au moment où il allait passer aux aveux. Elle n'avait pas réussi à comprendre ce qu'il entendait par « des fusées qui ne décolleront plus jamais ». Ni où était ce « bunker » dont il avait parlé.

Il devait exister quelque part une description d'une arme et du lieu où il la tenait cachée. Et on y trouverait sans doute le revolver qui avait tué Olof Palme. Autrement, Jakob n'aurait pas senti le besoin de mentir à deux reprises à propos de cet e-mail. Et Bertil Wedin n'aurait pas mis un terme à son amitié avec Jakob, ni ne lui aurait écrit qu'il risquait gros avec ses e-mails. Cela faisait des années que j'étais persuadé que cet e-mail était la clef de l'endroit où Jakob cachait le revolver, sans pour autant comprendre ce qu'il entendait par « bunker ».

La musique m'entraînait dans des circuits de pensée inhabituels, et je me rappelai soudain les derniers messages que Jakob avait envoyés d'Israël. Il s'agissait surtout de soucis pratiques, sur la façon d'arroser les fleurs et le paiement des factures, rien de bien intéressant. Pourtant Jakob avait écrit qu'une facture était particulièrement importante. Il l'avait évoquée deux fois en insistant sur le fait qu'il devait avoir suffisamment d'argent sur son compte pour pouvoir la régler, en décembre de chaque année.

« Oui ! »

Je n'avais pas crié si fort, mais assez pour effrayer le premier violon. Certains musiciens relevèrent la tête de leur partition pour chercher dans la salle quel spectateur avait fait preuve d'un tel enthousiasme. Les voisins des premiers rangs se retournèrent vers moi. Lída également. J'avais un peu honte, et pourtant ma joie était plus forte. J'avais trouvé. Le concert s'acheva bientôt, Lída et moi profitâmes des applaudissements pour fuir discrètement la salle et les regards curieux.

Jakob Thedelin a un coffre à la banque. Un espace clos dans la chambre forte d'une banque, auquel lui seul a accès – personne d'autre. Une chambre forte qui ressemble à un bunker. Un coffre assez grand pour y loger le revolver qui a servi à assassiner Olof Palme, et dont personne ne se servira plus – les fusées « ne décolleront plus jamais ». Un endroit où il pouvait se rendre et caresser le trophée qui avait changé l'histoire de la Suède.

Lída et moi marchions dans l'air glacé de novembre à Prague, sur de gros galets blancs le long des voies ferrées. Je parlais, elle m'écouta sans m'interrompre. Notre travail était loin d'être terminé. Bientôt j'aurais de nouveau besoin de Lída et de ses idées saugrenues, mais pour l'instant, je savourais.

Une autre pensée ne quittait pas mon esprit : si Stieg avait pu être avec nous ce soir, je suis certain qu'il aurait apprécié le concert, mais plus encore l'idée qu'on puisse un jour retrouver l'arme du crime et le résoudre, grâce à lui, Stieg, des années après sa mort. Un peu comme dans un roman. Un roman de Stieg Larsson.

Épilogue

Stockholm, 2018

Plusieurs mois ont passé depuis le concert à Prague. Ma contribution est entre les mains des enquêteurs de la police. Ils savent que le revolver se trouve potentiellement dans un coffre qui appartient à Jakob Thedelin. Ils savent également qu'ils peuvent accéder à tout moment aux archives de Stieg et à mes propres recherches. Prenant les bonnes mesures, travaillant dur et avec suffisamment de moyens, le nouveau procureur chargé de l'enquête préliminaire, Krister Petersson, a raison lorsqu'il dit que l'assassinat d'Olof Palme sera bientôt résolu.

Pendant ce temps-là, je continue de dérouler les fils qui s'échappent de cette pelote qu'on appelle l'affaire Palme. Si tout se passe bien, nous pourrons d'ici un an ou deux prononcer cette phrase longtemps imprononçable : « On a arrêté l'homme qui a tué Olof Palme. »

Postface

Ce livre est le résultat de plus de huit ans de travail. Avant de commencer, j'en savais à peu près autant sur le meurtre d'Olof Palme que n'importe quel Suédois moyen, m'en remettant à la formule employée par la police et les politiques qui voulait que le crime fût « résolu d'un point de vue policier » et que l'assassin s'appelât Christer Pettersson. Aujourd'hui, je suis convaincu qu'il est innocent. Et j'en sais considérablement plus qu'avant sur la plus grande enquête criminelle mondiale encore en activité, quoique ne m'étant penché que sur une infime partie du matériel disponible.

Quelqu'un a calculé qu'il faudrait neuf ans à un juriste qualifié pour lire tous les documents de l'enquête, rassemblés dans des dossiers qui rempliraient 250 mètres d'étagères. L'enquête dure sans interruption depuis plus de trente ans. 10 225 personnes ont été auditionnées au moins une fois. Plus de 130 personnes ont avoué le meurtre. Il existe en outre une masse infinie de documentation en dehors de celle de l'enquête proprement dite – rapports, articles, livres, forums Internet, blogs, vlogs, podcasts, etc.

Mon livre n'a pas pour ambition de donner une image complète ni du meurtre ni de l'enquête. Il se concentre avant tout sur les pistes et les thèses qui apparaissent dans les archives de Stieg Larsson et dans mes propres recherches, qui sont naturellement celles que je considère comme les plus dignes d'intérêt. Je voudrais au passage souligner que je ne fournis dans ce livre aucune preuve définitive de la culpabilité ni de la complicité de quiconque.

Mon objectif était d'écrire un livre facile d'accès sur un sujet difficile, dans lequel tout serait basé sur des faits ou bien avérés, ou bien expressément présentés comme de possibles déductions. Un livre qui puisse expliquer au plus grand nombre à la fois les raisons pour lesquelles l'enquête sur la mort de Palme n'est toujours pas résolue, la certitude que Stieg Larsson était sur la bonne piste, et que la solution potentielle n'est pas loin. Pour atteindre cet objectif, j'ai essayé d'être conséquent dans l'utilisation que j'ai faite du matériel disponible.

J'ai pu m'appuyer sur la relecture attentive du journaliste et écrivain Gunnar Wall, qui s'est avant tout attaché à analyser et vérifier les faits que je mentionne concernant le meurtre proprement dit et l'enquête policière. J'ai pris seul la responsabilité du texte final, de mes recherches et de mes conclusions. Au nom de la lisibilité, j'ai choisi avec mon éditeur Erik Johansson de ne pas insérer de notes de bas de page, ni de lister en fin d'ouvrage les sources utilisées.

La première partie de ce livre s'attache d'abord à retracer le fil des recherches de Stieg parallèlement aux événements qui ont marqué le cours de l'enquête policière. Pour rendre mon récit plus vivant, j'ai sciemment choisi de dramatiser l'action et les faits tels que Stieg a pu les vivre. L'intention étant de s'approcher au plus vrai d'une réalité que des citations et des extraits de documents affadiraient immanquablement. Le matériau de base est constitué d'une longue série d'entretiens, des propres textes de Stieg, d'autres documents, et des rares enregistrements qu'on a conservés de lui.

Tous les textes écrits par Stieg sont cités dans une police d'imprimerie différente. Les lettres à Gerry Gable, rédacteur en chef de *Searchlight* – qui m'ont été transmises par Gerry lui-même –, sont essentielles pour comprendre la pensée de Stieg durant les premiers mois après l'assassinat. J'ai traduit et reproduit ces lettres au mot près, sauf à les avoir exceptionnellement raccourcies par endroits afin de clarifier le récit et d'éviter les répétitions. Cela n'altère en rien leur contenu. Je n'ai pas non plus corrigé les erreurs qui peuvent se glisser dès qu'il s'agit d'indications de temps ou de témoignages isolés, parce que je voulais restituer ces textes tels que Stieg les avait écrits, et jugeant que ce genre de coquilles ne remettait pas en cause les conclusions que Stieg et moi pouvions en tirer.

Autres documents importants : le mémo de Stieg sur l'« intermédiaire » Bertil Wedin et la note sur Victor Gunnarsson et l'EAP, ainsi que son article de 1996 pour *Searchlight*. Les autres informations et précisions, je les ai recueillies à travers mes conversations téléphoniques et mes entretiens avec les proches de Stieg, notamment Eva Gabrielsson et Gerry Gable.

Le rapport de la CIA « L'assassinat, une étude » – *A Study of Assassination* – a été traduit, raccourci et rerédigé par mes soins pour en résumer efficacement le contenu au lecteur.

Dans la première partie, j'ai également romancé certains dialogues suggérés par les documents et les interviews auxquels j'ai eu accès, avec l'ambition de n'omettre aucun des faits essentiels. Il m'était impossible de savoir si Stieg avait effectivement rencontré l'inspecteur Alf Andersson, mais j'ai jugé que cela était hautement probable, puisque tous deux enquêtaient au même moment sur les mêmes personnes et organisations, que Stieg était en contact régulier avec la police, et qu'Alf Andersson était quasiment le seul policier à s'intéresser à la piste d'extrême droite, la plupart du temps sans le soutien de sa hiérarchie – d'après une interview d'Alf Andersson par le journaliste Lars Borgnäs.

Les listes de gens, d'organisations et d'adresses du chapitre « Mission Olof Palme » ont été recréées par mes soins à partir des documents des archives de Stieg. Un choix motivé par l'idée d'aider le lecteur à s'orienter dans l'immensité de la documentation, ainsi que d'offrir un prélude au reste du récit. Stieg avait passé un nombre incalculable d'heures à chercher et classer toutes ces personnes, organisations et adresses. Le schéma du réseau de contacts qui figure dans ce même chapitre est une copie d'une illustration que Stieg avait demandée à Sven Ove Hansson et Anna-Lena Lodenius dans une lettre datée du 29 septembre 1987.

Toutes les personnes mentionnées dans ce livre le sont par leur vrai nom, à quelques importantes exceptions près : Sara, témoin, Sally Esser, blessée dans un accident de voiture, Schmuel qui me propose ses services, Lída Komárková et Jakob Thedelin. La première raison qui m'a poussé à changer leurs noms était de protéger leur intégrité. Dans certains cas, ils auraient risqué des représailles. Le nom de « Hedestad » est une invention empruntée aux romans de Stieg Larsson, et destinée à protéger doublement l'identité de celui que j'ai appelé Jakob Thedelin. Tous les autres noms sont vrais, étant ceux de gens connus sur lesquels on a déjà beaucoup écrit pendant toutes ces années.

La description fournie par Lisbeth Palme des deux tueurs qu'elle a vus le soir du crime et devant leur domicile quelques semaines plus tôt se base sur les déclarations du commissaire Åke Rimborn. Celui-ci avait discuté à deux reprises avec Lisbeth Palme à l'hôpital de Sabbatsberg la nuit du meurtre, et fait prendre des notes qu'il a confirmées par la suite. Ses déclarations ont en outre été contrôlées par le sous-préfet de police de Stockholm, Gösta Welander, et intégrées à l'avis de recherche émis cette nuit-là. Lisbeth n'ayant plus, par la suite, fait d'elle-même le lien entre les deux hommes vus sur Sveavägen et ceux devant son domicile, je m'en suis remis aux déclarations de Rimborn citant son témoignage.

La seconde partie de ce livre raconte avant tout ma propre enquête, notamment les endroits où j'ai réussi quand la police avait échoué. Les policiers n'ont par exemple jamais pu rencontrer Bertil Wedin en trente-deux ans, ce que j'ai réussi du premier coup. Une autre personne avec laquelle les policiers ont connu des difficultés est le vendeur de voitures Franz Esser, dont la SÄPO n'est même pas parvenue à confirmer l'existence, si l'on en croit le rapport de la Commission d'enquête. Il était pourtant cité dans un grand nombre d'articles suédois, allemands et sud-africains, et j'ai retrouvé et interrogé sa fille, seule survivante de l'« accident de la route » qui coûta la vie à sa famille.

Les dialogues qui figurent dans cette seconde partie ont été retranscrits à partir d'enregistrements, quoique raccourcis et rédigés de façon à appuyer le récit, sans toutefois que le contenu en soit changé. J'ai notamment les enregistrements audio intégraux de mes entretiens avec Bertil Wedin, ainsi que ceux de Lída Komárková avec Jakob Thedelin, en plus de fragments d'enregistrements vidéo de ces mêmes entretiens. L'exception vaut en revanche pour les citations de Craig Williamson, rédigées à partir de notes, celui-ci ayant exigé que notre conversation ne soit pas enregistrée.

Dans la seconde moitié du livre j'ai également décalé les dates de certains événements, d'abord pour simplifier et condenser le récit, mais aussi pour protéger mes sources. Cela vaut pour l'épisode de mon premier rendez-vous avec Lída Komárková, la date de remise de mon mémo sur Jakob Thedelin aux enquêteurs, ainsi que pour les quatre jours durant lesquels Lída voit régulièrement Jakob – ce furent en réalité six jours. De la même manière, j'ai réduit le nombre de mes rencontres avec Alf Enerström comme Gio Petré, ni mentionné qu'Ola Billger, journaliste à *Svenska Dagblabet*, était présent lors de certaines. Tous ces changements n'altèrent en rien la valeur des événements rapportés.

Le mémo envoyé par le journaliste Boris Ersson aux enquêteurs est un document fondamental de la seconde partie, et il est cité en de nombreux endroits du rapport de la Commission d'enquête – on y révèle par exemple l'identité de la source nommée « A » – mais les morceaux que j'ai choisi de citer ici n'ont jamais été publiés ailleurs.

Les images du chapitre « L'Image fantôme » ont été retouchées. Le portrait-robot a reçu l'ajout d'un cercle qui entoure la tache située au-dessus de la lèvre supérieure. L'autre image est un mélange de deux photographies – 50 % portrait-robot et 50 % Jakob Thedelin à 48 ans. La photo de Jakob est elle-même retouchée en ceci que les lunettes sont effacées, qu'elle est redressée, mise en noir et blanc et redimensionnée pour s'accorder à la taille de l'image fantôme. Enfin les deux portaits sont superposés.

Il y a encore beaucoup à dire sur la genèse de ce livre et sur la documentation qui lui a servi de base, et je serais ravi d'en parler. Vous pouvez visiter le site www.palmemurder.com. Ceci n'est pas le mot de la fin.

Merci !

Ce livre n'aurait pas pu voir le jour sans l'aide et le soutien d'un grand nombre de gens. Certains ont fait un bout de chemin avec moi, d'autres m'ont accompagné tout au long de l'aventure.

Erik Johansson, de chez Bokfabriken, et Jacob Søndergaard, de chez Rosinanten, ont été mes deux premiers éditeurs. Ils ont eu le courage de miser sur moi et de me laisser écrire ce livre en dix mois. Il y en eut certes onze, mais sans leur confiance ce livre serait resté un pur fantasme. Également mon agente Judith Toth, qui a réussi l'incroyable tour de magie de vendre un livre encore non écrit aux éditeurs de 25 langues différentes, chose dont je n'aurais même pas osé rêver. Les équipes de Bokfabriken, de la Nordic Agency et des éditeurs étrangers ont fait le reste, sans que j'aie à m'occuper de rien. Susanne Krutrök m'a aidé dans mes relations avec la presse.

Henrik Karlsson a édité et commenté au moins mille pages de noms de personnes et d'organisations, un nombre incalculable de fois, autant qu'il a veillé à ce que mon texte soit compréhensible avec moitié moins de pages. Comme disait Stephen King : écrire est humain, éditer est divin ! La relecture sobre de Gunnar Wall m'a appris à modérer mon ardeur à citer des déclarations non confirmées, m'enseignant à m'en tenir aux faits. Autant qu'il m'a appris de faits nouveaux sur le meurtre de Palme.

Je n'ai jamais rencontré Stieg Larsson, mais grâce aux personnes qui lui étaient proches, j'ai essayé de saisir au mieux sa personnalité. Eva Gabrielsson m'a permis de mieux comprendre qui était Stieg et ce qui le guidait. Gerry Gable m'a parlé de son humour et de leur travail commun sur l'extrême droite et un certain homme en exil à Chypre. Grâce à Daniel Poohl j'ai appris beaucoup sur les dernières années de Stieg, et découvert ses archives. Bien d'autres proches de Stieg m'ont accordé leur temps, des anecdotes et des documents. Je voudrais mentionner tout spécialement Anna-Lena Lodenius, Sven Ove Hansson, Håkan Hermansson et Graeme Atkinson. Lesley Wooler, malheureusement décédé avant que ce livre ne paraisse, m'a donné beaucoup d'informations sur son travail d'informateur à Chypre, travail qui servit de base à la note que Stieg transmit à la police.

Certaines personnes ont risqué leur vie pour ce projet qui était le mien et qui est devenu le nôtre. Je pense avant tout à Lída Komárková, Fredrik Haraldson et Staffan Boije af Gennäs. Lída est la personne la plus courageuse que j'aie jamais rencontrée. Fredrik a été mon *consigliere* dans les heures sombres. Et Staffan a également relu tout le manuscrit d'un œil neuf.

L'Afrique du Sud est un tout autre monde que la paisible Suède, et j'y ai reçu l'aide précieuse de plusieurs personnes. Boris Ersson m'a raconté les situations mortelles dans lesquelles il s'était retrouvé en 1994 quand il fréquentait les agents sud-africains, et j'ai retenu précieusement tous les conseils qu'il a pu me donner avant mon propre voyage. J'ai vu Mari Sandström à plusieurs reprises pour parler de sa rencontre avec sa source en 1987, et de l'importance de ce qu'elle lui avait révélé. Simon Stanford m'a accompagné en Afrique du Sud, m'aidant entre autres à ce que je m'y sente en sécurité. Henni van Vuuren et Andrew Feinstein m'ont donné une vision générale du rôle joué par l'Afrique du Sud dans le commerce d'armes international. Rolf Ekéus et Paul van Zyl m'ont donné des idées et des contacts. Craig Williamson m'a conseillé des lectures qui m'ont aidé à avancer. Evelyn Groenink a répondu à toutes mes questions sur les crimes et affaires des hommes de pouvoir – il faut lire son nouveau livre, *Incorruptible*. Birgitta Karlström Dorph m'a raconté l'inestimable travail qu'elle a mené en Afrique du Sud sous l'apartheid.

L'extrême droite suédoise constitue un chapitre à elle seule. Mes rencontres avec Joel Haukka m'ont donné un formidable aperçu du monde des années 1980 avec ses agents secrets, néonazis et autres conspirateurs de droite. Lars Borgnäs et Anders Leopold ont répondu à mes questions sur certains personnages en particulier. Daniel Lagerkvist m'a transmis une foule de documents importants.

Nicholas Schmidle a suivi le projet pendant quatre ans, il est venu deux fois me voir en Suède, et il m'a accompagné en Afrique du Sud. Nous avons même été ensemble dans notre Fargo à nous – qui s'appelle ici Hedestad. Je n'aurais jamais pu accéder aux archives sans l'aide de Robert Aschberg. Et sans Jonas Elgh et Olla Bilger, il n'y aurait eu aucun article de moi dans *Svenska Dagbladet*.

Enfin, je n'aurais jamais pu mener ce paquebot à bon port sans l'aide de ma famille et de mes amis. Arne Valen, Björn Albrektson, Fredrik Sönder, Maria Sandell, Calle Stocklassa, Fredrik Wolffelt et Hasse Pihl. Rut & Lucia. Zuzka & Zuzka. Tous ceux de *Genera* qui m'ont autorisé à sécher le travail. Et encore d'autres amis, parents et proches qui m'ont patiemment écouté chaque fois que je trouvais une occasion de parler de l'assassinat d'Olof Palme. Et enfin à tous les autres que j'ai oublié de nommer ici.

Merci !

Galerie de personnages

Les amis de Stieg

Gerry Gable

Modèle et mentor de Stieg dans son combat contre l'extrême droite, il a participé avec lui aux recherches autour de Bertil Wedin.

Eva Gabrielsson

Compagne de Stieg, elle l'a épaulé dans tous les projets de sa vie d'adulte.

Håkan Hermansson

Journaliste pour le quotidien *Arbetet* ; en 1987, avec Lars Wenander, il assite Stieg dans son travail de surveillance de l'extrême droite suédoise.

Anna-Lena Lodenius

Écrivaine et journaliste, elle est entre autres l'auteure avec Stieg du livre d'enquête intitulé *L'Extrême Droite* (1994).

Lars Wenander

Journaliste pour le quotidien *Arbetet* ; en 1987, avec Håkan Hermansson, il aide Stieg dans son travail de surveillance de l'extrême droite suédoise.

Les enquêteurs

Alf Andersson

Inspecteur de la Criminelle, il oriente l'enquête sur la piste de l'extrême droite, dans le désintérêt presque absolu de ses collègues.

Ebbe Carlsson

« Fixeur » politique, ami de Hans Holmér, il a essayé d'enquêter sur le meurtre après la démission de celui-ci.

Hans Holmér

Responsable en chef de l'enquête lors de la première année, il est le premier à entraîner la police sur une fausse piste.

Tommy Lindström

Flamboyant chef de la police criminelle du royaume, éminence grise de l'enquête à plus d'un titre.

Kerstin Skarp

Procureure en charge de l'enquête sur la mort d'Olof Palme de 1997 à 2016.

Hans Ölvebro

Responsable en chef de l'enquête pendant dix-neuf ans, il a orienté celle-ci sur Christer Pettersson.

Les suspects interrogés dans le cadre de l'enquête

Alf Enerström

Surnommé « l'homme qui déteste le plus Palme en Suède », il récoltait des dons d'industriels pour financer ses campagnes haineuses contre Olof Palme.

Victor Gunnarsson

Extrémiste de droite, aussi appelé « l'homme de 33 ans », il a été le premier à être suspecté du meurtre de Palme.

Hans von Hofsten

Commandant de marine à la tête de la « mutinerie des officiers » dirigée contre Olof Palme.

Anders Larsson

Araignée au milieu de la grande toile de l'extrême droite suédoise, il a lancé l'alerte huit jours avant l'assassinat.

Gio Petré

Actrice, elle épouse Enerström et participe à ses campagnes de haine.

Christer Pettersson

Toxicomane inconnu, il est le seul à avoir été jugé, puis acquitté du meurtre d'Olof Palme.

LES SUD-AFRICAINS ET LES PERSONNES AYANT DES LIENS AVEC L'AFRIQUE DU SUD

Pik Botha

Homme politique sud-africain, il est ministre des Affaires Étrangères pendant la dernière décennie du régime d'apartheid.

Bernt Carlsson

Proche collaborateur d'Olof Palme, commissaire des Nations unies en Namibie, il meurt dans l'attentat aérien de Lockerbie.

William Casey

Chef de la CIA, à l'origine des événements qui deviendront le scandale « Iran-Contras », il avait des contacts au plus haut niveau en Afrique du Sud.

Peter Casselton

Agent secret sud-africain, il a accusé Craig Williamson et Bertil Wedin d'être impliqués dans le meurtre.

Franz Esser

Vendeur de voitures allemand, en contact avec les sphères dirigeantes d'Afrique du Sud, il aurait fourni des véhicules aux organisateurs du meurtre.

Eugene de Kock

Chef de la police sud-africaine, surnommé « Prime Evil », il a accusé Craig Williamson d'être l'organisateur de l'assassinat d'Olof Palme.

Vic McPherson

Poids lourd de la police sur-africaine, il est l'un des proches collaborateurs de Craig Williamson jusqu'au milieu de l'année 1985.

Riaan Stander

Collègue de Craig Williamson, il a accusé celui-ci d'avoir organisé l'assassinat.

Bertil Wedin

Collaborateur externe des services secrets sud-africains, il aurait joué selon Stieg le rôle d'« intermédiaire » dans l'assassinat de Palme.

Craig Williamson

« Maître espion » des services secrets sud-africains, dénoncé par certains de ses anciens collègues comme le cerveau du meurtre d'Olof Palme.

Table

Cet ouvrage a été mis en pages par

<pixellence>

Cet ouvrage a été achevé d'imprimer en janvier 2019
dans les ateliers de Normandie Roto Impression s.a.s.
61250 Lonrai
N° d'édition : L.01ELHN000441.N001
Dépôt légal : février 2019
N° d'impression : 1804338

Imprimé en France